James L. Rubart

Der Traum, der keiner war

Über den Autor

James L. Rubart lebt mit seiner Frau an der Nordwestküste der Vereinigten Staaten. Die beiden haben zwei erwachsene Söhne. James betreibt neben seiner schriftstellerischen Tätigkeit eine Marketingfirma und ist in Deutschland vor allem mit seinem Roman „Das Haus an der Küste“ bekannt geworden.

JAMES L. RUBART

DER TRAUM DER KEINER WAR

ROMAN

AUS DEM ENGLISCHEN
VON EVA WEYANDT

GerthMedien

MIX
Papier aus verantwortungsvollen Quellen
FSC® C014496

Verlagsgruppe Random House FSC® N001967

Die amerikanische Originalausgabe
erschien im Verlag Thomas Nelson, a registered trademark of
HaperCollins Christian Publishing, Inc., in Nashville, Tennessee
unter dem Titel „The Five Times I Met Myself".

1. Auflage 2016
Bestell-Nr. 817085
ISBN 978-3-95734-085-6

Umschlaggestaltung: Björn Steffens
Umschlagfotos: Shutterstock
Satz: DTP Verlagsservice Apel, Wietze
Druck und Verarbeitung: GGP Media GmbH, Pößneck
Printed in Germany

Für Taylor und Micah
Ich bin sehr stolz auf euch

Das Beste an Träumen ist dieser flüchtige Augenblick zwischen Schlafen und Wachen, in dem man den Unterschied zwischen Realität und Fantasie nicht erkennt; wenn man nur für diesen einen Augenblick von ganzem Herzen das Gefühl hat, dass der Traum Realität ist und sich tatsächlich ereignet hat.

James Arthur Baldwin

„In meinen Träumen bin ich alterslos."

Madeleine L'Engle

Kapitel 1

10. Mai 2015

Letzte Nacht hatte ihn der Traum wieder heimgesucht, der gleiche Traum, der sich auch in der Nacht davor in Brocks Unterbewusstsein geschlichen hatte. Ein Traum, der ihn nicht mehr losließ. Er musste mit jemandem darüber reden – mit jemandem, der zumindest oberflächliche Psychologiekenntnisse besaß. Mit jemandem, dem er vertrauen konnte. Seine erste Wahl war Morgan. Eigentlich seine einzige Wahl.

Brock überquerte die Straße und blickte hoch zum typisch verhangenen Himmel über Seattle, an dem die Sonne bereits untergegangen war. Nicht mehr lange, dann würde es abends wieder länger hell bleiben. Er ging auf die Eingangstür des Java Spot zu, riss sie auf und trat ein. Drei Viertel voll. Die perfekte Anzahl an Gästen. Nicht so viele, dass sich Neuankömmlinge abwandten, aber genügend, um einladend zu wirken. Morgan war bestimmt froh, um 18:20 Uhr noch so viele Gäste zu haben. Die Konkurrenz schlief nicht, aber Morgans Laden konnte sich ganz gut gegen die allgegenwärtigen *Starbucks*-Filialen behaupten.

Brock ließ seinen Blick über die Motive aus den 1940er-Jahren gleiten. Waschmittelwerbung, ein altes Coca-Cola-Plakat und der berühmte Schnappschuss von einem Seemann, der auf dem Times Square eine Krankenschwester küsst, hingen an den Wänden. Sie standen für die Hoffnung und Unschuld der Nachkriegszeit.

Rechts saß eine Gruppe von jungen Menschen, vermutlich Collegestudenten, einige Pärchen und ein paar

Einzelpersonen. Auf der linken Seite drei Leute an ihren Laptops und eine große Gruppe Mittvierziger, die sich prächtig amüsierten. Das Kaffee-Angebot im Java Spot schien den Gästen zu schmecken. Bei diesem Gedanken musste Brock lächeln, weil er die Geschmacksrichtungen des Kaffees in allen 15 Filialen von Morgans Coffeeshops entwickelt hatte. Sein Kaffee wurde im ganzen Land und auch in Übersee verkauft.

Noch einmal ließ Brock seinen Blick durch den Coffeeshop gleiten. Langsam schlenderte er hinter den Tresen und bemerkte: „Nicht schlecht für einen Montagabend."

„Du darfst nicht einfach hinter den Tresen kommen."

„Damit musst du dich wohl abfinden."

„Nein. Nur für Angestellte. Raus hier. Sofort." Morgan Myers schob grinsend seine beträchtliche Leibesfülle auf Brock zu, packte ihn an den Schultern und schüttelte ihn, als wäre er ein Stofftier. Ja, Morgan hatte seit ihrer Collegezeit ziemlich zugelegt, aber selbst nach 31 Jahren hatte er nichts von der Kraft verloren, die er als Linebacker besessen hatte.

„Unglaublich", meinte Morgan. „Du hast tatsächlich einen Anflug von Sonnenbräune zu deiner leicht ergrauten Mähne bekommen. Ein Urlaub, den du Arbeit nennst."

„Ich habe wirklich gearbeitet."

„Ja, klar. Eine Woche Costa Rica mit Kaffeetrinken und Kaffeebohnen sortieren. Echt ein brutales Programm. Wie hast du das überlebt? Du hast vermutlich drei oder gar vier Stunden pro Tag geknechtet, bevor du dich an den Strand gehauen hast, was?"

„Viereinhalb." Brock grinste seinen Freund an.

„Wann bist du zurückgekommen?"

„Vor fünf Tagen." Brock senkte die Stimme. „Da hat es angefangen."

„Was hat angefangen?"

„Wenn du mal einen Augenblick Zeit hättest ... ich muss mit dir reden."

„Der Arzt ist im Haus." Morgan tippte an seine Brust.

„Ein Psychologie-Studium, das du nie praktisch angewendet hast, macht dich zu einem Arzt?"

„Ich wende es jeden Tag bei denen da draußen an." Morgan deutete mit seiner Pranke auf die Gästeschar. „Raus mit der Sprache. Gibt's Probleme mit Karissa? Mit Tyson? Bei der Arbeit?"

„Es geht um einen Traum. Oder eher einen Albtraum."

Morgan winkte Brock mit dem Finger heran und führte ihn in sein Büro im hinteren Teil des Gebäudes. Nachdem sie sich in dem kleinen Raum niedergelassen hatten, forderte ihn Morgan mit beiden Händen auf zu reden. „Also los. Erzähl mir von diesem verrückten Traum."

„Verrückt ist er nicht wirklich, eher etwas merkwürdig." Brocks Blick wanderte zur Tür von Morgans Büro, um sicherzugehen, dass sie auch wirklich geschlossen war.

„Du hast gesagt, es sei ein Albtraum."

„Nicht so richtig. Ich weiß nicht, wie ich es beschreiben soll – ich würde ihn beinahe spirituell nennen."

„Ein Traum von Gott?" Morgan blickte ihn erwartungsvoll an.

„Was meinst du damit?"

„Manchmal weiß man genau, dass Gott einem mit einem Traum etwas sagen will." Morgan beugte sich vor. „Ein Traum, durch den er mit dir redet, dich warnt oder dir mitteilt, dass etwas bevorsteht, etwas, auf das du dich vorbereiten solltest."

„So was tut Gott?"

„Äh, ja."

„Aber ... nein, ich glaube nicht. Es ist eher ... hast du schon mal einen Traum gehabt, der so real gewesen ist, dass du kaum sagen konntest, ob es ein Traum war oder nicht? Und wenn du aufwachst, weißt du verstandesmäßig genau, dass es ein Traum gewesen sein muss, aber du bist trotzdem nicht hundertprozentig sicher?"

„Ja." Ruhig wiederholte Morgan seine Aufforderung. „Erzähl mir den Traum. In allen Einzelheiten. Und warum er dich so beschäftigt."

„Mein Vater kommt darin vor."

„Oh Mann, deshalb also."

„Das ist nicht nur ein Traum." Brock lehnte sich zurück und starrte zur Decke hinauf. „Natürlich, es ist ein Traum, aber Morgan ... ich weiß, dass er einen tieferen Sinn hat. In dem Traum ist mein Vater noch jung, Anfang dreißig, schätze ich, noch vor seinem Zusammenbruch. Noch vor der Zeit, als er anfing, mich zu hassen."

„Er hat dich nicht gehasst."

Brock ignorierte den Einwand. „Seine Augen sprühen Funken. Und er trägt einen schwarzen Filzhut, wie sie in den Fünfzigern üblich waren. Jetzt weiß ich auch endlich, woher der Name unserer Firma stammt: *Black Fedora*. Ich habe ihn noch nie mit einem solchen Hut gesehen, aber er stand ihm unglaublich gut. Er passte zu ihm, als müsste es so sein." Brock blickte Morgan an. „Verstehst du?"

Morgan nickte.

Brock hielt inne. „Es ist ja so, dass die meisten Träume Fantasieelemente enthalten. Dinge, die im realen Leben nicht geschehen könnten. Das war in diesem nicht so. Alles war, wie es sein sollte. Real genug, um mich davon zu überzeugen, dass es tatsächlich geschehen ist. Dass ich wirklich dort war. Es war realer als das reale Leben."

„Erzähl weiter."

Die Erinnerung an den Traum kam zurück, und er durchlebte ihn noch einmal neu, zum millionsten Mal ...

„Brock“, sagte sein Vater, als sie an einem Sommerabend nebeneinander im Garten von Brocks Elternhaus saßen. Beide schauten nach Westen, wo die Sonne gerade unterging.

„Ja?“ Sein Blick streifte die Douglastanne in der nordwestlichen Ecke des Gartens. Es war der Baum, auf den er als Kind immer geklettert war, um seinem Vater zu entfliehen.

„Hör mir zu.“ Sein Vater hielt ein kleines rechteckiges, in braunes Packpapier eingewickeltes Kästchen in der Hand. Er klopfte damit auf die Armlehne seines Stuhls. Mit hochgezogenen Augenbrauen deutete er auf das Kästchen. „Siehst du das? Es ist wichtig.“

„Was ist es?“

„Pass gut auf.“

„Das tue ich.“ Er wandte sich zu seinem Vater um.

„Nein, du sollst nicht nur mit einem Ohr zuhören, wie es deine Art ist. Schau mir in die Augen. Ich will deine volle Aufmerksamkeit.“

„Okay.“ Die Luft schien sich zu erwärmen, und der Blick seines Vaters wurde noch eindringlicher. Brock wäre am liebsten von seinem Stuhl aufgesprungen, doch sein Körper rührte sich nicht. „Ich höre dir aufmerksam zu.“

„Gut. Das musst du auch. Ja, das musst du wirklich und wahrhaftig.“ Er drehte das Kästchen in seinen Händen. „Du musst mit Ron Frieden schließen. Das ist wichtig.“

„Frieden mit Ron? Ja, sicher, Papa. Frieden mit einem Bruder, der eineinhalb Jahre jünger ist, sich aber so verhält, als sei er zehn Jahre älter? Einem Bruder, der es sich zur Lebensaufgabe gemacht hat, in allem, was er tut, besser zu sein als ich?“

„Das ist doch auch dein Bestreben.“

„Ich bin nicht so schlimm wie-“

„Er ist dein Bruder.“

„Nein, er ist mein Geschäftspartner.“ Brock umklammerte die Stuhllehnen. Zorn stieg in ihm hoch. „Und du hast ihm einundfünfzig Prozent der Firma überschrieben, sodass er die Verfügungsgewalt hat."

Sein Vater wandte sich ab und starrte zum flammenden Horizont. „Es kommt, Brock. Es hat dich ins Visier genommen. Du kannst es nicht aufhalten. Es wird nicht leicht werden. Ganz bestimmt nicht leicht. Aber gut. Du wirst mir vermutlich nicht glauben, aber es ist letztlich gut."

„Was kommt, Papa?"

„Nimm es an, Brock, auch wenn es schwierig werden wird. Stell dich der Wahrheit, auch wenn das nicht leicht ist, denn die Wahrheit wird dich frei machen." Sein Vater beugte sich vor und rammte seine Handfläche so fest gegen Brocks Brust, dass ihm die Luft wegblieb. „Du musst dich vorbereiten."

Brock wich zurück. „Warum hast du-"

„Denn sonst wird es dich unter sich begraben. Wenn du dich verweigerst, werde ich dich begraben. Verstanden?"

„Was kommt?!?"

Sein Vater erhob sich, packte Brocks Hemd mit beiden Händen, zerrte ihn vom Stuhl hoch und schüttelte ihn. „Bereite dich vor!"

„Worauf?"

„Bereite dich vor!" Dieses Mal noch lauter.

„Sag mir, was kommen wird, Papa!"

Brocks Vater kam mit seinem Gesicht so dicht an seins heran, dass sich ihre Nasen berührten, und seine Stimme senkte sich zu einem Flüstern. „Auf-"

Doch jedes Mal, wenn sein Vater anfing zu sprechen, verwirbelten die Farben und begruben Brock unter sich, und er fuhr keuchend aus dem Schlaf hoch.

Brock starrte Morgan an: „Ich muss diesen Traum unter Kontrolle kriegen. Ihn loswerden. Er erschreckt mich jedes Mal zu Tode, und ich will das nicht mehr."

„Was kommt denn, Brock?"

„Ich weiß es nicht. Bevor er es mir sagt, wache ich jedes Mal auf."

„Du hast den Traum also schon häufiger gehabt?"

„Fünf Mal in den vergangenen fünf Tagen."

„Wow, da versucht aber jemand, deine Aufmerksamkeit zu bekommen." Morgan lehnte sich zurück und verschränkte die Hände hinter dem Kopf.

„Will Gott mir dadurch etwas sagen?"

„Was meint Karissa dazu?"

„Ich habe ihr noch nichts davon erzählt."

„Warum nicht?"

Brock schloss die Augen und ließ den Kopf gegen die Stuhllehne sinken. „Darüber will ich jetzt nicht reden."

„Warum nicht?"

„Morgan?" Brock legte den Kopf zur Seite und schlug die Augen auf. „Gib mir eine Verschnaufpause."

„Okay." Morgan hob die Hände. „Was siehst und fühlst du in dem Traum? Nicht mit deinem Verstand, mit deinem Geist."

Interessante Frage. Oberflächlich betrachtet war da nichts weiter als das, was er Morgan bereits erzählt hatte. Aber darunter lagen noch andere Schichten, die er mit Worten nicht beschreiben konnte.

„Ich habe das Gefühl, dass ich nicht aufhalten kann, was kommt, wie mein Vater sagt, und dass ich es trotzdem versuchen müsste."

„Was sonst noch?"

„Es ist, als befände ich mich auf einer höheren Ebene ... ich weiß nicht, wie ich es erklären soll ... Der Traum war so klar. So etwas habe ich noch nie erlebt, falls das irgendwie

Sinn macht. Er vermittelte mir Hoffnung, aber er macht mir auch Angst."

„Na." Morgan lächelte. „Jetzt kommen wir doch weiter."

„Ich war da. Ich habe meinen Vater gesehen, aber nicht nur ihn. Ich konnte tiefer sehen. Als würde er mir sein wahres Wesen offenbaren, in das er mir zu seinen Lebzeiten nie Einblick gewährt hatte. Der Traum zeigte eine ganz normale Alltagszene. Aber ich hatte das Gefühl, als würden Vergangenheit, Gegenwart und Zukunft ineinanderfließen. Und was er mir sagte, kam nicht von mir oder meinem Unterbewusstsein, sondern wirklich von meinem Vater. Verstehst du, Morgan?"

„Als wäre er noch am Leben. In der Gegenwart."

„Ja."

„Aber er wirkte jung, sagtest du. Um die dreißig."

„Ja."

„Könnte er aus dem Himmel zu dir gesprochen haben?"

„Nein. Es war nur ein Traum." Brocks Kopf sank zurück. „Ich meine, ich weiß nicht, was ich damit anfangen soll. Darum wollte ich ja mit dir sprechen." Er ballte die Fäuste. „Und was er gesagt hat ... Ob das wohl eine Warnung von Gott war, wie du angedeutet hast? Oder nur eine chemische Reaktion in meinem Kopf, während ich schlief? Und falls es tatsächlich eine chemische Reaktion war, könnte Gott seine Hand dabei im Spiel haben? Vielleicht hat er das inszeniert?"

„Der Ort, wo sich Träume und die Realität überschneiden", erwiderte Morgan in singendem Tonfall, *„wo sich der Traum in die Realität ergießt und nicht mehr nur ein Traum ist. Ein Ort, wo das Unendliche uns erreicht ohne die Beschränkungen unserer sterblichen Gehirnwindungen."*

„Was?"

„Das ist ein Zitat aus einem Buch, das ich vor ein paar Monaten gelesen habe. Ich dachte, ich hätte dir davon erzählt."

Morgan drehte seinen Stuhl zur Seite, erhob sich und überflog die Buchrücken auf dem Regal an der hinteren Wand seines Büros. Er trat ein paar Schritte nach links, reckte sich, zog einen schmalen Band aus dem Regal und warf ihn Brock zu. „Hier."

Brock fing das Buch auf und las den Buchtitel. *„Luzide Träume: Wie Träume Realität werden."*

„Was ist das?"

„Lies es. Es wird dich interessieren. Du kannst es auch gern behalten. Ich brauche es nicht mehr."

„Was sind denn *luzide Träume*?"

„Wie gesagt, lies es. Es könnte dir vielleicht helfen, den Traum zu verstehen. Finde heraus, ob Gott am Werk ist."

„Hast du eine Idee, was der Traum bedeutet?"

„Vielleicht." Morgan runzelte die Stirn. „Wenn ich recht habe, dann steht dir eine schwierige Zeit bevor."

„Warum denkst du das?"

„Nur so ein Gefühl. Lies das Buch und warte ab, wohin es dich führt."

Auf der Fahrt nach Hause umklammerte Brock das Lenkrad. Warum hatte er immer mehr Fragen als Antworten, wenn er mit Morgan geredet hatte? Das war vermutlich der Preis der Freundschaft mit einem Mann, der so belesen und vielseitig interessiert war wie er.

Mit seiner Intuition lag Morgan meistens richtig. Was bedeutete, dass die kommenden Wochen für Brock eine Achterbahnfahrt werden würden, ohne die Möglichkeit auszusteigen. Als gäbe es in der Firma nicht bereits genug Spannungen, ganz zu schweigen von zu Hause.

Kapitel 2

Brock steckte den Schlüssel in die Tür seines Hauses mit Blick auf Bellevue, den Lake Washington und Seattle in der Ferne. Das Haus war dunkel, was hieß, dass Tyson nicht zu Hause war. Bei seinem Sohn wunderte ihn das nicht, aber es bedeutete auch, dass Karissa unterwegs war, ohne ihm Bescheid gesagt zu haben. Wieder einmal. Er ging in die Küche, legte seine Aktentasche und die Schlüssel auf die schwarze Granitarbeitsfläche und rief Karissa an.

Sie meldete sich beim vierten Klingeln. „Hallo."

„Du bist nicht zu Hause."

„Wie du siehst. Ich bin unterwegs."

„Mit wem?" Er rieb sich die Augen, setzte seine Lesebrille auf und schaute die Post durch, die auf der Arbeitsplatte lag.

„Mit Ruth."

„Aha." Brock ging ins dunkle Wohnzimmer hinüber und knipste das Licht an. „Ich wusste gar nicht, dass du heute Abend etwas vorhattest."

„Wir haben uns kurzfristig verabredet. Ruth brauchte jemanden zum Reden." Karissa hielt kurz inne und beantwortete dann die Frage, die unweigerlich als Nächstes kommen würde. „Sorry, dass ich vergessen habe, dir Bescheid zu geben."

„Kein Problem."

Aber es war ein Problem. Eines von vielen Symptomen dafür, dass sie sich langsam auseinanderlebten – etwas, das er eher fühlte, als dass er es an konkreten Dingen festmachen könnte. Sie führten eine gute Ehe. Eine solide Ehe. Sie liebten sich. Mochten sich sogar noch. Meistens. Zumindest manchmal. Natürlich fragte er sich, wie ihr Leben wohl in einem Jahr aussehen würde, wenn Tyson aufs College ging. Karissa bestimmt auch. Sie hatten schon unzählige Gespräche über dieses Thema geführt. Aber ihm bereitete es eigentlich keine wirklichen Sorgen. Sie würden das schon hinkriegen. Karissa hatte ihre Interessen, er seine, und sie gingen auch gemeinsamen Hobbys nach. Zumindest hatten sie das früher getan, aber das ließ sich ja wieder neu beleben. Ihr Leben war in Ordnung. War früher in Ordnung gewesen. Brock seufzte. Wenn er ehrlich war, war das viele Geld, das er mit der Firma verdiente, zu einem Pflaster für eine ganze Menge schwelender Wundherde in ihrer Beziehung geworden.

„Was denkst du, wann du nach Hause kommst?"

„Keine Ahnung." Die Frage verärgerte sie, das merkte er an ihrem Tonfall. „Geh ruhig schon ins Bett."

„Okay. Weck mich, wenn du da bist, ja?"

„Klar."

Aber er wusste, dass sie das nicht tun würde.

Brock ging früh zu Bett und nahm sich Morgans Buch vor. Eigentlich wollte er nur mal kurz reinschauen, doch dann konnte er es nicht mehr aus der Hand legen, sondern las es von vorne bis hinten durch. Morgan hatte Recht, es war ein faszinierendes Thema. „Luzides Träumen" wurde in dem Buch als eine Möglichkeit vorgestellt, seine Träume zu kontrollieren. Eine Art „interaktives Träumen". Somit könnte er vielleicht auch diesen Traum, der ihm so zu schaffen machte, beeinflussen, ihn aus seinem Unterbewusstsein reißen und erledigen.

Er warf einen Blick auf seine Uhr. 23:21 Uhr. Karissa war immer noch nicht zu Hause. Vielleicht sollte er ihr eine SMS schicken ... aber das würde sie nur wieder ärgern. Sie würde behaupten, er wolle sie kontrollieren. Er verdrängte die latente Sorge um sie und betete noch kurz vor dem Einschlafen, dass der Traum ihn nicht quälen möge.

Brock schlief tief und fest – Gott sei Dank ohne Träume –, bis er am nächsten Morgen vom Rauschen der Dusche geweckt wurde. Er machte die Augen einen Spalt weit auf und erblickte die halb geöffnete Badezimmertür. Auf den Wecker auf seinem Nachttisch brauchte er gar nicht erst zu schauen. Es musste kurz nach 7:00 Uhr sein.

Dieselbe Routine seit 27 Jahren: Jeden Werktag um Punkt 7:00 Uhr stellte sich Karissa acht Minuten lang unter die Dusche. Zwei Minuten brauchte sie zum Abtrocknen, was bedeutete, er hatte weniger als zehn Minuten, um in die Küche zu gehen und Kaffee zu machen, damit sie gemeinsam eine Tasse trinken konnten. Falls sie zufällig Zeit hatte.

Fünf Minuten später kam seine Frau durch den Flur in die Küche geschlendert, während sie ihre dichten dunkelbraunen Haare mit einem hellgrünen Handtuch frottierte. Karissa gab ihm einen Kuss auf die Wange und setzte sich auf den Hocker neben ihm.

„Entschuldige, dass ich gestern einfach so ausgeflogen bin." Sie lächelte ihn mit diesem zerknitterten Gesicht an, das ihn immer versöhnlich stimmte. Zumindest äußerlich. Durchschaute sie ihn? Vermutlich genauso, wie er sie durchschaute.

Aber alles würde wieder gut werden; sie brauchten nur ein wenig Zeit. Er musste dafür sorgen, dass es in der Firma wieder etwas ruhiger lief. Seine Auseinandersetzungen mit Ron mussten aufhören. Und er musste sich wieder mehr Zeit für Tyson nehmen. Das würde Karissa bestimmt gefallen.

„Ist Tyson pünktlich losgekommen zur Schule?"

„Als ich aufgestanden bin, war er schon weg."

„Hat er etwas für die Schülermitverwaltung zu tun?"

„Nein. Er probt mit zwei von den Lehrern seine Rede."

Karissa rutschte vom Hocker, ging zum Kühlschrank und holte die Flasche mit Karamellsirup heraus. Über die

Kühlschranktür hinweg rief sie ihm zu: „Du hast mein Karamell vergessen."

„Das überlagert den Geschmack des Kaffees."

„Mir schmeckt es aber nun mal."

Wie oft hatten sie diese Auseinandersetzung schon geführt? „Welche Rede eigentlich?", fragte er nach.

Sie kehrte zum Hocker zurück und schüttelte den Kopf. „Komm schon, Brock. Du musst dich doch daran erinnern. Beim Abendessen vergangene Woche hat er davon erzählt. Der einzige Abend, an dem wir drei zusammen am Tisch gesessen haben." Sie seufzte und drehte sich von ihm weg. „Weißt du nicht mehr, dass er uns erzählt hat, alle Lehrer und seine ganze Klasse hätten ihn ausgewählt, um die Rede bei der Abschlussfeier zu halten?"

„Doch, klar, stimmt." Brock schloss die Augen. „Ich habe im Augenblick in der Firma viel zu viel um die Ohren."

„Wie immer. Und so wird es auch immer sein."

„Nein, wird es nicht, Karissa."

„Ja, und die Sonne wird nicht immer aufgehen. Aber es wird noch lange so weitergehen." Sie rutschte von ihrem Hocker herunter. „Hast du den ganzen Tag im Büro zu tun?"

„Ja. In zwanzig Minuten muss ich weg."

Sie winkte, ohne sich zu ihm umzudrehen. „Ich wünsche dir einen schönen Tag."

Brock wartete, bis sie die Treppe nach oben erreicht hatte. „Hast du dich wegen Freitag schon entschieden?"

Karissa blieb stehen, drehte sich aber nicht um. „Willst du denn, dass ich mitkomme?"

„Wie ich schon sagte, das kannst du entscheiden. Mir ist beides recht."

„Ja, das hast du gesagt, aber trotzdem ärgerst du dich, wenn ich nicht mitkomme."

„Nein, tu ich nicht."

„Doch.“ Sie drehte sich mit gleichgültigem Gesicht zu ihm um. „Ich habe dich schon auf drei deiner Klassentreffen begleitet.“

„Mit anderen Worten, du willst nicht mitkommen.“

Karissa bedachte ihn mit einem kalten Blick. „Wenn du willst, dass ich mitkomme, komme ich mit.“

„Nicht nötig. Es ist völlig in Ordnung, wenn du hierbleibst. Du wirst dich doch nur langweilen.“

„Okay. Danke.“ Sie drehte sich um und ging hinauf.

„Aber falls du dich doch dazu entschließt, mich zu begleiten, würde ich mich sehr freuen.“

Karissa war bereits im Schlafzimmer verschwunden. Falls sie ihn gehört hatte, antwortete sie nicht.

Kapitel 3

„Denk dran", sagte Lennie, „du musst beim Klassentreffen eine Rede halten. Darby kann nicht kommen, und du warst Klassensprecher, also musst du das übernehmen."

Brock lachte in sein Telefon. Er saß an seinem Schreibtisch im 17. Stock des Lincoln Tower in Bellevue und blickte hinüber zur Brücke, die die Ostseite Seattles mit der Westseite verband. „Äh, nein. Niemand will eine Rede von mir hören."

„Doch, alle wollen das. Ich auf jeden Fall, und da ich dieses Treffen organisiere, habe ich dich schon im Programm vorgesehen."

„Du könntest das viel besser als ich. Ich bin kein guter Redner."

„Machst du Witze? Du bist doch ständig für *Black Fedora* unterwegs. Fernsehen, Interviews, Werbespots-"

„Aber nur vor einer Kamera oder einem Reporter, und außerdem sind das nur kurze Statements."

„Du hältst Reden vor Publikum."

„Nur, wenn es unbedingt sein muss. Du, ich muss jetzt Schluss machen. Lennie. Wir sehen uns am Freitagabend."

„Aber-"

Brock unterbrach die Verbindung und legte das Handy auf den Schreibtisch neben sein Laptop. Er konzentrierte sich wieder auf die E-Mail von einem Kunden, der ein Werbevideo für ihre neuen Läden produzieren wollte. Er klickte auf „Antworten", doch bevor er auch nur ein Wort schreiben konnte, erwachte seine Gegensprechanlage knisternd zum Leben.

Brock drückte den Knopf. „Hallo, Michelle."

„Wollen Sie mal raten, was ich Ihnen zu sagen habe?", fragte sie fröhlich wie immer. Seine Assistentin schien sich durch nichts aus der Ruhe bringen zu lassen.

„Ihr Mann hat gerade einen Plattenvertrag für sechs Alben abgeschlossen, und Sie werfen den ganzen Kram hin und fliegen morgen früh auf die Bahamas?"

„Haha! Falsche Antwort. Wollen Sie es noch mal probieren? Doppelt oder nichts?"

„Er hätte es aber verdient. Er hat wirklich viel Talent."

„Danke, dass Sie neulich zu seinem Konzert gekommen sind." Brock hörte ein Lächeln in Michelles Stimme. „Sie ahnen gar nicht, wie viel ihm das bedeutet hat."

„Ich bin nur froh, dass man einen Mann mittleren Alters hereingelassen hat."

„Sie sehen nicht aus wie ein Mann mittleren Alters."

„Aber Sie geben zu, dass ich das bin."

„Nur dem Geburtsdatum nach." Michelle lachte. „Aber zurück zu meiner Frage ..."

„Sie wollen mich daran erinnern, dass ich in drei Minuten eine Besprechung mit Ron habe, und dass ich mich jetzt auf den Weg machen sollte, wenn ich pünktlich da sein will."

„Jetzt haben Sie volle Punktzahl."

„Und wenn ich nicht pünktlich da bin? Was, wenn ich überhaupt nicht erscheine?" Brock ging zu seiner Bürotür und öffnete sie. „Wie wäre es, wenn Sie statt mir gehen?"

Michelle lächelte, und um ihre Augen bildeten sich hübsche Lachfältchen. Mit ihren erst 26 Jahren war sie bereits die fähigste Assistentin, mit der Brock je gearbeitet hatte. Sie hatte sich auf ihrem Stuhl umgedreht und wedelte mit ihren Händen mit dem hellblauen Nagellack.

„Sie wissen, wie gern ich das tun würde, aber ich käme nie auf den Gedanken, Sie der Möglichkeit einer Begegnung mit Ihrem Lieblingsbruder zu berauben."

„Manchmal staune ich wirklich über Ihre gewählte Ausdruckweise.“

„Ich gebe mir Mühe.“ Michelle nickte huldvoll.

Brock schlenderte zu Rons Büro mit dem festen Ziel, das Gespräch in weniger als zehn Minuten hinter sich zu bringen. Er klopfte an die geöffnete Bürotür und trat ein.

Ron Matthews stand im hinteren Teil seines Büros und hatte Brock den Rücken zugewandt. Zu seinen Füßen lagen ein halbes Dutzend Golfbälle. Brock konnte es zwar nicht sehen, aber sein Bruder hielt bestimmt einen Putter in den Händen, vermutlich denselben, den auch Bobby Jones besaß. Bobby Jones, der größte Amateur-Golfer, der je gelebt hatte. Rons großes Vorbild.

Ihr Finanzchef Richard stand etwa fünf Meter links von ihm, in den Armen einen dicken Aktenordner. Neben seinen Schuhen stand ein Putting Cup aus Messing.

Ron blickte den Finanzchef an, bevor er einen seiner Golfbälle spielte. „Brauchen Sie sonst noch was von mir?“

„Nein, jetzt habe ich alles.“ Er schniefte. „Ich werde die Änderungen sofort übertragen.“

Ron holte aus und schlug den Ball in Richtung des Putting Cups. Der Ball wurde langsamer, kroch die kurze Rampe hoch und landete mitten drin. „Danke, Richard.“

„Sehr gern.“ Steif und kontrolliert wie eine Marionette an Fäden drehte sich ihr Finanzchef um und ging zur Tür. Als er an Brock vorbeikam, nickte er ihm zu, vermied es aber, ihn anzusehen.

Sobald der Finanzchef das Büro verlassen und die Tür hinter sich zugezogen hatte, marschierte Brock auf Ron zu. „Welche Änderungen?“

Ron strich sich durch seine dichten, dunklen Haare und legte sich einen weiteren Ball zurecht. Seine typische Geschäftskleidung bestand aus schwarzer Hose, schwarzen Schuhen und einem Oberhemd in unterschiedlichen

Blautönen, manchmal kariert, manchmal gestreift. Wenigstens trug er keine Krawatten.

Am liebsten wäre Brock in Jeans und T-Shirt zur Arbeit gekommen. Aber sein Bruder hatte nicht viel für lässige Kleidung übrig, darum kleidete sich Brock im Büro „angemessen". Aber bei seinen vielen Geschäftsreisen zum Äquator, wenn er die Kaffeefarmen besuchte, die *Black Fedora* belieferten, trug er immer seine geliebten Jeans und T-Shirts. Eines Tages würde er sich vielleicht auch eleganter kleiden. Andererseits war er mittlerweile 53, und ehrlich gesagt glaubte er nicht, dass er sich in dieser Hinsicht noch ändern würde.

„Welche Änderungen, Ron?"

Ron schlug den Ball in Richtung Putting Cup. Er ging daneben. Seufzend lehnte Brocks Bruder den Putter an die hintere Wand. „Einsparungen von acht Millionen Dollar pro Jahr."

„Indem wir was tun?"

„Wir müssen unsere Lieferanten wechseln."

„Das ist nicht dein Ernst!" Brock hob die Hände und schüttelte den Kopf. „Du meinst, wir werden in Zukunft Kaffeebohnen von Firmen kaufen, die ihre Arbeiter ausbeuten?"

„Lass mich das erklären."

Heiße Wut stieg in Brock hoch, aber er zwang sich, ruhig zu bleiben. „Wir helfen den unabhängigen Plantagenbesitzern, indem wir unseren Kaffee von ihnen beziehen. Ihre Preise sind zwar um fünf Prozent höher als die der anderen Lieferanten, aber das Geld verschafft ihnen die Möglichkeit, Land dazuzukaufen und ihre Lebensbedingungen zu verbessern. Radikal zu verbessern."

„Ich weiß, was das Hilfsprogramm ihnen ermöglicht."

Brock machte trotzdem weiter. „Das jährliche Durchschnittseinkommen eines Erntehelfers ist nur knapp über tausend Dollar. Aber wenn sie ein bisschen eigenes Land besitzen, können sie das fast verzehnfachen."

„Brock, ich war dabei, als du das Programm entwickelt hast."

Brock schnippte mit den Fingern. „Mit unserer Hilfe können sie sich ihren Lebensunterhalt verdienen und haben sogar noch Geld übrig, um ein kleines Haus zu kaufen und ihre Kinder zur Schule zu schicken."

„Ich will es noch einmal wiederholen: Ich kenne die Vorteile dieses Programms."

„Das glaube ich dir nicht. Denn dann würdest du jetzt nicht in Erwägung ziehen, dass wir auch nur für einen einzigen Tag davon abweichen. Was wir für die Menschen dort unten tun, gehört zu den fundamentalen Grundsätzen dieser Firma."

„Wir haben keine Wahl."

„Was?"

„Wir müssen die Ausgaben reduzieren. Nur für ein paar Ernten. Dann werden wir wieder zurückkehren zu-"

„Haben wir finanzielle Probleme?" Ein Schauder lief Brock über den Rücken.

„Nein, nicht wirklich. Unsere Finanzdecke ist dünn, das stimmt, aber nur wegen unserer jüngsten Investitionen." Er ging auf Brock zu.

„Mach mir nichts vor, Ron. Was ist los?"

„Brock, jetzt reg dich ab." Ron öffnete die Hände. „Alles ist gut. Aber wir haben gerade sechs Millionen auf den Philippinen investiert und weitere acht in Japan. Der Gewinn aus diesen Investitionen wird groß sein, aber bis er realisiert wird, dauert es fünf, vielleicht auch sechs Quartale. Und wir müssen wenigstens eine halbe Million in Reserve haben. Alles andere wäre unverantwortlich. So hat Papa das immer gehandhabt, und davon werden wir auch nicht abweichen. Auf diese Weise vermeiden wir Engpässe."

„Aber es passt nicht zu uns, dass wir von dem wichtigsten Grundsatz dieser Firma abweichen."

„Nur ein paar Ernten, Brock. Dann stellen wir das wieder um."

„Und was ist mit den Arbeitern, die nicht ein paar Ernten aussetzen können?"

„Sie können warten."

„Nein, das können sie nicht."

Sie standen sich gegenüber und starrten sich an, genau wie früher, seit Ron alt genug war, dass er stehen konnte. Beide waren fest entschlossen, als Sieger aus dem Duell hervorzugehen. Als kleine Kinder hatten sie sich mit ihren Fäusten gemessen, dann im Sport und jetzt in ihrer Firma.

Nach 30 Sekunden beendete Ron die Stille. „Wir werden diese *vorübergehende* Änderung vornehmen, Brock." Ron funkelte ihn an. „Ich wollte dich lediglich darüber informieren, nicht um deine Erlaubnis bitten."

Sein Bruder drehte sich um und ging zu seinem Putter zurück.

Nach einem späten Abendessen und einer noch späteren Tasse Kaffee legte sich Brock schlafen. Er wollte die Sache mit dem luziden Träumen ausprobieren, um sich von seinem Gespräch mit Ron abzulenken. Außerdem wollte er bereit sein, wenn sein Vater sich das nächste Mal in seine Träume schlich. Den ganzen Tag über hatte er die Bewusstseinstechniken aus dem Buch eingeübt, die ihm die Kontrolle über seine unterbewusste Welt vermitteln sollten. Jetzt wollte er sehen, ob das funktionierte.

Der Schlaf übermannte ihn schnell, und auch der Traum kam wieder. Er befand sich in seiner Küche, aber die Farbe stimmte nicht. Das Beige war zu dunkel, und er saß nicht auf einem Küchenstuhl, sondern in einem Sessel. Was hatte in dem Buch gestanden? Richtig: *Richte den Blick auf ein berührbares Objekt, zum Beispiel eine Uhr.* Das tat er, und die Uhr an der Wand begann zu flimmern, verblasste und verschwand ganz.

Ja! Das war es. Er hatte das Gefühl, bei vollem Bewusstsein zu sein, aber dies war nicht real. In der realen Welt verschwanden Uhren nicht einfach. Es war definitiv ein Traum. Nächster Schritt: *Versuche, aus nichts etwas zu schaffen.*

Er richtete seinen Blick auf den Tisch und stellte sich ein Stück Schwarzwälder Kirschtorte vor, daneben eine Kugel weiße Schokoladeneiscreme mit Makadamianüssen. Torte und Eiscreme waren da, begannen aber ebenfalls schon wieder zu verblassen. Brock atmete tief ein – atmete er tatsächlich? – und konzentrierte sich auf das innere Bild von dem Nachtisch. Da waren sie wieder, der Kuchen und die Eiscreme, und dieses Mal blieben sie.

Er nahm einen Bissen von der Torte, und sofort war ihm klar, dass er für den Rest seines Lebens keine Schwarzwälder Kirschtorte mehr essen konnte. Diese Traum-Kuchenversion war einfach perfekt. Er schob sich einen weiteren Bissen in den Mund und begann genüsslich zu kauen, doch plötzlich war es nicht mehr der Kuchen, der seine Geschmacksknospen kitzelte, sondern der Geschmack von Kürbis – das Nahrungsmittel, das er am meisten auf der Welt hasste.

Brock spuckte den gelben Brei aus, schob den Tisch zurück und kämpfte gegen die Übelkeit an. Kurz darauf erwachte er. Seine Augen waren feucht. Dieses luzide Träumen war anscheinend doch nicht so einfach.

In der nächsten Nacht prallte er im Traum im Grand Canyon gegen eine Felswand, aber, hey, immerhin war er geflogen! Und er konnte seinen Flug kontrollieren. Meistens. In der darauffolgenden Nacht gelang es ihm nicht, in den Zustand des luziden Träumens zu kommen, aber Donnerstagnacht fand er wieder hinein, und nachdem er diesen Zustand erreicht hatte, hob er den Schwierigkeitsgrad an. Wenn er die Kontrolle über den Traum mit seinem Vater erlangen wollte, dann musste er sich in der Interaktion mit Menschen üben – mit Menschen, die seinen Adrenalinspiegel in die Höhe schießen ließen. Seltsam war allerdings, dass der Traum mit seinem Vater nicht wiedergekommen war, seit ihm Morgan dieses Buch in die Hand gedrückt hatte.

Er stellte sich eine Szene aus der Collegezeit vor, als er von drei Jungs aus einer Verbindung überfallen worden war. Ihre Schritte auf dem grauen Asphalt klangen wie die Explosionen kleiner Feuerwerkskörper, doch bevor sie ihn einholten, stellte er sich vor, dass er einen Baseballschläger in der Hand hielt, und er war plötzlich da. Er wirbelte herum und schlug mit der Keule um sich.

„Dieses Mal habt ihr keine Chance, Jungs."

„Was meinst du?", fragte der größte der drei.

„Du wirst nicht zwei meiner Rippen anknacksen und dir mein Portemonnaie *ausleihen*."

„Was?" Der stämmige Typ auf der rechten Seite tat beleidigt. „So was würden wir doch nie tun."

Der Dritte grinste nur. In diesem Augenblick griffen sie an.

Brock konzentrierte sich. Die drei Jugendlichen bewegten sich in Zeitlupe auf ihn zu. Als sie ihn erreichten, war er längst zur Seite gesprungen und beobachtete, wie sie herumwirbelten und ihn verblüfft anstarrten.

Der Stämmige schnappte nach Luft. „Wie hast du das gemacht?"

Brock setzte zu einer Antwort an, doch bevor ihm die Worte über die Lippen kamen, wachte er auf.

Das Zwitschern der Amseln vor seinem Schlafzimmerfenster katapultierte ihn in die Realität zurück. Es war Morgen. In dem interaktiven Traum war nicht alles perfekt gelaufen, aber doch einiges. Er wäre gern noch länger dort geblieben und hätte erlebt, wie die Mistkerle klein beigaben. Doch mittlerweile hatte er einige Übung und fühlte sich einer Begegnung mit seinem Vater in der Traumwelt gewachsen.

Kapitel 4

Am nächsten Abend fuhr Brock zum Klassentreffen in einem Hotel in Seattle. Er parkte den Wagen im Parkhaus. Das Gespräch mit Ron von vor ein paar Tagen hing ihm noch nach. Und dann war da noch die Enttäuschung darüber, dass Karissa ihn nicht hatte begleiten wollen. Obwohl, das stimmte nicht. Sie wäre mitgekommen, wenn er sie darum gebeten hätte, aber im Laufe der Jahre hatte sie ihn immer wieder zu geschäftlichen Veranstaltungen begleiten müssen; irgendwie konnte er sogar verstehen, dass sie auf diese Feier keine Lust hatte. Eigentlich hätte er sogar Verständnis dafür gehabt, wenn sie ihn für den Rest ihres Lebens zu keiner einzigen Veranstaltung mehr begleiten würde.

35 Jahre waren seit dem Schulabschluss vergangen. Während er durch die Windschutzscheibe seines silbernen Lexus die einigermaßen vertrauten Gesichter der Menschen betrachtete, die auf dem Weg zum Fahrstuhl an ihm vorbeikamen, konnte er nicht fassen, dass seit der Highschool schon so viel Zeit vergangen war. Es fühlte sich ganz anders an.

Brock warf einen Blick auf seine Uhr. Ein Geschenk von Ron vor drei Jahren, als *Black Fedora* den Jahresumsatz von 25 Millionen geknackt hatte. Im vergangenen Monat hatten sie 53 erreicht. Warum also mussten sie das Programm zur Unterstützung der Kaffeepflücker aussetzen? Ron war für die Finanzen von *Black Fedora* zuständig, und er machte das gut, keine Frage, aber angesichts der sich am Himmel zusammenballenden Gewitterwolken wünschte sich Brock doch die Fähigkeit, hellsehen zu können.

Es war Zeit, hineinzugehen. Lächeln war angesagt. Lächeln.

Als er durch die Tür trat, entdeckte er ein Gesicht, das er seit dem ersten Klassentreffen im Jahr 1985 nicht mehr gesehen hatte – ein Gesicht, das er auch nicht vor ihrem 200-jährigen Klassentreffen hatte wiedersehen wollen: Mitchell Green. „Brock Matthews, Junge. Wie schön, dass du auch da bist. Perfektes Timing. Hier." Mitchell drückte ihm einen Drink in die Hand.

„Hey, Mitchell. Lange her."

„Zu lange." Mitchell boxte Brock leicht gegen die Schulter. „In der Highschool waren wir vielleicht nicht die besten Freunde, aber die Zeiten ändern sich. Ich würde gern einen Toast ausbringen."

„Worauf?"

„Auf dich und mich, die wir die Geschäftswelt bis in ihren Grundfesten erbeben lassen." Mitchell stieß mit Brock an. „Ich habe deine berufliche Entwicklung verfolgt. Weißt du auch über meine Arbeit Bescheid? Vor einem Jahr sind wir an die Börse gegangen, Junge. Das hast du sicher mitbekommen, nicht? Großer Erfolg. Ja, ich habe damit gerechnet, dass die Börse meinen Nettowert um ein paar Punkte steigert, aber fünfzehn Millionen? Nee, das hat mich umgehauen. Wir sind nur eine kleine Firma, weißt du?"

Brock wusste es nicht. Sicher, er hatte gehört, dass Mitchell bei einer Firma arbeitete, die gut dastand. Und er hatte auch gehört, dass diese Firma an die Börse gegangen war. Aber welche Leistungen sie anbot, wusste er nicht genau, nur dass es mit Beteiligungskapitalinvestitionen zu tun hatte.

„Komm, erzähl. Ich will jetzt alles von dir wissen." Mitchell boxte Brock noch mal gegen den Arm. „Die Entwicklung von *Black Fedora* habe ich mit Interesse verfolgt. Erstaunlich, dass eine neunhundert Jahre alte Ware noch so viel Gewinn in die Taschen eines Menschen spülen kann. Aber ihr kennt euch eben mit Marketing aus, und das ist alles, was zählt. Na los, lass hören."

„Uns geht es gut, danke."

„Gut? Gut!" Mitchell drehte sich langsam im Kreis, hob erneut sein Glas und auch seine Stimme. „Dieser Mann und sein Bruder führen eine fünfzig Millionen Dollar schwere Firma, die, wie Forbes berichtet, für die Kaffeebranche sein könnte, was Apple für die Technikbranche ist, wenn sie sich nur noch ein wenig anstrengen. Und er sagt, es geht ihnen ‚gut'? Vorsicht!"

Brock wartete, bis Mitchell sich ein zweites Mal um die eigene Achse gedreht und dabei sein Glas in einem Zug geleert hatte. „Bist du verheiratet. Mitchell? Kinder?"

„Nein, nein, jetzt versuch nicht, das Thema zu wechseln. Wann geht ihr an die Börse? Verrückt, dass ihr bisher vor diesem Schritt zurückgescheut seid. Eigenkapital anzuhäufen ist nicht der richtige Weg. Ihr müsst das Mittelalter verlassen, Junge."

„Das ist nicht geplant."

„Wieso nicht? Wenn du Hilfe brauchst, ruf mich an. Ich kann dich höher in die Stratosphäre schießen, als du dir vorstellen kannst. Ich habe Kontakte, bin super vernetzt, Junge."

„Ich werde es im Hinterkopf behalten."

„Hey, ich würde sagen, dass du lieber bald etwas unternehmen solltest. Sonst wird euch noch jemand schlucken!" Mitchell ahmte mit der Hand einen Vogel im Flug nach. „Er stößt herab, schnappt sich das Kapital und übernimmt eure Firma, und ihr könnt nichts dagegen tun."

Brock antwortete nicht. Da Mitchells Blutalkoholspiegel zweifellos auf dem aufsteigenden Ast war, würde er sich in 20 Minuten vermutlich nicht mehr an dieses Gespräch erinnern.

Brock entfernte sich langsam von ihm, während Mitchell auf ihn zeigte und grinste. „Du und ich, das ist Schicksal."

Als er sich umgedreht hatte, kam Lennie Bucks grinsendes Gesicht in sein Blickfeld. Lennie Buck und er waren auf der Highschool gute Freunde gewesen, aber sie hatten sich aus den Augen verloren, als Brock ein „Jesus Freak" geworden war, wie Lennie es so nett ausdrückte. Am Ende von Lennies 15-jähriger Karriere bei den New York Rangers war er nach Seattle zurückgekommen, und sie hatten ihre Freundschaft wieder aufleben lassen.

Lennie, im schwarzen Anzug, weißen Hemd und knöchelhohen dunkelgrauen Sneakers, packte Brock an den Schultern. „Weißt du es schon?" Lennie schüttelte Brock leicht. „Sie ist hier! Ich kann nicht fassen, dass sie wirklich gekommen ist. Das ist das erste Klassentreffen, das sie mit ihrer Anwesenheit beehrt. Verrückt, nicht? Und Mann, sie sieht toll aus. So elegant. Ein Feuerwerk ist vorprogrammiert, das sage ich dir."

Brock lachte. „Soll ich jetzt raten, von wem oder was du sprichst?"

„Sheila! *Deine* Sheila. Vor fünf Minuten ist sie durch diese Tür getreten und hat mich direkt nach dir gefragt. Strahlte, als sie deinen Namen aussprach. Ich sage dir ..." Er deutete mit dem Daumen auf Brock. „Wann hast du sie das letzte Mal gesehen?"

Eine Welle der Vorfreude erfasste Brock, und sofort waren auch die Schuldgefühle da. Als ob er die mit Sheila verbundenen Emotionen hätte aufhalten können.

In der Highschool war Sheila Waterson seine große Liebe gewesen. Auch im College noch. Als sie sich trennten, nahm sie ein Stück seines Herzens mit, obwohl Brock derjenige gewesen war, der die Trennung herbeigeführt hatte. Das war kein Geheimnis, zumindest nicht vor Karissa. Nach der Trennung hatte er Sheila nicht mehr wiedergesehen, nicht mal, als er über die sozialen Netzwerke den Kontakt zu einigen anderen alten Freunden erneuert hatte. Er hatte nie nach ihr gesucht und war dankbar, dass auch sie nie bei ihm angeklopft hatte.

„Hey, ich rede mit dir. Hör mal zu, Kumpel." Lennie boxte Brock in den Bauch. „Wow. Prima Bauchmuskeln, kein Gramm Fett an deinem alten Körper. Genau wie ich. Kein SB." Lennie klopfte sich auf den Bauch. „Das wird ihr gefallen."

„SB?"

„Schwabbelbauch!" Lennie brach in hyänenartiges Gelächter aus.

„Mit Worten konntest du schon immer gut umgehen, Len."

„Ja, nicht?" Er lachte, packte Brock erneut an den Schultern und strich dann mit dem Handrücken über dessen Sportsakko. „Also, sag, wie lange habt ihr euch nicht mehr gesehen?"

„Das ist eine Weile her." Brock stellte sein Glas auf das Tablett eines Kellners, der an ihnen vorbeikam. „Aber deswegen bin ich nicht zum Klassentreffen gekommen."

„Wie lange ist eine Weile? Jahre?"

Brock nickte leicht. „Seit unserer Trennung nicht mehr."

„Was? Im Ernst?" Lennie schüttelte den Kopf. „Die Liebe deines Lebens sieht immer noch fast so gut aus wie damals, und du bist nicht mit ihr in Kontakt geblieben?"

„Siehst du das hier?" Brock hob seine linke Hand. „Das nennt man einen Ehering. Er ist ein Symbol dafür, dass du dein Leben mit einem Menschen teilst und dass du ihm treu bist und bei ihm bleibst durch Dick und Dünn."

Lennie grinste. „Vielleicht hätte ich das während meiner Ehe beherzigen sollen."

„Ja, das hätte hilfreich sein können."

„Und in der Zeit davor auch." Lennie grinste erneut und schaute sich im Saal um. „Los, komm, suchen wir sie."

Brocks Puls ging schneller, während er sich in der Menge umschaute. War er nervös? Warum? Das war unangemessen. Ja, genau. Er hatte Sheila seit mehr als 30 Jahren nicht mehr gesehen, und dieses kleine Stück seines Herzens, das er nie zurückbekommen hatte, rief nun nach ihm. Lennie suchte vielleicht nach ihr, damit Sheila und Brock wieder in Kontakt kamen, doch Brock hielt Ausschau nach ihr, um eben diesen Kontakt zu vermeiden.

Doch dann drang der Klang ihrer Stimme, auch nach 35 Jahren noch unverändert, über seine Schulter an sein Ohr. „Hallo, Brock."

Er wirbelte herum, geriet ins Taumeln und hatte Mühe, sich wieder zu fangen. „Sheila. Hallo!"

„Alles in Ordnung?"

Sie lächelte, und Brock fühlte sich wieder wie 16. Sheilas Lächeln war noch genau wie früher, und die Erinnerungen stürzten über ihn herein wie eine Flut biblischen Ausmaßes. Als Lennie behauptet hatte, sie sähe gut aus, hatte Brock angenommen, sein alter Freund würde übertreiben. Das war nicht so. Sicher, ihre Haut war nicht mehr ganz so glatt, ihre blonden Haare nicht mehr ganz so glänzend, und die Jahre hatten ihr ein Stück der Frische gestohlen, die die Jugend so freizügig verteilte, aber kein Fremder hätte sie auf älter als Mitte 30 geschätzt. Und eines an ihr war keinen Tag älter geworden: ihre meergrünen Augen. Immer noch faszinierend wie ein unergründlicher See an einem Sommermorgen.

„Ja, alles gut."

Sie lachte, und weitere Erinnerungen stürmten auf ihn ein. „Hast du schon etwas zu viel getrunken?"

„Noch keinen Tropfen."

„Du siehst gut aus, Brock. Wirklich."

„Du auch." Das klang in seinen eigenen Ohren reichlich lahm, aber Sheila ließ sich nichts anmerken.

Sie legte den Kopf zur Seite. „Können wir irgendwohin gehen, wo es nicht so laut ist, und uns ein wenig unterhalten?" Sie drehte sich um und musterte ihre alten Klassenkameraden, die in kleinen Gruppen zusammenstanden, als suche sie einen Weg, ihnen zu entkommen.

„Klar."

„Hey, amüsiert ihr euch?" Lennie klopfte ihnen beiden auf die Schultern und nickte. „Man sieht sich."

Sheila warf Brock ein mitfühlendes Lächeln zu und ergriff seinen Arm, und gemeinsam schlängelten sie sich durch die Menschenmenge nach hinten durch. Immer wieder lächelte Brock und winkte Gesichtern zu, die er bestimmt kannte, doch die Namen dazu hatte er vergessen. Die Eagles dröhnten viel zu laut aus den Lautsprechern, aber so brauchte er wenigstens nicht zu reden.

Auf der anderen Seite des Ballsaals ließ Sheila seinen Arm wieder los und hielt Ausschau nach einem ruhigen Plätzchen an der hinteren Wand. „Wie schön, dass Lennie nach all den Jahren immer noch Lennie ist. Es scheint ihm richtig gut zu gehen."

„Unglaublich, dass er eine Firma leitet, die Hightech-Docks für Unternehmen auf der ganzen Welt herstellt."

„Lennie?" Sie lächelte. „Nicht in einer Million Jahren."

„Das ist für mich genauso unvorstellbar. Aber ich hätte auch nicht gedacht, dass unser Klassensprecher mal Überstunden beim Baumarkt schieben würde."

„Scotty Anderson arbeitet im Baumarkt?"

„Das zeigt mal wieder, dass unsere Prognosen im Jahrbuch wirklich nur ein Ratespiel waren."

Durch einen langen Flur gelangten sie zu einer Bar, in der sich nur eine Bedienung mit stacheligen Haaren und verschleiertem Blick aufhielt. An einem Tisch in der Mitte ließen sie sich nieder, und eine Minute später trat die Bedienung an ihren Tisch.

„Bekommt ihr zwei was?"

„Ja." Sheila warf Brock ein Lächeln zu. „Wenn es möglich ist, hätten wir gern zwei Butterscotch-Milchshakes mit einem Extraspritzer Butterscotch", bestellte sie. „Vielleicht auch mit zwei."

Die Bedienung verzog das Gesicht, als wollte sie ihre Gäste darauf hinweisen, dass sie sich in einer Bar und nicht in einer Milchbar befänden, aber sie hielt den Mund und trottete zur Bar zurück, wo sie sich an die Zubereitung der Milchshakes machte.

Brock grinste breit. „Du erinnerst dich also noch daran."

„Natürlich. Jedes Paar hat sein ganz besonderes Getränk und sein Lied, oder?" Sie blickte ihn mit gespielter Entrüstung an. „Unsere erste Verabredung ... Auf dem Rückweg zum Haus meiner Eltern haben wir uns noch so einen Shake geholt. Lief nicht ‚September' von Earth, Wind & Fire im Radio?"

„Wow. Das versetzt mich jetzt voll wieder in die Zeit zurück." Brock rutschte auf seinem Stuhl herum und lächelte sie an. „Ich glaube, wir haben uns nie für einen Song als ‚unser Lied' entschieden."

„Doch, das haben wir. Aber du mochtest ihn nie."

„Was bedeutet, dass du entschieden hast."

Sie lachte. „Das war vermutlich so."

Die Bedienung kam mit ihren Getränken, und sie prosteten sich zu.

„Worauf sollen wir trinken?", fragte er.

„Selbst auf die Gefahr hin, klischeehaft zu klingen, aber: Auf die Erinnerungen an eine Zeit, in der alles noch einfacher war, und auf eine Liebe, die auch einfacher war."

Brock stieß mit ihr an. „Gut formuliert."

Sie tranken, und nachdem sie einander so lange angesehen hatten, dass es beinahe schon peinlich wurde, hielt Brock ihr die Hand hin. „Also, willst du mir zuerst von den vergangenen dreißig Jahren erzählen oder soll ich den Anfang machen?"

In der nächsten Viertelstunde unterhielten sie sich über ihre Berufe und Kinder und gemeinsame Freunde, zu denen sie den Kontakt verloren hatten.

Doch dann wurde Sheila ernst. Sie berührte Brocks Hand so leicht wie eine Feder und zog sie eine Sekunde später wieder fort. „Verzeih mir, wenn ich so offen spreche, aber hast du im Lauf der Jahre manchmal an uns gedacht? Wie es hätte sein können?“

Das war tatsächlich sehr offen, und trotzdem kam es ihm vor wie die natürlichste Sache der Welt, darum zögerte Brock nicht zu antworten: „In den ersten Jahren schon. Bevor ich Karissa kennenlernte, und auch noch während der ersten Zeit danach. Ich habe von dir geträumt, von uns. Ein paarmal. Aber jetzt schon lange nicht mehr.“

Sheila nickte. „Nach dem, was ich auf Facebook gesehen habe, seid ihr zwei ein schönes Paar.“

Brock legte den Kopf zur Seite und grinste. „Du hast mich also gestalkt?“

„Nicht wirklich.“ Sie lächelte. „Ich habe nicht einmal einen Account. Meine Kinder sind bei Facebook. Manchmal gehe ich über ihren Account rein und rufe dein Profil auf. Du hast es nicht geschützt. Jeder kann es einsehen.“

„Das sollte ich vermutlich mal ändern.“ Er erwiderte ihr Lächeln.

Sie trank einen Schluck von ihrem Milchshake und wurde ernst. „Darf ich weitermachen?“

„Klar.“

„Ich habe dich so geliebt, wie eine einundzwanzigjährige junge Frau nur lieben kann.“ Mit dem Finger strich sie langsam über den Rand ihres Glases, bis sie den Ausgangspunkt wieder erreicht hatte. Sie blickte hoch. „Ich habe eine ganze Weile gebraucht, um über dich hinwegzukommen ... über uns. Eine sehr lange Weile.“

In ihrer Stimme war keinerlei Feindseligkeit zu erkennen, keine Bitterkeit ihm gegenüber. Ihre Augen sagten ihm, was er bereits wusste – sie erwartete keine Entschuldigung oder auch nur eine Antwort, aber er gab ihr trotzdem beides.

„Verzeih mir bitte, wenn ich dich verletzt habe."

„Du brauchst nicht um Verzeihung zu bitten." Sie lächelte ohne eine Spur von Traurigkeit. „Der Punkt ist: Ich *bin* über dich hinweggekommen. Ich habe mein Leben fortgesetzt, und es ist ein gutes Leben. Ein sehr gutes." Etwas Schmerzliches schlich sich in ihre Gesichtszüge ein – so kurz, dass die meisten Menschen es übersehen hätten.

„Was ist los?"

„Was meinst du?" Sheila senkte den Blick und spielte mit ihrem Untersetzer.

„Du sagst, es sei ein gutes Leben, aber dein Gesicht spricht eine andere Sprache. Ich habe es gesehen."

„Ertappt." Sie blickte zur Decke und stieß ein leises Lachen aus. „Verrückt, dass man einen Menschen, mit dem man eine sehr intensive Zeit erlebt hat, auch nach vielen Jahren noch so gut kennt."

„Das stimmt." Brock hielt inne. Er war nicht sicher, ob er sie weiterdrängen sollte. „Also?"

„Mein Mann ist vor drei Jahren gestorben. Ich habe ihn sehr geliebt. Es tut immer noch weh. Nicht mehr so schlimm, aber der Schmerz ist permanent da. Meine Kinder finden, jetzt sei genügend Zeit vergangen, ich solle wieder einen Mann in mein Leben lassen. Aber ich kann mir nicht vorstellen, je wieder zu heiraten. Er war genau der Richtige für mich."

„Das tut mir leid."

„Das muss es nicht. Wir hatten eine tolle Ehe."

Sheila legte die Lippen um ihren Strohhalm und trank einen großen Schluck von ihrem Milchshake. „Bist du immer noch ein Jesus-Freak?"

„Ja." Brock lächelte. „Das wird sich wohl auch nie ändern."

Sheila erwiderte sein Lächeln und lachte. „Ich mittlerweile auch."

„Was?"

Sie deutete auf das kleine Kreuz an ihrem Hals. Seltsam, dass ihm das gar nicht aufgefallen war. „Du hast immer gesagt, dass es einen Unterschied gibt zwischen jemandem, der in die Kirche geht, und einem Menschen, der im Kern von Gott gepackt ist. Als wir zusammen waren, habe ich die gute Christin gespielt, und du hast mir das sogar auf den Kopf zugesagt, aber verstanden habe ich es erst mit Ende zwanzig."

„Was ist geschehen?"

Sheila lehnte sich zurück, und dieselbe Traurigkeit, die er vorher bereits bemerkt hatte, legte sich wieder auf ihre Gesichtszüge. „Das hat uns auseinandergebracht, nicht? Dass ich nicht wirklich gläubig war."

„Das war ein Faktor."

Die Bedienung kam zu ihrem Tisch und räumte die leeren Gläser ab. „Wollt ihr noch einen?"

„Für mich nicht", erwiderte Brock. „Ich muss noch Auto fahren."

Und wieder lächelten sie sich an, und die Jahre traten noch weiter in den Hintergrund. Sie waren wieder zwei Achtzehnjährige, die sich einen Milchshake bestellten und von einer strahlenden Zukunft träumten.

„Wie groß?"

„Was meinst du?"

„Wie groß war der Faktor?"

„Du willst eine Prozentzahl?"

„Ja."

„Das kann man doch nicht so genau sagen." Brock hob in gespieltem Protest die Hände.

„Ich weiß." Sheila berührte kurz seine Hand und zog ihre sofort wieder zurück. „Wir hatten eine schöne Zeit zusammen, nicht?"

Brock lehnte sich zurück.

„Ich würde Karissa gern mal kennenlernen."

„Sie würde sich sicher auch freuen.“ Brock schlug auf den Tisch. „Ja, das machen wir mal.“

Doch ein solches Treffen würde nie stattfinden, das wussten sie beide. So wie sich auch die Versprechungen, für immer Freunde zu bleiben, nie erfüllten.

Brock genoss den Rest des Abends. Er unterhielt sich mit alten Freunden, und gegen Ende des Klassentreffens hielt er sogar eine recht lahme Rede. Aber Lennie freute sich, und das war für ihn Grund genug, es zu tun.

Als er durch das leere Parkdeck zu seinem Wagen ging, sprach ihn eine Stimme an. „Brock?“

Er drehte sich um. Es war Sheila. Sie trat auf ihn zu, und ihr Blick huschte über das Parkdeck. „Eine Sache noch.“ Sie trat noch näher, doch dann zögerte sie.

„Alles in Ordnung?“ Brock versuchte ihren Blick zu deuten.

„Ja.“

Ohne Vorwarnung trat sie auf ihn zu und küsste ihn leicht auf die Lippen. Noch bevor er Zeit hatte zu reagieren, löste sie sich wieder von ihm und schüttelte den Kopf. „Entschuldige.“ Sie senkte den Blick und wandte sich ab. „Adieu, Brock.“

Auf der Heimfahrt gegen 23:30 Uhr trank er Kaffee aus seiner mitgebrachten Thermoskanne, um wach zu bleiben. Seine Gedanken drehten sich ausschließlich um den Kuss und sein Gespräch mit Sheila, und er versuchte, die Schuldgefühle abzuschütteln. Warum sollte er sich eigentlich schuldig fühlen? Er hatte nichts getan – Sheila hatte *ihn* geküsst, nicht er sie. Und Gefühle waren schließlich nicht unmoralisch, oder? Was zählte, war allein, wie man mit ihnen umging.

Warum also schrie ihm sein Gewissen zu, dass er sich falsch verhalten hatte?

Kapitel 5

Zwanzig Minuten später schleppte sich Brock die Treppe hoch zu seinem Schlafzimmer. Er hoffte, dass Karissa ihn nicht nach dem Klassentreffen fragen würde, aber natürlich wusste er, dass sie es tun würde.

Als er das Schlafzimmer betrat, lag sie im Bett und las einen Krimi. „Hallo."

Sie legte das Buch auf ihre Brust und blickte ihn über den Rand ihrer dunkelblauen Lesebrille hinweg an. „Und, wie war das Klassentreffen?"

„Schön."

„Das ist alles?"

„Im Grunde genommen schon." Brock zuckte die Achseln. „Es war ein Abend, an dem ich Leute wiedergesehen habe, die ich nicht unbedingt häufiger als alle fünf Jahre treffen möchte, aber trotzdem war es schön."

„War jemand da, mit dem du nicht gerechnet hattest?"

„Sheila war da." Brock versuchte, ihr ein unschuldiges Lächeln zuzuwerfen.

„Wirklich? Deine frühere Freundin Sheila?" Karissa setzte ihre Lesebrille ab.

„Ja."

„Oh, und wie war das, sie wiederzusehen?" Karissa legte ihr Buch auf ihren Nachttisch. „Es war ja damals ziemlich ernst mit euch."

„Ich habe mich echt gefreut, sie zu sehen." Brock knöpfte sein Hemd auf und streifte die Schuhe von den Füßen. „Lennie Buck war natürlich auch da. Jetzt nennt er sich Len, aber für mich wird er immer Lennie sein. Er hat bestimmt zwanzig Leuten erzählt, wie ich ihm in der achten Klasse beim Hockey die Zähne ausgeschlagen habe und er mich Rocky nannte."

„Moment mal, nicht so schnell." Karissa richtete sich im Bett auf. „War es komisch für dich, deine frühere Freundin nach all den Jahren wiederzusehen?"

„Ja, das war es." Brock hatte sich ausgezogen und schlüpfte in seinen Schlafanzug.

„Ist sie verheiratet?"

„War sie, aber ihr Mann ist vor drei Jahren gestorben."

„Oh, das tut mir leid." Karissa wandte den Blick ab, aber der Tonfall ihrer Stimme passte nicht zu ihren Worten. „Empfindest du noch etwas für sie?"

Brock antwortete nicht, weil er ahnte, was als Nächstes kommen würde.

„Bereust du, dass du dich damals von ihr getrennt hast?"

Bingo. Er wandte sich zu ihr um und blickte ihr fest in die Augen. „Auf keinen Fall. Auch an meinen Toyota aus dem Jahr 1979 habe ich schöne Erinnerungen, trotzdem würde ich ihn nicht mehr fahren wollen. Ich liebe dich. Nicht Sheila."

Sie musste grinsen. „Manche Männer machen ihre alten Autos ausfindig und reparieren sie."

„Ich nicht."

„Versprochen?"

Er trat an ihre Seite des Bettes und lehnte sich an die Wand. „Warum beschäftigt dich das denn so?"

Karissa glitt wieder unter die Decke, nahm ihren Krimi und schlug ihn auf. Brock suchte nach den richtigen Worten. „Wenn du mir weismachen willst, du würdest lesen, sollten sich zumindest deine Augen hin und her bewegen."

„Sei still."

„Im Ernst. Rede mit mir." Brock setzte sich auf die Kante von Karissas Bettseite und streichelte ihr über den Arm. „Warum solltest du dir wegen Sheila Gedanken machen?"

„Das weißt du doch genau. Du bist eines dieser seltenen Exemplare von Mann, die wenigstens einen Hauch Einfühlungsvermögen besitzen ... also sag du es mir.“

Brock lehnte den Kopf an die Wand und unterdrückte ein Seufzen. Natürlich wusste er es. Und noch vor dem Beginn dieser Auseinandersetzung hatte er gewusst, dass sie es wusste. Ihre Ehe steckte in einer Flaute, und es waren nicht nur ruhige Gewässer, auf denen sie segelten. Ohne Wind kam ein Segelboot nicht voran. Schon lange hatte kein Sturm mehr ihre Ehe auf eine gute Weise durchgerüttelt.

„Wir haben keinen Wind mehr.“ Brocks Blick wanderte zu ihrem Eheversprechen, das gerahmt an der Wand über Karissas Kommode hing. „Seit Neuestem herrscht Flaute.“

„Was soll das heißen?“

„Es war immer Wind in den Segeln unseres Bootes, aber in den vergangenen sechs Jahren, vielleicht auch länger, sind wir nur so dahingetrieben. Darum kommen wir nicht mehr voran. Und darüber hinaus braucht das Segelboot dringend einen neuen Anstrich, die Segel müssen ersetzt werden, die Nahrungsmittel in der Kombüse verderben, und-“

„Ich verstehe.“

„Und du denkst, ich würde mir ein neues Segelboot suchen und hoffen, damit würde sich das Windproblem in meinem Leben lösen und-“

„Brock!“ Karissa schleuderte ihr Buch gegen die Wand. „Habe ich nicht gerade gesagt: ‚Ich verstehe‘?“

Ja, das hatte sie gesagt. In dem Tonfall, an den er sich mittlerweile gewöhnt hatte. Gegen den er mittlerweile *abgehärtet* war, wäre der bessere Ausdruck, denn sein Herz hatte sich verschlossen, und er wusste nicht, wie es wieder offener werden könnte. Ohne Frage war auch ihr Herz hart geworden. Und vermutlich sah auch sie keine Lösung.

Karissa schwieg eine Weile, bevor sie aus dem Bett stieg, ihr Buch aufhob, es auf ihren Nachttisch legte und zu seiner

Seite des Bettes ging. „Entschuldige bitte. Ich verliere neuerdings viel zu schnell die Geduld."

„Nein, das stimmt nicht."

„Doch, und ich lese in deinen Augen, dass du es auch so siehst." Sie schlüpfte neben ihm ins Bett und legte ihren Kopf auf seine Brust. Er strich ihr über die Haare. „Was passiert mit uns? Ich möchte dich nicht verlieren ... *uns* nicht verlieren. Ich will nicht, dass du mit einer alten Flamme durchbrennst."

„Ich brenne nicht durch."

„Aber auch dann – wie wird unser Leben sein, wenn Tyson zum College geht? Es gibt ja viele Ehen, die auseinandergehen, wenn die Kinder aus dem Haus sind. Weil die Ehepartner dann merken, dass sie außer dem gemeinsamen Projekt Kind eigentlich nichts mehr verbindet."

„Das wird bei uns nicht so sein."

„Woher weißt du das?"

„Der Wind wird wieder auffrischen."

Karissa wiederholte sich. „Woher weißt du das?"

Er wusste es nicht.

Nach dem Zähneputzen kroch Brock unter die Decke und nahm sich wieder Morgans Buch vor: *Luzides Träumen: So lassen Sie Ihre Träume Realität werden.* Er schlug die letzten Seiten auf, um sich noch einmal die Schritte zu einem erfolgreichen luziden Traum zu vergegenwärtigen. Doch bevor er anfangen konnte, unterbrach Karissa ihn.

„Ich verstehe immer noch nicht, was dieses luzide Träumen ist oder warum du dich damit beschäftigst."

„Das ist doch nicht so kompliziert."

„Dann erklär es mir so, dass ich es verstehen kann. Und nicht nur wie sonst in einer Drei-Wort-Antwort, sondern bitte etwas ausführlicher." Karissa stützte sich auf einen Ellbogen und klopfte gegen sein Buch. „Komm schon."

Brock seufzte und schloss die Augen. „Nach dem anstrengenden Gespräch mit Ron, das mich immer noch beschäftigt, dem Klassentreffen und unserer kleinen Diskussion eben will ich mir das hier nur noch mal kurz durchlesen und schlafen und versuchen, die Ideen im Buch umzusetzen, okay?"

„Okay. Prima." Zum zweiten Mal in zehn Minuten schleuderte Karissa ihr Buch gegen die Wand. Sie knipste ihr Licht aus, riss die Decke an sich und drehte Brock den Rücken zu.

„Ach, Karissa, bitte nicht so." Brock seufzte und legte sein Buch aus der Hand. „Es tut mir leid."

„Wie auch immer."

Er war versucht, sich in sein Buch zu vertiefen, aber das hier war eine Gelegenheit, dem Wind eine Chance zu geben. Vielleicht frischte er ja auf? Vielleicht fesselte sie das Thema ja genauso wie ihn.

„Ein luzider Traum ist die Art Traum, in dem du genau weißt, dass du träumst. Du erlebst deinen Traum ganz bewusst. Es ist, als wärst du wach, obwohl du schläfst. Aristoteles sagt: ‚Wenn wir schlafen, sagt etwas in unserem Unterbewusstsein uns, dass das, was wir sehen, ein Traum ist.' Mit anderen Worten, du bist dir darüber im Klaren, dass alles, was du erlebst, nur in deinem Geist geschieht, dass keine reale Gefahr besteht und dass du schlafend im Bett liegst."

„Okay, so etwas hatte ich auch schon. Und was ist jetzt der Sinn des Buches?"

„Da geht es darum, dass man mit bestimmten Techniken lernen kann, den Verlauf deiner luziden Träume zu steuern und zu beeinflussen."

„Wie denn das? Und wozu?" Karissa wendete sich ihm wieder zu.

„Du kannst entscheiden, was in dem Traum geschehen soll. Die Menschen, die Orte, Gespräche und Ergebnisse beeinflussen. Es ist, als wärst du der Regisseur eines Films, in dem du gleichzeitig der Hauptdarsteller bist, und du hast auch die Kontrolle über die anderen Mitspieler. Und du kannst die außergewöhnlichen Dinge tun, die nur in Träumen geschehen."

„Also zum Beispiel fliegen oder von einem Ort zu einem anderen reisen? Oder mit Menschen aus deiner Kindheit oder irgendwelchen Berühmtheiten reden?"

„Genau."

„Begrenzt nur durch deine Fantasie."

„Ja. Die physikalischen Gesetze sind außer Kraft gesetzt. Und doch sind alle deine Sinne aktiviert. Tasten, schmecken, hören, fühlen, sehen ... du kannst dir nicht vorstellen, wie gut die Schwarzwälder Kirschtorte geschmeckt hat, die ich neulich im Traum gegessen habe."

„Aber noch einmal: Worin liegt der Sinn?" Karissa streckte ihre Beine aus. „Warum sollte man das machen wollen?"

„Dabei wird laut diesem Buch eine unglaubliche Kreativität freigesetzt. Du kannst lernen, in der Öffentlichkeit eine Rede zu halten, dich im Sport zu verbessern, zu tanzen, zu malen. Ängste können geheilt werden, Probleme gelöst. Du kannst einem Albtraum eine andere Richtung geben. Die Gehirnaktivität während eines Traums ist dieselbe wie bei einem Ereignis im realen Leben – das Neuronenmuster, das für eine bestimmte Tätigkeit gebraucht wird, kann im Schlaf in das Gehirn eingepflanzt werden und geht nicht verloren, wenn du aufwachst. Auch die Gefühle nicht."

„Du hast meine Frage nicht beantwortet." Karissas Stimme klang angespannt. „Warum tust du das? Warum du?"

Er starrte sie eine Weile an, bevor er antwortete. „Weil ich in letzter Zeit ziemlich beunruhigende Träume habe, in denen mein Vater vorkommt, und ich wäre gern in der Lage, sie zu verstehen und dann auch zu beenden."

„Erzähl mir davon."

Das tat er, und als er zu Ende gesprochen hatte, ergriff Karissa seine Hand. „Das klingt wirklich krass. Es tut mir leid."

„Ist schon gut."

„Was will er dir wohl sagen?"

„Das weiß ich ja gerade nicht."

Es überraschte ihn, dass sie das Thema nicht weiterverfolgte. Noch mehr staunte er über ihre nächste Bemerkung. „Das könnte vielleicht unser Wind sein." Karissa drehte sich um. „Gute Nacht."

„Was hast du gesagt?"

„Nichts."

„Du meinst, ich sollte versuchen, dich in einen meiner Träume zu holen?" Ein Hoffnungsschimmer in seinem Inneren flackerte auf. „Mit dir interagieren."

„Das ist deine Idee, nicht meine. Gute Nacht, Brock." Karissa steckte die rosa Ohrstöpsel in ihre Ohren, damit sein Schnarchen sie nicht störte. „Erfolgreiche Segelreise."

Brock dachte über die Idee nach. Was, wenn er versuchte, zu ihren Anfängen zurückzukehren und die wilden Emotionen neu zu durchleben, die er bei ihren ersten Treffen empfunden hatte? Sollte das nicht die verschütteten Gefühle zwischen ihnen wieder neu zum Leben wecken? Es wäre auch eine gute Ablenkung von seinen Sorgen um *Black Fedora* und von seiner Begegnung mit Sheila und den Gefühlen, die sie geweckt hatte.

Es gab keine Garantie dafür, dass er in dieser Nacht tatsächlich einen Klartraum erlebte, aber es schadete ja nicht, es zu probieren. Er machte sich noch einmal die einzelnen Schritte bewusst, legte das Buch aus der Hand, schloss die Augen, verlangsamte seine Atmung und schickte noch ein schnelles Gebet nach oben.

Karissa hat vielleicht Recht, Herr. Dies könnte der Wind sein, den wir brauchen. Kannst du mich heute Nacht führen? Bitte?

Kapitel 6

Als der Traum begann, merkte Brock sofort, dass er die Kontrolle darüber besaß, und obwohl der äußere Rand seines Blickfelds etwas verschwommen war, so als würde er durch Wasser schauen, war der Rest deutlich zu erkennen. Gott schien alles perfekt inszeniert zu haben:

Er saß mit Karissa auf einer großen Rasenfläche im Woodland Park Zoo im Norden Seattles. Genau an der Stelle hatte er ihr im Sommer '86 einen Freundschaftsring geschenkt. Zu der Zeit waren sie 11 Monate zusammen gewesen. Für einen Verlobungsring war es noch zu früh, aber mit dem Ring hatte er ihr deutlich machen wollen, dass er es sehr ernst mit ihr meinte.

„Hey, bist du hier bei mir?" Karissa beugte sich vor und tippte ihm an die Nasenspitze.

Einen Augenblick später verblasste die Szene, und er stand im Stadion der Seahawks. Ein Touchdown, der die andere Mannschaft kalt erwischte, wurde gewertet. Er schüttelte den Kopf. *Kommt schon, das könnt ihr doch besser!*

„Brock?"

Der Zoo und der Rasen und Karissa bewegten sich, als würden sie in einem Wellenbad schwimmen. „Ja, ich bin hier. Aber ich habe beinahe den Eindruck, als würde ich träumen."

Er konzentrierte sich, und die Konturen wurden schärfer. Obwohl Brock wusste, dass er in seinem eigenen Traum mitspielte, war die Erfahrung so real wie beim ersten Mal. Während er zusah, wurden alle Erinnerungen an jenen Tag wieder lebendig. Auch die Gefühle waren wieder voll da. Seine bange Frage, ob sie den Ring annehmen würde, seine Bemühungen, den richtigen Augenblick abzupassen, um ihn ihr zu überreichen, die Stunden, die er gebraucht hatte, um die kleine Holzschachtel anzufertigen, in der der Ring lag. Und jetzt hielt sie ihn mit strahlenden Augen in der Hand.

„Das geht mir auch so. Es ist wie ein Traum, der Wirklichkeit wird." Sie hob die Hand und ließ den Amethystring in der Sonne funkeln. „Er ist wunderschön."

Sein Blick hing an ihren dunkelbraunen Haaren, ihrer zarten Wange, der schön geformten Kieferlinie. Die Haut so glatt, und erst diese Augen! Brock liebte Karissas Augen. Sie waren etwas ganz Besonderes. Drei unterschiedliche Schattierungen von Bernstein, abhängig vom Lichteinfall und von ihrer Stimmung.

„Es ist dir also ernst mit uns?"

„Ohne Zweifel." Er stützte sich auf einen Ellbogen ab. „Soll ich dir etwas Verrücktes erzählen?"

„Sicher."

„Das ist wirklich ein Traum. Diesen Tag gab es schon einmal, doch vor langer Zeit."

Karissa runzelte die Stirn. „Was meinst du?"

„Aber ich bin so froh, dass ich ihn noch einmal neu erleben kann. Ich glaube, du hattest vorhin Recht. Diese Art von Träumen könnte Heilung bringen. Denn im Augenblick weiß ich wieder ganz genau, wie sehr ich dich liebe."

„Du redest komisches Zeug." Karissa runzelte die Stirn.

„Vielleicht liegt das daran, dass ich dreiundfünfzig Jahre alt bin." Er lachte über sich. „Mit vierundzwanzig war mein Verstand noch etwas geschmeidiger."

„Du bist also dreiundfünfzig, ja?"

„Im realen Leben schon, aber nicht hier. Hier bin ich wieder jung. Wirklich nicht übel."

In Karissas Gesichtszügen zeigte sich nun ein Anflug von Furcht. „Ich finde das nicht lustig."

„Entschuldige. Vergiss einfach, dass ich das gesagt habe." Brock rollte sich auf den Rücken und schloss die Augen. „Aber ich werde das wiederholen. Ich werde wieder in die Vergangenheit zurückgehen und uns besuchen. Das ist definitiv eine gute Sache."

„Warum tust du das?"

„Ich habe es dir doch gerade erklärt." Brock drehte den Kopf, öffnete die Augen und blinzelte sie an. „Um mich daran zu erinnern, wie es war."

Er legte seinen Kopf wieder auf die warme Rasenfläche und schloss erneut die Augen. Hier konnte er wieder genau spüren, wo sie hergekommen waren. Was für ein Geschenk war es, diese Grundlage ihrer Beziehung erneut erleben und das Band zwischen ihnen wieder verstärken zu können! Wenn er aufwachte, würde er Morgan anrufen und sich bei ihm bedanken.

„Hier." Etwas landete auf Brocks Bauch, und er schlug die Augen auf. Als er den Kopf hob, fiel sein Blick auf die Schachtel, in der er ihr den Ring überreicht hatte. Er nahm sie in die Hand und öffnete sie. Der Ring lag wieder darin.

„Behalte ihn lieber noch ein bisschen, okay?" Karissa erhob sich und klopfte sich ihre Shorts ab.

„Was ist los?"

„Nichts." Sie streifte ihr Sweatshirt über und lächelte ihn gekünstelt an. „Ich muss jetzt los."

„Was machst du?" Brock rappelte sich hoch. „Habe ich etwas gesagt-"

„Ja, es ist durchaus etwas, das du gesagt hast." Sie deutete auf die Stelle, an der sie gesessen hatten. „Dein Gerede darüber, dass du alt und nicht wirklich hier bist, und dass es ein Traum ist, der dich wieder erleben lässt, was wir früher hatten, ist durchgeknallt, okay? Ich bin nicht bereit, über unsere gemeinsame Vergangenheit zu sprechen. Ich weiß nicht mal, ob ich bereit bin, über eine gemeinsame *Zukunft* zu sprechen. Könntest du wohl wieder zur Vernunft kommen?"

Das war eine rhetorische Frage, darum antwortete Brock nicht. Sie seufzte übertrieben und schüttelte den Kopf. „Ich komme schon klar, aber das nächste Mal, wenn wir uns treffen, sei wieder Brock, okay?" Sie drehte sich um und ging davon.

„Karissa, ich wollte nicht-"

„Ja, schon gut, mach dir keine Gedanken. Wirklich."

Während Brock ihr nachsah, wurde ihm klar, dass er in Bezug auf luzides Träumen noch viel zu lernen hatte. Aber mit der Karissa aus der Vergangenheit zu interagieren war eine gute Übung. Die Gefühle aus der Anfangszeit ihrer Beziehung noch einmal neu zu durchleben hatte ganz sicher eine willkommene Brise aufkommen lassen. Wenn er nur einen Weg finden könnte, diese Brise anzufachen.

Kapitel 7

16. Mai 2015

Das frühe Morgenlicht fiel durch die Küchenfenster, als Brock in der Sauce Hollandaise rührte, während er gleichzeitig die Eier auf der Herdplatte im Auge behielt. Seit Tyson klein gewesen war, bereitete Brock jeden Samstagmorgen seine ganz speziellen Eier Benedict zu. Karissa interessierte sich nicht besonders fürs Kochen. Sie beherrschte die Basisrezepte und kochte passabel, aber mehr auch nicht. Für Brock dagegen war es eine Freude, die Bandbreite dessen zu erforschen, was für die Geschmacksnerven gezaubert werden konnte. Er besaß ein Talent dafür. Seine Arbeit für *Black Fedora* ging in dieselbe Richtung. Nur, dass Kochen natürlich viel mehr Möglichkeiten bot als die Entwicklung neuer Geschmacksrichtungen für Kaffee.

Tyson schlurfte in die Küche und ließ sich auf einem Stuhl am Tisch nieder. Er schien gerade beim Friseur gewesen zu sein. Ordentlicher Kurzhaarschnitt, alle Haare, wo sie hingehörten. Passte gut zu seinem Dauerlächeln. „Was machst du, Papa?"

„Musst du wirklich fragen?" Er blickte hoch und zwinkerte seinem Sohn zu.

„Nee. Ich konnte es schon oben riechen."

Brock lächelte und wandte sich wieder seiner Kreation zu. *Den Schinken ultradünn geschnitten auf einem leicht gebutterten englischen Muffin, darüber das Ei, die Soße und ein paar Kapern – nur ein paar, damit sie den Geschmack nicht überdecken, sondern unterstreichen. Anschließend zwei – manchmal auch drei – Scheiben Avocado und einen halben Löffel gut gewürzter Tomaten auf den Tellerrand. Und schließlich wird das Gericht mit einem strahlenden Lächeln und einer dummen Bemerkung wie etwa: „Voilà!" serviert. Dein Sohn verdreht die Augen, aber du merkst, dass ihm gefällt, wie sein merkwürdiger Vater das Samstagmorgenfrühstück auf den Tisch bringt.*

„Kommt Mom auch zum Frühstück?"

„Als ich aufgestanden bin, hat sie noch geschlafen."

„Warum schläft sie samstags neuerdings so lange?"

„Vermutlich ist sie einfach müde." Brock zuckte die Achseln.

„Wovon?"

Das war eine gute Frage, auf die er keine Antwort hatte. Vor nicht allzu langer Zeit waren er und Karissa am Samstag- und Sonntagmorgen immer zusammen aufgestanden und hatten draußen auf der hinteren Veranda Kaffee getrunken, bei Regen, Sonne oder Nebel. Sie hatten die vergangene Woche Revue passieren lassen und die bevorstehende geplant. Gemeinsam hatten sie ein Kapitel aus einem guten Buch gelesen und anschließend miteinander gebetet.

Lag das schon mehr als ein paar Jahre zurück? Ja, tatsächlich. Mindestens sechs. Er konnte sich nicht daran erinnern, wann sie diese gute Sitte aufgegeben hatten. Nur dass sie es anfangs fünfmal in der Woche gemacht hatten, dann nur noch am Samstag und schließlich gar nicht mehr.

Seit Neuestem schlief Karissa am Samstag lange, und Brock hatte sich daran gewöhnt, seinen Kaffee allein zu trinken. Mehr als nur daran gewöhnt. Vermutlich hätte es ihm jetzt gar nicht mehr gefallen, wenn Karissa seine Morgenruhe gestört hätte.

Früher hatten sie immer gesagt, wenn Tyson erst mal aus dem Haus wäre, würden sie bestimmt nicht zu den Paaren gehören, die sich dann anschauen und fragen: „Kenne ich dich überhaupt noch?" Aber heute wurde Brock klar, dass er diese Frage doch stellen würde, wenn Tyson zum College ginge, und er zweifelte nicht daran, dass auch Karissa das tun würde.

„Du solltest dein Rezept an ein Restaurant verkaufen."

„Hm?" Tyson holte ihn in die Gegenwart zurück.

„Schreib das Rezept auf und verkauf es an ein gutes Restaurant in Seattle."

„Ich werte das als Kompliment."

„Ja, das ist es auch." Tyson trank seinen Orangensaft in einem Zug aus und goss sich noch etwas nach. „Alles andere wäre dumm."

„Ich koche aber doch für euch, für mich, nicht für andere Menschen."

Mit Mitte 30 hatte er überlegt, sich ernsthaft auf das Kochen zu verlegen, aber er wollte es letztlich doch nie zu seinem Beruf machen. Es war sein Hobby und eine Möglichkeit, dem Alltag zu entfliehen, und er hatte immer Sorge gehabt, dass er die Freude daran verlieren würde, wenn er damit seinen Lebensunterhalt verdienen müsste. Und dass er vielleicht nicht gut genug war, um es im wahren Leben eines Restaurantbetriebs zu schaffen.

„Das habe ich verstanden." Tyson legte seine Gabel auf seinen mittlerweile leer gegessenen Teller. „Ich sage ja nur, dass du Geld damit verdienen könntest, wenn du auch andere in das Geheimnis deiner Sauce einweihen würdest."

„Dann ist es ja kein Geheimnis mehr."

„Es gibt da so einen coolen Vers in der Bibel, in dem es darum geht, dass man seine Kinder nicht zum Zorn reizen soll ...", grinste Tyson.

„Vielen Dank für den Wink."

Nach dem Frühstück verzog sich Brock in sein Arbeitszimmer, um nachzusehen, wie oft die neue Website von *Black Fedora* aufgerufen worden war. Sehr gut. Seit vier Monaten in Folge herrschte zunehmendes Interesse.

Eine Stunde später kam Karissa ins Zimmer und kämmte sich die Knoten aus ihren langen Haaren. „Ich habe wohl schon wieder das Frühstück verpasst."

„Dein Ei Benedict steht im Backofen."

„Danke." Mit schräg gelegtem Kopf blieb sie noch ein paar Sekunden stehen. „Und? Hat es geklappt?"

„Was? Dass ich von dir geträumt habe?"

„Ja. Hattest du einen Traum, in den du mich hereingeholt hast?"

„Allerdings! Es war unglaublich." Brock lehnte sich zurück.

„Wirklich? Erzähl!"

Er schüttelte lächelnd den Kopf. „Der Traum war so real. Und du warst wunderschön. Es war der Tag, an dem ich dir im Woodland Park Zoo diesen Freundschaftsring mit dem Amethyst geschenkt habe."

„Oh, das! Ein toller Tag, aber irgendetwas daran war komisch, oder?"

„Sonnenschein, warmes Wetter, Sandwiches, und ich habe dir den Ring geschenkt ... soweit ich mich erinnere, war sonst nichts Ungewöhnliches."

„Das ist seltsam." Karissa warf ihm einen verwirrten Blick zu. „Ich dachte ... wow, das ist schon so lange her, aber ich dachte, du hättest mir den Ring am nächsten Abend beim Essen gegeben, nicht da draußen."

„Nein, es war damals im Park."

„Ist ja auch egal." Sie winkte ab. „Aber hat es funktioniert? Hat es die Gefühle zurückgebracht?"

„Allerdings." Er lächelte, erhob sich und nahm sie in die Arme. „Wir werden das schon schaffen, wir beide."

„Das hoffe ich." Sie erwiderte seine Umarmung. „Musst du heute arbeiten?"

„Nur ein paar Stunden."

Sie ließ langsam den Atem entweichen und biss sich auf die Unterlippe.

„Was ist?"

„Es ist *Samstag.* Du hast es geschafft, Brock. *Black Fedora* steht so gut da, wie du es dir erträumt hast. Eigentlich sogar besser, als du es dir erträumt hast. Wann wirst du endlich mal einen Gang zurückschalten, damit wir das Leben, das uns geschenkt worden ist, auch genießen können?"

„Wir genießen doch unser Leben."

„Nicht so, wie wir sollten."

„Diese Firma hat uns so viel gegeben."

Karissa drehte sich um und sagte im Weggehen: „Und genauso viel genommen."

An diesem Abend saß Brock in seinem Arbeitszimmer, vor sich ein Foto von seinem Vater, das einige Jahre zuvor aufgenommen worden war.

Auf dem Foto standen sie auf dem Bootssteg des Talon Lodge-Angelresorts in Alaska, jeder einen Lachs in der Hand und ein breites Grinsen auf dem Gesicht. Einer der schönsten Tage in Brocks Leben. Der Südosten Alaskas war Ende Juli atemberaubend schön und ihre Unterkunft war eine urige Holzhütte gewesen. Doch unvergesslich an der Reise war, dass sein Vater zum allerersten Mal seit seiner frühen Kindheit mit Brock ganz allein weggefahren war. Sie waren sich da oben nähergekommen, und das Eis hatte angefangen zu schmelzen.

Sein Vater hatte ihn gefragt, ob sie im folgenden Sommer wieder gemeinsam dort hinfahren sollten. Er wollte diesen Angeltrip zu einer neuen Tradition machen, und Brock konnte sich das gut vorstellen. Doch dann hatte er letztlich nicht mitfahren können, da die Arbeit es nicht erlaubte.

Im Jahr darauf hatte er seinem Vater die Reise erneut zugesagt – und wieder sein Versprechen gebrochen. Im

Sommer danach hatte sein Vater gar nicht mehr gefragt. Und im November desselben Jahres hatte er einen Herzinfarkt erlitten, den er nicht überlebt hatte.

Brock nahm das Foto von der Wand und prägte sich alles bis auf das kleinste Detail ein. Das breite Grinsen auf ihren Gesichtern. Die etwas hellere Haut um ihre Augen herum, wo ihre Sonnenbrillen gewesen waren. Und sie hatten jeweils einen Arm um die Schulter des anderen gelegt.

„Macht dir die Sache immer noch zu schaffen?" Als Brock aufblickte, stand Karissa mit verschränkten Armen in der Tür.

„Hallo, Schatz. Habe dich gar nicht bemerkt. – Vielleicht ein wenig."

„Vielleicht? Du musst das endlich loslassen."

„Ich weiß." Seufzend stellte Brock das Foto auf seinen Schreibtisch. „Aber das ist nicht so einfach."

Karissa schwieg, doch nach einer Weile sagte sie: „Du solltest es noch einmal probieren."

„Was probieren?"

„Diese Sache mit dem luziden Träumen. Versuch doch dieses Mal, mit dir selbst zu reden. Mit dem jungen Brock. Erzähl ihm von Alaska und von deinem Vater. Erklär ihm, warum er unbedingt mitfahren sollte. Es wird nichts ändern, aber vielleicht würde es dir guttun. Vielleicht könntest du es dann hinter dir lassen, verstehst du?"

„Ich soll mich selbst treffen?" Daran hatte er noch gar nicht gedacht.

„Sicher. Wenn du das Ganze steuern kannst, warum dich nicht selbst in die Vergangenheit träumen und ein Gespräch mit der Person führen, die du früher warst?"

„Das wäre ganz schön verrückt." Brock strich mit den Fingern über den Bilderrahmen. „Aber vielleicht sollte ich es wirklich mal probieren. Schaden kann es ja wohl nicht."

Kapitel 8

Juli 1985

Gefühlt nur Sekunden, nachdem er an jenem Abend eingeschlafen war, fand sich Brock vor Morgans Coffeeshop wieder. Genau dorthin hatte er gewollt. Während er so dastand, beschwor er vor seinem inneren Auge das Jahr 1985 herauf. Sofort verwirbelte sich die Tür wie im Bullauge einer Waschmaschine. Als das Bild wieder klar wurde, stand er vor der Tür, die Morgan ausgetauscht hatte, als er Anfang der 1990er-Jahre den Laden von seinem Vater übernommen hatte.

Brock atmete tief durch und trat ein. Wenn alles so lief, wie er es sich vorstellte, dann stand ihm eine höchst ungewöhnliche Begegnung bevor.

Brock sah sich um. Zu zwei Dritteln gefüllt. In einer Ecke hatte sich eine Gruppe Collegestudenten zusammengesetzt. Sie schienen sich zu kennen. Einige Pärchen an den Tischen an den Fenstern. Drei Gäste saßen allein da, hatten sich in ihre Lehrbücher vertieft oder machten sich eifrig Notizen. Brock lächelte: Tja, so hatte man früher studiert. Erst 16 Jahre später würden die Laptops die Welt regieren, und es würde noch 10 Jahre dauern, bis in diesem Lokal Kaffee angeboten würde.

Er suchte den Gastraum ab nach ... Da! Sein Herz begann zu klopfen, als er an einem Tisch hinten im Raum sein jüngeres Ich aus den 1980er-Jahren entdeckte. Brock besaß kein Video von sich aus jener Zeit, nur Fotos, darum war es ein äußerst seltsames Gefühl, sich selbst live und in Farbe zu sehen. Er schien sich schneller zu bewegen, was eigentlich kein Wunder war. Trotzdem fiel es ihm auf. Seine Haare waren dichter, dunkler – fast schwarz –, und er drehte einen Bleistift zwischen seinen Fingern, als er sich an einem freien Tisch niederließ. Brock lächelte. Schon vor Jahren hatte er diese Angewohnheit aufgegeben.

Er beobachtete sich selbst noch ein paar Sekunden, dann schlängelte er sich zwischen den Tischen hindurch zu seinem jüngeren Ich. Wenn er den Traum steuern konnte, dann dürfte es eigentlich kein Problem für ihn sein, mit sich selbst zu reden.

„Hallo."

„Ja?"

„Hättest du etwas dagegen, wenn ich mich zu dir setze?"

Sein jüngeres Ich blickte hoch und lächelte ihn verwirrt an. „Und du bist ...?"

„Ein Freund."

„Äh, klar, warum nicht?" Er deutete auf den Stuhl ihm gegenüber.

Brock nahm Platz, legte seine Hände auf den Tisch und musterte sein faltenfreies Gesicht, die erwartungsvollen Augen. So viel Hoffnung. Das war die Zeit seines Lebens gewesen, als es noch nicht so viele Fragen gab.

Der junge Brock legte die Hände fast genauso auf den Tisch wie der alte. „Was kann ich für dich tun?"

„Ich wünschte so sehr, das hier würde tatsächlich passieren", murmelte Brock.

„Was würde passieren?"

„Ich muss dir ein paar Dinge sagen." Brock seufzte. „Nur, damit ich es nicht mehr länger mit mir herumtrage. Du verstehst?"

„Nicht so ganz." Der Blick des jungen Brock wanderte zu Morgan hinüber, der hinter dem Tresen stand und Kaffeebecher abtrocknete. Er schob seinen Stuhl ein paar Zentimeter vom Tisch zurück.

„Wenn das hier real wäre, würde ich dir so einiges sagen."

„Wenn das real wäre ...?" Sein jüngeres Ich zog die Augenbrauen in die Höhe.

„Ja." Brock blickte in seine eigenen Augen. Dieser Moment fühlte sich so real an wie der Traum, in dem sein Vater ihm geraten hatte, die schmerzliche Wahrheit anzunehmen, weil sie ihn frei machen würde. „Ich würde dir raten, ein paar offensichtliche und auch nicht so offensichtliche Dinge anders zu machen. Im Laufe der Jahre kommen die Sachen an die Oberfläche und zwingen dich, dich ihnen zu stellen. Wenn du ihnen jetzt keine Beachtung schenkst, wird es später schwierig, damit umzugehen."

„Sollte ich mir Notizen machen? Ich verstehe nämlich kein Wort."

„Gute Idee." Brock lächelte in sich hinein. Er war nie ein großer Tagebuchschreiber gewesen. Heute wünschte er, er hätte es getan. So viele Begebenheiten waren aus seiner Erinnerung gelöscht.

„Wer, sagtest du, bist du?" Der junge Brock verschränkte seine Hände vor seinem Waschbrettbauch.

„... und pflege immer die Beziehung zu deiner Frau! Lass nicht zu, dass der Wind abflaut."

„Morgan hat dich angestiftet, mich zu verarschen, oder?" Das Verhalten seines jüngeren Ichs veränderte sich. Er schien zu vermuten, dass dies alles nur ein Scherz war, und er war bereit, sich darauf einzulassen. „Ich werde also heiraten, ja?"

„Ja."

„Wie heißt sie?"

„Karissa."

Der junge Brock beugte sich vor und flüsterte: „Und wann soll ich deiner Meinung nach meiner Freundin Sheila davon erzählen?"

„Wenn es an der Zeit ist."

„Du willst mir also den Zeitpunkt nicht nennen?“ Er legte den Kopf zur Seite.

„Ich möchte dir nicht alles verderben.“

„Genau, denn das kannst du gar nicht.“ Der junge Brock strich seine Haare zurück, erhob sich und hielt ihm die Hand hin. „Es war echt .... äh, interessant, dich kennenzulernen, aber ich muss jetzt los.“

„Warte! Noch ein paar Dinge.“ Brock packte den Arm seines jüngeren Ichs und hielt ihn fest. „Hör auf, dir Vorwürfe zu machen, dass Royce sich von Gott abgewandt hat. Das ist nicht deine Schuld.“

Der junge Brock wurde blass. Er löste sich aus Brocks Griff und setzte sich wieder. „Woher weißt du das? Woher weißt du von Royce?“ Ein Anflug von Furcht war in den Augen seines jüngeren Ichs zu erkennen. „Jetzt mal im Ernst.“

Eine Reihe möglicher Antworten ging Brock durch den Sinn, aber am Ende entschied er sich für die Wahrheit. „Okay. Warum nicht? Ich bin du, dreißig Jahre später.“

Sein jüngeres Ich blickte in Morgans Richtung, und als er sich wieder umdrehte, hatte sich sein Gesichtsausdruck entspannt. „Wow. Endlich bist du da. Warum hast du so lange gebraucht? Bist du mit dem DeLorean gekommen, McFly? Aber deine Klamotten sehen gar nicht futuristisch aus, Mann aus der Zukunft.“

„Ich meine es ernst.“

„Oh ja, klar.“ Der junge Brock legte seine Finger zu einem Rechteck zusammen und spähte hindurch zu Brock, als sei es ein Rahmen. „Ich kann allerdings keine richtige Ähnlichkeit zwischen dir und mir erkennen.“

„Glaub mir, die Schwerkraft und das Grau des Alters werden dich schon noch einholen.“

„Aha.“ Der junge Brock deutete auf ihn. „Wie viel hat Morgan dir für diesen Spaß bezahlt? Er weiß ein bisschen zu genau, dass ich *Zurück in die Zukunft* so mag, richtig?“

„Nein. Ich bin wirklich der, der ich zu sein behaupte."

„Cool." Brock zog ein Stück Papier und einen Stift aus seiner hinteren Hosentasche. „Also, lass es mich alles ganz genau aufschreiben, mein Zukunfts-Ich. Welche Aktien soll ich kaufen, auf welchen Super-Bowl-Sieger wetten, wann genau lerne ich diese Karissa kennen, welche Freunde sollte ich lieber meiden? Verrat mir alles. Ich muss es mir aufschreiben, damit ich es nicht vergesse."

„Das Problem ist, dass ich real bin, aber du bist es nicht. Ich wünschte mir so sehr, du wärst es."

„Ich bin nicht real?"

„Korrekt. Ich habe dich aus meinem Geist und den Erinnerungen geschaffen."

„Ich bin also nur ein Hirngespinst?"

„Im Wesentlichen schon. Alles aus meinem Unterbewusstsein."

In diesem Moment verschwamm der junge Brock für einen Augenblick, und als er wieder scharf wurde, war er nicht mehr Brock. An seinem Platz saß Mr Hammond, Brocks Lehrer in der fünften Klasse – und sein Basketballtrainer.

„Wenn du etwas erreichen willst, dann darfst du nicht nur versuchen, es zu schaffen, du musst es *tun*." Mr Hammond schlug auf den Tisch. „Du darfst nicht versuchen, besser zu werden als dein Gegner, sondern du investierst die Zeit und lässt es Wirklichkeit werden. Richtig, Brock?"

„Richtig."

Brock schloss die Augen und konzentrierte sich. Als er sie erneut öffnete, war Hammond verschwunden und der junge Brock wieder da. „Wow, das war ja völlig verrückt."

„Ja, das würde ich auch sagen." Sein jüngeres Ich schüttelte den Kopf.

„Nein, ich meine das, was gerade geschehen ist. In einem Augenblick schlafe ich noch, weiß aber, dass ich schlafe, und kontrolliere diesen Traum, aber für eine Sekunde habe ich ihn verloren."

Der junge Brock klopfte mit dem Knöchel an seine Stirn. „Hallo? McFly? Jemand zu Hause?"

Brock unterdrückte ein Lachen.

„Was ist daran so lustig?"

„Ich hatte ganz vergessen, wie oft ich Phrasen aus diesem Film zitiert habe."

„Was? Heißt das, du magst *Zurück in die Zukunft* jetzt nicht mehr, Zukunftsmann?"

„Ganz im Gegenteil." Brock lächelte. „Ich besitze sogar die komplette Fan-Edition der Trilogie."

„Trilogie?"

„Du weißt doch, dass es im Abspann heißt: ‚Fortsetzung folgt'? Zemeckis dreht den zweiten und einen dritten Teil zur gleichen Zeit. Der zweite läuft '89 in den Kinos. Aber alle drei DVDs zusammen kommen erst 2009 in den Handel."

„DVD? Was soll denn das sein?"

„Du kennst doch CDs, richtig?"

„Ja. Sehr teuer."

„Und du leihst dir Filme auf Video aus."

Brock lehnte sich auf seinem Stuhl zurück und lächelte, während er die junge Ausgabe von sich betrachtete. Er mochte sich. Auch wenn dies nicht real war und er genau wusste, dass er in Wahrheit im Augenblick neben Karissa im Bett lag und schlief, kam es ihm alles ganz authentisch und erstaunlich lustig vor.

„Eine DVD ist ein Film auf einer CD."

„Eine CD kann so viele Daten gar nicht aufnehmen."

„Doch, doch, wird sie können. Bis zum Sommer 2003 werden DVDs die VHS-Kassetten komplett verdrängt haben."

„Danke für die ... äh, Geschichtslektion der Zukunft." Der junge Brock schob seinen Stuhl vom Tisch zurück und erhob sich. „Wie ich eben schon sagte, ich muss jetzt los. Gibt es noch was, was du mir mitteilen willst?“

„Ja, das Wichtigste.“

„Lass mich daran teilhaben.“

„In einigen Jahren, wenn dein Vater dich zu einem zweiten Angelausflug einlädt, sag nicht ab. Fahr mit. Und in dem Jahr danach auch.“

„Angeln ist nicht unbedingt mein liebstes Hobby. Und mein Vater und ich sind nicht gerade-“

„Fahr mit. Unbedingt. Vertrau mir. Ich verspreche dir, es wird dir später viel Reue ersparen. Egal, wie verrückt das Leben wird, verpass diese Reisen nicht.“

Sein jüngeres Ich entfernte sich lachend vom Tisch. „Sicher, Zukunfts-Brock, warum nicht?“

„Ach, und eins noch.“

„Ja?“

Bevor er antworten konnte, neigte sich der Boden des Ladens um 45 Grad, und Brock rutschte nach unten gegen die Wand und erwachte. Hoffnung und Bedauern erfüllten ihn. Es war gleichzeitig verrückt und toll gewesen, mit sich selbst zu reden ... und trotzdem quälte ihn nach wie vor sein Bedauern darüber, dass er seinen Vater nicht auf dieser Alaska-Reise begleitet hatte.

Kapitel 9

17. Mai 2015

Als Brock am nächsten Morgen erwachte, streckte er die Hand nach Karissa aus, aber sie war nicht da. Vermutlich bereits unter der Dusche. Ja. Das Wasser rauschte, auch der Ventilator lief. Langsam drehte er sich um, öffnete die Augen einen Spalt weit und spähte in den Lichtstreifen, der durch die Vorhänge am Fenster fiel.

Er rollte sich auf den Rücken, schloss die Augen und spielte mit dem Gedanken, noch ein wenig weiterzuschlafen, aber das war aussichtslos, das wusste er. Einen Augenblick später fiel ihm der Traum aus der vergangenen Nacht wieder ein. Er hatte es geschafft, seine Träume in einem größeren Maß zu steuern als bisher. Und das Gespräch mit seinem jüngeren Ich hatte sich unglaublich real angefühlt. Genauso real wie der Traum von seinem Vater.

Zum zweiten Mal schlug Brock die Augen auf, setzte sich auf die Bettkante und griff nach Morgans Buch. Er starrte auf den Titel. *Luzides Träumen: So lassen Sie Ihre Träume Realität werden.* Zischend stieß er den Atem aus, nahm das Buch und ging nach unten, um Kaffee zu kochen.

Ein paar Minuten später zog sich Brock in sein Arbeitszimmer zurück, stellte seine Kaffeetasse auf seinen Schreibtisch, legte das Buch daneben und erweckte seinen Computer durch eine Bewegung der Maus zum Leben. Während der Computer hochfuhr, wanderte sein Blick zu dem Foto an der Wand über seinem Schreibtisch, und er stellte sich der bittersüßen Erinnerung an die Zeit mit seinem Vater in

Alaska. Doch plötzlich legte er den Kopf zur Seite und runzelte die Stirn. Was um alles in der Welt war das denn?

Da hing nicht ein Foto an der Wand, da hingen drei! Drei gerahmte Fotos von ihnen beiden mit jeweils einem riesengroßen Lachs.

„Guten Morgen." Karissa betrat sein Arbeitszimmer. Ihre dunkelbraunen Haare waren noch nass vom Duschen. „Wie hast du geschlafen?"

Brock wirbelte herum und deutete auf die Fotos. „W-was ist das?"

„Was denn?"

„Warst du das? Und wenn ja, warum? Oder wer war das sonst?"

„Was denn?", wiederholte Karissa, kam auf ihn zu und schaute zur Wand.

„Vielleicht verliere ich den Verstand, vielleicht liegt es auch an meiner Sehkraft, aber ich sehe drei Fotos von meinem Vater und mir in Alaska."

„Ja." Karissa lächelte ihn fragend an. „Ein Foto für jeden Urlaub, den ihr dort verbracht habt. Das erscheint mir durchaus angemessen."

„Was hast du gesagt?" Hitze stieg Brock ins Gesicht. „Jedes Jahr?"

Karissa ging zu dem Ledersessel neben Brocks Schreibtisch und ließ sich darin nieder. Irritiert schaute sie ihn an. „Alles in Ordnung mit dir?"

„Ich bin nur einmal mit meinem Vater in Alaska gewesen. Das war 1986. Noch mal bin ich nicht mitgefahren."

„Brock, was soll das?"

„Was meinst du?"

„Diese drei Reisen gehören zu deinen schönsten Erinnerungen. Es war eine Zeit, in der du deinem Vater sehr nah gewesen bist." Beunruhigung zeigte sich auf Karissas Gesicht. „Noch mal: Geht es dir gut?"

Der Traum von der vergangenen Nacht fiel Brock wieder ein. Das Gespräch, das er mit seinem jüngeren Ich geführt hatte. Brock schüttelte den Kopf. Das war doch nicht möglich ... „Träume ich immer noch?“ Er rieb sich die Augen und blinzelte.

„Ich glaube nicht.“

„Aber eine andere Erklärung gibt es nicht.“

„Wofür?“

„Ich bin nur einmal mitgefahren. Das weiß ich genau. Nie hat mehr als ein Foto von Vater und mir an dieser Wand gehangen.“

„Es waren immer drei.“ Karissa streichelte sanft über seine Hand. „Was ist denn nur los, Brock?“

„Aber ... wie ist das möglich? Dieses Gespräch mit ...“ Brock ließ den Hinterkopf gegen die Stuhllehne sinken. „Hat es etwa tatsächlich funktioniert? Aber ... aber es war doch nur ein Traum.“

„Was hat funktioniert? Was ist nicht möglich?“

Er richtete sich auf und packte Karissa an den Schultern. „Ein Klartraum. Gestern Nacht. Ich habe gestern Nacht mit mir selbst gesprochen, Karissa. In meinem Traum. Ich habe meinem jüngeren Ich geraten, niemals einen Angelausflug nach Alaska mit meinem Vater zu versäumen, egal, wie hektisch das Leben ist.“

„Willst du etwa behaupten, du könntest dich nicht an diese Reisen erinnern? Beziehungsweise dass du dich nur an eine erinnerst?“ Karissa zog ihre Hand zurück und erhob sich.

„Ja.“

„Und du denkst, dein Rat an dich selbst in einem Traum hätte die Realität verändert?“ Sie starrte ihn an, als hätte er den Verstand verloren.

„Ja! Ich meine, nein.“ Er richtete seinen Blick beinahe flehend auf sie. „Ich weiß es nicht.“

„Du machst mir Angst." Karissas Atem beschleunigte sich. „Ich glaube, du solltest diese Sache mit den luziden Träumen lieber lassen. Gib Morgan das Buch zurück."

„Ich habe noch alle Sinne beieinander. Mir geht es gut. Aber ich schwöre, die anderen beiden Reisen hat es vorher nicht gegeben."

Sie starrte ihn zehn Sekunden lang an, bevor sie antwortete: „Ich sage nicht, dass du verrückt bist, aber vermutlich würde es nicht schaden, mit einem Arzt zu sprechen."

Brock hielt ihrem Blick stand, und ganz langsam breitete sich ein Lächeln auf seinem Gesicht aus. „Genau das werde ich tun. Ich werde mit dem einzigen Arzt sprechen, der mich nicht für verrückt halten wird."

„Mit welchem Arzt?"

Brock nahm das Buch hoch, das neben seiner Kaffeetasse lag. „Mit dem Arzt, der das hier geschrieben hat."

Kapitel 10

18. Mai 2015

„Klinik von Dr. Thomas Shagull, wie kann ich Ihnen helfen?“ Die Stimme der Frau klang gelangweilt und auch leicht genervt.

„Ich möchte gern mit Dr. Shagull sprechen.“

„Er arbeitet nicht mehr hier.“

Brock blickte stirnrunzelnd auf die Website auf seinem Laptop-Bildschirm. „Steht nicht sein Name auf dem Praxisschild?“

„Ja.“

„Und diese Klinik gehört ihm?“

„Ja.“

„Das legt die Vermutung nahe, dass er auch dort arbeitet.“

„Jack Daniels Name steht auch auf der Whiskyflasche, aber das heißt nicht, dass Jack Daniel dort arbeitet.“

„Gutes Argument. Mein Fehler.“ Brock seufzte. „Können Sie mir sagen, wie ich den Doktor erreichen kann?“

„Dr. Shagull ist im Ruhestand. Offiziell ist er noch Vorstandsvorsitzender, aber das ist auch schon alles.“

„Ich muss ihn dringend sprechen.“

„Es tut mir leid. Dr. Shagull lebt sehr zurückgezogen. Er hält nicht viel davon, sich mit Fans zu treffen.“

„Ich bin kein Fan.“

„Das behaupten alle Fans.“

„Ich brauche seine Hilfe.“ Brock beschloss, aufs Ganze zu gehen. „Ich habe luzide Träume, in denen ich in die Vergangenheit zurückgehe, und das verändert meine Gegenwart.“

Die Frau am anderen Ende der Leitung schwieg eine gefühlte Ewigkeit. „Können Sie mir beschreiben, was sich Ihrer Meinung nach verändert hat?“

„Lieber nicht.“

„Es ist Ihre Entscheidung.“ Die Frau seufzte. „Wie heißen Sie?“

„Brock Matthews.“

Aus irgendeinem unerfindlichen Grund taute Miss Eis ein wenig auf. „Ich weiß zwar nicht, ob und wie er reagieren wird, aber ich kann ihm eine Nachricht von Ihnen übermitteln.“

„Danke, das würde ich sehr zu schätzen wissen.“ Brock nannte der Frau seine Handynummer.

„Und, Mr Matthews?“

„Ja?“

„Haben Sie zufällig mit der Kaffeeindustrie zu tun?“

„Ja.“

Eine gewisse Wärme schlich sich in ihre Stimme ein. „Dann habe ich einen Artikel über Sie gelesen.“

„Tatsächlich?“

„Sind Sie wirklich derjenige bei *Black Fedora*, der all diese Geschmacksrichtungen entwickelt?“

„Ich bekenne mich schuldig.“

„Ich liebe Ihren Kaffee. Meine Lieblingsgeschmacksrichtung ist Makadamianuss.“

„Das ist auch mein Favorit. Vielen Dank für das Kompliment.“

„Ich hoffe doch sehr, dass Sie Ihre Firma nicht verlassen wie Dr. Shagull seine.“

„Glauben Sie mir, das wird ganz bestimmt noch lange nicht geschehen.“

Siebzehn Minuten später klingelte Brocks Handy. Die Nummer des Anrufers war unterdrückt, aber Brock vermutete, dass es Dr. Shagull war.

„Hallo?"

„Sind Sie der Brock Matthews, der in der Nähe von Seattle aufgewachsen ist?"

„Ja."

„Wir kennen uns nicht."

„Nein."

„Bemerkenswert." Der Anrufer stieß scharf die Luft aus. „Erzählen Sie mir, was geschehen ist."

„Dr. Shagull?"

„Ich glaube, das wissen Sie bereits, also sollten wir nicht unsere Zeit vergeuden." Die Stimme des Arztes war fest, klang aber nicht unfreundlich. „Erzählen Sie."

Nachdem Brock die Begegnung mit seinem jüngeren Ich in seinem Traum beschrieben und erklärt hatte, dass sein Eingreifen Ereignisse verändert und andere ausgelöscht hatte, an die jetzt nur noch er sich erinnerte, schwieg der Arzt eine ganze Weile.

„Sind Sie noch dran, Dr. Shagull?"

„Gab es bisher nur eine Begegnung?"

„Ja."

Doch im gleichen Augenblick erinnerte er sich an den Traum von seinem Treffen mit Karissa im Park. Bei dieser Gelegenheit hatte er ihr den Freundschaftsring gegeben. Jedoch hatte Karissa danach diesen Tag ganz anders in Erinnerung gehabt, als er ursprünglich gewesen war. Auch das erzählte er Dr. Shagull, und wieder schwieg der Arzt. Als er schließlich zu sprechen ansetzte, war ihm eine gewisse Erregung abzuspüren. „Ich würde Sie gern treffen."

„Wohnen Sie in der Nähe von Seattle?"

Er ignorierte die Frage. „Hätten Sie übermorgen Zeit? Sagen wir, um zwei Uhr nachmittags?"

„Ja."

„Gut. Wir treffen uns im Robinswood Park."

„Warten Sie! Verliere ich langsam den Bezug zur Realität? Haben Sie vorher schon mal von so etwas gehört? Soll ich vor unserem Treffen irgendetwas tun?"

„Versuchen Sie es noch mal."

„Mit mir selbst zu reden?"

„Ja, worauf sonst könnte ich mich beziehen?"

„Sonst noch etwas?"

„Kommen Sie nicht zu spät zu unserer Verabredung." Ohne eine Antwort abzuwarten unterbrach Dr. Shagull das Gespräch.

Es noch einmal versuchen? Okay ... warum nicht? Brock glaubte eigentlich nicht wirklich daran, dass er die Gegenwart verändern konnte, indem er mit seinem jüngeren Ich sprach, aber vor dem, was passiert war, konnte er die Augen nicht verschließen. Und tief in seinem Innern wusste er, dass dieses Erlebnis zu der Botschaft seines Vaters aus dem Traum gehörte, der alles ins Rollen gebracht hatte. Er war fest entschlossen, dieses braune Päckchen zu öffnen, ganz egal, was er darin vorfand.

In dieser Nacht würde es ihm wieder gelingen, mit seinem jüngeren Ich in Kontakt zu treten, das spürte er sehr deutlich. Dann würde er ein einfaches Experiment durchführen, um zu sehen, ob er es tatsächlich mit der jüngeren Ausgabe seiner selbst zu tun hatte. Doch zuerst musste er ins Büro fahren. Sein Bauchgefühl sagte ihm, dass etwas bei *Black Fedora* hochkochte, und jeder, der in der Nähe des Topfes stand, würde sich verbrühen.

Kapitel 11

Als er sein Büro betrat, warf Brock seine Schlüssel in die Kava-Schale, die er vor zwei Jahren von den Fidschi-Inseln mitgebracht hatte. Ihn beschäftigte der Gedanke, dass Ron mit dem Programm zur Unterstützung der Erntehelfer aussetzen wollte. Das war einfach nicht richtig. Er konnte das nicht zulassen!

Seufzend fuhr Brock seinen Computer hoch und wählte Gitarrenmusik als Hintergrundberieselung aus. Fünf Minuten später hörte er, wie seine Assistentin Michelle sich an ihrem Schreibtisch zu schaffen machte. Er gab ihr etwas Zeit, um anzukommen.

„Ist mein Terminplan heute eher normal, eher vollgestopft oder müssen wir eine Extraschicht einlegen?"

Sie gab keine Antwort.

„Michelle? Sind Sie da?"

„Ja." Michelles Stimme war leise und klang deprimiert.

Brock erhob sich, ging zu seiner Tür und lehnte sich an den Rahmen. „Alles in Ordnung?"

„Extraschicht." Sie hielt den Blick gesenkt.

„Wie bitte?"

„Wir müssen eine Extraschicht einlegen."

„Oh?"

Michelle zog die Unterlippe zwischen die Zähne, blickte ihn kurz an und wandte sich wieder ihrem Computer zu. „Auf dem Weg hierher hat Ron mich gebeten, Ihnen heute Nachmittag um vier Freiraum für ein Gespräch zu verschaffen."

„Worum geht es?"

Ron und er besprachen sich fast täglich über verschiedene Dinge, aber typischerweise per E-Mail oder spontan, wenn sie sich im Flur über den Weg liefen. Nur etwa einmal im Quartal setzten sie sich geplant zusammen. Dass Ron eine Besprechung ansetzte, konnte nichts Gutes bedeuten.

„Er denkt, dass die Besprechung gegen achtzehn Uhr dreißig zu Ende sein müsste", sagte Michelle, ohne auf seine Frage einzugehen.

„Zweieinhalb Stunden?"

„Sieht so aus."

Brock musterte Michelles Profil. Dass sie seinen Blick so mied, passte gar nicht zu ihr. Er wiederholte seine Frage. „Worum geht es dabei, Michelle?"

„Firmenkram, Sie wissen schon." Sie ordnete fahrig irgendwelche Papiere, die nicht geordnet werden mussten.

„Nein, ich weiß es eben nicht." Brock trat an Michelles Schreibtisch und ließ sich auf dem braunen Sessel daneben nieder. Michelle ließ die Papiere ruhen und konzentrierte sich auf ihren Bildschirm, aber Brock bezweifelte, dass sie irgendetwas wahrnahm.

„Was ist los, Michelle?"

Endlich drehte sie sich zu ihm und sah ihn mit einem Blick an, der ihn anflehte, nicht auf einer Antwort zu bestehen.

„Es ist auf jeden Fall nicht gut, oder?"

Sie schüttelte den Kopf. Brocks Bauchgefühl sagte ihm, dass es noch schlimmer als nicht gut war; dass der Kapitalfluss, von dem Ron neulich gesprochen hatte, wohl eher vollkommen versiegt war.

Der Rest des Tages verging wie in einem Nebel, während in ihm die Gewissheit wuchs, dass seine Besprechung mit Ron alles verändern würde.

Um 15:59 Uhr stand Brock vor der dunklen Bürotür seines Bruders. Die Tür war selten geschlossen, falls überhaupt einmal. Brock konnte sich nicht erinnern, wann er sie das letzte Mal so vorgefunden hatte. Kein gutes Zeichen. Er stieß sie auf und rechnete damit, Ron an seinem Laptop sitzend oder mit dem Telefonhörer in der Hand wie ein eingesperrter Panther vor der Fensterfront hin und her laufend vorzufinden.

Doch im trüben Licht des verhangenen Nachmittags sah er nur den Schreibtisch, auf dem sich Aktenordner und Papiere türmten. Auch ungewöhnlich. Auf Rons Schreibtisch lag normalerweise nicht mehr als eine Akte. Brock drehte sich nach rechts und entdeckte seinen Bruder zusammengesunken in einem der beiden sich gegenüberstehenden Sessel in der Ecke seines Büros. Ein Aktenordner lag auf seinen Beinen.

„Hey."

„Hallo." Rons Blick war leer, sein Gesicht blass im gedämpften Licht der Lampe links neben seinem Sessel.

Brocks Magen krampfte sich zusammen. „Was ist denn nur los?"

Ron starrte ihn eine Weile nur an, bevor er antwortete. „Es sieht nicht gut aus, Bruderherz."

„Was?"

„Das hier." Ron hielt einen braunen Briefumschlag in die Höhe.

„Und was ist das?"

„Das kam heute Morgen von den Rechtsanwälten."

Brock trat zwei Schritte vor. „Mit denen du dich in den vergangenen zwei Wochen ständig getroffen hast."

Ron nickte und warf den Umschlag auf den Boden neben seine Füße. Der Knoten in Brocks Magen verfestigte sich. „Was steht drin?"

„Ich weiß gar nicht, wo ich anfangen soll." Ron hob seine Hände.

„Einfach irgendwo." Brock brach der kalte Schweiß aus.

Ron deutete auf den Sessel ihm gegenüber. Doch Brock blieb lieber stehen. Rons Blick suchte seinen, streifte die Akte auf seinem Schoß, wanderte weiter zum Fenster und schließlich wieder zu Brock zurück. Er schloss die Augen und kniff die Lippen zusammen. Niedergeschlagen schüttelte er den Kopf.

„Ron, jetzt rede mit mir. Was ist los?"

„Das sind die Entlassungspapiere."

„Für wen?"

„Für uns." Ron ließ den Atem entweichen. „Ich wünschte, es gäbe ein Rettungsboot. Aber Frauen und Kinder kommen zuerst, nicht?"

Brock stellte die Frage, obwohl er die Antwort bereits kannte. „Was redest du da?"

„Ich hätte dich schon früher darüber informieren sollen, damit du eine letzte Geschmacksrichtung hättest entwickeln können." Ron richtete sich auf. „Wir hätten sie *Titanic* nennen können."

Der Knoten war zu einer Bowlingkugel angewachsen. „Was genau, und ich meine, *ganz genau*, willst du mir sagen?"

„Ich verkaufe meine Firma."

„Du tust was?"

„Ich verkaufe meine Firma."

„*Deine* Firma?"

„Richtig. Entschuldige. Unsere Firma." Ron schüttelte den Kopf. „Aber das ist an diesem Punkt egal."

„Nein, das ist nicht egal." Brock beugte sich vor. Seine Hände umklammerten die Rückenlehne des Sessels. „Wirst du mir jetzt endlich erklären, was los ist?"

„Setz dich." Ron erhob sich und deutete mit dem Finger auf den Sessel ihm gegenüber. „Ich wollte damit sagen, dass wir eigentlich keine Wahl haben. An diesem Punkt können wir einen von zwei Wegen beschreiten. Entweder mit einem Mega-Verlust verkaufen oder Konkurs anmelden. Wir stehen in der Mitte, genau an der Kreuzung." Ron fuhr sich mit beiden Händen durch die Haare und ließ sich wieder in seinen schwarzen Ledersessel sinken. „Nein, wir stehen nicht in der Mitte. Wir sind am Ende ... und wir haben verloren. Ich habe verloren. Wir verkaufen an eine Investmentfirma. Sie wird uns übernehmen."

„Moment mal. Lass uns mal einen Schritt zurücktreten. Viele Schritte. Wieso weiß ich nichts davon?"

„Ja, du hast Recht." Ron zuckte die Achseln. „Ich hätte dich schon früher darauf vorbereiten sollen."

Brock nahm eine Packung ihres Kaffees aus Rons Regal und schüttelte sie. „In den vergangenen eineinhalb Jahren hast du mir immer wieder versichert, dass wir so gut dastehen wie nie zuvor. Dass wir mehr als solide sind."

„Ich war nicht ganz ehrlich."

Brock konnte nichts sagen.

„Vielleicht fühlst du dich ja besser, wenn du hörst, dass mein Haus weg ist. Zumindest werde ich es nicht halten können. Ich hatte eine Hypothek darauf aufgenommen, um Kapital zuzuschießen. Die Jacht ist weg, alle Autos bis auf eins, das Ferienhaus. Du könntest auch deine Häuser mit einbringen, aber an diesem Punkt würde das nicht mehr helfen."

„Aber ... aber das ist doch lächerlich. Unsere Verkaufszahlen sind nie besser gewesen. Jeden Monat erweitert sich unser Kundenstamm. Unser Kaffee bekommt die besten Bewertungen. Allein in diesem Jahr haben wir drei neue Geschmacksrichtungen auf den Markt gebracht, und alle wurden sehr gut angenommen."

Ron erhob sich und trat an die bodentiefen Fenster, die über den Lake Washington hinwegblickten. „Ja, von außen sieht die Frucht gut aus, aber sie fault von innen heraus."

„Was bedeutet das?“

„Es ist alles mein Fehler.“ Ron drehte sich um und ging zu Brock hinüber. Er beugte sich vor und legte die vier Golfzeitschriften auf dem Tisch zwischen ihnen exakt übereinander.

„Erzähl mir, was geschehen ist, Ron.“

Ron warf Brock ein trauriges, schiefes Lächeln zu. „Erinnerst du dich noch daran, wie wir als Kinder immer mit Vince Capristano und seiner Schwester Monopoly gespielt haben? Weißt du noch, dass Vince immer mehr Bargeld zur Verfügung hatte, als er eigentlich haben konnte? Weil er es aus der Bank gestohlen hat, wenn wir nicht hinsahen?“

„Ich erinnere mich vor allem sehr lebhaft daran, wie du ihn verprügelt hast, als wir es endlich herausfanden.“

„Er hat uns nie wieder betrogen.“ Ron schob seinen Sessel zurück. „Ich wünschte, so etwas wäre auch jetzt möglich.“

Allmählich dämmerte Brock, was los war, und es überlief ihn kalt. „Wer hat unser Geld gestohlen, Ron?“

„Ich weiß es nicht.“

„Wieso weißt du es nicht?“

„Es ist einfach verschwunden. Spurlos. Wir können es nicht finden. Die IT-Jungs sagen, die Hacker seien brillant gewesen.“

„Wann ist das passiert?“

„Was meinst du? Während du dich in China, Costa Rica und Japan herumgetrieben hast.“

„Ich habe mich nicht herumgetrieben, sondern gearbeitet.“

„Wie immer du das nennst.“

„Müssen wir schon wieder darüber streiten?“

„Nein.“ Ron barg den Kopf in seinen Händen. „Entschuldige.“

„Du entschuldigst dich, und das war's? Warum bist du nicht längst zu mir gekommen?“ Die Frage kam lauter über seine Lippen als beabsichtigt.

Ron stieß einen langen Atemzug aus und wandte Brock das Gesicht zu, antwortete aber nicht.

„Wir müssen einen Ausweg finden. Wir werden einen finden!“

„Es gibt keinen Ausweg, Brock.“

„Es gibt immer einen Ausweg. Wir werden mit allen uns zur Verfügung stehenden Mitteln kämpfen. Nicht wahr?“ Brock beugte sich vor und bemühte sich, seine Atmung zu kontrollieren. „Nicht wahr?“

„Es ist zu spät. Das habe ich dir doch gesagt. Ich habe mit allen Mitteln gekämpft, jeden Faden gezogen, jeden Gefallen eingefordert, den mir irgendwer noch schuldete. Aber es ist ein Fakt. Wir sind am Ende.“

„Dann lass mich noch einmal fragen: Warum hast du das vor mir geheim gehalten? Warum hast du mich nicht schon vor Wochen über die Vorgänge informiert?“

„Das war meine Schlacht, nicht deine.“

„Das ist eine komplett idiotische Antwort.“ Brock rammte seine Faust in den Sessel. „Ich habe mein ganzes Leben für diese Firma eingesetzt. Alles, was ich besitze, alles, was ich bin, hängt an *Black Fedora*. Wenn die Firma untergeht, gehe ich mit unter.“

Jahrelang hatte er Karissa vertröstet, sie solle noch ein wenig länger warten, dann würde der Durchbruch kommen. Und so war es auch gewesen. Die vergangenen sechs Jahre waren einfach hervorragend gelaufen, und dieses bevorstehende Geschäftsjahr versprach sogar noch besser zu werden. Mit diesem Jahr hätten sie es geschafft gehabt. Aber jetzt platzte der Traum, verglühte vor seinen Augen mit der Kraft eines Nuklearsprengsatzes.

„Die Firma war auch mein Leben.“

„Und du hast mich an der größten Schlacht, vor der sie je gestanden hat, nicht teilhaben lassen. Zum dritten Mal: Warum bist du nicht zu mir gekommen?“ Brock erhob sich und lief unruhig auf dem kaffeebraunen Teppich hin und her. „Sag mir den eigentlichen Grund. Es ist an der Zeit, aufrichtig miteinander zu sein, Bruder."

„Du bist der Künstler, derjenige mit dem Kaffee-Herzen und einem Gaumen, der Geschmacksrichtungen kreiert, die die Welt liebt. Du bist derjenige, der mit den Medien spricht, die Galionsfigur, das beliebte Gesicht von *Black Fedora*."

„Ich wollte das aber nie sein. Die Marketingfirma meinte, ich solle das übernehmen, und du hast zugestimmt. Und selbst da habe ich noch gezögert."

„Aber nachdem wir dich dazu überredet hatten, hast du das Rampenlicht lieben gelernt, nicht? Du hast dich gut gefühlt. Wichtig. Wertvoll."

„Was hat das mit dem zu tun, was gerade geschieht?"

„Was willst du denn jetzt hören?"

„Die Wahrheit."

„Nein, die willst du ganz sicher nicht hören. Das wolltest du noch nie. Du willst nur diese Firma ganz für dich haben. Und es macht dich wahnsinnig, dass du nie die Mehrheitsanteile hattest. Die Tatsache, dass ich diese klitzekleinen zwei Prozent mehr besitze als du, ärgert dich maßlos. Du schmeckst es jeden Morgen in deinen drei Tassen Kaffee. Und noch mehr ärgert dich, dass die Verfügungsgewalt bei mir liegt, deinem kleinen Bruder. Du bist das Gesicht und Herz der Firma, und ich bin der Kopf und der Stratege. Ich pfusche nicht in deinem Teil der Firma herum und du nicht in meinem."

„Entschuldige mal, aber du hast mir doch eben erzählt, dass du die Firma vor die Wand gefahren hast. Wenn ich die geschäftliche Seite der Firma übernommen hätte, hätte ich es wohl nicht viel schlechter machen können."

„Jetzt sind wir im Traumland angekommen." Ron schnippte abwertend mit den Fingern.

Die Realität dessen, was mit seinem Leben geschehen würde, legte sich wie ein dichter Nebel über Brock. „Was wird uns bleiben, wenn das vorbei ist?“

„Nichts. Das habe ich dir doch eben gesagt.“

Brocks Magen krampfte sich zusammen. Erst vor zweieinhalb Jahren hatten sie das große Haus gekauft. Und dazu noch ein Ferienhaus. Als Tyson sich im vergangenen Herbst für Colleges beworben hatte, hatten sie ihm versichert, eine Privatschule wäre kein Problem. Und gerade hatte er die Zusage erhalten. 75.000 Dollar pro Jahr? Jetzt war es plötzlich ein Problem.

„Weiß Shelly Bescheid?“

Ron nickte.

„Du hast es deiner Frau erzählt, bevor du mich informiert hast.“

„Tja. Jetzt musst du es Karissa beibringen.“

„Wie viele Leute wissen noch darüber Bescheid?“

„Richard. Die Anwälte. Niemand sonst.“ Ron strich über seine Stirn. „Bis jetzt.“

„Wann wird es durchsickern?“

„Es würde mich wundern, wenn es nicht bereits morgen früh im Netz stünde. Spätestens morgen Nachmittag.“

„Wow. Danke, dass du mir so viel Vorlauf eingeräumt hast.“

„Gern geschehen.“

„Ich will mir das ansehen. Alles. Es muss einen Ausweg geben.“

„Ich wusste, dass du das sagen würdest. Darum habe ich alles für dich bereitgelegt.“ Ron deutete auf den Stapel Papiere auf seinem Schreibtisch. Darauf lagen zwei silberne USB-Sticks.

„Ich werde einen Ausweg finden.“

„Mit deinem berühmten Geschäftssinn?“, sagte Ron zynisch.

„Was immer nötig ist." Brock erhob sich, nahm die Papiere und die USB-Sticks an sich und ging zur Tür. „Es gibt immer eine Lösung, wenn man tief genug gräbt."

„Dieses Mal nicht, Bruderherz."

Als Brock gegen 21:30 Uhr sein Büro verließ, musste er einräumen, dass Ron recht hatte. Es war ihm unmöglich, eine Lösung für ihr Problem zu finden und nach dem, was er verstanden hatte, stand *Black Fedora* so tief in den roten Zahlen, dass er den Grund sehen konnte.

Auf dem Weg durch die Lobby des Gebäudes legte sich eine tiefe Verzweiflung über ihn. Aber noch war es nicht vorbei. Er weigerte sich zu glauben, dass dies das Ende der Firma war, der er sein Leben gewidmet und die er wie nichts anderes geliebt hatte.

Sein Auto war zwei Straßenzüge weiter geparkt. Auf dem kurzen Fußmarsch zermarterte er sich das Gehirn, suchte vergeblich nach einer Antwort, einem Hoffnungsschimmer. Als Brock um die Ecke bog, prallte er gegen einen Mann, der unterdrückt grunzend zu Boden ging. Brock beugte sich herunter und packte den Mann an den Schultern.

„Alles in Ordnung bei Ihnen?"

„Nichts passiert. Und Sie?"

„Okay."

„Entschuldigen Sie bitte."

Sein glanzloses braunes Haar wirkte schmutzig. Seine Haut war dunkel, und die grüne Jacke und Hose schlackerten an ihm. Ein Rucksack, der früher vielleicht einmal rot gewesen war, lehnte an dem Gebäude.

„Puh." Der Mann ließ sich von den Knien aufs Hinterteil sinken und blickte zu Brock hoch. „Haben Sie früher Football gespielt?"

„Nein.“

„Ich schon.“ Der Mann klopfte sich auf die Brust. „Sogar erfolgreich. Cornerback. Habe fünf Saisons für die Rams gespielt, als sie noch in Los Angeles waren. Sie hätten mich sehen sollen.“

„Wie heißen Sie?“

„Robert.“

„Brauchen Sie Geld?“

„Einen Dollar kann man immer gebrauchen.“ Der Mann grinste.

Brock blickte ihn an. „Sie wollen nicht mehr als einen Dollar?“

„Wenn Sie mehr erübrigen können, gern. Gott wird Sie segnen.“

„Ach, wird er?“

„Ganz bestimmt.“ Robert sah ihn mit trotzigem, aber auch selbstbewusstem Blick an. Dieser Mann lebte vielleicht auf der Straße und konnte seinen gesamten Besitz in einer Tüte unterbringen, aber es war nicht zu übersehen, dass er den Respekt vor sich selbst nicht verloren hatte.

„Der Mensch denkt, Gott lenkt, so heißt es doch.“ Robert riss die Augen auf, als wollte er fragen, ob Brock dem zustimmte.

Zwei Gedanken durchzuckten Brock, während sein Blick auf dem Mann ruhte. Der erste war: *Die meisten Menschen sind dem Leben auf der Straße vermutlich näher, als sie es für möglich halten.* Hier stand er und blickte buchstäblich auf einen Mann herunter, in dessen Situation er selbst in naher Zukunft sein könnte. Und das zweite: *Die Worte meines Vaters aus dem Traum gehen in Erfüllung.*

„Was für Essen mögen Sie?“

„Am liebsten Thai.“ Robert lächelte.

„Gute Wahl.“ Brock streckte ihm die Hand hin, und der Mann ergriff sie und ließ sich von ihm hochhelfen.

„Früher habe ich immer für meine Familie gekocht", sagte Robert lächelnd. „Aber in letzter Zeit habe ich nicht mehr so viel Gelegenheit zum Kochen."

„Oh." Brock musterte den Mann und fragte sich, ob diese Begegnung vielleicht von Gott inszeniert war. Er öffnete seine Brieftasche und fand zwei Hunderter, einen Fünfziger und drei Zwanziger. Je nachdem, wie die kommende Woche verlief, war dies vielleicht für lange Zeit die letzte Gelegenheit, freigiebig zu sein. „Hier, nehmen Sie das."

Robert rollte die Scheine zusammen und hob langsam den Blick. „Das geht nicht. Das ist viel zu viel."

„Ich möchte Ihnen das aber geben. Es hilft Ihnen vielleicht, wieder auf die Füße zu kommen." Brock schob Roberts Hand mit dem Geld beiseite. „Der Herr gibt, und ich habe das Gefühl, dass der Herr auch in großem Maße nehmen kann. Also nehmen Sie es, solange Sie können."

Brock fuhr langsam auf dem Heimweg, in der Hoffnung, dass Karissa bereits schlief, wenn er nach Hause kam. Sein Wunsch ging in Erfüllung. Ihr leiser, gleichmäßiger Atem war beruhigend, als der Schlaf ihn in seiner quälenden Sorge übermannte.

Kapitel 12

19. Mai 2015

Als Brock am nächsten Morgen die Augen aufschlug, erfasste ihn beinahe sofort Übelkeit. Es war wie ein Albtraum, aber leider träumte er diesmal nicht. Sein Blick wanderte zur Uhr: 7:02 Uhr. Gut. Karissa würde noch mindestens fünf Minuten unter der Dusche stehen. Somit hatte er die Möglichkeit, in einen anderen Teil des Hauses zu flüchten, wo sie ihn nicht sofort finden würde. Er brauchte Zeit, um diesen Schlag zu verarbeiten, der ihre Welt erschüttert hatte. Zeit, sich aus der Verzweiflung hochzuarbeiten. Er lachte bitter. Fünf Minuten würden da wohl nicht ausreichen. Auch fünf Monate nicht, falls sie tatsächlich alles verlieren sollten. Und er hatte in Rons Augen gelesen, dass es so kommen würde.

Er rollte sich aus dem Bett und ging nach unten in die Küche. Dort machte er sich einen Kaffee und ging damit in Richtung Arbeitszimmer, blieb dann aber stehen und beobachtete den Regen, der an den Fensterscheiben herunterlief. Er stellte den Kaffeebecher ab und trottete zu den Terrassentüren. Der Garten war üppig grün. Er zog die Türen auf und trat auf die nasse Veranda hinaus. Das kühle Regenwasser, das auf ihn herabtropfte, vermochte ihn nicht aus diesem seltsamen Gefühl zu reißen, sich in einer Art Trance zu befinden, sondern vertiefte es nur noch. Brock ging zu der mit roten Ziegeln eingerahmten Feuerstelle und ließ sich auf einen der Gartenstühle sinken. Die Stühle waren nass, aber Brock nahm es kaum wahr. Er schloss die Augen, legte den Kopf nach hinten, damit der Regen direkt auf sein Gesicht tropfte, und stellte Gott eine Frage, auf die er vermutlich keine Antwort bekommen würde.

„Warum?"

Er saß dort mehrere Minuten, vielleicht auch eine Stunde. Er wusste es nicht und es interessierte ihn auch nicht.

Das Quietschen der Tür drang zu ihm herüber. „Brock?"

Brock ließ die Augen geschlossen. Drehte sich nicht um. Antwortete nicht.

„Brock?", fragte Karissa erneut. „Hast du den Verstand verloren?"

Und wieder reagierte er nicht. Er hätte antworten sollen, aber nur ein kurzer Seufzer kam über seine Lippen. Die Türen wurden geschlossen. Erst jetzt öffnete er die Augen. Gut. Sie war wieder hineingegangen. Sie würde ihn in Ruhe lassen, ihm die Zeit geben zu tun, was auch immer er zu tun hatte. Wenn er nur wüsste, was das war.

Doch eine halbe Minute später quietschte die Tür erneut, und das Prasseln der Regentropfen auf Karissas Regenschirm drang zu ihm herüber. Er lauschte auf ihre leisen Schritte auf ihrer Holzterrasse, die im Regen kaum zu hören waren. Als sie ihn erreichte, deutete er auf den ihm gegenüberstehenden Stuhl. Sie sagte kein Wort, starrte ihn nur mit einer Mischung aus Sorge und Angst an.

„Möchtest du mir Gesellschaft leisten?" Brock richtete sich auf und deutete erneut auf den Gartenstuhl.

„Was machst du hier draußen?"

„Ich nehme eine Dusche." Brock hob die Handflächen und ließ den Regen darauftropfen. „Eine natürliche Dusche."

„Was ist denn los?"

„Nichts." Brock wischte sich den Regen von den Augenbrauen. „Alles ist gut."

„Alles ist gut? Du sitzt in einem Wolkenbruch hier draußen mit einem Gesichtsausdruck, der mich an den Tag erinnert, an dem dein Vater gestorben ist."

Brock erhob sich und blickte zum Himmel hoch, wo sich die dunklen Wolken zusammenballten. „Ich hätte Betriebswirtschaft studieren sollen. Ich hätte derjenige sein sollen, der die Geschäfte der Firma führt, nicht Ron. Wenn ich Betriebswirtschaft studiert hätte, hätte ich meinen Vater davon überzeugen können, *mir* die einundfünfzig Prozent zu übertragen."

„Wovon redest du?" Karissa legte die Stirn in Falten.

Brock wandte sich zu ihr um. „Ganz einfach: Wir verlieren die Firma."

„Was meinst du damit?"

„Unser Leben wird sich radikal verändern."

Der dunkelblaue Regenschirm rutschte Karissa aus der Hand und segelte langsam zu Boden. Sie blinzelte, als der Regen ihr in die Augen tropfte. „Was? Wieso? Wie ist das passiert?"

„Jemand hat unsere Konten gehackt. Das Geld gestohlen. Wir sind am Ende."

„Und Ron hat es nicht gemerkt?"

„Er hat unserem Finanzchef vertraut."

„War er es?"

„Nein, aber er hätte es merken müssen. Doch er war überlastet. Wer auch immer das getan hat, hat alle Spuren sorgfältig verwischt. Ich verstehe ja leider nicht wirklich etwas davon. Ich weiß nur, dass das Geld weg ist, und dass derjenige, der das getan hat, seine Sache verflixt gut gemacht hat. Wir können ihn nicht entlarven."

Karissa starrte ihn völlig fassungslos an und schüttelte langsam den Kopf.

„Ich hätte das nicht so laufen lassen dürfen." Brock strich sich die tropfenden Haare aus der Stirn. „Ich hätte ihn dazu bringen müssen, mir Einblick in die Finanzen zu geben. Ich hätte mich regelmäßig mit ihm zusammensetzen und wenigstens die Grundlagen lernen sollen."

„Aber ... aber man muss doch etwas tun können!“ Karissa ließ sich auf den Stuhl sinken und verschränkte die Arme vor der Brust. „Du musst kämpfen!“

„Ich versuche es, glaub mir, aber es sieht übel aus.“

„Oh Mann ...“

Als Karissa ins Haus zurückkehrte, fragte sich Brock zum hundertsten Mal, warum er nicht Betriebswirtschaft studiert hatte. Die Frage verfolgte ihn für den Rest des Tages und auch noch in der Nacht, als er in einen Traum glitt, der nach jeder einzelnen seiner neu erworbenen Fähigkeiten in Sachen luziden Träumens schrie.

Kapitel 13

„Was ist los mit dir?“

Sein Vater stand oben auf der Treppe in einem Haus, das dem, in dem Brock aufgewachsen war, sehr ähnlich war. Ein hellbrauner Teppich lag auf dem Boden, und die Wände waren goldfarben gestrichen. Aus der Stereoanlage drang „Wonderful World“ von Sam Cooke zu ihm herüber.

Brock stand auf dem Treppenabsatz und wollte weglaufen, als sein Vater die Stufen herunterpolterte, aber es war ihm unmöglich, sich zu rühren.

„Was hat er?“ Sein Bruder Ron beugte sich von oben über das Geländer. Er hielt das braune Päckchen in den Händen, das sein Vater schon in dem früheren Traum gehabt hatte, aber dieses Mal war die Verpackung aufgerissen. Eine blaue Schachtel war darin zu erkennen.

Eine Erinnerung stieg in Brock hoch, doch bevor er sie greifen konnte, durchschnitt die Stimme seines Vaters die Stille. „Er ist ein Idiot, das ist los mit ihm.“

Brock konzentrierte sich. *Ändere das! Verschwinde hier!* Aber die Situation ließ sich nicht beeinflussen. Nichts verschob sich, nur die Luft wurde dicker.

„Ich finde, dein Bruder hat Recht. Du denkst, du hättest Betriebswirtschaft studieren sollen? Keine gute Idee.“

„Warum?“ Die Frage kam über Brocks Lippen, bevor er sich zurückhalten konnte.

„Du kennst den Grund. Muss ich es wirklich noch aussprechen?“ Das Gesicht seines Vaters wurde steinhart. „Ron ist ein Geschäftsmann. Du nicht.“

„Du denkst, dass ich es nicht geschafft hätte.“

„Das hast du gesagt, nicht ich." Sein Vater blieb auf halber Treppe stehen.

„Aber wenn ich nach deiner Pensionierung *Black Fedora* führen sollte, hätte ich doch zumindest Betriebswirtschaft studieren müssen."

Sein Vater funkelte Brock an. „Ich habe nie gesagt, dass du für meine Firma arbeiten musst."

„Ich wollte es aber, Papa! Verstehst du das denn nicht?"

„Du wolltest nur besser sein als dein kleiner Bruder." Sein Vater starrte ihn an, ohne zu blinzeln. „Und das wird dich jetzt vernichten. Weil es kommt."

„*Was* kommt? Sag es mir!"

Sekunden später schreckte Brock schweißgebadet aus dem Schlaf hoch. Ganz vorsichtig, um Karissa nicht zu wecken, rollte er sich aus dem Bett und ging unter die Dusche. Dann machte er sich eine Tasse Kaffee und verzog sich in sein Arbeitszimmer, um die Techniken des luziden Träumens zu trainieren. Dringender denn je musste er sein jüngeres Ich aufsuchen und ausprobieren, ob seine Ratschläge an sich selbst in der Vergangenheit tatsächlich Auswirkungen auf die Gegenwart hatten.

Eine Stunde später kroch er wieder ins Bett und kehrte sofort ins Land der Träume zurück, doch dieses Mal hatte er den Traum im Griff.

Als er begann, wusste Brock sofort, wo er sich befand. Er stand viereinhalb Meilen nördlich des North Cascades Rainy Pass auf einem Teilstück des Pacific Crest-Wanderpfades. Warum sein Unterbewusstsein ihn ausgerechnet hierher gebracht hatte, konnte er sich nicht erklären, aber es war ein hervorragender Ort, um mit dem jungen Brock zu kommunizieren.

Dieser Teil des Wanderpfades führte am Ostrand der Cascades entlang. Es lag kein Schnee hier, darum musste es zumindest Mitte August sein, vielleicht auch schon Mitte

September. Aber wenn er seinem jüngeren Ich begegnen wollte, musste es September 1986 sein. Damals hatte er seinen ersten Rucksacktrip allein gemacht, und er war sehr nervös gewesen, mehr, als er sich hatte anmerken lassen. Aber ohne größere Zwischenfälle hatte er den Manning Provincial Park in British Columbia erreicht und war schließlich zum Hart's Pass zurückgewandert, wo Morgan ihn abgeholt hatte.

Ein von Tannen gesäumtes Tal breitete sich vor Brock aus. Tiefes Bedauern erfasste ihn. Damals hatte er sich vorgenommen, mit seinem Sohn, sollte er je einen haben, diesen Weg zu wandern, aber bisher hatte er diese Reise mit Tyson noch nicht unternommen. Er hatte genau genommen diese Idee seinem Sohn gegenüber nie auch nur erwähnt.

Brock schüttelte die Erinnerungen ab und bewunderte den gezackten Gipfel des Golden Horn in der Ferne. Einen Augenblick später nahm er in etwa hundert Metern Entfernung eine Bewegung auf dem Pfad wahr. Ein königsblauer Rucksack tauchte vor ihm auf. Brock brauchte nur ein paar Sekunden, um zu erkennen, dass er selbst diesen Rucksack trug und schnellen Schrittes unterwegs war. Er ging seinem jüngeren Ich nach, verblüfft darüber, wie real sich der Traum anfühlte. Nicht nur das, was er sah, sondern auch das, was er fühlte: Die kühle Brise, die Muskelanstrengung, die er in den Beinen verspürte, als er schnell losging, um sich selbst einzuholen.

Die Szene verwandelte sich, und er stand am Strand vor einem Haus unten an der Küste Oregons, während ein Sturm das Meer aufpeitschte. Doch nur Sekunden später war er wieder zurück auf dem Wanderpfad. Seine Fähigkeiten, diese Träume zu kontrollieren, verbesserten sich definitiv.

Als er nur noch etwa 30 Meter von ihm entfernt war, rief er: „Brock!“

Sein jüngeres Ich blieb stehen, drehte sich um und starrte ihn an. „Ja?“

Brock schloss mit schnellen Schritten zu ihm auf. „Kann ich mit dir reden?“

„Kennen wir uns?“ Verwirrt starrte er Brock an.

„Nicht wirklich.“

Dann erkannte er ihn. Mit ungläubigem Blick deutete er auf Brock. *„Du* bist das, nicht? Der seltsame Typ aus Morgans Laden im vergangenen Jahr. Ist ja krass.“

„Du erinnerst dich an mich?“

„Nach dem Auftritt, den du hingelegt hast, bist du mir definitiv im Gedächtnis geblieben.“ Er blieb wachsam. „Wie sollte ich jemanden vergessen, der mir vorhergesagt hat, dass ich ein Mädchen mit Namen Karissa kennenlernen werde, und dann geschieht das tatsächlich?! Wie auch immer du das gemacht hast, es war ein cooler Trick.“

„Wie lange seid ihr schon zusammen?“ Es wäre interessant, wenn seine Traumversion ihm das richtige Datum nennen würde.

„Sag du es mir, Zukunfts-Brock.“ Sein jüngeres Ich nahm den Rucksack vom Rücken und lehnte sich an einen dicken Felsen seitlich des Pfades. „Was um alles in der Welt machst du hier oben? Verfolgst du mich?“

Brock drehte den Kopf nach hinten und tastete nach seinem Rucksack. Nichts. „Ich verfolge dich nicht.“

„Du bist nur ein Wanderer, der zufällig meines Weges kommt, ja?“

„So ungefähr.“

Der Gesichtsausdruck des jungen Brock besagte, dass das keine gute Antwort gewesen war. Er verstand auch den Grund. Selbst in einem Traum würde sein jüngeres Ich realistisch reagieren. Ihm in einem geschäftigen Laden zu begegnen war eine Sache, das konnte irgendein irrer Zufall sein. Aber hier, auf dem einsamen Wanderweg in den Cascade Mountains, hundert Kilometer von der nächsten Stadt entfernt ... das war etwas ganz anderes.

„So, so. Du bist also ganz zufällig auch hier entlangmarschiert. Ohne Rucksack? Ohne Wasser? Woher kommst du? Aus Rainy? Willst du noch vor Einbruch der Dunkelheit dorthin zurückkehren? Das sind noch zwölf Meilen, und wenn du nicht den Rest des Weges rennen willst, dann würde ich jetzt umkehren."

„Im Prinzip hast du Recht, aber es ist nur ein Traum, schon vergessen?"

„Ach ja." Der junge Brock schlug sich gegen die Stirn. „Und ich bin ja nur Teil deines Traumes. Nicht real."

„Da bin ich mir eben nicht mehr so ganz sicher."

Sein jüngeres Ich zog seinen Rucksackgurt fest. „Das ist eine ganz schön seltsame Geschichte. Dass du hier hoch kommst und mich suchst, finde ich ziemlich ... unheimlich."

„Keine Sorge, ich werde verschwinden, sobald ich dir etwas gesagt habe."

„Prima." Der junge Brock hievte seinen Rucksack auf seine Hüften. „Dann schieß los."

„Als Erstes ... du hast meinen Rat beherzigt und bist öfter mit Dad nach Alaska gefahren als ich."

„Das stimmt."

„Danke."

„War es das? Sind wir jetzt fertig?" Er wandte sich zum Gehen.

„Ich wollte ein Experiment wagen, falls du dazu bereit bist."

„Oh, klar doch, Doc Brown. Warum nicht? Hast du den DeLorean im Gebüsch versteckt?"

„Im Jahr 2003 wird Steve Miller eine noch umfassendere Sammlung der größten Hits seiner Band herausbringen. Ich habe das erste Greatest-Hits-Album gekauft, aber nicht die neuere Version. Kauf sie für mich, in Ordnung?"

„Okay." Der junge Brock deutete auf ihn und grinste. „Ich mag Steve Miller, und wenn es dich glücklich macht, Zukunfts-Brock, dann mache ich das."

Kapitel 14

September 1986

Brocks himmelblauer Käfer Baujahr 1974 stotterte, als er in den dritten Gang schaltete. Zwei Emotionen wetteiferten um seine Aufmerksamkeit. Die erste war Vorfreude auf die Verabredung mit Karissa, die zweite eine gewisse Frustration darüber, dass dieser alte Typ, der behauptete, sein älteres Ich zu sein, immer noch in seinen Gedanken herumgeisterte. Diese ganze Sache war so abgefahren und vollkommen surreal ... Also, wer war der Kerl? Und warum hatte er sich ausgerechnet Brock für seine komischen Experimente ausgesucht?

Im Park angekommen machte Brock ein paar Dehnübungen, während er auf Karissa wartete. Sie traf ein paar Minuten nach ihm ein, in einer dunkelblauen Jogginghose und einer purpurroten Windjacke und mit diesem strahlenden Lächeln, das ihn mit Wärme erfüllte, wann immer er es sah. Kein Make-up, die Haare hochgesteckt und trotzdem atemberaubend schön. Sie packte ihn um die Taille, drückte ihn fest und rannte dann davon. „Worauf wartest du noch? Auf geht's."

Brock grinste und sprintete hinter ihr her. Als er neben ihr war, zupfte sie an seinem Sweatshirt. „Denkst du, du kannst heute mit mir mithalten?"

„Ich darf die Hoffnung nicht aufgeben."

„Gut." Karissa steigerte ihr Tempo. „Ich brauche eine volle Trainingseinheit und kann keine schwachen Glieder in der Kette dulden, die mich aufhalten."

„Wir sind eine Kette?“

„Na ja, irgendwie so etwas.“

Der Weg war zu beiden Seiten von Ahornbäumen gesäumt, durch deren Blätter die Sonne fiel. Radfahrer überholten sie; Frauen mit Kinderwagen kamen ihnen entgegen. Am Matthews Beach führte der Weg nach rechts zu den Villen am Ufer des Lake Washington, und genau dort sprach Brock das Thema an, das er bisher noch für sich behalten hatte.

„Ich muss dir was erzählen.“ Brock schnappte nach Luft und versuchte zu reden, ohne zu keuchen. Karissa sollte nicht den Eindruck gewinnen, dass er sich anstrengen musste. „Ich habe etwas wirklich Merkwürdiges erlebt.“

„Ach ja?“ Karissa blickte ihn mit hochgezogenen Augenbrauen an und verringerte ihr Tempo ein wenig.

„Neulich hatte ich ein, äh, interessantes Gespräch mit einem etwas seltsamen Mann.“

„Wo hast du besagten Mann getroffen?“

„Das erste Mal? Vergangenes Jahr in Morgans Laden. Das war kurz bevor wir beide uns kennengelernt haben. Das zweite Mal, als ich vor ein paar Wochen auf dem PCT gewandert bin.“ Brock zögerte, dann sagte er es frei heraus. „Er sagt, wenn wir uns treffen, sei er gar nicht wirklich da, sondern er würde träumen. Und ich sei auch nicht real, sondern nur Teil seines Traumes.“

„Okay, ich beginne zu verstehen, warum du das merkwürdig findest.“ Karissa blickte ihn mit zusammengezogenen Augenbrauen an. „Wer ist der Typ?“

Sie kamen an zwei kleinen Mädchen vorbei, die Mühe hatten, auf ihren Rollschuhen das Gleichgewicht zu halten.

Brock wartete, bis sie einen Mann überholt hatten, der auf seinem Fahrrad so langsam fuhr, dass es ein Wunder war, dass er nicht umkippte. „Das ist ja das Merkwürdigste an der ganzen Sache.“ Brock deutete auf seinen Kopf und tippte gegen seine Stirn. „Er behauptet, er sei mein älteres Ich.“

Karissa wandte sich ihm zu und lachte. „Was?"

„Das hat er gesagt. Er sei ich. Ich in der Zukunft."

„Der hat ja wohl wirklich eine Meise. Aber irgendwie ist es auch interessant."

„Er meint das ernst."

„Ich auch." Sie grinste, schob sich näher an ihn heran und boxte ihn leicht gegen den Arm. „Ich wollte schon immer mal mit mir selbst in der Zukunft sprechen und sehen, was ich dann so mache. Kannst du ihn nicht bitten, das nächste Mal mich zu schicken? Das wäre doch was."

„Die gute Nachricht ist: Ich habe noch Haare."

Es half ein wenig, sich über dieses Thema lustig zu machen, trotzdem war er innerlich in höchstem Maß beunruhigt.

„Das ist doch toll. Ich mag deine Haare." Karissas Lächeln verschwand. „Ich merke, dass dich die Sache richtig beschäftigt. Wer ist er wirklich?"

„Ganz ehrlich, ich weiß es nicht."

Brock hielt sich hinter Karissa, als einige Radfahrer ihnen entgegenkamen.

„Ich glaube, es macht mehr Spaß, diesen Weg auf dem Fahrrad zurückzulegen."

„Warum sagst du nicht einfach, dass du mit meinem Tempo nicht mithalten kannst?"

„Das kann ich unmöglich zugeben. Junge Männer müssen ihr Macho-Image pflegen. Keine Schwächen erlaubt."

„Was war letzten Sommer, als wir an diesem Berglauf teilgenommen haben?"

„Du meinst, als ich mich oben auf dem Gipfel übergeben habe?"

„Genau."

„Das habe ich nur gemacht, damit du dich besser fühlst."

Karissa lächelte und verringerte ihr Tempo ein wenig. Brocks Atmung beruhigte sich, und das Brennen in seinen

Lungen ließ nach. „Ruiniere ich mein Image, wenn ich mich bei dir bedanke?"

„Nicht im Geringsten." Karissa wurde noch langsamer und warf ihm einen ernsten Blick zu. „Können wir noch ein bisschen über dein Zukunfts-Ich sprechen?"

„Sicher."

„Als er im vergangenen Jahr aufgetaucht ist, hat Morgan ihn da auch gesehen?"

„Hm. Er müsste ihn gesehen haben, aber es war viel los, und er kam nicht an meinen Tisch."

„Warum erzählst du mir erst jetzt davon?"

„Weil ich den Typ eigentlich für einen harmlosen Irren gehalten habe, aber je mehr ich darüber nachdenke ..."

„Hältst du ihn nicht mehr dafür? Ist er gefährlich?"

„Nein, das nicht. Irgendwie mag ich den Kerl sogar." Brock hielt inne, um Atem zu schöpfen. „Es ist nur, dass ..."

„Was?"

„Er weiß Dinge, die er eigentlich gar nicht wissen kann."

„Mit anderen Worten, Morgan spielt eines seiner Spielchen mit dir. Der Meister der Scherze hat wieder einmal zugeschlagen."

„Genau das habe ich auch gedacht. Gerade mit dieser *Zurück in die Zukunft*-Nummer ... er wusste, dass er mich damit kriegen kann."

Karissa wurde noch langsamer und ging im Schritt weiter. Brock folgte ihr zum Seeufer. „Bereit für eine Pause?" Karissa sah auf ihre Uhr. „Wir haben siebeneinhalb Meilen in fünfundvierzig Minuten zurückgelegt."

„Klar, wenn du eine Pause brauchst." Brock blieb stehen und grinste, während er sich mit beiden Händen auf den Knien abstützte und tief die kühle Septemberluft einatmete.

„Ich habe das unbestimmte Gefühl, das Wissen dieses ominösen Kerls um Dinge, die er nicht wissen kann, könnte ein ernstes Gespräch einleiten."

„Vielleicht."

„Dann lass uns doch zum Ende des Stegs gehen und ein ernstes Gespräch führen."

Sie schlenderten über den hölzernen Bootssteg, der etwa 70 Meter in den Lake Washington hineinragte. Nur wenige Boote schaukelten an ihren Bojen auf dem Wasser. Am Ende setzten sie sich auf den Rand und ließen die Beine über das Wasser baumeln.

„Manches, was er gesagt hat, bekomme ich einfach nicht aus meinem Kopf." Brock blickte Karissa an. „Wie ich schon sagte ... er konnte es unmöglich wissen."

„Das ist nicht dein Ernst." Karissa zog die Augenbrauen zusammen. „Du denkst doch nicht wirklich, dass dieser Mann-"

„Auf keinen Fall. Natürlich nicht."

„Du tust es doch!" Sie lachte.

„Nein, tue ich nicht."

„Warum beschäftigt es dich dann so?"

„Vermutlich wegen Paulus."

„Welcher Paulus?"

„Der Paulus im Neuen Testament, dem Jesus lange nach seiner Zeit auf Erden persönlich erschienen ist." Brock wandte sich zu Karissa um. „Wenn Gott so etwas tun oder wenn er Johannes in einer Vision auf eine Zeitreise schicken kann, bei der er in die Zukunft sieht, warum sollte er nicht auch so etwas machen?"

„Ich sage nicht, dass er das nicht kann, aber selbst wenn wir Gott ins Spiel bringen ... ist dir klar, wie vollkommen verrückt das klingt?"

„Ohne Frage." Er hob einen Holzsplitter auf und warf ihn ins Wasser.

„Und dir ist auch klar, dass du mit keinem Menschen darüber reden kannst, richtig?"

„Ich wollte ja nicht einmal mit dir darüber reden."

„Nur damit du es weißt …“ Sie ergriff seine Hand. „Ich halte dich nicht für verrückt, nur weil du alle Möglichkeiten in Betracht ziehst.“

„Danke.“

„Und wann werde ich deinen eingebildeten Freund kennenlernen?“ Karissa kicherte. „Entschuldige, ich konnte nicht widerstehen.“

„Das ist nicht lustig.“

„Ich fand schon.“

„Okay, es war ein bisschen lustig.“ Brock seufzte.

„Was wusste er denn, was er nicht hätte wissen können? Was hat dich so ins Nachdenken gebracht?“

Brock musterte Karissas Gesicht. Sie hielt das Ganze immer noch für einen Scherz oder eine Aktion von Morgan, das spürte er, aber was er zu sagen hatte, würde ihr schon zeigen, dass es ernst war. Und das hätte sicher seine Vorteile.

„Bei dem ersten Treffen sagte er mir, ich würde mich von Sheila trennen und ein Mädchen namens Karissa kennenlernen. Das war eine ganze Weile, bevor wir uns getroffen haben.“

Karissas Augen wurden groß. „Okay, das ist tatsächlich seltsam.“

„Vermutlich war das nur gut geraten, das ist mir natürlich klar, aber trotzdem …“

„Na ja, mein Name ist nicht unbedingt gebräuchlich … ihn zu erraten wäre schon sehr unwahrscheinlich. Was hat er sonst noch über uns gesagt?“

„Er scheint sehr viel von dir zu halten.“

Karissa lächelte und kommunizierte ihm mit ihren Augen, dass sie verstand, was das bedeutete. Sie war definitiv ein Schatz, ohne Frage, das Größte in seinem Leben. Und wenn im nächsten Jahr die Blätter von den Bäumen fielen, würde er sie fragen, ob sie mit ihm für den Rest ihres Lebens durch Dick und Dünn gehen wollte.

Sie ergriff seine Hand und drückte sie leicht. „Dein älteres, klügeres Ich scheint der Meinung zu sein, dass es eine gemeinsame Zukunft für uns gibt."

„Offensichtlich." Brock zog sie zu sich heran und küsste sie.

Als sie sich voneinander lösten, nahm Karissa Brocks Gesicht in beide Hände und sah ihm tief in die Augen. „Ich bin derselben Meinung wie Zukunfts-Brock."

„Ja, das dachte ich mir."

„Und du denkst immer noch, dass Morgan das Ganze inszeniert hat?"

„Das werde ich heute Abend herausfinden."

Kapitel 15

An jenem Abend saß Brock an seinem Stammplatz und wartete darauf, dass Morgan den Laden seines Vaters abschloss. Nach wie vor gingen ihm die beiden Begegnungen mit dem älteren Typ, der behauptete, er zu sein, nicht aus dem Sinn. Die Haare des Mannes waren etwas schütter und das Braun von grauen Fäden durchzogen. Brock hatte dieselbe Haarfarbe, nur etwas dunkler. Und die bernsteinfarbenen Augen. Auch dieselbe Farbe.

Und außerdem hatte der Mann etwas an sich, das Brock faszinierte. War es vielleicht sein Selbstvertrauen? Möglich. Aber da war noch mehr. Die Haltung des Mannes erinnerte ihn in gewisser Weise an ...

Er schüttelte den Gedanken ab und hörte auf, darüber nachzudenken. Sein Blick wanderte zu Morgan hinüber. Er hatte das inszeniert. Ganz bestimmt. All das war einer von den typischen ungewöhnlichen Scherzen seines Freundes. Wenn er nur diesen winzigen Splitter des Zweifels loswerden könnte ... Nein, es gab nur zwei Möglichkeiten: Morgan hatte ihn an der Nase herumgeführt, oder der alte Typ war verrückt. Aber er hatte so aufrichtig gewirkt ... und das war es, was Brock besonders befremdete. Das und die Informationen, über die der Zukunfts-Brock verfügte.

Ein paar Minuten später war Morgan fertig und kam mit einem Becher Kaffee an Brocks Tisch. „Warum der Abendbesuch und dazu noch ohne Karissa?"

„Wir haben uns heute Nachmittag getroffen."

„Was ist los? Ich sehe doch, dass du etwas auf dem Herzen hast."

Brock deutete auf den Stuhl an seinem Tisch, und Morgan ließ sich darauf nieder. „Also ... Im vergangenen Jahr hatte ich eine seltsame Begegnung mit einem Mann hier im Laden. Ich habe dem keine große Bedeutung beigemessen. Die Sache schien es nicht wert, dir davon zu erzählen, obwohl ich jetzt wünschte, ich hätte es getan. Doch während meiner Wanderung über den PCT vor ein paar Wochen ist derselbe Typ wieder aufgetaucht. Ich frage mich jetzt, ob du etwas damit zu tun hast."

„Was? Wie denn?"

„Vielleicht hast du ihn angestiftet, einen Spaß mit mir zu treiben und mich durcheinanderzubringen."

„Inwiefern bringt er dich denn durcheinander?"

Morgans Blick war ernst, nicht die Spur von Übermut lag darin. Das allein überraschte Brock nicht. In den Jahren, in denen sie Poker gespielt hatten, hatte sein Freund sich nie irgendetwas ansehen lassen. „Steingesicht" war der Spitzname, den Brock und die anderen Freunde Morgan gegeben hatten.

„Ist das jetzt der Augenblick, in dem du mir sagst, dass du nichts mit den zwei Begegnungen mit diesem Mann zu tun hast?"

„Ich hatte nichts zu tun mit deinen beiden Begegnungen mit diesem Mann."

„Er hat eine meisterhafte Vorstellung geliefert. Hast du ihn darauf gedrillt, was er sagen soll?"

„Wer ist der Kerl?"

„Ist das dein Ernst?" Brock legte den Kopf zu Seite. „Das Ganze ist nicht auf deinem Mist gewachsen?"

„Ich habe nichts damit zu tun." Morgan sah Brock tief in die Augen. „Du bist ziemlich neben der Spur, Kumpel. Das merke ich. Was ist los?"

Wenn Morgan die ganze Sache nicht inszeniert hatte und der Zukunfts-Brock nicht nur ein armer Irrer war, dann spielte jemand ein ganz übles Spiel mit ihm. Jemand, der mehr über Brocks Leben wusste als die meisten Menschen. Aber wer? Und wichtiger noch: Warum?

„Weißt du, was er mir gesagt hat?" Brock schüttelte den Kopf. „Er sagte, er sei ich, in dreißig Jahren. Na, mittlerweile wohl eher neunundzwanzig Jahre."

Morgans angedeutetes Lächeln wurde breiter. „Du machst Witze."

„Nein. Er hat mir vorausgesagt, ich würde Karissa kennenlernen, und das war einen ganzen Monat, bevor du uns miteinander bekannt gemacht hast."

„Dieser Typ sollte sich vielleicht *Unglaublicher Brockdini* nennen." Morgan nahm das Geschirrtuch von seiner Schulter und wischte den Ahorntisch ab. „Und das war alles?"

„Bei unserer ersten Begegnung hat er mir gesagt, ich sollte meinen Vater unbedingt auf einen Angelausflug begleiten, und beim zweiten Mal meinte er nur, ich hätte es getan."

„Aber das hat sich noch nicht ereignet, weil es ja deine Zukunft ist."

„Genau."

„Aber für ihn ist es die Vergangenheit, weil er aus der Zukunft kommt."

„Da dreht sich einem der Kopf, nicht?"

„Aber es macht auch wirklich Sinn, dass du aus der Zukunft hierher zurückreist und dich zu einem Angelausflug überredest." Morgan zuckte mit einem sarkastischen Grinsen die Achseln. „Weil du ja Angeln so magst."

„Ja, das macht durchaus Sinn."

„Okay. Aber mal abgesehen davon, ob er recht hat oder nicht: Warum beunruhigt dich dein imaginäres Ich aus der Zukunft so?"

„Tja, *er* sagt, *ich* sei die imaginäre Person. Ich sei nur ein Teil seiner Träume."

„Beschreib mir den Mann mal."

„Mich wundert, dass er dir vor einem Jahr nicht aufgefallen ist. Wir saßen hinten im Raum, aber trotzdem waren wir nicht so weit von dir entfernt."

„Tut mir leid, ich erinnere mich wirklich nicht. Also, beschreib ihn."

„Etwas kleiner als ich, etwas angegraute braune Haare. Bernsteinfarbene Augen. Etwa hundertachtzig Pfund."

Morgan trank einen Schluck aus seinem großen Porzellanbecher, stellte ihn wieder auf den Tisch und legte den Kopf zur Seite. „Ich will dich mal was fragen, Brock-O. Du weißt schon, wen du da gerade beschrieben hast, oder?"

Die Frage traf Brock wie eine riesige emotionale Welle, und er gestand sich ein, was er gleich bei der ersten Begegnung mit dem Älteren gefühlt hatte. Aber Brock hatte dieses Gefühl ignoriert und beiseitegeschoben, ganz weit nach hinten, wo er sich nicht damit auseinandersetzen musste.

„Es stimmt, nicht wahr?" Morgan beugte sich erwartungsvoll vor.

„Danke, dass du gefragt hast."

„Du wirst es nicht aussprechen, also werde ich es für dich tun." Morgan boxte ihn gegen die Brust. „Du hast gerade deinen Vater beschrieben."

„Nein, habe ich nicht", antwortete Brock wie aus der Pistole geschossen, aber Morgan merkte sofort, dass er log.

„Ach, Quatsch. Du hast es auch gemerkt. Ich sehe es in deinem Gesicht. Ich sage ja nur: Vielleicht versuchst du unbewusst, dir über ein paar Dinge klar zu werden."

Brock starrte auf den Tisch. Die vielen heißen Getränke hatten ihre Spuren in der Politur hinterlassen. „Was für Dinge?"

„Ich denke, du wünschst dir eine bessere Beziehung zu deinem Vater."

„Das siehst du falsch."

„Du hasst deinen Vater nicht."

„Stimmt. Das tue ich nicht. Ganz und gar nicht. Noch nie."

„Du musst ihm eine Chance geben. Er ist nicht mehr derselbe wie damals, als er mit dem Glauben noch nichts am Hut hatte. Er hat sich verändert. Wirklich verändert. Auch wenn ich als Atheist das ungern zugebe."

Brock lachte. „Ich an deiner Stelle wäre vorsichtig. Dir bleibt nicht mehr viel Zeit, Kumpel. Ich habe die himmlischen Heere auf dich gehetzt, und sie sind im Anmarsch."

„Wow." Morgan grinste und boxte Brock gegen die Schulter. „Aber wir kommen vom Thema ab. Wenn du nicht erkennen kannst, dass dein Vater nicht mehr derselbe ist wie damals, als du ein Kind warst, dann bist du vielleicht betriebsblind."

„Trotzdem erklärt das nicht, wo der Kerl herkommt und vor allem warum. Eingebildet habe ich mir den jedenfalls nicht."

„Ich sage ja nur, dass du offen bleiben solltest. Und wenn er das nächste Mal vorbeischneit, frag ihn doch mal, ob Minnesota jemals den Super Bowl gewinnen wird."

Kapitel 16

20. Mai 2015

Endlich. Der Tag des Treffens mit dem Doktor war da. Brock gab Karissa einen Abschiedskuss, verließ das Haus und ging zu seinem Wagen. Er stieg ein und ließ den Motor seines Lexus an. Aus der Stereoanlage ertönte ein Lied, das ihn erstarren ließ: Steve Millers „Jungle Love". Unmöglich. Er holte die CD aus dem Player und starrte fassungslos darauf. *Young Hearts.* Das Album mit den Greatest Hits, das er nie gekauft hatte.

Er fuhr los und rief Karissa von unterwegs aus an.

„Na, was vergessen?"

„Die CD von Steve Miller, *Young Love,* ist in meinem Wagen."

„Ja. Und das erstaunt dich?"

„Besitze ich auch die *Greatest Hits* oder nur diese CD?"

„Keine Ahnung. Ich glaube, nur diese. Warum?"

„Unglaublich."

„Was?"

„Es ist schon wieder passiert!" Brock hielt an und wartete darauf, dass die Ampel grün wurde.

„Was ist schon wieder passiert?"

„In einem Traum bin ich mir selbst begegnet und habe meinem jüngeren Ich gesagt, er solle das zweite Greatest-Hits-Album von Steve Miller kaufen. Das war ein Experiment."

„Und?"

„Ich habe mir dieses Album nie gekauft."

„Natürlich hast du das. Ich erinnere mich noch daran. Du wolltest es dir erst zu Weihnachten wünschen, aber ich habe gesagt, du sollst es doch ruhig gleich kaufen. Ich glaube, das war 2003."

Der Wagen hinter ihm hupte, und Brock starrte auf die mittlerweile grüne Ampel. Er fuhr los und versuchte sich zu beruhigen. „Nein, das stimmt nicht."

„Ich bin ziemlich sicher."

„Das ist wirklich höchst merkwürdig. Es kann nicht wirklich so passiert sein. Wieso erinnerst du dich daran und ich nicht?"

„Keine Ahnung, aber ich muss jetzt Schluss machen. Tyson braucht sein Frühstück."

Brock beendete das Gespräch, lachte verblüfft und schob die CD von Steve Miller wieder in den Player. Dachte er wirklich, er könnte irgendwie im Traum mit der Person in Kontakt treten, die er vor mehr als 30 Jahren gewesen war? Und dass ihre Gespräche in irgendeiner Weise die Gegenwart verändern würden ... oder vielmehr die Zukunft? Nein. Das war lächerlich.

Aber das Lachen verging ihm, als er die Lippen zusammenkniff und nach einer rationalen Erklärung für das Geschehene suchte. Es gelang ihm nicht. Es gab nur eine logische Erklärung, die gleichzeitig aber überhaupt nicht logisch war. Sein Treffen mit Dr. Shagull kam genau zum richtigen Zeitpunkt.

Brock setzte sich auf eine Bank vor dem Eingang des Parks und sah auf seine Uhr. Der Doktor verspätete sich. Schon um 20 Minuten. Leider hatte er sich die Handynummer des guten Doktors nicht geben lassen und konnte ihn nicht anrufen. Gut, zehn Minuten würde er noch warten.

Neun Minuten später näherte sich ihm ein Mann. Brock wusste sofort, dass das Dr. Shagull war. Vielleicht lag es an der Art, wie er auf ihn zu geschlendert kam, mit prüfendem Blick, als würde er eine Laborratte inspizieren. Wahrscheinlich aber lag es einfach daran, dass sonst niemand in der Nähe war.

Brock erhob sich und streckte ihm die Hand hin. „Dr. Shagull, nehme ich an. Ich bin Brock Matthews."

Auf Dr. Shagulls blassem Gesicht lag ein Ausdruck der Erwartung. Er war schlank und wirkte größer, als er tatsächlich war. Seine spärlichen aschblonden Haare flatterten im Wind, und hinter seinen dicken Brillengläsern waren hellwache Augen zu sehen, die keinen Augenblick stillstanden. Er roch nach Pfeifentabak. Er sah aus wie der Prototyp eines exzentrischen Professors in einem Bühnenstück aus dem England der 1950er-Jahre. Das Einzige, was fehlte, war der britische Akzent.

„Danke, dass Sie sich die Zeit für ein Treffen genommen haben."

Dr. Shagull blickte ihn über den Rand seiner Brille hinweg an. „Ich treffe mich selten mit Lesern meines Buches. Eigentlich nie."

„Umso schöner, dass Sie in diesem Fall eine Ausnahme gemacht haben, Dr. Shagull."

Der Doktor sprach weiter, als hätte Brock nichts gesagt. „Aber in Ihrem Fall wollte ich es. Mehr noch, ich empfand es als eine Notwendigkeit." Er deutete auf einen Weg links von ihnen. „Sollen wir?"

Sie schlugen den Weg zum See ein. „Und übrigens, nennen Sie mich Shagull oder Thomas, aber nicht Doktor."

„In Ordnung."

Sie wanderten langsam am Ufer des Sees entlang und schwiegen eine Weile. Schließlich brach Shagull das Schweigen. „Sind Sie ein Mann des Glaubens?"

„Ja." Brock blickte den Doktor an. „Und Sie?"

„Das würde ich bestätigen. Manche beschreiben mich in dieser Weise. Andere nicht. Was in Ordnung ist." Shagull griff in seine Tasche und holte eine Pfeife heraus. „Darf ich?"

Brock nickte. Zwar bekam er von zu viel Pfeifenrauch eine stechende Migräne, aber im Freien hatte er eigentlich kein Problem damit. Solange ihm der Wind ins Gesicht blies, konnte er es aushalten.

„Hinter allem, was in diesem Universum geschieht, steht eine höhere Intelligenz. Wie Sie sicher wissen, ist *Gott* eine Positionsbezeichnung wie zum Beispiel *Präsident*. Ich habe daher kein Problem damit, diese Intelligenz Gott zu nennen."

„Und Jesus? War er der Sohn dieser Intelligenz?"

„Der brillanteste Mensch, der je gelebt hat."

„Mensch?"

„Natürlich war er der wichtigste Punkt und der außergewöhnlichste Mann in der Geschichte, nicht? Vermutlich ist das unvermeidlich, wenn man Gott ist."

„Dann glauben Sie also, dass Jesus Christus der Sohn Gottes ist?"

Der Doktor blieb stehen und lächelte. „Ist das der Beweggrund für Ihren Wunsch, mich treffen zu wollen?"

„Nein."

„Warum kommen wir dann nicht zum Punkt?"

„Bin ich ein Zeitreisender?"

„Ich glaube nicht."

„Was passiert dann mit mir? Meine Träume führen mich in meine Vergangenheit. Und mein jüngeres Ich glaubt nicht, dass es ein Traum ist, in dem wir uns begegnen. Für ihn ist es real. Meine Träume ereignen sich in seiner Realität ... in seiner Gegenwart und meiner Vergangenheit."

„Woher wissen Sie das?"

„Weil ich Veränderungen herbeiführe! Die Dinge, die ich sage, veranlassen ihn, andere Entscheidungen zu treffen, und wenn ich aufwache, sind diese Veränderungen Realität. Wenn ich nicht wirklich in der Zeit zurückgegangen wäre und wirklich mit ihm gesprochen hätte, würde sich in meiner gegenwärtigen Welt doch wohl nichts verändern, richtig?“

„Haben auch andere Personen aus Ihrem Umfeld diese Veränderungen bemerkt?“

„Was meinen Sie?“

„Sind Sie, wenn Sie aufwachen, der Einzige, der diese Veränderungen bemerkt, oder fallen sie auch anderen Personen auf?“

„Ich verstehe die Frage immer noch nicht. Natürlich bin ich der Einzige, der denkt, dass sich die Realität verschoben hat. Wenn mein jüngeres Ich andere Entscheidungen trifft, als ich sie damals getroffen habe, dann verändert das für ihn und alle anderen in seiner Umgebung den Lauf der Dinge und die Folgen sind anders als das, was beim ersten Mal geschehen ist. Ihre Zeitschiene ist-“

„Wenn nur Sie allein der Meinung sind, dass sich die Gegenwart verändert hat, woher wissen Sie dann, dass die Veränderungen, die Sie scheinbar erleben, real sind? Woher wissen Sie, dass diese Dinge nicht nur in Ihrem Kopf geschehen?“

Brock blieb abrupt stehen und starrte auf den Hinterkopf des Doktors, der unbeirrt weiterging. Eine tiefe Benommenheit überfiel ihn und schien seinen Geist zu lähmen. Unmöglich. Die Veränderungen waren real, auch wenn nur er sie bemerkte. Aber tatsächlich: Woher wusste er das so genau?

„Was wollen Sie damit sagen? Dass ich den Verstand verliere? Dass ich mir das alles nur einbilde?“

„Ich stelle nur eine Frage.“

„Wenn das stimmt, dann wäre ich ja nicht mehr zurechnungsfähig.“

„Die meisten Menschen würden vermutlich zu dieser Schlussfolgerung kommen."

„Und was soll ich tun?"

„Sie haben die Wahl. Wenn Sie tatsächlich luzide Träume erleben, können Sie auch damit aufhören. Bei der nächsten Begegnung mit sich selbst wachen Sie einfach auf. Oder geben Sie dem Traum eine andere Richtung, fort von Ihrem jüngeren Ich."

Brock beobachtete drei Enten, die sich um ein Stück Brot stritten, das zwei Kinder ins Wasser geworfen hatten.

„Aber ich will nicht aufhören. Ich *möchte* die Realität verändern."

„Das wollen viele. Sagen Sie mir: Was genau würden Sie verändern?" Der Doktor zwinkerte ihm zu. „Wenn sich diese Veränderungen nicht nur in Ihrem Kopf abspielen würden, natürlich. Was würden Sie mit dieser Macht anfangen, wenn Sie sie tatsächlich besäßen?"

„Zwei Dinge: Ich würde versuchen, eine bessere Beziehung zu meinem Vater aufzubauen, und ich würde Betriebswirtschaft studieren statt Marketing."

„Und warum versuchen Sie es nicht mal damit?"

„Weil ich eigentlich nicht glaube, dass dies wirklich geschieht."

„Was haben Sie dann zu verlieren?"

Kapitel 17

3. November 1989

Die Sonne weckte Brock am Freitagmorgen um 5:30 Uhr. Noch fünf Tage in Costa Rica, dann würde er wieder in einem Flugzeug nach Seattle sitzen. Nachdem er sich eine Tasse Kaffee geholt hatte, schlenderte er hinaus auf die Veranda der Villa, in der er untergebracht war, und ließ seinen Blick über die Kaffeeplantage schweifen. Doch schon bald nahm er die Landschaft nicht mehr wahr. Sein Blick richtete sich nach innen, zu einer Frage, die Karissa ihm am Morgen seiner Abreise nach Costa Rica gestellt hatte.

„Und was ist, wenn deinem Vater etwas zustößt? Ich meine, es ist ja nicht gesagt, dass er mit neunzig friedlich einschläft."

„Wie kommst du denn darauf?"

Karissa ignorierte die Frage. „Würdest du dann nicht bedauern, dass du nicht intensiver versucht hast, die Beziehung zu ihm zu verbessern?"

„Hey, ich arbeite daran."

„Tatsächlich? Wie denn?"

Nicht sehr. Oder vielmehr gar nicht. Es stimmte, was sie sagte, und es wurde höchste Zeit, dass er aktiv wurde. Sein Vater war robust und würde vermutlich ewig leben, aber man wusste nie. Brock durfte diese Sache jetzt nicht länger schleifen lassen. Er kehrte ins Haus zurück und suchte in seinem Zimmer nach einem Blatt Papier. Auf dem Schreibtisch fand er eine Postkarte und einen Stift. Brock nahm beides und wollte sich wieder draußen auf einen der

Verandastühle setzen, um seinem Vater einen Gruß zu schicken. Dabei bemerkte er, dass das rote Licht an seinem Telefon blinkte. Die Rezeptionistin teilte ihm mit, dass Post für ihn angekommen sei.

Schnell lief er hinüber, um den Brief abzuholen. Ein Brief von seinem Vater! Brock schüttelte den Kopf. Gott lachte sich gerade bestimmt ins Fäustchen. In aller Eile kehrte er mit dem Brief in sein Zimmer zurück. Dort riss er ihn auf.

Hallo Brock,
ich hätte diesen Brief auch zu Dir nach Hause schicken oder in Deinem Büro abgeben können, aber Du solltest ihn zu einem Zeitpunkt bekommen, wo du allein bist, aller Ablenkungen beraubt.

Keine Sorge, ich werde mich kurz halten, aber ich nehme an, mit 53 ist es normal, dass ich anfange, über meine Sterblichkeit nachzudenken.

Und darum frage ich mich, ob wir uns treffen können, bevor die Bäume alle Blätter abgeworfen haben. Können wir eine Tasse Kaffee zusammen trinken? Können wir miteinander reden und lachen und sehen, wohin es uns führt?

Dein Vater und gern auch Dein Freund

Brock lehnte sich zurück und atmete tief durch. Sein Vater, sein Freund? Seine Gefühle waren zwiespältig. Ein Teil von ihm wäre nur zu gern ins nächste Flugzeug gesprungen und hätte dieses Gespräch geführt – das war der Teil von ihm, der immer noch acht Jahre alt war und sich danach sehnte, sich in die Arme seines Vaters zu stürzen, bevor die dunklen Jahre anbrachen. Aber der Rest von ihm war nicht mehr acht Jahre alt. Auf der anderen Seite gab sein Vater sich wirklich Mühe ...

Mit Stift und Postkarte ging er wieder auf die Veranda und schrieb eine kurze Nachricht:

Hallo Papa,
ich habe Deinen Brief bekommen. Danke. Das klingt gut. Ich komme in fünf Tagen nach Hause. Vermutlich bin ich noch vor der Postkarte da. Ich rufe dich dann an, und wir sprechen uns ab.

Brock

Wenn er jetzt nur noch den Mut aufbringen würde, die Karte abzuschicken ...

Brock beobachtete die Vögel, die über die Kaffeefelder flogen, und wünschte, seine Beziehung zu seinem Vater könnte genauso unbeschwert sein. Kurz nach Mitternacht ging Brock zu Bett, zog die dünne blaue Decke über sich und bat Gott, sein vernarbtes Herz weicher zu machen. Ihm den Mut zu schenken, die Postkarte abzuschicken und einen Neuanfang zu wagen.

Kurz bevor er einschlief, klingelte das schnurlose Telefon. „Hallo?"

„Hey." Es war Karissa. „Entschuldige. Ich habe dich geweckt, nicht?"

„Nein. Ich liege zwar schon im Bett, aber ich freue mich, dass du anrufst."

„Wirklich?"

„Ja." Brock legte sich wieder hin und schloss die Augen. „Was ist los?"

Brock hörte, wie sie tief durchatmete. „Ich habe ganz stark das Gefühl, dass du dich endlich mit deinem Vater aussöhnen solltest." Sie zögerte. Nach einer Weile fuhr sie fort: „Er hat mich angerufen und lauter schöne Dinge gesagt. Er möchte, dass wir glücklich miteinander werden. Er hätte nie daran gezweifelt, dass ich die Richtige für dich sei, meinte er. Dass er sich uns nahe fühlt. Es war ein sehr nettes Gespräch. Liebevoll."

Brock antwortete nicht, und sie ließ das Schweigen zu. Vermutlich spürte sie, dass er einen Moment brauchte, um seine Gedanken zu ordnen. Um sich mit der Information abzufinden, dass sein Vater freundlich zu ihr gewesen war, nicht zu ihm. Aber ... auch in dem Brief seines Vaters kam der Wunsch nach einen Neuanfang, nach Nähe zum Ausdruck.

„Er fühlt sich uns nahe? Wir sind jetzt seit eineinhalb Jahren verheiratet und wir haben ihn in der Zeit kaum gesehen."

„Was viel aussagt, nicht?"

„Ja, genau wie der Brief, den er mir geschickt hat."

„Ins Hotel?"

„Ja. Er möchte einen Kaffee mit mir trinken und reden."

„Wow. Da hat Gott seine Hände im Spiel, Brock."

Brock erhob sich, durchquerte das Zimmer und trat auf den Balkon, von dem aus er den Blick über die Kaffeefelder genießen konnte. Der Mond am wolkenverhangenen Himmel warf Lichtfetzen auf die Plantage.

„Das denke ich auch. Ich weiß nur nicht so genau, ob ich bereit bin, die Mauer zum Einsturz zu bringen. Sie steht schon so lange."

„Und genau aus diesem Grund darfst du nicht länger zögern. Es ist eine Chance auf Versöhnung, und auch wenn dein Vater vielleicht nicht in der Lage ist, die richtigen Worte zu finden für das, was er dir sagen möchte, glaube ich, dass du die eigentliche Botschaft in seinen Augen lesen wirst. Triff dich mit ihm. Du brauchst das."

War das so? Vermutlich. Definitiv. Aber leicht würde es nicht werden.

„Hast du schon einmal an einer Stelle gestanden, wo du immer sein wolltest, doch dann fällt dir auf, dass du direkt am Rand eines Abgrunds bist und dass es keine Umkehr gibt, aber auch keinen Weg hinüber?"

„Es gibt eine Brücke, wenn du nur die Augen aufmachst. Er liebt dich. Siehst du denn nicht, dass nicht nur er dich aus seinem Leben ausgeschlossen hat, sondern du auch ihn? Ihr zwei seid euch so ähnlich, wie zwei Magnete, die sich gegenseitig abstoßen, wenn sie sich zu nahe kommen."

„Physik war noch nie meine Stärke."

„Rede mit ihm, Brock. Dies ist eine jener Gelegenheiten, die nie wiederkommen."

„Ich habe keine Ahnung, was ich mit ihm reden soll."

„Das brauchst du auch gar nicht. Er hat dich gebeten, dich mit ihm zu treffen. Also hör einfach zu, was er sagt, und vertraue Gott, dass er dir die richtigen Worte schenken wird."

„Und wenn das Treffen danebengeht?"

„Dann hast du es wenigstens probiert."

49 Prozent von ihm sagten, er solle lieber hinter der Mauer in Deckung bleiben. 51 Prozent rieten ihm, den Vorschlaghammer zu schwingen und zu sehen, was übrig blieb, wenn sich der Staub verzogen hatte.

„Also gut. Ich mache es. Gleich morgen schicke ich die Karte ab."

„Darf ich dir noch etwas sagen?"

„Natürlich."

„Ich denke, du solltest früher nach Hause kommen."

„Es sind doch nur noch fünf Tage."

„Ich habe das ganz dringende Gefühl, du solltest morgen nach Hause kommen."

„Warum?"

„Das kann ich nicht erklären. Es ist nur so ein Gefühl."

„Fünf Tage. Ich verspreche dir, ich rede mit meinem Vater, sobald ich wieder da bin."

„Okay."

Nachdem sie sich verabschiedet hatten, ging Brock wieder hinein. *Ich werde mit meinem Vater reden.* Es tat gut, diese Worte auszusprechen. Jetzt hatte er sich verpflichtet. Und

Hoffnung sprudelte in ihm auf, ungebeten und stark. Ja, er hatte seinen Vater auf Armeslänge von sich ferngehalten, und ja, sein Vater hatte immer wieder mal einen Anlauf genommen, auf ihn zuzugehen. Aber warum hatte er immer so schnell aufgegeben? Wenn Brock nach Hause kam, würde er mit ihm reden. Doch er brauchte Zeit, um sich auf die Begegnung vorzubereiten, geistig, emotional und geistlich. Und Costa Rica war hervorragend dazu geeignet.

Wie ferngesteuert nahm Brock am nächsten Tag seine geschäftlichen Termine wahr. Wie gut, dass er sich angewöhnt hatte, sich immer Notizen zu machen, denn als er am Abend im Bett lag, konnte er sich nicht einmal an ein Zehntel der Besprechungen erinnern. Der Brief seines Vaters und sein Gespräch mit Karissa ließen ihm keine Ruhe und verdrängten alle anderen Gedanken. Es war an der Zeit. In sechs Tagen würde er das Gespräch führen, nach dem er sich sehnte, das er gleichzeitig aber auch fürchtete.

Der nächste Tag verlief ähnlich, auch der übernächste. Gott mochte seine Hand im Spiel haben, aber der Prozess war sehr anstrengend. An diesem Abend ging er schon um 21:00 Uhr zu Bett. Zum Schlafen war es noch zu früh, aber er wollte gern in eine Welt abtauchen, in der es nicht um ein heikles Gespräch auf der weitläufigen Veranda seines Vaters mit Blick auf den Puget Sound ging.

Als ihn schließlich der Schlaf übermannte, träumte er, er würde am Bug eines Schiffes stehen, das von einer hohen Welle hochgehoben und wie eine außer Kontrolle geratene Achterbahn nach unten stürzte, um gleich darauf von der nächsten Welle wieder erfasst zu werden. Während er dastand und zum sternenübersäten Himmel hochblickte, drang das Läuten der Schiffsglocke in sein Bewusstsein. Eine Warnung? Wovor? Die Glocke wurde noch lauter. Doch dann war es nicht die Glocke, sondern das Läuten des Telefons in seinem Zimmer, das ihn in die Realität zurückholte.

Brock tastete blind nach dem Telefon. Dabei polterte es zu Boden. Er beugte sich nach unten und fischte es herauf. Seine Bettlaken waren feucht vom Schweiß. Er schaute auf seine Uhr. 3:45 Uhr.

„Hallo?“ Brock ließ sich wieder in die Kissen sinken.

„Ich bin es. Entschuldige bitte, dass ich dich wecke.“ Brock lauschte auf Karissas mühsamen Atem und hörte die Anspannung in ihrer Stimme. Ganz plötzlich stieg die Temperatur im Raum um zehn Grad an. „Was ist los?“

„Dein Vater ...“

Brock stellte die Frage, die er nicht stellen wollte. „Was ist passiert?“

„Es tut mir so Leid, Brock.“

Karissa schluchzte herzerweichend, und Brock schloss die Augen. Sein Vater konnte nicht tot sein. Nicht jetzt. Sie wollten sich doch aussöhnen. Die Vergangenheit beilegen. Er konnte nicht tot sein. Das war nicht möglich. Brock musste aufwachen. Das gehörte bestimmt zu dem Albtraum.

Brock fühlte sich, als sei er wieder vier Jahre alt. Er saß auf dem Schoß seines Vaters; noch vor dessen Zusammenbruch. In den guten Tagen, bevor die Scherben von Brocks Herz sich über den ganzen Boden verteilt hatten.

„Er ist nicht tot, Karissa. Das kann nicht sein. Wir ... es gibt doch noch so vieles, über das wir sprechen müssen.“

„Ich weiß, Brock. Ich weiß.“

Nachdem er aufgelegt hatte, trat Brock hinaus auf den Balkon und überließ sich seiner Benommenheit. Er beobachtete, wie sich der Himmel mit dem frühen Morgenlicht grau und dann rot färbte. Warum tat Gott ihm das an? Warum hatte er seinen Vater nicht noch eine Woche am Leben lassen können? Mehr hätte es nicht gebraucht. Nur noch drei Tage.

Kapitel 18

18. November 1989

Brock und Ron beerdigten ihren Vater an einem Samstagmorgen zwei Wochen später. Der Pastor und einige der Trauergäste schienen tief gehende und freundliche Dinge über seinen Vater gesagt zu haben, denn am Ende der Beisetzung drückten Freunde und die Verwandten Brock die Hand und sagten, wie bewegend der Gottesdienst und wie schön die Trauerreden gewesen seien. Aber er war zu benommen, um auch nur etwas davon mitzubekommen. Er konnte sich an nichts erinnern, außer an Wortfetzen seines eigenen Beitrags.

Die Schuldgefühle darüber, dass er dieses Gespräch mit seinem Vater nicht schon Jahre früher geführt hatte, wogen schwer – das eine Gespräch, das alles in Ordnung gebracht hätte. Nun gut, vermutlich wären dadurch nicht alle Probleme gelöst worden, aber es wäre ein Anfang gewesen.

Nach dem Trauergottesdienst schob Karissa ihren Arm in seinen und hielt ihn fest. „Wollen wir gehen?"

Er antwortete nicht und Karissa fragte nicht nach. Ein Teil von ihm wollte fort von hier und der andere Teil wollte bleiben, bis sein Vater irgendwie aus dem Himmel mit ihm sprach und ihm versicherte, dass alles in Ordnung sei; dass sie eines Tages, wenn Brock dieselbe Reise antrat, wieder vereint sein würden. Aber im Augenblick hörte er nur das Zwitschern eines Vogels hoch oben in der Trauerweide.

Schließlich drückte Brock Karissas Hand und sagte: „Gehen? Das sollten wir wohl, aber …"

Er beobachtete, wie sich die letzten Trauergäste entfernten. Ihre gedämpften Gespräche drangen an seine Ohren, doch er konnte nicht verstehen, was gesagt wurde. Und dann standen Karissa und er ganz allein am Grab.

„Ich habe eine Idee." Sie entzog ihm ihren Arm und blickte ihn mit strahlenden Augen an. „Ich gehe schon vor und lasse dich einen Augenblick hier allein. Bestimmt kann ich mit Ron und Shelly fahren."

„Sie sind doch schon weg."

„Nein, ich habe Ron gebeten, noch ein wenig zu warten. Ich dachte mir schon, dass du vielleicht einen Augenblick allein sein willst."

Es war wunderbar, dass sie ihn so gut kannte. Allein zu sein war genau das, was Brock jetzt brauchte. Doch bei all seinen aufgewühlten Emotionen wurde ihm das erst in dem Moment klar, in dem sie es aussprach.

„Okay, wenn du nichts dagegen hast. Danke!" Er ergriff ihre Hände und blickte sie an.

„Nimm dir alle Zeit, die du brauchst." Karissa drückte ihm einen Kuss auf die Wange und flüsterte ihm ins Ohr: „Er hat dich geliebt, auch wenn es dir schwerfällt, das zu glauben."

„Ich weiß."

„Nein, du weißt es nicht, aber eines Tages wirst du nicht mehr daran zweifeln."

Brock sah ihr nach, wie sie über den Rasen davonging. Die Nachmittagssonne ließ ihr Haar aufleuchten wie Gold. Ohne sie wäre sein Leben um so vieles ärmer ...

Brock schloss die Augen und konzentrierte sich auf die wärmenden Strahlen der Sonne auf seinem Gesicht. Sein Vater war tot, und Brock hatte versagt, aber auch das würde vorbeigehen, nicht? Vielleicht. An einem gewissen Punkt musste er sich der Unwiderruflichkeit der Situation und der Tatsache stellen, dass er nicht in der Lage gewesen war, die Kluft zwischen ihnen zu überbrücken.

Es hätte vermutlich viele Gelegenheiten gegeben, bei denen er einen Versuch hätte unternehmen können. Nein, keine Einschränkung: Es hätte sie gegeben. Und es hatte keinen Zweck, eine Rechtfertigung für sein Handeln zu suchen. Er würde seine ganze Kraft brauchen, um mit seinen Schuldgefühlen fertig zu werden, weil er nicht der Sohn gewesen war, den sein Vater sich gewünscht hatte.

Kapitel 19

Juni 1987

Kurz nachdem Brock in der Nacht nach seinem Treffen mit Dr. Shagull eingeschlafen war, fand er sich auf einer üppig grünen Rasenfläche wieder. Der Morgentau hing noch an den Grashalmen und der Duft des frühen Sommers, vermischt mit Benzingeruch, drang ihm in die Nase. Die Szene verschwamm und veränderte sich, und auf einmal war da ein Berghang. Doch Brock steuerte den Traum zu dem Rasen zurück. Dieser Ort kam ihm irgendwie bekannt vor, und er wartete darauf, dass noch mehr von der Umgebung in sein Blickfeld kam. Wenige Sekunden später vernahm er das Motorengeräusch eines kleinen Flugzeugs. Natürlich. Jetzt wusste er, wo er sich befand: auf dem Sportflugplatz im Süden von Snohomish. Nach dem College hatte er zwei Jahre dort gearbeitet, die Flugzeuge gewartet und für seinen Pilotenschein gelernt, den er dann am Ende doch nicht bekommen hatte.

Er ging auf den Hangar zu und wünschte sich, sein jüngeres Ich möge in den vormittäglichen Sonnenschein hinaustreten. Sekunden später erschien der junge Brock mit einem Becher Kaffee in der Hand. Frühstückspause, der perfekte Zeitpunkt – natürlich, denn er hatte diese kleine Begegnung ja inszeniert.

Sein jüngeres Ich blickte auf, als Brock noch ein paar Meter von ihm entfernt war. Er blieb stehen, schüttelte den Kopf und ging dann weiter, als hätte er sich mit diesen seltsamen Begegnungen abgefunden.

„Hey, Zukunfts-Brock." Der junge Brock hob seinen Becher, als er ihn erreichte. „Wie schön, dich wiederzusehen. Haben sich die Hoverboards eigentlich in der Zukunft durchgesetzt? Und haben die Cubs noch einen Weltcup gewonnen?"

„Du erinnerst dich also noch an unsere früheren Gespräche."

„Natürlich. Da du sie inszeniert und mich in deine Träume eingebaut hast, sollten wir beide uns doch daran erinnern, richtig?" Der junge Brock zwinkerte ihm zu.

Wie merkwürdig es war, solche mentalen Spielchen mit sich selbst zu spielen, und mit so viel Überzeugung.

„Es ist auch schön, dich zu sehen." Brock schob die Hände in seine Taschen. „Darf ich dir ein bisschen Gesellschaft leisten?"

„Klar." Der junge Brock deutete auf einen Picknicktisch ein paar Meter entfernt, und sie nahmen dort Platz.

„Denkst du wirklich, dass du ein Zeitreisender bist?", fragte er. „Denn das wollte ich schon immer mal machen."

„Nur in meinen Träumen."

„Dann bist du also nur verrückt."

„Vermutlich." Brock ließ seinen Blick über das Flugfeld und die drei weißen Cessnas wandern, die rechts von ihnen standen. Schließlich deutete er auf den Kaffeebecher in der Hand seines jüngeren Ichs. „Es muss später sein als Frühling siebenundachtzig."

„Warum?"

„Weil ich mir erst danach angewöhnt habe, Kaffee zu trinken."

„Woher weißt du das?" Brock runzelte die Stirn und winkte schließlich ab. „Ach ja, ich vergesse es immer wieder. Du bist ja ich."

„Ich kann mich aber gar nicht mehr daran erinnern, was mich schließlich zum Nachgeben bewogen hat."

„Zum Nachgeben?"

Brock seufzte. „Ich hatte mir vorgenommen, niemals Kaffee zu trinken, weil mein Vater damit zu tun hatte. Doch am Ende arbeitete ich sogar in seiner Firma."

„Ich werde für meinen Vater arbeiten?! Niemals."

„Oh doch, und Ron wird später die Firma in den Ruin treiben."

„Du willst mir also sagen, dass ich besser nicht dort anfangen soll."

„Nein, durchaus nicht. Ich möchte etwas anderes mit dir besprechen."

„Was denn?" Sein jüngeres Ich trank den Kaffee aus und zerdrückte dann den Styroporbecher in der Hand.

Brock betrachtete lächelnd den Becher. „Diese Dinger werden kaum noch benutzt."

„Diese Becher? Was geschieht denn in der Zukunft? Trinkt ihr aus den Händen? Bekommt ihr den Kaffee als Infusion direkt in eure Venen? Nehmt ihr ihn in Tablettenform?"

„Nein, es gibt Pappbecher. Oder man bringt sich eine Tasse selbst mit. Umweltschutz und Müllvermeidung ist in der Zukunft ein wichtiges Thema."

Der junge Brock starrte ihn nur verständnislos an.

Brock lachte leise. „Wenn du richtig Geld verdienen willst, konzentrier dich auf Umweltschutz, biologischen Anbau und nachwachsende Rohstoffe, bevor alle anderen es tun."

„Verstanden. Mach ich." Der junge Brock deutete mit dem Daumen hinter sich auf die Halle, in der die Fallschirme gepackt und neue Willige in der Kunst des Fallschirmspringens ausgebildet wurden. „Werde ich das je tun?"

„Wie ein Adler fliegen?" Brock blickte lächelnd zum Trainingsplatz hinüber.

„Nein, eher wie ein Stein herunterfallen, bis sich mein Fallschirm öffnet."

„Ja, das wirst du."

„Obwohl ich unter starker Höhenangst leide."

„Jepp. Du wirst diese Angst auch nie loswerden, aber du wirst lernen, damit umzugehen. Eine gute Lebenslektion."

„Hör mal, ich muss jetzt weiterarbeiten. Die Pause ist vorbei." Sein jüngeres Ich stand von dem Picknicktisch auf und grinste ihn an. „Noch weitere Worte der Weisheit aus der Zukunft? Hattest du ein bestimmtes Anliegen?"

„Du musst mit deinem Vater über eure Beziehung reden, Brock."

„Mein Vater und ich ... Wir haben unsere Probleme."

„Ich weiß, ich weiß. Eine ganz schwierige Sache. Aber wünschst du dir denn eine Beziehung zu ihm?"

„Wir haben eine, nur ist sie nicht so besonders eng."

„Nicht so eng? Meilenweit voneinander entfernt ist ‚nicht so eng'?"

„Sieh mal, ich bin im vergangenen Jahr mit ihm zum Angeln gefahren, wie du es mir geraten hast. Während der Reise war auch alles ganz gut, aber ich ..." Er schnippte mit dem Zeigefinger seinen Kaffeebecher fort. „Das wird nichts, Zukunfts-Ich. Mein Vater und ich ... na ja, vielleicht können wir eines Tages über alles reden und einen Weg zueinander finden, jetzt aber noch nicht."

„Du musst etwas unternehmen."

„Nein, muss ich nicht."

Brock starrte ihn ein paar Sekunden lang an, bevor er sich abwandte und über das Flugfeld hinwegblickte. So viel dazu, dass er die vollkommene Kontrolle über diesen Traum hatte.

„Entspann dich, Zukunfts-Brock. Die meisten Väter und Söhne haben ihre Probleme miteinander. Vermutlich fünfundneunzig Prozent. Das ist nicht ungewöhnlich. Aber wir kommen schon klar. Als er Christ wurde, hat er sich zum Besseren verändert und neuerdings kommen wir ganz gut miteinander aus. Meine Probleme mit ihm von früher sind keine so große Sache."

„Oh doch, und wie sie das sind." Reue stieg in Brock hoch. „Du musst bald mit ihm sprechen. Bitte!"

„Nein!" Lachend ließ der junge Brock seine Faust auf den Tisch krachen. „Wie ich schon sagte, eines Tages vielleicht, aber nicht jetzt."

„Du hast aber vielleicht nicht mehr ewig Zeit."

„Sieh mal, Zukunfts-Ich." Sein jüngeres Ich sah ihn direkt an. „Ich mag dich irgendwie. Du bist unterhaltsam – ich meine, komm schon, die Vorstellung, dass du aus der Zukunft zurückkommst und hier mit mir herumhängst ... das ist cool. Aber da du mir nicht verraten willst, wer du wirklich bist oder aus welchem Grund du so ausgesprochen an mir interessiert bist, werde ich vermutlich viele deiner Ratschläge nicht beherzigen. Okay?"

„Du glaubst mir also immer noch nicht."

„Nicht wirklich." Sein 25-jähriges Ich zog die Augenbrauen in die Höhe. „Also, wie ist es, wirst du mir nun endlich deinen richtigen Namen verraten?"

Brock blickte ihm fest in die Augen. „Brock Lee Matthews."

Sein Gegenüber erbleichte. „Woher kennst du meinen mittleren Namen?"

„Unsere Eltern hatten da wirklich einen schrägen Sinn für Humor, nicht?"

„Niemand kennt meinen mittleren Namen." Der junge Brock taumelte zurück.

„Außer dir." Brock deutete auf seinen Kopf. „Du kennst ihn."

„Wie hast du das herausgefunden? War das Ron? Nein, es war doch Morgan, nicht?"

„Es geschieht wirklich, Brock. Ich weiß nicht, wie, aber es ist real. Es ist nicht nur ein Traum. Und ich muss mit dir noch über etwas anderes sprechen."

„Ja?"

„Du solltest Betriebswirtschaft studieren."

Aber sein jüngeres Ich lachte nur, drehte sich um und marschierte zum Hangar zurück. In diesem Augenblick wachte Brock auf.

Kapitel 20

21. Mai 2015

Als Brock sich an jenem Abend nach der Arbeit in seinen Lexus setzte, knirschte er mit den Zähnen. Die Uhr auf dem Armaturenbrett zeigte 22:15 Uhr. Viel später, als er vorgehabt hatte. Und leider hatte er noch nicht einmal Ergebnisse vorzuweisen, sonst hätte er sich vielleicht gut gefühlt. Aber an diesem Tag hatte er nur die Bestätigung gefunden, dass tatsächlich nichts mehr zu machen war. *Black Fedora* stand vor dem Abgrund. Und nach dem, was er von Karissa und Ron erfahren hatte, hatte sich zwischen seinem Vater und ihm nichts verändert. Sein jüngeres Ich hatte also in dieser Hinsicht nichts unternommen.

Erneut sah Brock auf die Uhr. Er sollte sich dringend bei Karissa melden. Doch sie nahm den Anruf nicht entgegen, darum legte er auf und rief noch einmal an. Dieses Mal meldete sie sich, mit sehr distanzierter Stimme. „Wo bist du?"

„Auf dem Heimweg."

„Hast mal wieder lange gearbeitet."

„Ja. Ich versuche, eine Arche zu bauen."

„Die Flut wird also kommen, nicht?" Sie schwieg ein paar Sekunden. „Und du kannst nichts tun, um sie aufzuhalten."

„Ich werde nicht aufgeben, bis die Wellen über mir zusammenschlagen. Und ich werde einen Weg finden. Das verspreche ich."

„Okay."

Brock bog auf die Schnellstraße ein. „Wie geht es dir?"

„Gut."

Ihr Tonfall sagte etwas anderes.

„Glaube ich dir nicht."

„Nein, mach dir keine Sorgen um mich, mir geht es gut." Der Seufzer, der durch das Telefon drang, warnte ihn davor, das Thema weiterzuverfolgen.

„Na gut."

„Wann bist du zu Hause?"

„In zwanzig Minuten." Brock fädelte sich in den Verkehr ein. „Was machst du gerade?"

„Tyson ist unterwegs. Ich sitze einfach hier und denke nach."

„Gerade das bereitet mir Sorgen." Brock lachte.

Sie stimmte nicht in sein Lachen ein. „Wir sehen uns gleich."

Die Verbindung brach ohne einen Abschiedsgruß ab, und Brock stellte sich innerlich auf das Gespräch ein, das wohl unvermeidlich war. Ein Gespräch, das er schon unzählige Male mit Karissa geführt hatte und nach dem ihm im Augenblick der Sinn überhaupt nicht stand. Ein Gespräch darüber, dass das Nest leer sein würde, wenn Tyson zum College ging, und was sie mit ihrem Leben tun sollte, wenn ihre Aufgabe als Mutter erledigt war. Für sie war es schwer, damit klarzukommen, das war ihm bewusst, und er konnte nicht viel mehr tun als zuzuhören. Normalerweise tat er das auch gern, doch in der augenblicklichen Situation, in der die Sorgen um *Black Fedora* all seine Gedanken beherrschten, hatte er keine Lust, ausgerechnet jetzt dieses Gespräch zu führen.

Er schob die CD *Young Hearts* in den Player und gab sich der Musik hin, aber nicht einmal „Fly like an eagle" vermochte seine Stimmung aufzubessern.

Er bog auf die Sutherland Street ab, von der aus er immer wieder den Lake Washington sehen konnte, und drosselte das Tempo. Die Lichter auf den Booten weit draußen auf dem Wasser zwinkerten ihm zu, als wüssten sie etwas, von dem er keine Ahnung hatte. Wenige Minuten später fuhr er in die Garage. Er blieb noch ein wenig sitzen, die Hände auf das Lenkrad gelegt, und schickte ein stummes Gebet nach oben. *Ich bin so müde. Aber sie braucht mich. Und ich brauche deine Kraft, dein Verständnis, deine Weisheit.*

Brock betrat die Küche durch die Hintertür und blinzelte verwirrt. Alles war dunkel, keine Musik erklang, nicht einmal der Fernseher lief. Nur Stille. Kein gutes Zeichen. Er blieb in der Küche stehen, goss sich ein Glas Wein ein und auch gleich eines für seine Frau.

„Karissa?"

Brock ging zur Treppe und rief ihren Namen, aber er bekam keine Antwort. Er lief hinauf und rief erneut nach ihr. Wieder keine Antwort. Als Nächstes versuchte er es im Fernsehzimmer, aber warum sollte sie dort sitzen, wenn der Fernseher aus war? Wo steckte sie nur? Er ging wieder an seinem Arbeitszimmer vorbei und nach oben zum Schlafzimmer.

„Karissa?"

Er rief noch lauter, als er den Flur durchquerte und ihr Schlafzimmer betrat, aber er bekam immer noch keine Antwort. Vielleicht auf dem Balkon? Nein. Er ging wieder nach unten und wollte gerade die Küche betreten, als er ein leises Geräusch hinter sich vernahm. Kam das aus seinem Arbeitszimmer? Er wirbelte herum, ging zurück, und sein Blick wanderte zu der Lampe, die in der Ecke brannte. Moment mal. Das hatte er beim ersten Mal übersehen. Wieso brannte diese Lampe? Er knipste sie immer aus.

Er trat ein und nahm aus den Augenwinkeln heraus eine Bewegung wahr. Karissa. Sie saß auf dem braunen Zweiersofa, das sie ihm vor drei Jahren zu Weihnachten geschenkt hatte. Ihre Beine hatte sie untergeschlagen, ihre Haare waren zu einem Pferdeschwanz zusammengefasst, und sie trug sein altes Sweatshirt von den Washington Huskies. In den

Händen hielt sie den Becher, den er ihr vor Jahren einmal von einer Reise mitgebracht hatte. Das gedämpfte Licht war nicht hell genug, um ihren Gesichtsausdruck zu erkennen, doch ihre Körpersprache sprach Bände.

„Karissa?“ Brock betrat sein Arbeitszimmer und stellte die Weingläser auf den Schreibtisch. „Hast du nicht gehört, dass ich nach dir gerufen habe?“

Sie nickte, rührte sich aber nicht. Ihr Blick hing am Fenster, an dessen Scheiben die Regentropfen herunterliefen.

„Warum hast du nicht geantwortet?“

Ihre einzige Reaktion war ein Schluck Tee aus ihrer Tasse.

„Was ist denn los?“

Immer noch Stille.

„Möchtest du allein sein? Du denkst darüber nach, dass Tyson bald zum College geht, richtig?“ Brock zog sein Jackett aus. „Möchtest du darüber reden?“

Karissa stellte die Tasse ab und schaute ihn kurz an, doch sofort wanderte ihr Blick zum Fenster zurück. Sie wischte sich über die Wange.

„Es wird gar nicht so schlimm werden. Er wird am Wochenende nach Hause kommen, zu Weihnachten, in den Ferien. Und du wirst neue Hobbys finden und-“

„Das ist es nicht.“

„Was dann?“

Sie wandte sich um und blickte ihn lange und eindringlich an, bevor sie antwortete: „Geld ist wie ein goldenes Furnier über verfaulendem Holz. Und unser Furnier bröckelt.“

„Was?“ Brock konnte ihr nicht folgen.

„Unser Geld hat mich am Laufen gehalten. Es hat mir ermöglicht, Tyson und anderen Menschen Gutes zu tun. Die Dinge zu kaufen, die ich mir wünschte und die Reisen zu unternehmen, die ich wollte.“ Karissa trank noch einen Schluck Tee. „Es war wie eine Salbe für uns. Für mich. Eine Salbe, die die Wahrheit überdeckt, den Schmerz in Schach hält. Es ermöglicht uns, den Weg weiterzugehen und die schwärende Wunde darunter zu übersehen. Ohne dieses Geld ..."

Brock ließ sich in dem Sessel gegenüber nieder und wartete ab, aber sie sprach nicht weiter.

„Wir werden es schaffen, Karissa. Auch wenn ich diese Firma nicht retten kann. Wir werden einen Weg finden, unseren Lebensstil beizubehalten. Selbst wenn wir in Konkurs gehen sollten, kann ich noch einmal neu anfangen, eine neue-"

„Hast du nicht zugehört, was ich gerade gesagt habe? Es geht nicht um unseren Lebensstil."

„Dann hilf mir bitte zu begreifen, worum es geht."

Die Stille hing schwer zwischen ihnen, aber Brock hielt den Mund. Schließlich setzte Karissa neu an. „Ich habe heute mit Britt Kaffee getrunken."

„Ach ja?"

„Sie stellte mir eine Frage und hat damit tief in meinem Innern etwas aufgedeckt, von dem ich gar nicht wusste, dass es da war. Oder vielleicht wollte ich es nicht wissen."

„Wie lautete die Frage?"

„Ganz einfach." Karissas Blick wanderte durch Brocks Arbeitszimmer. „Wir unterhielten uns darüber, dass wir die Träume und Hoffnungen und Karrieren unserer Männer unterstützt hätten, und Britt fragte mich: ‚Wie unterstützt Brock eigentlich dich und deine Träume? Wie hilft er dir? Wie zeigt er dir, dass er es schätzt, was du im Laufe der Jahre für ihn getan hast?'"

„Und was hast du geantwortet?" Brock erhob sich und wollte sich zu ihr auf die Couch setzen.

„Nein." Karissa deutete auf den Sessel. „Du bleibst da."

Er ließ sich wieder in dem Sessel nieder und wiederholte seine Frage. „Was hast du ihr geantwortet?"

„Die Wahrheit." Zum ersten Mal, seit er den Raum betreten hatte, sah sie ihm in die Augen.

„Und das war der Augenblick, in dem das Goldfurnier abbröckelte und ich sah, was darunter war. Was ich vorher nie wahrgenommen hatte. Vielleicht habe ich es auch gesehen, aber ich wollte es mir nicht eingestehen."

„Es tut mir leid."

„Es tut dir leid? Wow, danke. Das macht alles viel besser." Karissa veränderte ihre Sitzposition. „Du hast dein ganzes Herz an diese verflixte Firma gehängt."

„Damit wir-"

„Was ist mit meinem Leben, Brock? Mit den Dingen, von denen ich geträumt habe? Ich habe vor siebenundzwanzig Jahren meine ganze Existenz auf Eis gelegt, damit du diese Firma aufbauen konntest, und was habe ich jetzt vorzuweisen? Bald wird es nur noch dich und mich geben. Du hast deinen Beruf. Du bist ein Star in der Welt des Kaffees – und wie du schon sagtest, du wirst dir wahrscheinlich tatsächlich wieder etwas Neues aufbauen können, selbst wenn du *Black Fedora* nicht retten kannst. Aber ich? Was habe ich?"

„Ich dachte, du *wolltest* Mutter sein."

Karissa knallte ihre Tasse auf den Couchtisch, und der Tee spritzte auf einen Stapel Papiere. Er war klug genug, nicht zu reagieren.

„Ja. Ich wollte Mutter sein. Es war mein Traum, Mutter zu sein, und das habe ich getan. Es war mir eine Freude, für Tyson da zu sein, aber du hast mich ausgesaugt. Die vielen Ideen, der Druck bei *Black Fedora*. Immer musste ich zuhören, wenn du von deinen Auseinandersetzungen mit Ron erzählt hast. Und dann diese vielen geschäftlichen Abendessen und Partys und Eröffnungsfeiern. Events, zu denen ich dich nicht gern begleitet habe, aber ich habe es trotzdem getan. Jedes Mal. Doch jetzt ... Ich bin ausgelaugt, Brock."

„Ich erinnere mich noch, dass ich dich mal gefragt habe, was du tun wolltest, und du hast geantwortet, du wüsstest es nicht. Ich hätte dich unterstützt-"

„Wie oft hast du gefragt, Brock? Einmal?“ Karissa drehte sich auf dem Sofa um und hielt einen Finger in die Höhe. „Du hast ein einziges Mal gefragt! Dann hast du den Punkt von deiner Liste abgehakt und dich wieder der nächsten großen Idee zugewandt. Es ging immer nur um dich. Und um diese Firma. Ich habe mir nie Sorgen gemacht, dass du eine Affäre mit einer anderen Frau haben könntest, weil du deine Geliebte immer in der Nähe hattest. *Black Fedora* ist die Liebe deines Lebens, Brock. Nicht ich.“

„Das stimmt nicht.“ Brock wollte sich erneut erheben und zu ihr gehen, und wieder hielt Karissa ihn davon ab.

„Ich habe dich jeden Tag nach deinen Träumen gefragt. Ich habe dich ermutigt, an dich geglaubt, dir zugehört, wenn du mir von deinen und Rons Plänen erzählt hast, *Black Fedora* viel größer zu machen, als dein Vater es sich je hätte erträumen können. Ich habe die Siebzig-Stunden-Wochen hingenommen, die Urlaube, die du immer wieder verschoben hast.“

Brock schwieg, während ihm die Wahrheit dämmerte. Was sollte er sagen? Alles, was ihm in den Sinn kam, würde die Sache nur schlimmer machen. „Ja, aber ... du kannst doch jetzt alles machen, was du willst.“

„Du bist gut. Die Zeiten sind vorbei, Brock.“

„Warum? Es ist nie zu spät.“

„Wirklich?“ Sie klopfte auf ihre Beine. „Du denkst wirklich, ich könnte in meinem Alter noch Tänzerin werden?“

„Du ... Ich ...“

„Du wusstest es nicht.“ Ein trauriges Lächeln umspielte ihren Mund. „Weil du mich nie nach meinen Träumen gefragt hast. Weil es immer nur Raum für deine Träume gab.“

Sie blickte ihn voller Traurigkeit an, was schlimmer war als eine Anklage. Als sie sich abwandte, flüsterte sie: „Ich war immer der Wind. Du nie. Aber jetzt bin ich abgeflaut.“

Kapitel 21

Brock versuchte, sich auf die Sportschau zu konzentrieren, aber Karissas Worte gingen ihm nicht aus dem Sinn. War er wirklich so schlimm gewesen? War es denn wirklich seine Aufgabe, ihr ihre Träume aus der Nase zu ziehen? Nachdem er eine Stunde lang mit seinen Gedanken gekämpft hatte, schleppte er sich nach oben, um zu Bett zu gehen, doch etwas hielt ihn davon ab, das Schlafzimmer zu betreten. Ein unbestimmtes Gefühl erfasste ihn. Er konnte es nicht benennen, aber es war, als zöge ihn etwas nach oben auf den Speicher.

Auf Zehenspitzen schlich er durch den Flur und in das leere Zimmer neben dem von Tyson. In dem begehbaren Schrank fand er das Seil, mit dem er die Leiter zum Speicher herausziehen konnte. Quietschend klapperte die Metallleiter herunter. Offensichtlich war sie schon eine ganze Weile nicht mehr benutzt worden.

Die Worte seines Vaters aus dem immer wiederkehrenden Traum gingen ihm durch den Sinn, als sein Blick nach oben wanderte: *Nimm es an, Brock, auch wenn es schwierig ist. Stell dich der Wahrheit, auch wenn sie schmerzlich ist. Denn die Wahrheit wird dich frei machen.*

Die Sprossen ächzten, als er hochstieg. Oben angekommen tastete Brock nach dem Lichtschalter. Eine Glühbirne flammte auf und erhellte den kleinen Raum. Vor Jahren hatte er ihn mit Teppichboden ausgelegt und Regale für all die Erinnerungsstücke aufgebaut, von denen er sich nicht trennen konnte. Den Sessel, den er ebenfalls hochgeschafft hatte, hatte er schon ganz vergessen gehabt. Ein schwarzer

Ledersessel, den sie in Einzelteile zerlegt hatten, weil er sonst nicht durch die Luke gepasst hätte.

Brock ließ sich in dem Sessel nieder und sah sich in dem kleinen Raum um. So viele Bücher, die er nie gelesen hatte. Rennautos aus seiner Kindheit, alte Fotos von Football- und Baseballmannschaften, in denen er und Morgan gespielt hatten. Er nahm ein Foto von 1980 in die Hand und musste grinsen. Das war das einzige Jahr, in dem er Hockey gespielt hatte, nachdem er von Lennie Buck dazu überredet worden war.

Da stand er, Arm in Arm mit Lennie, ein dümmliches Grinsen auf ihren Gesichtern. Lennie fehlte ein Zahn. Brock hatte alle seine Zähne behalten. Lennie behauptete, daran sähe man, dass Brock es mit dem Spiel nicht ernst gemeint hatte. Er kramte in der Schachtel herum und fand einen alten Puck. Warum nur hatte er diesen Krempel all die Jahre aufbewahrt? Bisher hatte er das Zeug nicht vermisst. Doch irgendwie war er froh, dass er die Sachen nicht weggeworfen hatte.

Sein Blick wanderte zu seinen alten Jahrbüchern. Das von seinem letzten Highschooljahr zog er heraus und schlug es auf. Sekunden später fanden seine Finger die Seite, auf der Sheila unterschrieben hatte. Ihre Worte und die Zeichnung nahmen fast die ganze Seite ein. Schon jahrelang hatte er nicht mehr an das Bild gedacht, das sie für ihn gezeichnet hatte. Es waren ein Löwenkopf und der Kopf eines Einhorns nebeneinander im Halbprofil. Brock hatte ganz vergessen, wie gut sie zeichnen konnte. Die Gesichter der Tiere waren ausdrucksstark, ihre Augen wirkten lebendig. Der Löwe und das Einhorn. Das seien sie beide, hatte Sheila gemeint.

„Wow, toll“, hatte er damals zu ihr gesagt, als sie unmittelbar nach der Graduierung auf der hinteren Veranda ihres Elternhauses saßen und ihre Jahrbücher durchsahen. „Dieses Jahrbuch werde ich immer aufbewahren.“

„Wie schön, dass es dir gefällt. Denn damit habe ich mich nur aufgewärmt."

„Was?"

Sheila erhob sich vom Gartentisch, schlenderte zum Haus und kehrte kurz darauf mit einem gerahmten Bild zurück, das sie von ihm abgewandt hielt. Dann drehte sie es mit einem strahlenden Lächeln langsam um. Wieder der Löwe und das Einhorn, doch dieses Mal doppelt so groß und so detailliert, dass man das Bild durchaus für ein Foto hätte halten können. In der unteren Ecke hatte sie es signiert, mit ihrem Namen und den Worten: „Für immer".

Brock klappte das Jahrbuch zu und suchte auf dem Speicher nach Sheilas Bild. Er entdeckte es schließlich in dem schmalen Spalt zwischen zwei Kisten rechts von ihm. Karissa hatte damals gefragt, warum er das Bild behalten wollte, und er hatte keine richtig gute Antwort darauf gehabt. Vermutlich, weil er nicht wusste, warum er sich nicht davon trennen konnte. Jetzt wusste er es. Es war höchste Zeit, es zu entsorgen.

Er drehte das Bild um. Brock erinnerte sich nicht, ob Sheila etwas auf die Rückseite geschrieben hatte, aber er konnte ja mal nachsehen. Nein. Nichts. Moment mal ... die obere Ecke der Rückseite war eingerissen, und er glaubte darunter einen Schriftzug zu erkennen. Vorsichtig legte er das Bild auf den Sessel und zog an dem Papier. Eine ausladende Handschrift auf der Rückseite der weißen Leinwand kam zum Vorschein. Sheilas Schrift.

Lieber Brock,
willst du wissen, was mein dummer Märchenprinzessinnentraum ist? Dass ich an unserem Hochzeitstag das Papier abreiße und dir diese Zeilen zeige. Bin ich verrückt? Vermutlich. Aber ich liebe dich und kann mir ein Leben ohne dich nicht vorstellen. Fühlst du dasselbe? Du sagst mir, dass es so

ist, aber wie können wir das wissen, wo wir doch gerade erst die Highschool abgeschlossen haben? Ich weiß es nicht, und gleichzeitig weiß ich es doch. Bitte sag mir, dass du es auch weißt.

Bitte sag mir, dass die Entfernung zwischen unseren Colleges uns nur mehr zusammenwachsen lassen wird. Sag mir, dass die kommenden vier Jahre nur so vorbeifliegen werden. Sag mir, dass wir zwei Monate nach unserem Examen an einem heißen Julitag heiraten werden. Sagst du mir das?

Aber wenn du dies allein liest und ich nicht an deiner Seite bin, dann sollst du wissen, dass dieses achtzehnjährige Mädchen dich geliebt hat mit allem, was in ihr war. Wenn du das entdeckst, was ich hier geschrieben habe, und ich bin nicht bei dir, dann hoffe ich, dass du glücklich bist. Ich hoffe, dass du jemanden gefunden hast, der dein Leben vollständig macht und dich so liebt, wie du es verdient hast.

Und wenn du dies erst Jahrzehnte später liest, und wir sind nicht zusammen, dann suchst du vielleicht nach mir und schaust, was aus mir geworden ist, und du erzählst mir, was aus dir geworden ist. Denn wenn du einem Menschen einmal ein Stück von deinem Herzen geschenkt hast, dann behält er es für immer, nicht wahr?

Du besitzt jetzt ein Stück von mir, und auch noch in einem Jahr und in dreißig Jahren. Pass gut auf dieses Stück meines Herzens auf, okay? So wie ich auf das Stück deines Herzens aufpassen werde, das du mir geschenkt hast.

All meine Liebe, jetzt und ich hoffe für immer,
Sheila

Brock ließ sich zurücksinken und atmete tief durch. Besaß Sheila wirklich immer noch ein Stück seines Herzens? Diese Frage brauchte er nicht zu stellen. Ja, das war so. Es war richtig gewesen, sich von ihr zu trennen. Keine Frage. Aber wenn es keine Frage war, warum stellte er sie dann? Was, wenn er gewartet hätte, ob sie sich vielleicht doch noch Gott zuwendete? Was, wenn er sich zwar von ihr getrennt, aber nicht so schnell eine Beziehung mit Karissa eingegangen wäre? Was, wenn, was, wenn ...

Er musste damit aufhören. Solche Gedanken würden ihn nur in den Abgrund reißen. „Gott, ich brauche deine Hilfe. Ich stehe in der Versuchung, einen ziemlich gefährlichen Weg einzuschlagen."

Aber es kam keine Antwort.

Kapitel 22

22. Mai 2015

Die erste E-Mail, die er am Freitagmorgen im Büro öffnete, ließ ihn erstarren.

Lieber Brock,
seit fünf Tagen kämpfe ich nun schon mit mir, ob ich dir schreiben soll oder nicht. Aber ich denke, ich muss es tun.

Verzeih mir bitte. Ich hätte dich bei dem Klassentreffen nicht küssen sollen. Ich weiß auch nicht, was über mich gekommen ist, aber eins weiß ich: Es war nicht richtig. Verzeihst du mir? Bitte? Doch gleichzeitig muss ich sagen, wenn ich ehrlich bin – und das muss ich sein: Ich bereue es nicht. Als ich dich wiedergesehen habe, waren alle Gefühle plötzlich wieder da. Alle Erinnerungen. Ich weiß, dass du das verstehst, denn ich habe es in deinen Augen gesehen.

Ich sage nicht, dass ich dich wiedersehen will. Das wäre dir und Karissa gegenüber nicht fair. Ich glaube, ich überlege nur, was gewesen wäre, wenn. Was wäre, wenn ich schon früher Christ geworden wäre? Wie anders hätte mein, unser Leben ausgesehen? Was wäre, wenn wir die Uhr zurückdrehen könnten? Denkst du auch darüber nach?

Vielleicht hätte ich dir diese Mail nicht schreiben sollen. Aber nun habe ich's getan, und ich denke, dass ich vermutlich auch den Mut aufbringen werde, sie abzuschicken.

In Gedanken an das, was hätte sein können,
Sheila

Brock zögerte kurz und löschte dann die Mail. Keine Antwort war die einzig richtige Antwort. Das sagte ihm zumindest sein Verstand. Sein Herz schrie etwas anderes, und Bilder überfluteten ihn, die er hätte aufhalten müssen, es aber nicht tat. Karissa, die sich von ihm scheiden ließ. Er allein. Ein Treffen mit Sheila, nur zu einem Abendessen, und dann sehen, was sich entwickelte ...

„Hör auf damit!" Er stieß sich von seinem Schreibtisch ab und trommelte mit seiner Faust auf sein Bein.

Egal, was er fühlte, er würde die Was-wäre-wenn-Straße nicht betreten, denn er wusste, wo sie endete. Seit dem Klassentreffen hatte er schon viel zu oft damit geliebäugelt. Er und Karissa würden es schaffen. Und auch *Black Fedora* würde überleben.

Wenn er das nur selbst hätte glauben können.

Den Rest des Tages beschäftigte sich Brock wieder mit den Finanzen der Firma. Es war hoffnungslos. Nachdem er die Papiere zur Seite geschoben und die Dateien auf seinem Laptop minimiert hatte, ging Brock ins Internet und las ein paar Sportartikel, um sich abzulenken. Dabei landete er bei einer Serie von Interviews mit Ex-Profispielern, die gefragt wurden, was sie anders machen würden, wenn sie ihre Karriere noch mal vor sich hätten. Ein paar meinten, sie würden alles wieder genauso machen. Andere erklärten, sie würden ihr Geld klüger investieren. Aber das Statement des letzten Quarterbacks war es, was Brock wirklich fesselte: *„Ehrlich, ich wünschte, ich könnte in der Zeit zurückgehen, mit meinem jüngeren Ich reden und den Knaben dazu überreden, Betriebswirtschaft zu studieren. Denn ich habe nur eben so viel gelernt, dass es für den Abschluss reichte. In jüngeren Jahren denkt man, man würde ewig spielen. Die gute Nachricht ist, ich bin jetzt aufgewacht. Aber für ein paar Dinge, die ich gern machen würde, ist es zu spät."*

Brock schloss die Augen. Wenn dieses Interview nicht ein Wink von Gott war, dann wusste er es auch nicht. Er musste noch einmal versuchen, mit seinem jüngeren Ich über das Betriebswirtschaftsstudium zu sprechen. Das lag ja nun wirklich auf der Hand. Zum ersten Mal seit Urzeiten fühlte er wieder Hoffnung. Es war, als würde Gott durch dieses Interview direkt zu ihm sprechen, ihm sagen, dass er, so verrückt das auch klang, erneut träumen und dieses Mal den jungen Brock überzeugen müsse. Die Vorstellung war zwar gewagt, aber warum sollte er es nicht probieren?

Bis jetzt hatte er immer noch gezweifelt und sich gefragt, ob diese ganze Sache mit den Gesprächen mit sich selbst nicht nur ein Anzeichen dafür war, dass er langsam durchdrehte, vielleicht irgend so ein Stress-Syndrom. Doch in der Nacht würde er wieder in seine Zeitmaschine steigen und in den Himmel fliegen.

Das Klingeln von Brocks Handy riss ihn aus seinen Gedanken. Es war Ron. Interessantes Timing. „Was gibt's?"

„Kleine Erinnerung: Wir unterschreiben heute Nachmittag den Vertrag. Um vier."

„Darüber müssen wir noch mal reden."

„Es gibt nichts zu reden. Bitte krieg das endlich in deinen Dickschädel hinein."

„Wir können nicht unterschreiben, Ron."

„Doch, wir können. Und wir werden. Heute. Um vier."

Die Verbindung wurde unterbrochen. Brock meldete sich über die Gegensprechanlage bei Michelle. „Wissen Sie, wo Ron ist?"

„Er arbeitet heute von zu Hause aus. Kommt erst kurz vor der Unterzeichnung ins Büro."

Brock schnappte sich seinen Schlüssel und stürmte zur Tür hinaus. Auf keinen Fall würde er seine Unterschrift unter den Vertrag setzen, ohne vorher einen Abstecher in die Welt der Träume gemacht zu haben.

Kurze Zeit später öffnete ihm Rons Frau Shelly die Tür. Sie warf Brock ein grimmiges Lächeln zu, als sie ihm die Hand schüttelte. „Alles in Ordnung zwischen dir und Ron?“, fragte Shelly.

„Klar.“

„Lügen steht dir nicht, Brock.“

„Na ja, ein paar Dinge sind nicht in Ordnung, aber andere schon.“ Er zuckte die Achseln. „Wir sind Brüder. So sind Brüder eben. Du weißt ja, wie das bei uns ist. Am Ende wird alles gut.“

„Genau das macht mir Sorgen.“

„Wo steckt er?“

„Rate mal.“ Shelly deutete mit dem Kopf nach links.

Brock deutete mit dem Daumen zur Seite. „Ich gehe lieber außen rum und nicht durch euer Haus.“

„Viel Spaß.“

Brock überquerte den üppigen Rasen und lief den sanften Abhang hinunter, der zur Rückseite von Rons Anwesen führte. Es war ein herrliches Grundstück – zumindest, bis die Bank es ihm wegnehmen würde. Der Garten war riesig und im hinteren Teil hatte sich Ron einen kleinen privaten Drei-Loch-Golfplatz angelegt.

Der Duft von frisch gemähtem Gras stieg Brock in die Nase. Eine leichte Brise vom See her spielte mit den Fähnchen an den Löchern. Ron winkte ihm mit einem Golfschläger, drehte sich aber sofort wieder um und konzentrierte sich auf den Ball zu seinen Füßen. Er holte aus, nahm den Schläger langsam wieder herunter und beschleunigte dann, als der Schläger dem Ball näher kam. *WHACK!* Der weiße Ball wurde vom T-Stück katapultiert und segelte auf das Grün. Ron legte gerade einen weiteren Ball auf das T-Stück, als Brock ihn erreichte.

Ron deutete auf den Schläger. „Hey. Hast du Lust, ein paar Bälle mit mir zu schlagen?“

„Eher nicht“, sagte Brock. „Trotz der Trainerstunden, die du mir vor ein paar Jahren geschenkt hast, habe ich dieses Spiel nie richtig verstanden.“

„Na und? Du kannst doch trotzdem ein bisschen spielen. Einfach so zum Vergnügen.“

„Das ist kein Vergnügen.“

„Weil dein Ego einen Dämpfer bekommt, weil ich besser Golf spiele als du? Weil du zugeben musst, dass du mich nie, niemals schlagen wirst?“

„Nicht jetzt, Ron.“

Sein Bruder drehte sich um und blickte ihm in die Augen. „Ich sage nur, dass ich eines Tages gern eine Runde Golf mit dir spielen würde. Dass ich diese Erfahrung gern mit dir teilen würde. Nicht als Wettstreit. Einfach als Brüder.“

„Ja, klar. Vielleicht in unserem nächsten Leben.“

Seufzend drehte Ron sich um. Dann schickte er einen weiteren Ball in den Himmel. Er schien viel länger in der Luft zu bleiben, als das physikalisch möglich war, dann fiel er doch und blieb einige Meter rechts von der Fahne liegen.

„Nicht schlecht.“

„Ich weiß nicht, was mit meinem Schwung ist.“ Ron trat mit der Fußspitze ins Gras. „Neuerdings hat alles einen Hang nach rechts.“

„Das war also kein guter Abschlag?“

Ron schüttelte den Kopf. Ein Lächeln umspielte seine Lippen. „Ich weiß, ich sollte lockerer werden. Aber diese kleine Stimme in deinem Kopf sagt immer: ‚Ich kann noch besser werden‘. So ist das beim Golf. Du bist nie zufrieden.“

„Warum hast du eigentlich nie versucht, Profispieler zu werden?“

„So gut bin nun auch wieder nicht.“ Ron legte sich einen weiteren Ball zurecht, und Sekunden später flog er in Richtung Grün. „Die Profis spielen meilenweit über meinen Fähigkeiten. Das kann ich nicht erreichen.“

„Wir müssen über die Unterzeichnung der Verträge reden, Ron.“

Ron deutete auf das Grün mit den acht kleinen grünen Flaggen in der Mitte der Fläche. „Wir können da drüben reden, dann kann ich gleichzeitig putten.“

Die 20 Meter zu Rons Putting-Grün legten sie schweigend zurück. Schließlich sagte Brock: „Ich glaube, ich weiß einen Weg, um alles in Ordnung zu bringen.“

„Darüber haben wir doch schon gesprochen.“

„Gib mir noch das Wochenende Zeit.“

„Heute. Sechzehn Uhr. Wir unterzeichnen.“

„Hör mir doch mal zu! Ich habe einen Plan, der es uns vielleicht ermöglicht, die Firma zu behalten.“

„Dann klär mich auf.“ Ron verschränkte die Arme. „Wie ist dein Plan?“

„Das ... das kann ich nicht erklären.“

„Das wirst du wohl müssen.“ Ron stemmte die Hände in die Hüften. „Wenn ich eine Ausrede erfinden soll, um die Unterzeichnung zu verzögern, dann muss ich wissen, warum ich das tue. Jede Verzögerung gibt den Käufern mehr Macht. Und für den Fall, dass du es vergessen hast: Vater hat mir einundfünfzig Prozent dieser Firma vermacht. Dies ist keine Demokratie. Wenn ich ohne dich unterschreiben muss, dann werde ich das tun.“

„Das wird die Sache für dich aber sehr viel komplizierter machen.“

„Deswegen werde ich dir das Wochenende Zeit geben, wenn du mir deinen Plan erläuterst.“

„Vertrau mir einfach.“ Brock trat über den Rand auf das Putting-Grün. „Ich kann dir das wirklich nicht erklären.“

„Dann vertrau du mir. Ich werde heute Nachmittag unterschreiben.“

Es war nur logisch: Aus Rons Sicht gab es keinen Grund für eine Aufschiebung. Dieses Geschäft würde sie vor dem vollkommenen Ruin bewahren. Aber zehn Cent für den Dollar war auch nicht unbedingt eine gute Lösung.

Sicher, wenn sie noch länger warteten, hatten die Käufer die Möglichkeit, ihre Meinung zu ändern oder noch weniger für *Black Fedora* zu bezahlen. Aber im Kern ging es doch darum, dass Ron mit seinen 51 Prozent über Brocks Kopf hinweg bestimmen konnte. Es ging ums Gewinnen. So wie immer zwischen ihnen.

„Also gut." Brock hob ergeben die Hände. „Folgendes ist mein Plan. Ich werde mein jüngeres Ich davon überzeugen, Betriebswirtschaft zu studieren, und dann wird Vater mir die einundfünfzig Prozent der Firma übertragen und nicht dir. Du kannst die Firma nicht zugrunde richten, und dieses Gespräch wird überflüssig."

„Echt witzig." Ron lächelte ihn spöttisch an. „Du denkst also immer noch, dass du diese Firma besser hättest führen können als ich?" Ron legte den Kopf in den Nacken und lachte bitter. „Das hätte ich eigentlich wirklich gern erlebt. Wenn du die Leitung übernommen hättest, hätten wir beide bereits ein Jahr nach Vaters Tod in einem Bowling-Center gearbeitet."

„Das glaubst auch nur du."

„Du entwickelst Geschmacksrichtungen für Kaffee, Brock!" Ron schleuderte seinen Putter auf den Rasen. „Du erarbeitest Marketingkonzepte. Du gehst auf Schmusekurs mit unseren Kunden und gibst wirklich hervorragende Interviews. Diese Fähigkeiten haben uns beiden zu einem sehr komfortablen Leben verholfen, aber es sind nicht die Fähigkeiten, die man in der Geschäftswelt benötigt. Du hättest dich gnadenlos überhoben mit der betriebswirtschaftlichen Seite. Zumal ich in dieser Hinsicht ja auch nichts verkehrt gemacht habe. Dieser Hacker-Angriff war eine total unerwartete Aktion."

„All diese Dinge hätte ich durchaus lernen können."

„Und jetzt willst du übernehmen? In der neunundfünfzigsten Sekunde der elften Stunde? Ja, prima, warum nicht, Brock? Ich verschaffe dir zusätzliche Zeit, auch wenn du mir deinen Plan nicht verrätst, und zwar nur, weil ich erleben will, wie du scheiterst." Ron riss sich seinen Golfhandschuh ab und steckte ihn in seine hintere Hosentasche. „Du willst die Wahrheit? Nur unter uns beiden?"

„Oh ja, genau das will ich. Deine Version der Wahrheit."

„Papa hat es schon in unserer Kindheit erkannt. Und dann, als wir mit Anfang zwanzig begannen, für ihn zu arbeiten. Er hat uns beobachtet! Er wusste, dass du nicht die Fähigkeiten besitzt, um *Black Fedora* zu leiten. Ich schon. Darum hat er mich ausgewählt. Und seither hast du ihn deswegen gehasst."

Es wäre weniger schmerzhaft gewesen, wenn Ron ihm einen Faustschlag in den Magen versetzt hätte. Brock schwieg und kämpfte gegen seine Emotionen an.

„Papa war betriebsblind." Brock bemühte sich, gleichmäßig zu atmen. „Er hat mein Talent nie wirklich gesehen, mein eigentliches Ich nie erkannt. Er hat nie so an mich geglaubt, wie er an dich geglaubt hat. Glaub mir, es war nicht lustig, das schwarze Schaf zu sein."

Rons Gesichtsausdruck wurde weicher. „Brock, er hat mir die Leitung der Firma übertragen. Aber das bedeutet doch nicht, dass er dich nicht geliebt hat."

„Da stimme ich dir zu. Es bedeutet nur, dass er mich weniger geliebt hat als dich."

„Glaub doch diese Lüge nicht, Brockie", sagte Ron leise.

Brock blinzelte. *Brockie.* So hatte Ron ihn schon seit Jahren nicht genannt. Es war die Art seines Bruders, sich ihm zuzuwenden, ein Zeichen der Versöhnung, aber in der Zwischenzeit war zu viel geschehen.

„Ich muss los." Brock wandte sich zum Gehen, doch Ron hob die Hand.

„Ich denke, es gibt noch einiges zu sagen."

„Nein."

„Warum nicht?"

Warum nicht? Weil das Gespräch bereits zu viele Eisschichten von Brocks Herzen abgeklopft hatte. Brock wandte das Gesicht dem Himmel zu. Wolken hatten sich vor die Sonne geschoben, und ein leichter Nieselregen hatte eingesetzt.

„Mach's gut, Ron." Er setzte sich in Bewegung, durch den Garten und zu seinem Auto.

Ron lief Brock nach, überholte ihn und stellte sich ihm in den Weg. Die übliche Härte war in seine Haltung zurückgekehrt. „Mach doch die Augen auf! Du musst doch gespürt haben, was Papa wirklich für dich empfunden hat. Sicher, ich stand ihm näher als du, aber das bedeutet doch nicht-"

„Lass es gut sein, Ron. Es ist vorbei."

„Nein, wir sind noch nicht fertig." Ron deutete mit dem Finger auf Brock. „Ich weiß, viele Jahre sind vergangen, aber wir sind doch immer noch ein Fleisch und Blut. Warum willst du denn nicht glauben, dass Papa dich geliebt hat?"

„Aha, du willst also, dass ich zusammenbreche? Dir mein Herz ausschütte? Du hast Recht. Es geht allein darum, dass unser Vater mir das Herz gebrochen hat."

Ron trat von einem Fuß auf den anderen, und Brock merkte, dass es seinem Bruder schwerfiel, ruhig zu bleiben. „Wie ich bereits sagte, ich stand ihm vielleicht näher als du ..."

„Näher? Na, das war keine Kunst. Er und ich waren ganze Welten voneinander entfernt."

Ron fuhr fort, als hätte er Brocks Einwand nicht gehört. „Und ja, er war nicht unbedingt der tollste Vater. Aber denk doch mal an das, was er selbst erlebt hat. Er war ein Einzelkind. Seine Mutter hat sich total auf ihn fixiert, ihn körperlich und emotional missbraucht, und sein Vater hat sich rausgehalten. Keine Geschwister. Keine Cousinen und

Cousins. Niemand außer unserer Psycho-Großmutter, die ihm das Leben erklärt. Äußerlich war er dann Mitte dreißig, als er selbst Kinder hatte, aber innerlich noch ein kleiner Junge, der versucht hat, uns großzuziehen, ohne eine Ahnung zu haben, wie das geht. Verstehst du das denn nicht? Emotional war er unreifer als wir."

Brock runzelte die Stirn. „Das ist mir klar, aber das ändert nichts an dem, was er mir angetan hat. Du warst noch so klein; du hast das nicht so mitbekommen wie ich."

„Ich weiß, dass sein Zusammenbruch großen Schaden bei dir angerichtet hat. Aber du musst ihm zugestehen, dass er das überwunden hat. Er kam wieder auf die Beine, hat sich zusammengerissen. Und er hat sich Gott zugewendet und sich wirklich von ihm verändern lassen. Das war eine große Sache in seinem Leben, auch wenn er dadurch nicht perfekt wurde. Oder erinnerst du dich nicht mehr daran?"

„Ob ich mich daran erinnere?" Brock schnaubte. „Du begreifst es wirklich nicht, nicht wahr, Ronnie? Ich bin zwei Jahre älter als du, und das bedeutet, ich habe Dinge gesehen und durchgemacht, die dich nicht einmal berührt haben. Ich musste stark sein. Für dich. Für unsere Mutter. Ich habe dich abgeschirmt, wenn die Bomben um uns herum explodiert sind."

Ron rieb sich über das Gesicht. „Hm. Darüber habe ich noch nie wirklich nachgedacht. Aber trotzdem-"

„Nein." Brock trat um Ron herum und ging weiter. „Es gibt kein *Aber trotzdem*. Es bleibt uns nur noch, die Vergangenheit zu verändern."

„Ja, verdammt, dann tu das, Brock. Verändere die Vergangenheit. Geh und führ ein tolles Gespräch mit dir selbst. Aber am Montag kommst du zurück ins Land der Realität, und wir unterzeichnen den Vertrag."

Kapitel 23

Auf der Heimfahrt durch den dichten Verkehr versuchte Brock die Furcht, die in ihm aufsteigen wollte, in Schach zu halten. Es blieb ihm nichts anderes übrig: Er musste heute Nacht im Traum wieder zurückreisen und sich selbst davon überzeugen, Betriebswirtschaft zu studieren.

Entschlossen schob er diese Gedanken beiseite und versuchte sich auf das bevorstehende Abendessen mit Karissa zu konzentrieren. Sie wollten auswärts essen gehen. Dieser Vorschlag war von ihm gekommen, als Versuch, wieder etwas frischen Wind in die Segel zu bringen. Früher am Tag, als er versucht hatte, Karissa zu diesem Abendessen zu überreden, hatte sie sich distanziert gegeben, viel mehr noch als sonst, und er hatte gehofft, dieses Abendessen würde sie vielleicht weicher stimmen. Was war nur los mit ihr?

Zehn Minuten später eilte er durch den Regen auf das Lokal zu, von dem aus man den Puget Sound überblicken konnte. Brock zog den Kopf ein und blickte zum Himmel hoch. Zwischen den Regenwolken war hier und da auch etwas blauer Himmel zu sehen. Vielleicht schaffte es die Sonne noch, sich durchzusetzen und einen atemberaubenden Sonnenuntergang über die Olympic Mountains zu zaubern.

Er betrat das Restaurant und sah sich um. Karissa war nicht da. Nun, vielleicht saß sie bereits an ihrem Tisch. Doch als er sich auf den Weg in den Gastraum machte, kam sie ihm aus der Damentoilette entgegen. Waren ihre Augen gerötet? Das war in dem gedämpften Licht schwer zu erkennen. Sie entdeckte ihn und blinzelte mehrmals, als sie aufeinander zugingen.

„Hallo." Er beugte sich vor und küsste sie auf die Wange.

„Hey." Sie lächelte ihn zurückhaltend an.

Der Oberkellner kam auf sie zu. „Darf ich Sie zu Ihrem Tisch führen?"

„Wollen wir uns setzen?"

Sie schüttelte den Kopf. „Ich habe eigentlich gar keinen Hunger. Du?"

Er hatte nicht darüber nachgedacht, aber jetzt merkte Brock, dass er ausgehungert war. Das Mittagessen hatte er ausfallen lassen, und sein Frühstück hatte aus einem Kaffee und einem Bagel bestanden.

Er lächelte. „Nicht unbedingt."

„Lüg nicht, Brock. Im Augenblick tust du das zu häufig."

„Also gut. Ich habe Hunger." Er senkte die Stimme. „Jetzt bist du dran. Ist dies ein Gespräch, das wir in einem Restaurant führen sollten, oder wollen wir lieber gehen?"

Karissa zögerte nur kurz. „Lass uns lieber gehen."

Brock wandte sich an den Oberkellner, entschuldigte sich für die kurzfristige Stornierung und bot an, eine Ausgleichszahlung zu leisten, aber der Mann lehnte lächelnd ab.

Vor dem Restaurant deutete Brock nach rechts. „Es hat aufgehört zu regnen. Lass uns am Wasser spazieren gehen."

„Ich hatte an die Golden Gardens gedacht."

„Okay. Wollen wir zusammen fahren?"

Erneut schüttelte Karissa den Kopf. „Wir treffen uns dort."

„Warum?"

Sie ging nicht darauf ein. „Bis gleich."

Auf dem Weg zum Park kämpfte Brock gegen die Angst an, die in ihm aufsteigen wollte. Die 15 Minuten Fahrtzeit kamen ihm vor wie Stunden. Schließlich erreichte er den Park, stellte seinen Wagen neben Karissas ab und stieg aus. Keiner von ihnen sagte ein Wort, bis sie das Ende des Parks erreicht und sich auf einer grünen Bank am Wasser niedergelassen hatten, die trocken genug war, um darauf zu sitzen.

„Ich muss mit dir über etwas reden“, begann sie.

Sein Blick glitt über ihre Haare, die Wölbung ihrer Ohren, ihre kleine Nase, ihre olivfarbene Haut. Und ihre Augen, in denen er sich vom ersten Tag ihrer Begegnung an so oft verloren hatte.

Karissa blinzelte und streifte ihn flüchtig mit ihrem Blick. „Ich kann nicht mehr.“

Brocks Hände wurden eiskalt. Man brauchte kein Genie zu sein, um zu erahnen, wohin das führen würde. „Was?“

„Ich brauche etwas Zeit für mich. Allein.“

„Ich ... wie meinst du das? Das ist nicht dein Ernst, oder?“ Aber er wusste, dass sie es sehr ernst meinte.

„Es ist schwieriger, als ich gedacht hatte. Sehr viel schwieriger.“ Tränen sammelten sich in ihren Augen.

„Wir kriegen das doch wieder hin, Karissa.“

„Davon bin ich überzeugt.“ Karissa ergriff seine Hände. „Ich will damit auch nicht sagen, dass ich dich verlassen will. Ich ... ich muss mich nur ein bisschen sortieren. Ohne dich.“

„Was bedeutet das?“ Ein Felsbrocken legte sich in Brocks Magen.

„Ich will, dass wir eine Weile getrennt leben.“ Tränen liefen jetzt über ihre Wangen. Sie erhob sich und ging zum Ufer, während sie haltlos zu schluchzen begann. Er sagte kein Wort. Schließlich drehte sie sich um und kam mit feuchten Wangen zu ihm zurück.

„Warum?“ Brock bemühte sich, gleichmäßig zu atmen. „Ich verstehe es nicht.“

„Ich möchte, dass du dich entscheidest, ob du uns noch willst, Brock.“

„Was sagst du da? Natürlich will ich das.“

Sie biss sich auf die Unterlippe und schüttelte den Kopf. „Nein. Deine erste Priorität ist es, *Black Fedora* zu retten und weiterhin die Welt des Kaffees zu regieren. Und du willst besser sein als Ron. Ich komme an dritter Stelle, Tyson an vierter. Ich will dir Zeit geben zu überlegen, ob du deine Familie an die erste Stelle setzen willst.“

„Das stimmt nicht. Du und Tyson, ihr steht immer an erster Stelle.“

„Du musst jetzt gehen.“ Sie schnappte sich ihre Tasche von der Parkbank. „Ich muss gehen.“

Karissa drehte sich um, eilte zu ihrem Wagen und stieg ein. Ihre Bremslichter leuchteten rot auf, als sie den Parkplatz verließ, und in diesem Augenblick fasste Brock einen Entschluss. Er würde in dieser Nacht träumen, und in diesem Traum würde er alles in Ordnung bringen.

Kapitel 24

August 1987

Brock nahm die Ohrstöpsel seines Walkmans ab, drehte sich um und schaute hinter sich. Niemand da. Von keiner Stelle der weitläufigen Wiese im Park aus wurde er beobachtet. Niemand lauerte im Schatten hinter den Douglastannen, die die Wiese säumten. Aber er hatte trotzdem das Gefühl, beobachtet zu werden. Was war nur los mit ihm?

Keine der zehn oder zwölf Personen, die sich auf der Rasenfläche niedergelassen hatten und ein Picknick veranstalteten oder in der späten Maisonne Frisbee spielten, schien auch nur im Mindesten an ihm interessiert zu sein – bis auf den Golden Retriever vielleicht, der den Kopf zur Seite gelegt hatte und fragend in seine Richtung blickte. Brock wandte sich wieder seiner Zeitung zu, konzentrierte sich auf den Sportteil und versuchte das Gefühl zu ignorieren, dass er beobachtet wurde ... ein Gefühl, das er nicht loswurde.

Und wieder war ihm, als bohrten sich Augen in seinen Hinterkopf. Er konzentrierte sich, versuchte den genauen Punkt auszumachen, woher dieses Gefühl kam. Mittig. Nein, etwas mehr links. Es kam von den Bäumen her, hinter der Schaukel und in der Nähe des Weges, der sich in östliche Richtung durch den Wald zog.

Er schloss die Augen und unterdrückte ein Lachen. Das war doch wirklich lächerlich. Wer hatte schon die Fähigkeit, den Punkt herauszufinden, von dem aus eine nicht existente Person ihn beobachtete? Das geschah mal wieder alles nur in seinem Kopf. Aber das Bild von einer Person, die 200 Meter hinter ihm stand, von zwei Tannen verdeckt, ließ sich einfach nicht aus seinem Kopf vertreiben.

Brock ließ die Zeitung sinken, wirbelte herum und richtete den Blick auf die Stelle, die er in seinem Geist gesehen hatte. Ja, tatsächlich. Dort! Eine Bewegung. Er erhob sich, kniff die Augen zusammen, und dieses Mal wurde er fündig.

War *er* das wieder? Ja. Das war der Typ, der behauptete, sein älteres Ich zu sein. Verfolgte er ihn? Er erhob sich und ging auf Zukunfts-Brock zu.

Brock stand zwischen zwei Tannen am Waldrand, und sein Blick hing an seiner jüngeren Ausgabe. Es gab so vieles, was er sich selbst sagen wollte, aber er musste vorsichtig sein und sich zurückhalten. Wenn er seine Gegenwart tatsächlich dadurch beeinflussen konnte, dass er in der Vergangenheit mit sich selbst sprach, dann musste er seine Worte mit viel Bedacht wählen.

Das Grundprinzip war einfach: Er musste sich dazu überreden, dass er statt Marketing Betriebswirtschaft studierte. Aber sein jüngeres Ich davon zu überzeugen würde nicht leicht werden.

Der junge Brock wirbelte plötzlich herum und sah ihn direkt an, bevor Brock Zeit hatte zu reagieren. Er war entdeckt worden. Jetzt war es an der Zeit zu handeln. Er trat hinter den Bäumen hervor und ging auf den jungen Mann zu, der sich erhoben hatte und ihm entgegenkam.

Etwa fünf Meter vor ihm blieb sein jüngeres Ich stehen. „Warum verfolgst du mich?"

„Das tue ich nicht."

„Sich hinter einem Baum verstecken und Leute beobachten ist also ein ganz normales, sozial anerkanntes Verhalten in der Zukunft?"

„Woher wusstest du, dass ich da war? Du konntest mich doch hinter den Bäumen nicht sehen.“

„Ich habe es gespürt.“ Ein spöttischer Blick, passend zum zynischen Tonfall. „Ich nehme an, da wir ein und dieselbe Person sind, hat deine Anwesenheit mein Unterbewusstsein in Alarmbereitschaft versetzt. Oder so.“

„Ich erwarte nicht, dass du mir glaubst, aber ich bitte dich darum, dass du mir zuhörst.“

„Na klar, warum nicht? Die meisten Leute hätten zwar schon längst eine einstweilige Verfügung gegen dich erwirkt, weil du ihnen nachspionierst ...“, der junge Brock deutete mit dem Finger auf Brock, „... aber wir sind ja nicht die meisten Leute, nicht?“

„Nein, das sind wir nicht.“

„Also, was kann ich für dich tun, Z.B.?“

„Ich möchte, dass du noch etwas veränderst. Gestern hat Gott mir gezeigt, was es ist und was getan werden muss.“

„Oho, Gott höchstpersönlich hat dir das gezeigt? Das ist doch toll.“

„Als wir das letzte Mal miteinander sprachen, habe ich dir erzählt, dass Ron unsere Kaffeefirma in den wirtschaftlichen Ruin geführt hat. Erinnerst du dich daran?“

„Ja. Das war vor zwei Monaten, als du mich am Flughafen gestalkt hast.“

„Was, das ist erst zwei Monate her?“

„Ha!“ Sein jüngeres Ich schlug sich auf den Oberschenkel. „Ich wusste gar nicht, dass ich so viel Talent besitze.“

„Welches Talent?“ Brock runzelte die Stirn.

„Eine unglaubliche schauspielerische Leistung.“ Der junge Brock rollte die Zeitung zusammen, hielt sie in die Höhe und senkte die Stimme: „Echt Oscar-verdächtig ...“

„Ich spiele das nicht!“

„Ja, ja. Ich vergaß.“ Der junge Brock legte den Kopf zur Seite und zwinkerte.

„Ron und ich haben die Firma gemeinsam geführt, und es lief gut. Sehr gut sogar. Doch wie sich herausgestellt hat, hat uns jemand das ganze Geld gestohlen, und jetzt gehen wir unter wie die *Titanic*."

„Was hat das mit mir zu tun?"

„Du musst Betriebswirtschaft studieren. Dann könntest du das in Ordnung bringen ... nein, du könntest verhindern, dass es überhaupt passiert. Du musst die Firma führen, nicht Ron."

„Das soll wohl ein Witz sein! Eigentlich ist das der Beweis dafür, dass du nicht der sein kannst, der du zu sein behauptest – sonst wüsstest du doch wohl, dass ich mit Zahlen absolut nichts anfangen kann. Dazu fehlt mir jedes Talent und auch ehrlich gesagt jeder Anlass. Nein, mein Alter, tut mir leid. Kein Betriebswirtschaftsstudium in meiner Zukunft."

„Aber es ist der einzige Weg, die Dinge zu ändern. Das ist meine einzige Möglichkeit. *Unsere* einzige Möglichkeit."

„Ja, nun, wie ich schon sagte, ein Betriebswirtschaftsstudium und Brock passen nicht zusammen. Und wenn du wirklich ich wärst, wüsstest du auch, warum."

Eine Frisbeescheibe landete zu ihren Füßen. Der junge Brock hob sie auf und schleuderte sie zu den drei Teenagern zurück, die sich in einigen Metern Entfernung damit vergnügten.

„Was du willst, ist im Moment mal völlig egal. Du musst mir glauben, dass es absolut unumgänglich ist. Die ganze Zukunft hängt davon ab. Bitte, du bist doch auch auf diese Angelausflüge mitgefahren, nachdem ich dich darum gebeten habe!"

„Bisher war es nur ein Angelausflug, Zukunfts-Ich, und zugegebenermaßen war es eine gute Sache, etwas Zeit mit meinem alten Herrn zu verbringen. Das Betriebswirtschaftsstudium dagegen ist ein langsames Boot nach China mit einem Kapitän, der mich nicht an Bord haben will."

„Was soll das heißen?"

„Warum muss ich dir das erklären?" Der junge Brock ließ sich auf dem Rasen nieder und zupfte an einem Grashalm. „Ron ist derjenige, der das BWL-Gen geerbt hat, nicht ich. Oder hast du das vergessen? Bei ihm macht das Sinn, er hat ein Händchen für Zahlen und geht voll darin auf, mit ihnen zu jonglieren."

„Betriebswirtschaft ist doch nicht mit Buchhaltung gleichzusetzen." Brock ließ sich ebenfalls auf dem Rasen nieder. „Es geht nicht nur um Fakten und Zahlen. Das Studium befasst sich auch in weiten Teilen mit Menschen – damit, sie kennenzulernen, zu verstehen, zu motivieren, und das kannst du gut. Besser, als du denkst."

„Wow! Noch ein Talent, von dem ich gar nicht wusste, dass ich es besitze."

Brock kam irgendwie nicht weiter, und er hatte keine Ahnung, wie lange der Traum noch dauern würde.

„Hey, Zukunfts-Brock, wach auf." Sein jüngeres Ich schnippte mit den Fingern vor seinen Augen. „Du wirst mich nicht überzeugen können, Betriebswirtschaft zu studieren. Also, wie wäre es, wenn wir das Thema fallen lassen?"

„Aber nur aus diesem Grund bin ich hier."

„Na, dann wäre es doch vielleicht das Beste, wenn ich mich wieder meiner Zeitung zuwende und du in die Zukunft zurückkehrst."

Die Zeit lief ihm davon. Brock spürte, wie sein Körper unruhig wurde, aufwachen wollte, und er wusste genau, dass er keine weitere Chance mehr bekommen würde. *Herr, hilf mir!*

Brock sah sich hektisch im Park um, suchte nach einer Inspiration. Ja! Da war es. Er wandte sich an sich selbst. „Gib mir noch drei Minuten. Dann bin ich weg."

„Okay, schieß los, Z.B." Brock stützte sich auf die Ellbogen.

Brock deutete mit seiner Hand auf die Rasenfläche und beugte sich zu seinem jüngeren Ich hinüber. „Stell dir vor, du bist vier Jahre alt und spielst auf diesem Spielplatz. Geht das? Dein kleines Herz pocht vor Vorfreude auf diese Stunde im Park, und du zögerst nicht eine Sekunde, vom Asphalt des Parkplatzes ins dichte Gras zu laufen. Dein Blick hängt an der Drehscheibe, und du stellst dir vor, wie schnell du herumwirbeln wirst, wenn du auf der Kante sitzt und deine Freunde dich so schnell drehen, wie sie können. Dann schaust du auf die Schaukeln, und denkst daran, wie hoch du in der Vergangenheit bereits damit geschaukelt bist. Doch dann glimmt ein kleiner Funke Furcht in dir auf, und alles andere auf dem Spielplatz verschwimmt – weil du jetzt die Rutsche entdeckt hast."

Er deutete über Brocks Schulter auf die Rutsche, die wirklich gewaltige Ausmaße hatte. „Stell dir diese Rutsche vor, aber dreimal so lang wie jetzt und dreimal so hoch. Denn das ist die Perspektive, die du als Vierjähriger darauf hast. Spürst du, wie sie dich magnetisch anzieht? Aber da ist dieser Teil von dir, der sich nicht traut, der lieber in Sicherheit bleiben möchte. Dieser Teil, der dich anfleht, dass du lieber nicht riskieren sollst, dir die Knie aufzuschlagen, wenn du unten ankommst. Dieser Teil, der den Moment der Panik vermeiden möchte, der dich immer überfällt, wenn du oben auf der Rutsche stehst. Dieser Teil, der deine kleine vierjährige Seele davor bewahren möchte, da oben zu stehen und zu zittern. Der Wind peitscht durch deine Haare, dein Magen wird zusammengequetscht wie eine Walnuss im Nussknacker, und dein Herz hämmert in deiner kleinen Brust. Aber als du jung warst, hast du dieser Angst nie nachgegeben. Du bist immer da hochgeklettert.

Aber jetzt stehst du wieder vor so einer Herausforderung in deinem Leben, und du hast Schiss. Denn diese Rutsche ist höher, als die in deiner Kindheit je gewesen ist. Darum steigst du gar nicht erst hoch. Du bleibst davor stehen und beobachtest aus der Sicherheit heraus die wenigen heldenhaften Männer und Frauen, die sich nach oben wagen und über den Rand klettern.

Im Augenblick stehst du unten davor. Tief in deinem Innern ist der Wunsch, die Leitung von *Black Fedora* zu übernehmen. Dich in eine Position zu bringen, in der du mehr Macht hast als dein Bruder. Aber deine Furcht lähmt dich. Was ist, wenn Ron im Studium besser abschneidet? Was ist, wenn du alle deine Kräfte mobilisierst und doch durch Dinge durchbeißt, die dir schwerfallen, und dein Vater dann trotzdem Ron die Leitung der Firma überträgt?"

Der Mund seines jüngeren Ichs öffnete sich leicht, sein Atem beschleunigte sich. Es funktionierte!

„Du bist der ältere Bruder. Es ist *dein* Geburtsrecht, nicht Rons. Und wenn du das durchziehst, wird sich auch deine Beziehung zu deinem Vater verändern. Ihr werdet das Verhältnis zueinander haben, nach dem du dich sehnst, weil er dir mit einem ganz andern Respekt begegnen wird. Es ist an der Zeit, dich zu entscheiden, Brock. Entscheide dich dafür, deine Angst zu besiegen und das anzupacken, was dir bestimmt ist … oder für immer im Schatten zu stehen."

Brock beendete seinen langen Monolog und drückte die Schulter des jungen Brock. Es war, als würde Kraft von ihm auf den jungen Mann übergehen. Dann blickte er sein jüngeres Ich an, bis dieser seinen Blick erwiderte.

„Ich weiß, dass du mir nicht glaubst, dass ich der bin, der ich zu sein behaupte. Und dass du sicher bist, dass so etwas wie das hier nicht wirklich geschehen kann. Ich empfinde genauso. Aber wenn es doch stimmt und Gott uns dieses Geschenk macht, dann müssen wir es annehmen und das Beste daraus machen."

„Sonst noch was?", fragte der junge Brock sichtlich verwirrt.

„Ja, das Wichtigste." Brock bohrte seinen Blick in die Augen seines jüngeren Ichs. „Karissa."

„Was ist mit ihr?"

„Du musst sie von ganzem Herzen lieben. Räum ihr den ersten Platz in deinem Leben ein. Vor der Firma, vor deinem Ehrgeiz, besser zu sein als Ron, vor allem anderen außer Gott."

Während Brock die Worte aussprach, löste das durchdringende Klingeln seines Telefons den Traum in Luft auf, und er spürte, wie er erwachte – und dass er Angst davor hatte, wo er sich wiederfinden würde, wenn er die Augen öffnete.

Kapitel 25

2. September 1987

Am Mittwochmorgen um 10:30 Uhr betrat Brock den Laden, holte den Umschlag unter seinem Arm hervor und warf ihn vor Morgan auf die Theke.

„Was ist das?"

„Die Bewerbung für ein Betriebswirtschaftsstudium." Er ließ sich auf dem Barhocker nieder und grinste. „Und zwar für mich."

Morgan zog sich die Papiere heran und öffnete sie. „An der *University of Washington*?"

„Ja."

„Wie ich höre, kostet ein Studium dort einen Haufen Geld. Und es ist schwierig, einen Studienplatz zu ergattern."

„Stimmt. Aber es ist eben auch eine der besten Unis."

„Dann macht es Sinn." Morgan deutete auf ihn und schenkte ihm ein falsches Lächeln.

„Ich nehme einen Hauch Sarkasmus in deiner Stimme wahr."

„Meinst du?" Morgan beugte sich vor, tippte auf die Papiere und schob sie auf der Theke zurück. „BWL ... das passt doch gar nicht zu dir."

„Mag sein. Aber ich überlege ernsthaft, es zu probieren."

„Warum?"

„Weil mein Vater sich eines Tages aus der Firma zurückziehen wird. Dann wird er die Leitung der Firma Ron und mir übertragen. Aber einer von uns wird am Ruder stehen müssen."

„Und du denkst, ihr könnt *Black Fedora* nicht zusammen führen?“ Morgan drehte sich um und goss Kaffee für sie ein.

„Es ist geplant, dass wir die Geschäftsführung gemeinsam übernehmen, aber einer von uns wird das Sagen haben. Vater glaubt nicht an eine gleichwertige Partnerschaft. Er sagt, am Ende muss einer die Entscheidungen treffen, wenn wir uns nicht einigen können.“

Morgan öffnete eine Kaffeepackung, schnüffelte daran und legte sie wieder zur Seite. „Und du denkst, dass dein Vater sich für Ron entscheidet?“

„Natürlich entscheidet er sich für Ron.“ Brock prostete Morgan zu und trank einen Schluck von seinem Kaffee. „Wenn ich nicht etwas unternehme.“

„Hast du mit deinem Vater darüber gesprochen?“

„Oh ja, na klar. Er ist einverstanden, dass ich Betriebswirtschaft studiere. Hat mich sogar praktisch angefleht, es zu tun.“ Brock rollte die Augen.

„Wer ist denn jetzt hier sarkastisch?“ Morgan seufzte. „Vielleicht bist du in den Augen deines Vaters also nicht der Typ für die Zahlen. Könnte es nicht sein, dass er Recht hat?“

Brock schnappte sich die Papiere von der Theke. „Danke für deine vorbehaltlose Unterstützung.“

Morgan zuckte die Achseln. „Was hält Karissa davon?“

„Zu ihr will ich gerade.“

„Es wird ihr nicht gefallen.“

„Ich weiß, darum würde ich dich jetzt auch bitten, für mich zu beten, wenn du ein betender Mensch wärst.“

„Bin ich nicht, aber ich wünsche dir viel Glück.“ Morgan schlug ihm auf die Schulter. „Du wirst es brauchen.“

„Ich muss etwas mit dir besprechen."

„Okay."

Karissa und er saßen am Lake Sammamisch. Die Sonne hatte die Wolken durchbrochen, und Brock fand die Umgebung perfekt, um mit Karissa über die neue Richtung zu sprechen, die er einschlagen wollte.

„Stell dir vor: Ich bin wieder meinem Zukunfts-Ich begegnet."

„Ach, komm!" Karissa lachte. „Dieser Typ behauptet also immer noch, du zu sein?"

Brock nickte. „Er hat sich ziemlich leidenschaftlich dafür eingesetzt, dass ich etwas Bestimmtes tun soll."

„Und das wäre?"

„Er sagt, ich müsse unbedingt Betriebswirtschaft studieren."

„Was?" Karissa wurde ernst. „Betriebswirtschaft?"

„Ja."

„Das passt doch gar nicht zu dir."

„Genau das hat Morgan auch gesagt." Brock runzelte die Stirn. „Warum denkt ihr das?"

„Machst du Witze?" Sie schlug ihre Beine übereinander und legte ihre Hände auf die Knie. „Du hast dein Marketing-Studium fast abgeschlossen. Und jetzt willst du wirklich noch drei Jahre dranhängen und etwas studieren, für das du dich nie interessiert hast?"

„Vielleicht."

„Jetzt mal ehrlich, warum willst du dich in direkte Konkurrenz mit Ron begeben? Geht es gar nicht um das Studium, sondern nur darum, besser zu sein als dein Bruder?"

„Er muss übertrumpft werden."

Karissa stöhnte. „Komm schon, Brock. Das ist doch irre. Wo soll denn dieser Weg hinführen, wenn nicht in Chaos und Verderben?"

„Wie kannst du das sagen?"

„Hast du über diese Idee mit Gott gesprochen? Ich meine, ehrlich und offen, mit der Möglichkeit, dass er Nein sagt?" Sie durchbohrte ihn mit ihrem Blick. „Wolltest du überhaupt mit mir darüber sprechen?"

„Wir sprechen doch gerade darüber." Brock sprach lauter, als er beabsichtigt hatte.

„Lass mich meine Frage wiederholen: Hast du darüber gebetet?"

„Es ist doch bisher nur eine Überlegung. Ich habe noch keine endgültige Entscheidung getroffen."

„Eine endgültige Entscheidung?" Karissa legte den Kopf zur Seite und zog die Augen zusammen. „Du hast deine Bewerbung bereits eingereicht, nicht?"

Brock legte den Kopf in den Nacken und wich ihrem Blick aus.

„Du hast also noch keine endgültige Entscheidung getroffen, ja? Ha, na klar! Du wirst erst entscheiden, wenn du angenommen wurdest, und dann ist dir die Entscheidung abgenommen worden."

„Ich bin besser als er, Karissa. Vater wird es erkennen. Ich werde es ihm beweisen, und wenn die Zeit kommt, die Firma an mich und Ron abzugeben, dann wird er mir die Leitung übertragen."

„Und das ist dann endlich der Beweis für dich, dass dein Vater dich liebt, ja?"

„Hör auf."

„Was wird aus uns?"

„Es zögert unsere Pläne nur ein wenig hinaus."

„Wir warten also noch einmal drei Jahre auf den Beginn unseres gemeinsamen Lebens?"

„Drei Jahre sind eine kurze Zeit, wenn wir über den Rest unseres Lebens sprechen. Und wenn ich die Leitung der Firma habe, dann wird unser Leben sehr, sehr gut sein."

„Das ist nicht der richtige Weg, Brock. Ich spüre es."

„Aber ich habe das Gefühl, dass es richtig ist. Wer von uns hat nun den direkten Draht zu Gott und wer von uns hört nicht richtig hin?“

Karissa wiederholte ihre Frage zum dritten Mal. „Hast du darüber gebetet?“

„Das brauche ich nicht. Das ist der Weg, den ich gehen muss. Den wir gehen müssen.“

Karissa erhob sich, und Brock wollte sich ihr anschließen.

„Nein.“ Sie deutete auf den Steg. „Bleib hier.“

Sie ging davon, und Brock sah ihr nach, bis sie hinter den Bäumen verschwunden war. Sie blickte nicht zurück.

Kapitel 26

23. Mai 2015

Brocks Handy weckte ihn am Samstagmorgen um 7:00 Uhr, aber es war nicht die Weckfunktion. Es war ein Anruf von Ron. Brock starrte auf Rons Foto auf dem Display und war versucht, den Anruf zu ignorieren, sich umzudrehen und noch weiterzuschlafen. Aber Ron würde nicht zu dieser unchristlichen Zeit anrufen, wenn es nicht ernst war.

„Was gibt's?" Brock ließ sich zurücksinken und schloss die Augen. „Alles in Ordnung?"

„Bei mir? Durchaus. Du bist derjenige, der ein Problem hat, wenn er nicht in zwei Minuten hier ist."

„Wo?"

„Sehr lustig. Wie weit bist du noch vom Gate entfernt?"

„Vom Gate?" Brock rieb sich die Augen. „Mir ist klar, dass ich gerade erst wach geworden bin und mein Verstand erst noch auf Touren kommen muss, aber ich kann dir nicht folgen."

Brock rollte sich aus dem Bett und kam taumelnd auf die Füße. Sein Blick wanderte zu Karissas Seite des Bettes. Natürlich leer. Er hatte sie angefleht, wieder nach Hause zu kommen, aber sie fand, dass ihre Trennung mindestens einen Monat dauern sollte. Aber ... Moment mal, die Dusche lief. War das möglich? War sie gestern, nachdem er eingeschlafen war, doch wieder nach Hause gekommen?

„Ich muss Schluss machen, Ron."

„Du bist wirklich lustig. Ehrlich, die Maschine der Alaska Airlines startet in siebenundzwanzig Minuten, um in den großen weißen Norden zu fliegen, mit oder ohne uns. Ich würde es vorziehen, wenn wir an Bord wären."

„Was redest du da?" Brock rieb sich erneut die Augen und sah auf die Uhr auf seinem Nachttisch. Sechseinhalb Stunden Schlaf, aber er fühlte sich, als wären es nur drei Stunden gewesen.

„Was ist nur los mit dir?" Ron sprach etwas lauter. „Wir verpassen unseren Flug."

„Was machst du am Flughafen?"

„Du meinst es ernst, nicht?"

„Ja. Was machst du da?"

„Alter, wir tun das, was wir seit Vaters Tod jedes Jahr machen: Wir steigen in ein Flugzeug. Wir fliegen nach Alaska. Wir gehen ihm zu Ehren angeln. Wir versuchen, während der Reise gut miteinander auszukommen. Wir fangen Fische, essen sie, stoßen auf Papa an. Wir machen ein paar Fotos, kommen nach Hause und planen unsere nächste Reise."

Während Ron sprach, erreichte die Hitze in Brocks Innerem eine feuergefährliche Ebene. Der Traum! Hatte es funktioniert? *Oh bitte, ja.*

Brock richtete sich auf. „Was ist mit der Firma?"

„Unserer?"

„Ja, unserer! *Black Fedora.*" Seine Antwort klang schärfer, als er beabsichtigt hatte.

„Was ist eigentlich los mit dir?"

„Der Verkauf. Haben wir verkauft?"

„Mann, bist du immer so verpeilt, wenn man dich aus dem Schlaf reißt?"

„Gib mir einfach nur eine Antwort."

Ron lachte. „Nur weil Pot in Washington legal ist, musst du es doch nicht rauchen, Mensch! Ein Gewinn von dreiundzwanzig Millionen im vergangenen Jahr ist dir also nicht genug? Du denkst, wir sollten die Firma verkaufen und etwas anderes beginnen?"

Hoffnung breitete sich gleißend hell in Brocks Innerem aus. So verrückt das Ganze auch klang, selbst in seinen Ohren: Es hatte funktioniert. Es musste funktioniert haben. Sein jüngeres Ich schien tatsächlich Betriebswirtschaft studiert zu haben. Karissa stand unter der Dusche, weil sie nie fortgegangen war. Es gab keine Trennung.

Lachend warf er den Kopf in den Nacken. „Ja!" Er reckte triumphierend die Faust. „Es hat funktioniert, Bruder. Es hat tatsächlich, verrückter- und unglaublicherweise funktioniert."

„Wovon redest du?"

Ron zu erklären, was geschehen war, war unmöglich. Er würde es nicht glauben. Es würde schon schwierig genug werden, eine plausible Erklärung dafür zu finden, warum er die Reise vergessen hatte. Am besten nahm er diese Hürde so sanft wie möglich.

„Entschuldige bitte, ich bin jetzt endlich wach. Ich hatte einen wirklich abgefahrenen Traum, du weißt schon, so einen von der Art, in der man richtig gefangen ist."

„Mit anderen Worten, ich muss einen späteren Flug für uns buchen."

„Ja. Ich hab's vermasselt. Entschuldige bitte."

„Manchmal verhältst du dich wirklich merkwürdig, Bruder."

„Du ahnst ja gar nicht, wie sehr."

„Die Gebühren für die Umbuchung übernimmst du aber."

„Na klar. Ich komme, so schnell ich kann."

Brock legte kopfschüttelnd auf und lachte erneut. Es war komplett unmöglich. Trotzdem war es geschehen. Sein jüngeres Ich hatte sich seine Worte also doch zu Herzen genommen und BWL studiert. Und es hatte funktioniert. Er zweifelte nicht daran, dass Ron ihm gleich bestätigen würde, dass Brock die Firma leitete und 51 Prozent der Anteile hielt. Und das Beste war: Zwischen Karissa und ihm war wieder alles in Ordnung. Moment mal, nicht *wieder* – es war gar nie *nicht* in Ordnung gewesen.

Brock überkam eine unbändige Freude. Hatte er es wirklich geschafft? Ja! Er brauchte sich dieselbe Frage nicht immer wieder neu zu stellen.

Also, wenn er sich nicht immer noch in dem Traum befand – was nicht der Fall war, wie er wusste –, dann hatte er das Unmögliche möglich gemacht. Er konnte es kaum erwarten, Dr. Shagull davon zu berichten. Brock musste einfach laut auflachen. Alles würde gut werden. Mehr als gut. Besser als gut!

Brock schaute auf sein Handy. Sein Blick wanderte weiter zur Badezimmertür. Er hatte viereinhalb Minuten mit Ron gesprochen. Was bedeutete, dass Karissa jetzt jeden Augenblick aus dem Bad kommen musste. Er würde an sich halten müssen, sie nicht in seine Arme zu reißen und mit Küssen zu überschütten. Der Wind war wieder da, und ihre Segel würden bald wieder voll aufgebläht sein.

Nur wenige Sekunden später wurde die Dusche abgedreht. Sie würde sich jetzt in ein Badetuch wickeln, durch die Tür treten und geradewegs zur Kaffeemaschine marschieren wollen. Er würde aufstehen, ihre Hand ergreifen und mit ihr den neuen Morgen feiern, auch wenn nur er selbst den Grund dafür kannte.

Als die Tür aufging, traf ihn der Anblick wie ein Blitzschlag. Nur gut, dass er schon saß. Denn die Frau, die durch die Tür trat und ihn ansah, war nicht Karissa.

Kapitel 27

„Hey, alles in Ordnung mit dir?“

Brock schnappte nach Luft und blinzelte dreimal. Eine ganze Weile hatte er das Gefühl, sich in einer Art mentalem Waschmaschinenschleudergang zu befinden, bevor er wieder klar sehen konnte. Ein kalter Lappen lag auf seiner Stirn. Er griff danach und blickte in die Augen der Frau, die ihn offensichtlich dorthin gelegt hatte.

„Sheila.“

Ihre Stirn war gerunzelt. „Was war denn jetzt los?“

Brock schloss die Augen und öffnete sie ganz langsam, als hoffe er, dass Karissa dann an Sheilas Stelle wäre.

„Du hast mich zu Tode erschreckt.“ Sheila erhob sich und sah ihn prüfend an. „Alles wieder okay?“

Übelkeit überrollte ihn, und er stand kurz davor, wieder das Bewusstsein zu verlieren. Am liebsten hätte er dem Gefühl nachgegeben. Er wollte sich aufrichten, doch sein Körper fühlte sich an wie Blei, und er sank zurück und sah sich im Zimmer um. „Das ist gar nicht mein Schlafzimmer.“

„Deins? Nein, es ist unseres.“

Brock drückte seine Hände gegen seinen Kopf.

„Hey, ganz ruhig.“ Sie kniete sich neben ihn und drückte seinen Unterarm. „Lass dir Zeit.“

„Sheila, was-“ Brock verschluckte den Rest des Satzes. Sie zu fragen, was sie hier tat, würde für sie wohl eher keinen Sinn machen. Außerdem wusste er ja genau, was sie hier tat: Er hatte den Verlauf seines Lebens verändert. Alles. Aber der Schock, Sheila statt Karissa in Fleisch und Blut vor sich zu sehen, brachte ihn zum Verstummen.

„Wir sind verheiratet.“ Die Worte kamen nur undeutlich.

„Äh ... ja.“

„Karissa und ich sind geschieden.“ Kalter Schweiß trat auf seine Stirn.

„Das hoffe ich doch sehr.“ Sheila erhob sich und verdrehte die Augen. „Ich wäre nur ungern die letzten vier Jahre illegal mit dir verheiratet gewesen.“

„Wir sind seit vier Jahren verheiratet. Ich kann es nicht glauben.“ Brocks Gedanken wirbelten durcheinander.

„Ja, ich manchmal auch nicht.“ Zum zweiten Mal erhob sich Sheila und verschränkte die Arme vor der Brust.

„Wie konnte er das tun?“, murmelte Brock vor sich hin. „Warum hat er sie verlassen?“

„Was tun? Und wen meinst du mit *er*?“

„Ich habe nicht geglaubt, dass er es tun würde. Aber es sieht ganz danach aus. Aber warum-“

„Hey, ich rede mit dir.“ Sheila stand jetzt über ihn gebeugt, die Hände in die Hüften gestemmt, die Augen dunkel vor Zorn.

Brock sah in ihr missbilligendes Gesicht hoch. „Er hat Betriebswirtschaft studiert.“

„Wer?“

„Ich.“

„Ja, natürlich hast du Betriebswirtschaft studiert.“

„Ich habe nicht wirklich geglaubt, dass ein Gespräch mit mir selbst in der Vergangenheit die Gegenwart verändern könnte. Ich glaube es noch nicht einmal jetzt. Ein Teil von mir denkt, dass ich immer noch träume, obwohl ich weiß, dass es nicht so ist.“ Brock hob den Blick und runzelte die Stirn. „Aber es ist geschehen. Ich habe die Gegenwart tatsächlich verändert. Er hat Betriebswirtschaft studiert und damit sämtliche Dominosteine in Bewegung gebracht. Ich bin ja so dumm! Eine Veränderung wirkt sich auch auf alles andere aus; das hätte ich doch bedenken müssen!“

„Du redest wirres Zeug." Sheila seufzte. „Wie so oft."

„Wo ist Karissa?"

„Schon wieder Karissa!"

„Was ist mit ihr? Ist sie wieder verheiratet?"

„Würdest du mir wohl erklären, warum du wissen willst, wo sich deine Exfrau aufhält? Und warum du wissen willst, ob sie verheiratet ist? Hallo? Hat diese Ohnmacht auch den Rest deines Gehirns zerstört?"

„Sag mir einfach nur, wo sie sich im Augenblick aufhält."

„Woher soll ich das wissen?" Sheila funkelte ihn böse an. „Woher kommt denn diese plötzliche Besessenheit von deiner Exfrau? Und ich rate dir, mir einen wirklich guten Grund dafür zu liefern."

Brock hätte Sheila sehr gern erklärt, was los war, aber er hielt sich zurück. „Ich hatte einen Traum ... einen von jenen Träumen, die so real sind, dass du nicht mit Gewissheit sagen kannst, dass sie es nicht sind. Ich war immer noch mit Karissa verheiratet, und als ich aufwachte und nicht sie aus dem Bad kam, sondern du, bin ich-"

„Ich mache mir wirklich Sorgen. Du solltest dich mal untersuchen lassen. Das ist doch alles nicht mehr normal."

Normal. Genau. *Verhalte dich normal.* Er musste sich einfach normal verhalten, bis er die Panik, die sich in seinem Inneren ausbreitete, unter Kontrolle hatte. „Danke, ich weiß deine Sorge zu schätzen."

Sheila drehte sich um und ging zur Tür. „Nicht um dich mache ich mir Sorgen, sondern um das Geld."

Brock saß im Schlafzimmer und versuchte seine Gedanken zu ordnen. Was sonst noch würde in dieser Version seines Lebens anders sein? Und was hatte sein jüngeres Ich genau gemacht? Er wusste nicht, wie er sich verhalten sollte, hatte keine Perspektive, keine Ahnung, welche Rolle er vor den Menschen in seiner Umgebung spielen sollte. Nur eins wusste er ganz genau: Er würde nicht nach Alaska fliegen.

„Ich kann nicht mitkommen“, wiederholte Brock zum dritten Mal.

„Was soll denn der Mist?“ Rons Frustration war nicht zu überhören.

„Du hast mich schon beim ersten Mal genau verstanden. Und beim zweiten Mal auch.“

Brock erhob sich und trat durch die Terrassentüren auf die Veranda. Der Ausblick ließ ihn zurücktaumeln. Definitiv lebte er nicht mehr in Bellevue. Offensichtlich wohnte er jetzt in einem Haus auf einem Berg mit einem ungehinderten Ausblick über den Puget Sound. Er blickte sich um. Es war ein massiv gebautes, großes Haus, grob geschätzt 600 Quadratmeter Wohnfläche.

Im Garten unter sich entdeckte er einen großen Swimmingpool. Ein Pool in Seattle? Das machte nicht viel Sinn an einem Ort, an dem der Sommer nur zwei Monate dauerte, aber es passte zu dem beklemmenden Gefühl, das von ihm Besitz ergriffen hatte.

„Brock, bist du noch dran?“ Rons Stimme holte ihn wieder zu dem anstehenden Problem zurück.

„Ich kann dir das jetzt nicht erklären, aber ... es ist kein guter Zeitpunkt.“

„Jetzt hör mal. Du brauchst diese Pause. Du musst mal richtig abschalten – dein Handy und deine Mails ignorieren, alles hinter dir lassen und deiner Seele Erholung gönnen.“

„Ich brauche weit mehr als das.“

„Was ist denn los mit dir?“

„Ich kann es dir nicht erklären.“

Nachdem Brock das Gespräch mit seinem Bruder beendet hatte, rief er Morgan an, der diese ganze Sache mit dem verflixten Buch überhaupt erst angezettelt und so getan hatte, als wüsste er, was Gott mit seinen Träumen vorhätte. Brock brauchte Antworten.

„Also, dann schieß mal los, Brocko."

„Ich habe geträumt, Morgan. Wildes Zeug. Viel lebendiger, als du dir vorstellen kannst. Ich bin meinem jüngeren Ich begegnet, habe mit ihm geredet, und er hat die Realität verändert. Also, meine Realität im Hier und Jetzt. Und zwar radikal. Ich brauche deine Hilfe. Du hast gesagt, du wüsstest, was der Traum von meinem Vater bedeutet, und dass wir darüber reden würden, wenn ich das Buch gelesen hätte."

„Hey!" Morgans Lachen dröhnte durch den Lautsprecher von Brocks Handy. „Wer spricht da, und was hast du mit meinem Freund gemacht?"

„Jetzt sei doch mal ernst."

„Okay, dann sag mir, wovon um alles in der Welt du sprichst."

Hitze stieg in Brock auf. „Dieses Buch über luzides Träumen. Du hast es mir gegeben, nachdem ich-"

„Ich weiß nicht einmal, was luzides Träumen sein soll. Und ich habe dir ganz bestimmt kein Buch darüber gegeben."

„Komm schon, Morgan. Jetzt ist nicht der richtige Zeitpunkt, um dich über mich lustig zu machen. Du hast über Träume gesprochen, die von Gott kommen, und-"

„Es tut mir wirklich leid, dich unterbrechen zu müssen, aber ehrlich, Brock: Ich habe keine Ahnung, wovon du sprichst. Es heißt zwar, dass manche Christen Träume deuten können, aber ich gehöre nicht zu denen. Werde ich auch nicht, wenn Gott mich nicht dazu zwingt." Morgan hielt inne. „Alles okay mit dir?"

„Nein, ganz und gar nicht."

Brock legte auf, während ihn eine Welle der Verzweiflung überrollte. Was erwartete ihn bloß in diesem unbekannten Leben?

Den Rest des Tages verbrachte er damit herauszufinden, dass er tatsächlich der Geschäftsführer von *Black Fedora* war, dass die Firma vor 16 Jahren an die Börse gegangen und sein Aktienpaket nun einen Wert von 76 Millionen Dollar hatte (und das seines Bruders 56 Millionen, aber das war unwichtig).

Im Kontaktverzeichnis seines Handys stieß er auf Karissas Nummer. Er rief sie an, aber sie meldete sich nicht und er hinterließ keine Nachricht. Was sollte er denn auch sagen? „Hey, ich habe gerade festgestellt, dass wir geschieden sind, weil ich im Traum mit meinem jüngeren Ich gesprochen habe. Aber es ist so, dass ich dich wirklich noch liebe!"?

Brock wählte Tysons Nummer, aber auch sein Sohn ging nicht dran. Schließlich ging er nach unten und schaltete den Fernseher ein, um sich ein wenig von dem Wahnsinn abzulenken, in den sich seine Welt verwandelt hatte. Aber er konnte sich nicht konzentrieren. Seine Gedanken kreisten wie wild darum, dass es hoffentlich bald wieder Nacht würde und er im Traum das Chaos, das er geschaffen hatte, irgendwie wieder beseitigen könnte.

Die Tür von der Garage zur Küche fiel ins Schloss. Brock ging ins Wohnzimmer. Auf dem Weg zur Küche hörte er das Klacken von Absätzen auf dem Holzboden. Die Schritte kamen auf ihn zu.

„Was machst du denn hier?" Sheila stürmte herein, die Hände in die Hüften gestemmt. „Wollest du nicht mittlerweile in Alaska sein?"

„Ich habe die Tour abgeblasen."

„Das ist ja ziemlich offensichtlich. Die Frage ist, warum."

„Ich muss erst ein paar Dinge klären."

„Und ich kann dich jetzt hier nicht gebrauchen." Sheila warf ihre Tasche auf das Sofa.

„W-was?"

Sie wandte sich zum Gehen, wirbelte aber noch einmal herum. „Ich nehme an, dann wird Tyson auch nicht zu seiner Mutter gehen und das Wochenende hier verbringen?"

„Wird er? Ich weiß es nicht."

„Nun, das solltest du besser in Erfahrung bringen, denn wenn das so ist, will ich ihm nicht begegnen. Und ich werde nicht diejenige sein, die das Haus verlässt. Also solltest du dir besser überlegen, wo ihr zwei das Wochenende verbringt."

„Was ist denn dein Problem?"

„Mein Problem? *Tyson* ist mein Problem. Die wievielte Ausbildung hat er jetzt abgebrochen? Die dritte? Vierte. Er ist jetzt drei Wochen nüchtern? Ich gebe ihm höchstens noch zehn Tage – das wäre ein neuer Rekord für ihn, dass er so lange clean ist. Wann wird er das Haus abfackeln? Wann sollte ich damit rechnen, dass er ein paar seiner Kumpels mitbringt, die noch mehr von meinen Sachen stehlen, um ihre Sucht zu finanzieren, während du immer wieder das Mantra vorsagts: ‚Dieses Mal wird es anders sein'?"

„Tyson nimmt Drogen?" Alles Blut wich aus Brocks Gesicht.

„Du bist echt ein Idiot, wenn du das für lustig hältst."

Brocks Magen krampfte sich zusammen. Er war so gefangen genommen von dem, was aus ihm und Karissa und Sheila geworden war, dass er gar nicht überlegt hatte, was das alles mit Tyson gemacht hatte.

„Wo ist er?"

„Tyson? Im Ernst? Das ist, als würdest du fragen, wo sich der aktuell vom FBI meistgesuchte Verbrecher aufhält." Sie schnaubte abfällig. „Weißt du, was auch noch mein Problem ist? Dass ich zusehen muss, wie jeden Monat viertausend

Dollar von unserem Konto auf das Konto deiner Ex wandern. Aber das ist nichts im Vergleich zu dem eigentlichen Problem."

Brocks Stimme wurde lauter. „Und das wäre?"

„Du. Aber ich überlege ernsthaft, das nachhaltig aus der Welt zu schaffen, wenn sich die Dinge hier nicht ändern." Sie nahm eine Visitenkarte aus ihrer hinteren Hosentasche und warf sie ihm zu. „Hier, das ist eine wirklich gute Anwältin. Du solltest dich schon mal warm anziehen."

Gegen 20:00 Uhr hatte sich die Erschöpfung wie ein dichter Novembernebel über Brock gelegt, und er streckte sich auf der Couch im Arbeitszimmer aus und flehte den Schlaf an, ihm Erleichterung zu verschaffen. Er musste im Traum noch einmal sein jüngeres Ich aufsuchen und ihn jetzt davon überzeugen, doch nicht Betriebswirtschaft zu studieren. Langsam kam er sich selbst komplett lächerlich vor, aber etwas Besseres fiel ihm auch nicht ein. So konnte es jedenfalls nicht bleiben.

Sheila kam gegen 22:00 Uhr nach Hause und verzog sich sofort nach oben. Brock blieb einfach auf der Couch liegen. Er schloss die Augen und versuchte sich zu entspannen, doch das gelang ihm nicht. Etwa eine Stunde später streckten sich gerade endlich die ersten Tentakel des Schlafs nach ihm aus, als ein Geräusch ihn wieder aufschreckte. Es klang, als würde die Tür von der Garage in die Küche aufgerissen und gegen die Wand geknallt. Brock sah auf sein Handy: Kurz vor halb zwölf. Diebe? Aber die wären wohl kaum so laut. Oder Tyson. Brock tippte auf die zweite Möglichkeit. Er rappelte sich auf und schleppte sich in Richtung Küche.

Es war Tyson. Aber der junge Mann, der in der Küche stand, sah ganz anders aus. Seine Haare waren pechschwarz gefärbt und klebten strähnig an seinem Kopf und um sein Gesicht. Ein dicker Lidstrich umrahmte seine Augen, und seine Fingernägel waren schwarz lackiert. Sein Gesicht war blass wie billiges Kopierpapier, und seine Augen lagen tief in den Höhlen. Drei oder vier Silberketten waren um seinen Hals geschlungen, die schwarze Jeans und das schwarze T-Shirt schlabberten an seinem ausgemergelten Körper und erinnerten an ein Zombie-Halloweenkostüm.

„Tyson?"

„Ja, ich weiß, sag es nicht. Ich sehe aus wie gebackene Scheiße mit Zuckerguss, richtig?" Tyson schlurfte zum Fernseher hinüber und warf sich auf die Couch. „Und ja, vermutlich hast du es bereits von deiner zauberhaften Gattin gehört: der Wagen hat eine Delle abbekommen. Und ich bin auch nicht mehr so ganz auf dem sauberen Trip, du verstehst?"

Verzweiflung schnürte Brock die Kehle zu.

Tyson rollte sich auf den Rücken und breitete die Arme aus. „Aber ich gebe nicht auf. Auf keinen Fall. Ich werde wieder auf den Zug aufspringen und dieses Mal werde ich alles richtig machen. Clean werden! Clean bleiben. Dieses Mal wird alles anders! Ja, Baby!"

Tysons Stimme hob und senkte und überschlug sich wie eine Achterbahn. Es war nicht zu übersehen, dass er komplett high war. „Denn wenn nicht, wirst du mich endgültig rauswerfen, stimmt's?" Tyson grinste Brock an und zeigte dabei gelbliche Zähne.

„Ich muss mit dir reden. So echt und ehrlich wie noch nie."

„Ach, wirklich?"

„Ja."

„Klingt gut." Tyson klopfte sich auf den Bauch. „Grundehrlich, ja, Baby. Das gefällt mir. Aber weißt du was, Paps? Du solltest dir eine andere Einleitung für deine mega echten und ehrlichen Gespräche mit mir einfallen lassen. Die hier kommt ein bisschen unglaubwürdig rüber."

Unter beträchtlicher Mühe rappelte sich Tyson hoch, stand von der Couch auf und taumelte zur Treppe.

„Tyson, du hast eben gesagt, du würdest es noch mal probieren. Und das will ich auch – wirklich so offen mit dir reden wie noch nie."

Tysons Blick klärte sich ein wenig, und Brock dachte, er würde sich wieder hinsetzen. Doch er drehte sich um und wankte davon. Eine Minute lang tat Brock gar nichts. Aber offensichtlich hatte er sich fast viel zu lange schon seinem Sohn gegenüber so passiv verhalten – und wenn er ehrlich war, auch in jeder anderen Zeitschiene, in der er gelebt hatte. Auf keinen Fall durfte er so weitermachen.

Brock erhob sich und folgte Tyson in sein Zimmer. Sein Sohn lag auf dem Bett, der Unterarm über den Augen. Heavy-Metal-Musik dröhnte aus seinen Kopfhörern. Brock blieb in der Tür stehen und überlegte, was er sagen sollte.

„Echt, Papa. Nicht jetzt." Tyson drehte sich auf die Seite und wandte Brock den Rücken zu. „Mir geht es nicht gut. Ich will nur ein paar Stunden schlafen und versuchen, mir selbst zu vergeben. Ich werde sogar beten, ich verspreche es. Ich werde wieder meine Bibel lesen und das alles, aber im Augenblick lass mich einfach nur schlafen, okay?"

Brock trat vorsichtig in den Raum, nahm den Stapel CDs von dem Stuhl vor Tysons Schreibtisch und setzte sich. Der Stuhl knarrte, und Tyson drehte den Kopf und öffnete ein Auge.

„Du bist immer noch da?"

„Ich möchte deine Gedanken zu ein paar Dingen hören, dann lasse ich dich schlafen."

„Morgen, Papa. Dann sind meine Antworten bestimmt auch etwas verständlicher."

„Egal, was du getan hast, ich vergebe dir. Ich bin für dich da. Ich gehe mit dir, welche Straße du auch einschlägst, wenn du mich lässt."

„Du vergibst mir? Ach komm. Du sagst so was oft, aber du meinst es nicht ernst.“ Tyson drehte sich um und starrte die Wand an. „Du willst Ehrlichkeit, Papa? Ich weiß nicht, warum du mich überhaupt in die Welt gesetzt hast. Warum Mom mich wollte, weiß ich, aber du? *Black Fedora* ist dein Leben. War es immer, wird es immer sein. Du liebst diesen Kaffee, und ja, er riecht wirklich gut. Manchmal trinke sogar ich ihn. Aber das ist dein Regenbogen, dein goldener Topf am Ende, und du wirst deinen Blick nie davon abwenden.“

Der Schlaf musste bald kommen. Und mit ihm die Träume. Es musste einfach möglich sein ...

Die nächste Stunde zog sich hin wie ein ganzes Jahrhundert. Dass er früher am Abend eine Tasse Kaffee getrunken hatte, war seiner Suche nach Schlaf sicherlich nicht dienlich gewesen. Aber endlich fühlte Brock, wie der Schlaf kam.

Als er sich in die Welt des Unterbewussten begab, stieg seine Hoffnung, weil er das bestimmte Gefühl hatte, dass dies ein Versprechen war, das er würde halten können.

Kapitel 28

11. August 1989

Der Traum riss ihn mit, und Brock fand sich erneut im Java Spot wieder. Morgan stellte gerade Kaffeebecher auf ein Tablett neben der Espressomaschine und eine junge Kellnerin bereitete die Getränke für vier Mädchen zu, augenscheinlich Collegestudentinnen. Morgans Haar war kürzer als bei seinem letzten Traum-Ausflug hierher, und sein Freund hatte ein paar Kilo zugelegt. Na, eher mehr als ein paar. Vielleicht fünfzehn?

Brocks Blick wanderte über die Tische hinweg auf der Suche nach einer Zeitung. Er schaute über die Schulter eines Mannes mittleren Alters mit einer großen kahlen Stelle auf dem Hinterkopf, der eine *Seattle Times* in der Hand hielt. Brock kniff die Augen zusammen, um das Datum zu erkennen. 11. August 1989.

Zwei Jahre waren vergangen, seit er das letzte Mal mit sich selbst gesprochen hatte. Nicht das, was er erwartet hatte.

„Na, das ist ja eine Weile her."

Beim Klang der Stimme wirbelte Brock herum und starrte in das Gesicht seines jüngeren Ichs. Der junge Brock schien irgendwie größer zu sein. War er mit Anfang 20 tatsächlich noch gewachsen?

„Und wieder erinnerst du dich an mich."

„Ja, ich erinnere mich an dich, Zukunfts-Brock." Ein verwirrtes Lächeln erhellte das Gesicht des jungen Brock, und er deutete mit dem Daumen auf den hinteren Teil des Raums. „Wollen wir uns setzen und reden? Ich würde dir gern erzählen, was seit unserer Begegnung im Blyth Park geschehen ist, weil du wirklich Recht hattest."

„Ich will alles hören."

„Prima." Sein jüngeres Ich deutete auf einen Tisch in der hintersten Ecke des Coffeeshops. „Ich hole uns was zu trinken. Was willst du?"

„Einen großen Mokka mit weißer Schokolade."

„Einen großen was?"

Brock lächelte in sich hinein. Richtig. Mitte der 1980er-Jahre hatte *Starbucks* noch nicht die Welt mit seinen Filialen gepflastert. Kaum jemand hatte von den unzähligen Kaffee-Geschmacksrichtungen gehört, die von der Firma entwickelt und später von allen anderen kopiert werden würden.

„Vielleicht sollte ich dir die Sache mit den Aromen beschreiben, und du könntest es Morgan und seinem Vater weitergeben. Am Ende würden sie *Starbucks* noch vom Markt drängen, bevor es richtig losgeht."

„Wer oder was ist *Starbucks*?" Plötzliche Erkenntnis zeigte sich auf dem Gesicht seines jüngeren Ichs: „Ach ja. Diese kleine Kaffeerösterei unten am Markt."

„Ja, genau die."

„Das ist doch nur so ein kurzlebiger Yuppie-Trend. Morgan meint, dass die es nie zu etwas bringen werden."

„Da wäre ich mir nicht so sicher."

„Ach ja, Zukunfts-Ich? Wird *Starbucks* die Welt erobern?"

„So ungefähr."

„Du schnappst dir den Tisch da, bevor sich jemand anderes dransetzt. Ich hole uns die Getränke – wenn ich denn weiß, was du willst. Oder warte, lass mich dich einfach überraschen, okay?"

Erst als Brock am Tisch saß, wurde ihm die Hoffnungslosigkeit der Situation klar. Der junge Brock hatte gerade gesagt, dass er Recht gehabt hätte. Also meinte er, das Betriebswirtschaftsstudium sei die richtige Entscheidung gewesen.

Er hatte diesen Weg bereits beschritten. Natürlich hatte er das. Seit ihrem letzten Gespräch waren zwei Jahre vergangen. Was konnte er an diesem Punkt noch tun, um die Situation zu verändern? Dennoch, einen Versuch war es wert. Er könnte mit Brock über Karissa reden. Und er könnte Gott um Hilfe bitten. *Führe mich bitte. Ich habe die Kontrolle verloren.*

Brock wählte den Stuhl an der Wand und beobachtete, wie der junge Brock und Morgan miteinander sprachen. Sie schienen über die Getränke zu diskutieren, aber er hörte nicht, worum es ging. Wenige Minuten später kam der junge Brock mit zwei Vanille-Lattes an den Tisch.

„Sieht so aus, als hätte Morgan mit dir über diese Geschmacksrichtung gestritten."

„Ja, er war irgendwie merkwürdig. Aus irgendeinem Grund war er der Meinung, dass du kein Getränk bekommen solltest."

„Warum?"

„Keine Ahnung. Er meinte, ein Kaffee würde für uns beide reichen." Der junge Brock hob seine Tasse, und sie stießen miteinander an.

„Auf dich, Zukunfts-Ich. An jenem Tag im Park habe ich dich für durchgeknallt gehalten, aber ich muss einundzwanzig Salutschüsse für dich abfeuern. Du hattest Recht. Vollkommen Recht. Danke."

„Nein, es war nicht der richtige Weg. Darum bin ich hier."

„Was?" Der junge Brock lachte.

„Das Betriebswirtschaftsstudium. Das war nicht der richtige Weg. Es hat die Realität in der Zukunft verändert. Und zwar auf ungute Weise."

Der junge Brock lehnte sich grinsend zurück. „Du bist also noch immer auf dem Trip, dass du ich in der Zukunft bist?"

„Ja. Vertrau mir, du musst-"

„Moment mal, jetzt bin ich an der Reihe." Der junge Brock beugte sich vor und stützte die Ellbogen auf dem Tisch auf. „Ich habe dir das letzte Mal geglaubt, wer auch immer du tatsächlich bist, und Betriebswirtschaft studiert. Und jetzt ist es an dir, mir zu vertrauen. Wenn ich sage, du hast mein Leben verändert, meine ich das nicht nur in beruflicher Hinsicht. Es hat sich herausgestellt, dass ich ein ganz gutes Verständnis für wirtschaftliche Zusammenhänge besitze. Sogar ein ziemlich gutes. Meine Professoren sehen das, und, wichtiger noch, auch mein Vater sieht es. Zum ersten Mal in meinem Leben haben wir ein gemeinsames Gesprächsthema. Wir verstehen uns. Das ist neu. Ich bin siebenundzwanzig und bereits Vizepräsident von *Black Fedora*. Vater will, dass Ron und ich die Firma gleichberechtigt führen, wenn er sich zurückzieht. Das hat er noch nie gesagt. Glaub mir, die Situation hat sich verändert in eine Richtung, die ich mir nie erträumt hätte. Ich habe mich richtiggehend in *Black Fedora* verliebt."

Ein Felsbrocken landete mit Wucht in Brocks Magen. Er musste es mit einem anderen Ansatz versuchen.

„Wenn du so gut bist, such dir doch in einer anderen Firma eine Stellung. Oder gründe ein eigenes Unternehmen. Warum solltest du deine Zukunft an eine Firma binden, die du mit einem Partner gemeinsam führen sollst?"

Der junge Brock lehnte sich zurück, trank einen Schluck von seinem Kaffee und schüttelte den Kopf. „Soll ich mich wiederholen oder willst du einfach das Band in deinem Kopf noch mal abspielen? Ja, mein Vater und ich haben noch einen langen Weg vor uns, aber da ist etwas in meinem Inneren, gegen das ich nicht ankämpfen kann. Gegen das ich nicht ankämpfen will. Und darum lege ich meinen Fehdehandschuh ab, weil ich mir tief in meinem Inneren eine gute Beziehung zu ihm wünsche. Also, falls er mich je darum bittet, werde ich ihn auf diese Reisen nach Alaska begleiten, genau wie du es vorgeschlagen hast, und in der Zwischenzeit werde ich mich mit meiner ganzen Kraft für *Black Fedora* einsetzen."

Dem hatte Brock nichts entgegenzusetzen. Er würde den jungen Brock nicht überreden können, die Firma zu verlassen. Im Augenblick jedenfalls gab es da keine Chance. Aber was war mit Karissa?

„Erzähl mir von Karissa."

Brock lächelte spöttisch. „Hast mir wohl ein wenig nachspioniert?"

„Nein." Brock verzog das Gesicht. „Seid ihr noch zusammen?"

„Wir sehen uns noch ziemlich regelmäßig."

Brock rang die Hände. Im August '89 waren sie eigentlich schon über ein Jahr verheiratet gewesen ... „Meinst du es ernst mit ihr?"

„Sie ist nicht die Einzige, wenn es das ist, was du wissen willst. Wir beide treffen uns auch mit anderen."

„Mit wem triffst du dich? Mit Sheila?"

„Ja, dann und wann." Ein Lächeln erhellte das Gesicht seines jüngeren Ichs. „Aber keine Sorge, wir sind nur Freunde."

„Ihr seid nicht richtig füreinander."

„Ich sagte doch, wir sind nur Freunde."

„Sieh zu, dass das so bleibt."

„Äh, warum sollte dich mein Liebesleben etwas angehen?"

„Weil ich Karissa liebe. Und sie gehört nicht mehr zu meinem Leben. Und ich will nicht ohne sie leben."

Der junge Brock starrte ihn lange an, bevor er sich vorbeugte, seine Kaffeetasse zu Brocks Tasse schob, beide an die Tischkante rückte und dann seine eigene Tasse zurückholte.

„Was machst du da?"

„Sag du es mir, denn du bist ja ich." Der junge Brock blickte ihn an. „Das ist eine Metapher."

Brock atmete tief ein und hielt die Luft an. Er wusste es. „Du schaffst Distanz zwischen dir und mir."

„Sehr gut."

„Warum?"

„Denkst du nicht, dass es vielleicht an der Zeit ist, mir zu sagen, wer du tatsächlich bist?"

„Ich bin du, im Alter von dreiundfünfzig, und ich möchte dich bewahren vor-"

„Okay, ich denke, wir sind jetzt fertig miteinander." Der junge Brock erhob sich und hob die Hände. „Es sei denn, du erklärst mir jetzt, warum du das tust und wie du wirklich heißt."

Brock starrte sein jüngeres Ich an und wollte ihn zwingen, sich wieder hinzusetzen. Aber er tat es nicht. „Ich kann es beweisen."

„Wie?"

„Frag mich einfach etwas. Frag nach etwas, das du noch nie jemandem erzählt hast. Das nur du selbst wissen kannst."

„Dieses Spielchen spiele ich nicht."

„Wenn ich du bin, dann weiß ich, dass du einer solchen Herausforderung nur schwer widerstehen kannst. Weil ich auch weiß, dass ein kleiner Teil von dir mir glaubt, so verrückt das auch klingt. Ein Teil von dir hält es für möglich, dass das hier tatsächlich geschieht. Sonst hättest du das mit dem BWL-Studium nie gemacht."

Der junge Brock hielt seinem Blick stand. Zehn Sekunden. Zwanzig. Dreißig. Dann setzte er sich wieder.

„Also gut. Ich mache mit." Noch einmal zehn Sekunden. „Als ich elf war, habe ich an einem Basketball-Trainingslager teilgenommen. Es lief nicht so, wie ich mir das vorgestellt habe. Zu Hause hängte ich meine Schuhe an den Nagel. Den Grund dafür habe ich nie jemandem verraten. Sag du ihn mir."

Die Frage verblüffte Brock. Vielleicht weil es eine Erinnerung war, die er nicht zuließ. Warum sprach der junge Brock es vor einer Person an, der er nicht so ganz traute? Aber andererseits war das die perfekte Frage. Eine Erinnerung, so tief und verborgen, von der niemand wusste, was sie in ihm ausgelöst hatte.

In dem Traum kam auch die Erinnerung an jenen Tag zurück.

Kapitel 29

Juli 1973

Brock hatte sich mit den anderen Jungen am Spielfeldrand aufgestellt, an den Füßen die neuen Basketballschuhe, die ihm seine Mutter in der Woche zuvor gekauft hatte. Neue Shorts. Neues Shirt. Bereit, die Welt zu erobern.

Der Cheftrainer erklärte gerade die Grundlagen der Zonenverteidigung. Er stand in einem weißen T-Shirt und schwarzer Trainingsshorts mitten auf dem Spielfeld. Eine große silberne Pfeife hing an einem dünnen Lederband an seinem Hals. Vier Assistenztrainer standen etwa sechs Meter von ihm entfernt, je zwei rechts und links von ihm. In der Hand hielt er den Basketball.

„Also, passt gut auf, Leute. Ich denke, die meisten von euch haben in ihrer jungen Basketballkarriere bereits die Mannverteidigung kennengelernt. Aber in der Highschool müsst ihr auch die Zonenverteidigung beherrschen."

Er prellte den Ball einmal auf und rief: „Okay. Wir spielen das jetzt mal durch. Ich brauche einen Freiwilligen." Der Blick des Trainers wanderte über die Jungen hinweg. Alle Hände schossen in die Höhe, und der junge Brock strengte sich sehr an, um seine Hand etwas höher in die Luft zu recken als die der anderen.

Der Blick des Trainers blieb an ihm hängen. „Du da, komm her und hilf mir, das zu demonstrieren."

Brock deutete fragend auf seine Brust.

„Ja, du." Der Trainer zeigte mit dem Finger auf Brock. „Ist das dein erstes Trainingslager?"

„Das zweite“, erwiderte Brock leise.

„Was?“

„Das zweite“, wiederholte er lauter.

„Prima.“ Der Trainer nickte einmal. „Name?“

„Brock Ma-“

„Dann mal los, Brock.“ Der Trainer deutete mit dem Zeigefinger einer Hand auf Brock und mit dem anderen auf eine Stelle auf dem Spielfeld. „Geh da rüber.“

Brock atmete schnell einmal tief durch und rannte zu dem Co-Trainer, der ihm einen Basketball zuwarf und ihn anschließend zu einer Stelle etwa zwei Meter entfernt führte.

„Ich brauche noch einen Freiwilligen“, ertönte die Stimme des Trainers. „Du. Wie heißt du?“

„Ben.“ Ein Junge mit strähnigen blonden Haaren, die ihm in die Augen hingen, wischte sich die Hände an seiner Shorts ab.

„Geh zur Grundlinie, Ben. Hopp, hopp.“ Der Trainer deutete auf eine Stelle an der Grundlinie und wandte sich dann wieder Brock zu.

„Also gut, Brock, überleg dir die beste Passlinie, um Ben den Ball zuzuspielen. Los.“

Eine Passlinie? Hatten sie in den vergangenen drei Tagen darüber gesprochen? Nein, daran hätte er sich erinnert. Er machte sich jeden Abend Notizen von dem, was sie durchgenommen hatten, aber da war keine Rede von Passlinien gewesen. Nicht im vergangenen Jahr, nicht in diesem Jahr. Aber er konnte nicht einfach herumstehen und nichts tun.

Die Trainer kamen auf ihn zu und wippten auf den Zehenspitzen. Brock dribbelte zum Trainer auf der rechten Seite des Spielfelds, aber kaum hatte er drei Schritte gemacht, hielt er inne. Blöd. Er hatte keine Ahnung, was er tun sollte. Ein Pfiff ließ die anderen Kinder am Spielfeldrand verstummen.

„Brock!“, rief der Trainer. „Was machst du da?“

„Ich, äh ...“

„Kannst du es?“ Der Trainer schlug mit der Faust in seine Handfläche.

„Ich ... ich denke, vielleicht ... ich meine, Sie müssen mir sagen-“

„Dann steh nicht rum und quatsche, sondern tu es.“

Der Trainer pfiff erneut und rief: „Also noch mal. Los!“

Wie zuvor kamen die Trainer auf ihn zu. Brock musste laufen, aber wohin? Er hatte keine Ahnung, was von ihm erwartet wurde. Doch wie gerade konnte er nicht einfach an seinem Platz stehen bleiben und nichts tun. Brock dribbelte nach rechts und versuchte Ben unten am Korb auszumachen, aber die Trainer versperrten ihm die Sicht und waren unglaublich schnell.

Obwohl alles in ihm ihn warnte, wieder zu dribbeln, konnte er sich nicht zurückhalten und tat es zum zweiten Mal. Wieder gellte der Pfiff ihm in den Ohren, und er hob den Kopf.

Der Trainer starrte Brock angewidert an und wedelte mit den Händen, als wolle er einen Schwarm Schmeißfliegen verscheuchen. „Verschwinde von meinem Spielfeld.“ Er wandte sich an die anderen Trainer. „Könnt ihr mir jemanden herbringen, der weiß, was er tut?“

Ein paar von den älteren Jungen kicherten und stießen sich mit den Ellenbogen in die Seite. Sechs oder sieben hoben die Hände. Brock versuchte mit dem Trainer zu reden. „Es tut mir leid, aber ich wusste nicht, was Sie von mir wollten. Ich habe nicht verstanden, was ich tun sollte.“

Der Trainer ignorierte ihn und deutete mit dem Finger auf einen Jungen, der aus der Reihe sprang und Brocks Platz einnahm. Er stellte den Jungen an dieselbe Stelle, an der Brock gestanden hatte.

„Es tut mir wirklich Leid, Coach, ich habe es versucht, aber ich-“

„Ja, ja, das glaube ich, aber ich möchte gern noch vor dem Mittagessen hiermit fertig werden, also lasst uns weitermachen."

Brock schaute den Trainer an und suchte nach einem Zeichen des Mitgefühls, einem Fetzen Freundlichkeit, aber das Gesicht des Trainers war zu Stein erstarrt. „Hast du Watte in den Ohren, Junge? Beweg dich!"

Dieses Mal brachen fast alle Jungen in lautes Gelächter aus, und Brocks Gesicht färbte sich feuerrot. Er drehte sich um und schaute auf die Stelle in der Reihe, wo er gestanden hatte. Die Jungen hatten ihre Arme vor der Brust verschränkt und grinsten ihn an. Brock ging auf sie zu, wusste nicht genau, wo er sich hinstellen sollte. Am liebsten wäre er weggerannt, hätte seine Tasche gepackt und wäre nach Hause gefahren. Nur mit Mühe brachte er die restliche Trainingsstunde hinter sich. Endlich war es vorbei. Er holte seine Tasche aus dem Spind und warf sie sich über die Schulter. Langsam ging er auf die Hallentür zu und stieß sie auf.

Er hatte erst drei Schritte gemacht, als die Tür erneut aufging. Brock drehte sich um und erstarrte. Es war der Cheftrainer, der auf ihn zukam.

„Äh, entschuldigen Sie, Coach?"

„Ja?"

„Zu dem, was da eben passiert ist. Es tut mir leid-"

Der Trainer wurde langsamer, blieb aber nicht stehen. Brock folgte ihm über den unbefestigten Weg zurück zu den Hütten.

„Was meinst du, Junge?" Der Trainer blickte Brock an und wurde wieder schneller, sodass Brock ebenfalls schneller gehen musste.

„Beim Training. Ich habe das nicht richtig verstanden und-"

„Ach, du warst das, der ständig mein Training gestört hat?" Der Trainer grinste verächtlich. „Vergiss es. Manche

Menschen haben einfach kein Talent für Basketball. Mach dir nichts draus. Such dir einfach einen anderen Sport, Junge. Glaub mir, das ist besser für dich."

Brock schluckte, während die Erinnerung verblasste. Von dem Gespräch mit dem Trainer hatte er nie jemandem erzählt, und danach hatte er nie mehr Basketball gespielt.

Die Stimme seines jüngeren Ichs riss ihn aus seinen Gedanken. „Hallo? Zukunfts-Brock? Wirst du mir noch eine Antwort geben? Warum habe ich Basketball an den Nagel gehängt? Oder weißt du es nicht?"

Brock blickte sein jüngeres Ich eine Weile an, bevor er antwortete. „Dieser Trainer war eine Vaterfigur für dich. Er hat Vaters Platz eingenommen, und als er dich so heruntergeputzt hat, hast du dir geschworen, niemals wieder zu spielen oder etwas mit diesem Sport zu tun zu haben. Deine Abkehr vom Basketball hat deine in der Krise steckende Beziehung zu deinem Vater endgültig abgesägt, und seither quälen dich Schuldgefühle."

Sein jüngeres Ich erbleichte. Er rührte sich nicht, nur seine Kiefer verspannten sich. Dann ein leichtes Nicken. Schließlich erhob er sich von seinem Stuhl und griff in seine Tasche. Er warf 12 Dollar auf den Tisch und deutete mit dem Kopf auf Morgan. „Kannst du dafür sorgen, dass Morgan das bekommt? Und halte dich in Zukunft von mir fern."

Sobald die Worte über seine Lippen gekommen waren, endete der Traum, und Brock erwachte von einem Geräusch, das ihm vertraut war, jedoch vollkommen fehl am Platze wirkte.

Kapitel 30

24. Mai 2015

Hatte es funktioniert? Er drehte sich um und öffnete ein Auge einen Spalt. Innerlich bereitete er sich auf die Möglichkeit vor, dass Karissa vielleicht nicht da war. Tatsächlich lag niemand neben ihm. Die Dusche lief nicht, kein Laut drang aus dem Bad und niemand, der aus der Küche ins Schlafzimmer kam. Aber da war ein leises Geräusch, das ihn irgendwie irritierte. Was war das? Er kannte es, konnte es aber nicht richtig einordnen.

Brock schlug die Augen jetzt ganz auf, rollte sich aus dem Bett und erstarrte. Das war nicht sein Schlafzimmer. Es war viel kleiner, und er blickte auf braune Holzwände und ein Fenster, vor dem beige geraffte Vorhänge hingen, die ziemlich alt aussahen.

Das war definitiv nicht Sheilas und sein luxuriöses Haus. War das ... ? Hoffnung stieg in ihm hoch. Vielleicht hatte sein jüngeres Ich seine Meinung geändert und war bei *Black Fedora* ausgestiegen oder hatte eine eigene Firma gegründet. Und wichtiger noch, vielleicht war er immer noch mit Karissa verheiratet.

Sehnsucht wallte in ihm auf, und er wünschte sich, sie würde im Nebenzimmer in ihrem Lieblingssessel sitzen und einen Krimi lesen.

„Hallo?“ Brock ging zur Schlafzimmertür und zog sie auf. „Kariss-“

Ihr Name erstarb auf seinen Lippen, als er das Wohnzimmer betrat. Da war keine Karissa, und das Zimmer war nicht seines – und doch war es seins. Ein paar Bücher füllten die ziemlich mitgenommenen Bücherregale an der hinteren Wand. Sein Schreibtisch war in einen winzigen Raum gequetscht. Seine Kochbücher stapelten sich auf der Arbeitsplatte der kleinen Küche.

Erst als er die kaum wahrnehmbare Bewegung des Bodens unter seinen Füßen bemerkte, wurde Brock klar, wo er sich befand. Er taumelte zur hinteren Tür, riss sie auf – und trat auf die schmale Reling eines Hausboots. Das Wasser schwappte gegen das Dock. Das war das Geräusch, das er im Halbschlaf wahrgenommen hatte. Was tat er hier? Er verspürte den überwältigenden Wunsch, dreimal mit den Fersen aneinanderzuklicken. Aber er wusste, das würde ihn nicht zurückbringen.

„Morgen, Brock."

Beim Klang der weiblichen Stimme wirbelte Brock herum. Sie gehörte zu einer stämmigen Frau, die er auf Mitte 60 schätzte. Sie stand auf dem Deck des Nachbarbootes. Ihre runde Nickelbrille war viel zu klein für ihr breites Gesicht, das von dichten, gelockten Haaren umrahmt wurde, die früher einmal blond gewesen sein mochten. In der Hand hielt sie einen großen Becher, von dem Dampf aufstieg. Sie prostete ihm damit zu.

Ihre Augen funkelten, und ihr Lächeln ließ vermuten, dass sie durch ein tiefes Tal gegangen und auf der anderen Seite stärker wieder herausgekommen war. Brock mochte sie auf Anhieb.

„Guten Morgen." Er machte einen Schritt auf die Reling zu.

„Ich liebe die neue Mischung." Sie hob den Becher an die Lippen. „Du bist wirklich gut."

Während Brock die Frau musterte, beschloss er, gar nicht erst so zu tun, als würde er sie kennen. Er war es müde herauszufinden, wo er dieses Mal gelandet war.

„Ich … ich brauche deine Hilfe."
„Ist das so?"
Brock nickte und überlegte, wo – und wie – er anfangen sollte.
„Endlich kann ich dir mal helfen, ja? Ich dachte schon, du würdest nie nach irgendwas fragen." Die Frau trat an die Reling ihres Decks und stützte sich mit den Ellbogen auf das Holz. „Es war eine schwere Zeit, ich weiß."
„Das ist das Problem. Du weißt vielleicht Bescheid, aber ich nicht." Brock umklammerte seine Reling mit festem Griff. „Ich muss dich warnen, ich werde ein paar Fragen stellen, die vermutlich sehr, sehr seltsam klingen werden."
„Nach all den Fragen, die ich dir im vergangenen Jahr gestellt habe?" Sie trank einen Schluck von ihrem Kaffee. „Glaub mal nicht, dass du mich alte Schabracke noch mit irgendetwas überraschen kannst."
„Vielleicht doch."
„Keine Chance." Sie trank einen weiteren Schluck. „Aber hey, lasst die Spiele beginnen."
Über dem Kanal ging die Sonne auf und tauchte die anderen Boote in ein goldenes Licht. Sein Blick wanderte über sie hinweg, bevor er sich wieder auf die Frau richtete. Er lächelte sie an. „Wie heißt du?"
Ein amüsiertes Lächeln umspielte die Lippen der Frau, aber nur ganz kurz, bevor jenes Strahlen es ablöste, das alles gut machte. „Hast du einen Schlag auf den Kopf bekommen?"
„Als ich heute Morgen aufgewacht bin, war mir alles fremd."
„Was meinst du mit *alles*?"
Brock machte mit dem Arm eine ausladende Bewegung, die das Boot und die Umgebung einschloss. „Ich erkenne nichts hiervon."
„Amnesie?"

„Nicht wirklich. Ich weiß, wer ich bin, ich weiß, dass ich mich in Seattle aufhalte, ich kenne meine Vergangenheit, zumindest einen Teil davon – aber in der Gegenwart geht alles ein wenig durcheinander. Ich weiß zum Beispiel nicht, wo ich mich gerade befinde."

Ihre Belustigung verwandelte sich in Besorgnis. „Das musst du mal untersuchen lassen."

„Keine Sorge, mir geht es gut, und ich versichere dir, dass ich nicht zum Arzt muss. Wie ich schon sagte, das klingt vermutlich seltsam, aber ich möchte dich bitten, mir in dieser Situation zu helfen."

„Also gut. Aber wenn du zum Ententanz ansetzt, dann rufe ich den Arzt."

„Einverstanden."

„Elisabeth Martha Townsend." Sie zwinkerte ihm zu.

„Und wie nennen die Leute dich?"

„Liz." Sie zog eine Augenbraue in die Höhe. „Oder Lizzie. So nennen mich meine engen Freunde."

Etwas in ihrem Blick sagte Brock, dass er zu einer anderen Kategorie gehörte. „Und ich?"

„Du sagst Beth. Als Einziger." Sie hielt ihm ihren Kaffeebecher hin, und obwohl er keine Ahnung hatte, wer diese Frau war, hatte er keine Scheu, den Becher zu nehmen. Es war, als hätten sie schon Hunderte Morgen miteinander erlebt, ihr Leben und den Kaffee geteilt. „Nur du darfst mich so nennen. Oder du nennst mich Sis. Beides ist gut. Aber niemals Big Sis. Das funktioniert nicht. Ich möchte nicht gern an mein Gewicht oder mein Alter erinnert werden." Sie zwinkerte zum zweiten Mal.

„Wir sind gute Freunde." Das war eher eine Feststellung als eine Frage. „Richtig gute Freunde."

„Das würde ich so sagen."

Brock nickte und stellte seine nächste Frage. „Wie lange lebe ich schon hier?"

„Du wohntest schon hier, als ich vor drei Jahren hergezogen bin.“

„Ich arbeite für *Black Fedora.*“

„Du arbeitest für sie? Wie man es nimmt. Dir gehört die Firma, aber neuerdings bist du nicht mehr oft dort.“

„Warum nicht?“

„Du hast es einfach geschafft. Noch vor Mitte fünfzig den Höhepunkt deiner Karriere erreicht. Du hast einen Haufen Geld, ein tolles Produkt, wirst respektiert. Und du hast Angestellte, die dich mögen und die Firma in deinem Sinne weiterführen.“ Sie tätschelte seine Hand. „Du wirst nicht mehr gebraucht. Es tut mir leid, das sagen zu müssen, aber du hast dich selbst um deinen Job gebracht.“

„Wenn ich so viel Geld besitze, warum lebe ich dann auf einem Hausboot auf dem Lake Union?“

„Diese Dinger sind gar nicht so billig, Junge.“

„Ja, das stimmt vermutlich, aber ...“

„Bist wohl zu gut für uns, ja?“ Ihr Lächeln vertrieb schnell die dunkle Wolke, die sich über ihn gelegt hatte.

„Wohl kaum.“

„Du bist hier, weil es dir hier gefällt. Hier bist du mitten in der Stadt, aber trotzdem zurückgezogen. Bei Wind wiegt dich dein Heim sanft in den Schlaf wie in Babytagen, und es ist interessant, die Kajakfahrer zu beobachten, die wie große Enten durch den Kanal paddeln.“

„Erzähl mir mehr.“

Beth blickte ihn mit zusammengezogenen Augen an, als wäre sie immer noch nicht sicher, dass Brock es ernst meinte. „Bei der Scheidung hat Sheila das Haus bekommen. Und du bezahlst immer noch eine ansehnliche monatliche Summe an Karissa. Darum bist du hergekommen. Und weil du keine Lust hattest, dich um einen Garten zu kümmern. Und es liegt nahe an den Orten, die du häufig aufsuchen musst.“

„Wo gehe ich häufig hin?“

„In die Stadtmitte."

Brock bemerkte ihr Zögern. „In Seattle? Die Büros von *Black Fedora* sind jetzt in Seattle? Was ist aus Bellevue geworden?"

„Du weißt es wirklich nicht, stimmt's?" Mitgefühl trat in Beths Blick. „Das ist kein Spiel."

„Nein, ist es nicht."

Beth setzte zu sprechen an, doch die Worte kamen ihr nicht über die Lippen. Schließlich seufzte sie und sagte ausweichend: „Ich denke, für heute waren das genügend Fragen, meinst du nicht?"

Brock wusste sofort, was das bedeutete. „Tyson."

Beth biss sich auf die Unterlippe und nickte.

Brock sog scharf die Luft ein. „Wo ist er?"

„Ich will nicht diejenige sein, die dir das sagt ..."

„Ich muss es wissen, Beth."

„Ja, wenn du tatsächlich keine Ahnung hast, was los ist, dann musst du es erfahren." Beths Gesichtsausdruck wurde ernst. „Ruf am besten Karissa an."

„Danke, Beth. Du wirst verstehen, wenn ich unser Gespräch jetzt beende."

„Natürlich."

Brock wandte sich zum Hausboot um, wollte sein Handy suchen und mit Karissa telefonieren, doch dann drehte er sich noch einmal zu Beth um. „Was ist mit Ron? Wie ist unsere Beziehung zueinander?"

Und wieder entdeckte Brock Schmerz im Gesicht seiner neuen Freundin. „Auf die Gefahr hin, dass ich mich wiederhole, du weißt wirklich nichts davon, nicht?"

„Nein." Brock schüttelte den Kopf.

„Du redest nicht oft über deinen Bruder."

„Aber wir arbeiten zusammen."

„Nein. Nicht wirklich."

„Treffe ich ihn? Sind wir ... Freunde?"

„Du hast mir erzählt, dass sich nach dem Unfall alles zwischen euch verändert hat."

„Welcher Unfall?"

Beth verließ ihr Deck, trat durch das kleine Tor und kam auf Brocks Boot. Wortlos ging sie auf ihn zu und schloss ihn in die Arme. Nach einer langen Weile ließ sie ihn wieder los und packte ihn an den Schultern. „Entschuldige bitte, wenn ich wie eine Schallplatte mit Sprung klinge, aber das musst du selbst herausfinden."

Brock taumelte ins Innere des Bootes, suchte sein Handy und scrollte durch die Kontakte. Ja. Karissa stand da. Auch Ron und Tyson. Bei Karissa und Ron erreichte er nur die Mailbox, die Nummer seines Sohnes war deaktiviert. Brock setzte sich an den Computer in dem kleinen Arbeitszimmer und suchte im Internet nach Hinweisen auf das, was Tyson und Ron zugestoßen war. Aber er fand nichts.

Am Nachmittag überfiel ihn eine tiefe Müdigkeit, und er legte sich auf die Couch, um die Augen für ein paar Minuten zu schließen, doch der Schlaf überwältigte ihn. Als der Traum begann, wollte Brocks Geist aufwachen, weil er genau wusste, mit wem er reden würde – und er hatte keine Lust auf ein weiteres Gespräch. *Wach auf!* Aber er konnte nicht. Alle Vorbedingungen eines luziden Traums waren gegeben, mit der Ausnahme, dass er diesmal keine Kontrolle darüber hatte.

Wieder saßen sein Vater und er im Garten. Die Sonne stand jetzt genau über ihnen. Wieder hielt sein Vater das in braunes Papier gewickelte rechteckige Kästchen in der Hand. Wieder versuchte Brock vergeblich, die Dinge zu beeinflussen, zu klären.

„Was ist in dem Kästchen, Papa?"

Sein Vater starrte auf das rechteckige Kästchen, als hätte er gerade erst gemerkt, dass er es in der Hand hielt. Er blickte Brock an und heftete seinen Blick wieder auf das Kästchen. „Nichts."

„Kann ich mal sehen?" Brock streckte die Hand aus.

„Nein." Sein Vater warf das Kästchen hinter sich, und bevor es auf dem Boden aufkam, verschwand es. „Nun, sag mir, Brock, bist du jetzt fertig damit, dein Leben zu vermasseln, oder hast du noch mehr vor?"

„Warum tust du mir das an?"

Brocks Vater lehnte sich zurück, als würde die Frage ihn verblüffen. „Und was hast du mir angetan?"

„Ich verstehe nicht-"

„Nein, das war schon immer so." Sein Vater stieß einen angewiderten Seufzer aus. „Du hast nie gemerkt, wie sehr du mich verletzt hast."

„Was meinst du denn?"

„Du willst es wirklich wissen?" Sein Vater zog die Augenbrauen zusammen und wartete seine Antwort gar nicht erst ab. „Warum hast du das Basketballspielen an den Nagel gehängt?"

„Ich musste."

„Du musstest? Du musstest!" Sein Vater schlug mit der Faust in seine Handfläche. „Ich wollte dir so gern alles beibringen, was ich über das Spiel wusste. Du hattest wirklich Talent. Dazu die nötige Größe und den passenden Körperbau. Und den Verstand. Aber puff! Am Ende des Sommers hast du es einfach so geschmissen. Ohne Vorwarnung." Sein Vater zeigte mit dem Finger in Brocks Richtung. „Basketball war mein Sport, und ich dachte, es könnte auch dein Sport werden. Aber du hast es verbockt. Wolltest nicht einmal mit mir darüber reden. Du hast es nie erklärt."

„Warum sollte ich zu dir kommen? Ich hatte Angst vor dir."

„Erinnerst du dich noch, als du fünfzehn warst? Ich habe Tickets gekauft, um mit dir zu den *Sonics* zu gehen, hatte sogar einen Passierschein für die Umkleidekabine beschafft, damit du mit den Spielern reden konntest ... denkst du, ich hätte das getan, weil ich dich nicht ausstehen konnte? Und du hast mich abblitzen lassen."

„Papa, ich-"

„Und jetzt?" Sein Vater erhob sich von seinem Stuhl und baute sich vor Brock auf. „Du machst alles nur noch schlimmer. So viel schlimmer. Du musst das wieder in Ordnung bringen. Alles wieder in Ordnung bringen!"

Keuchend fuhr Brock aus dem Schlaf hoch. Das war nicht sein realer Vater, es war nur ein Traum. Sein Vater hatte sich verändert, er würde niemals mehr so mit ihm reden. Aber der Gedanke reichte nicht aus, um sein Herz davon zu überzeugen.

Kapitel 31

„Ich muss dringend mit dir sprechen, Karissa. Ruf mich bitte zurück. Egal, um welche Uhrzeit.“ Brock legte auf und ging unruhig in dem kleinen Raum auf und ab.

Das war jetzt die sechste Nachricht, die er in den vergangenen zwölf Stunden hinterlassen hatte. In ihrem Leben vor diesem hatte Karissa Telefonanrufe immer sehr gewissenhaft erwidert. Also hatte sie jetzt entweder keine Zeit oder sie rief ihn bewusst nicht zurück. Brock tippte auf Letzteres.

Es war ein paar Minuten nach Mitternacht. Er würde bis morgen warten und es dann noch einmal probieren. Brock ging zu Bett, doch bereits nach einer halben Stunde wusste er, dass er noch lange nicht einschlafen könnte. Der Traum von seinem Vater hatte ihn ziemlich aufgewühlt. Er ging hinaus auf das Deck und blickte zum Himmel hoch. Eine leichte Wolkendecke zog darüber, aber der Mond war so hell, dass er sich dagegen durchsetzen konnte. Als Kind hatte er geglaubt, der Mond würde sich mit seinem Licht durch die Wolken brennen. Wenn er doch nur jetzt die Wolken vertreiben könnte, die er selbst geschaffen hatte ... Aber Beths Schweigen auf einige seiner Fragen ließ ihn vermuten, dass diese Wolken noch bedeutend dunkler werden würden.

Er erhob sich aus seinem Holzsessel, trat an seine Tür und wollte gerade den Türknauf drehen und wieder hineingehen, als das Quietschen von Beths Tür ihn innehalten ließ. Sie trat auf das Deck, in einen gebatikten Morgenmantel gewickelt, der sie noch fülliger erscheinen ließ, als sie war. Ihr Blick wanderte zum Mond, genau wie seiner vorhin, aber er zweifelte nicht daran, dass sie ihn bemerkt hatte.

„Deine Tür könnte ein bisschen Öl vertragen." Brock trat an seine Reling. Beths Hausboot lag nur etwa einen Meter von seinem entfernt.

„Aber dann hättest du dich reingeschlichen, ohne mir die Gelegenheit zu geben, mit dir zu reden."

„Das stimmt."

„Hast du Karissa erreicht?"

„Noch nicht. Aber das wusstest du vermutlich."

„Warum sagst du das?"

„Ich habe dir nach dem, was du über unsere Freundschaft gesagt hast, wohl fast alles aus meinem Leben erzählt, und du mir vermutlich fast ebenso viel aus deinem. Und ich denke, du weißt, dass Karissa mich meidet wie Ebola. Sie wird meine Anrufe nie erwidern, was?"

Beth ließ sich auf einem jadegrünen Campingstuhl nieder, umklammerte mit beiden Händen die Reling und blickte hinauf zum Mond. „Ich habe gerade frischen Kaffee aufgebrüht. Willst du eine Tasse?"

„Um diese Zeit?"

„Kaffee tut mir nichts. Ich kann trotzdem schlafen ... oder auch nicht." Sie deutete ins Innere ihres Bootes. „Hatte ihn schon fast fertig, als ich nach draußen kam. Ich hole eine Tasse für dich."

„Ich glaube, ich trinke keinen Kaffee mehr. *Black Fedora* hat mein Leben so vollständig vermasselt ... ich bin fertig damit. Bis ich das in Ordnung gebracht habe, kommt kein Kaffee mehr über meine Lippen."

„Okay. Bin gleich zurück."

Als Beth zurückkehrte, stellte sie ihren Becher mit der Aufschrift *Ich denke, darum bin ich Beth* auf die Reling und sagte: „Es wird alles wieder gut werden, weißt du?"

„Was?"

„Alles. Wie du immer zu mir gesagt hast: Gott ist der Gott der Hoffnung. Und auch wenn du gerade einen Sturm erlebst, wird das Wasser auch irgendwann wieder ruhig. Ich glaube fest daran."

Brock hätte das auch gern geglaubt, und wenn nur für einen Augenblick, aber das konnte er nicht. Woher wollte Beth wissen, dass alles wieder gut werden würde? „Wenn ich wirklich dringend mit Karissa reden müsste, wo könnte ich sie abpassen?"

Beth lächelte und zögerte nur einen kurzen Moment, bevor sie antwortete. „Ich würde es vermutlich bei der Chorprobe versuchen."

„Sie singt in einem Chor?" Brock stützte sich mit beiden Ellbogen auf der Reling auf.

„Karissa *leitet* den Chor."

„Im Ernst? In der Highschool hat sie gesungen, aber sie hat nie einen Chor dirigiert."

„Das ist ein ungewöhnlicher Chor."

„Inwiefern?"

„Nicht leicht zu beschreiben. Vielleicht solltest du ihn dir selbst mal anhören."

„Und wo finde ich diesen Chor?"

„Sie proben für ihr Konzert am Ende des Jahres."

„Dann ist das also ein Schülerchor."

„Ja."

„Karissa unterrichtet", sagte Brock mehr zu sich selbst als zu Beth.

„Geh einfach hin. Aber verrate ihr nicht, dass du das von mir weißt."

„Abgemacht."

Am nächsten Nachmittag fuhr Brock zu der Adresse, die Beth ihm gegeben hatte, parkte den Wagen und ging auf ein zweistöckiges Gebäude zu. Als er durch die Doppeltüren eintrat, wurde er von einer asiatischen Frau begrüßt. Sie saß an einem großen Schreibtisch und schien etwa Mitte 30 zu sein.

„Kann ich Ihnen helfen?"

„Ich bin hier, um den Chor zu hören."

Sie lächelte. „Sie können wohl die Vorstellung nicht abwarten?"

„Ich bin mit der Chorleiterin befreundet."

„Dann können Sie sich glücklich schätzen." Die Frau lächelte. „Karissa ist ein ganz besonderer Mensch."

„Ja, das ist sie."

Die Frau deutete mit der Hand nach rechts. „Den Flur entlang, zweite Tür rechts. Die führt zur Aula. Durch die Aula und die Tür in der Mitte links. Ich schätze, von dort werden Sie sie bereits hören."

Brock stieß die Aulatüren auf und entdeckte eine kleine Bühne. Vielleicht 50 hellbraune Stühle standen zu beiden Seiten eines breiten Mittelganges. Die Aula schien einen neuen Anstrich dringend nötig zu haben, aber die bunten Banner an den Wänden, die offensichtlich von Kindern gestaltet worden waren, verliehen dem Raum eine Wärme, die mit einem neuen Anstrich und einer Umgestaltung nie hätte erreicht werden können.

Er schlenderte durch den Mittelgang und vertiefte sich in jedes einzelne Banner. Beim letzten Banner auf der rechten Seite blieb er stehen und spürte, wie sich ein süßer Schmerz in seinem Herzen ausbreitete. Es war ein nicht sehr gelungenes Porträt von Karissa, das aber irgendwie eine Freude einfing, die er seit Jahren nicht mehr an ihr gesehen hatte. Es war von mindestens 30 Kindern unterschrieben, und am unteren Rand stand in hellblauen Buchstaben: „Wir lieben dich so sehr, Miss Karissa."

Natürlich nur ihr Vorname. Als sie vor Tysons Geburt in der Schule unterrichtet hatte, ließ sie sich von den Kindern nie mit ihrem Nachnamen ansprechen. Immer nur mit Miss Karissa.

Ich muss irgendwie ihr Herz erreichen, Herr. Bitte zeig mir, dass Beth Recht hat und es Hoffnung gibt.

Während er schweigend und mit geschlossenen Augen dastand, drang ein Geräusch an seine Ohren, das er noch nie zuvor gehört hatte. Es war gedämpft, als käme es von weiter her, und etwas verzerrt. Rief da jemand? Nein, das war kein Rufen – es war eine Art Stöhnen, das im Rhythmus lauter und leiser wurde. Beinahe ein ... stummes Singen.

Er ging zu der Tür hinten in der Aula, trat hindurch und gelangte in einen Flur. Die Lautstärke des seltsamen Geräuschs nahm zu, und er folgte ihm zu dem Raum, aus dem es kam. Vorsichtig trat er an die Tür und spähte um die Ecke. In dem Raum standen mindestens 40 Kinder im Alter etwa zwischen 10 und 14 Jahren auf einem Podium. Mädchen und Jungen, Große und Kleine, unterschiedliche Hautfarben, mit leuchtenden Gesichtern, die unverständliche Laute ausstießen.

Es war das scheußlichste und zugleich schönste Lied, das Brock je gehört hatte. Es gab keine Melodie, dennoch war es Gesang – jeder Schüler sang sein eigenes Lied in seinem eigenen Tonfall, und doch vereinten sich die Laute zu einer Sinfonie, die Brock mit ihrer Schönheit überwältigte.

Aber es waren nicht nur die Töne. Die Kinder sangen nicht nur mit ihren Mündern, sondern auch mit ihren Armen, Händen und Körpern, ihren Augen und Gesichtern. Kein einstudierter Tanz wies solche geschmeidigen Bewegungen auf wie die Darbietung dieser Schüler. Ganz offensichtlich hatte ihre Chorleiterin ihnen diese Schönheit entlockt. Sie glaubte an sie, lehrte sie, inspirierte sie und brachte sie zum Strahlen, wie es nur wenige vermocht hätten.

Karissa hatte ihm den Rücken zugewandt, und ihre übertriebenen Bewegungen leiteten die Kinder bei ihrem hingebungsvollen Gesang an. Ihre langen dunkelbraunen Haare ergossen sich über ihren Rücken wie eine Welle.

Tränen traten ihm in die Augen, während er sie beobachtete. Sie entlockte diesen Schülern Fähigkeiten, die er ihnen nie zugetraut hätte. Etwas so Schönes hatte er noch nie gesehen, hatte nie danach gesucht. Selbst wenn er die Wahrheit, die genau vor seiner Nase lag, erkannt hätte ... hätte er Karissa ermuntert, ihre Fähigkeiten einzusetzen? Oder war er so vereinnahmt gewesen von *Black Fedora*, dass ihr Traum nie eine Chance gehabt hätte? Hatte sie ihn darum in dieser Zeitschiene verlassen? War das der Grund für ihre Trennung?

Brock wollte die Probe nicht stören, doch er konnte nicht anders, er musste sich zu der Musik bewegen, die so ganz anders war als alles, was er je gehört hatte. Auf einmal entdeckte ihn ein kleiner Junge am Ende der oberen Reihe. Er stieß die kleine Japanerin neben sich an, und auch sie sah ihn. Karissa wurde auf die Ablenkung aufmerksam. Sie brach ab und drehte sich zu ihm um, bevor Brock hinter der Tür verschwinden konnte.

Ihr strahlendes Lächeln erlosch. Sie wandte sich wieder ihren Schülern zu und sagte in Gebärdensprache etwas zu ihnen, und sie antworteten ihr ebenfalls mit anmutigen Handbewegungen. Dann blickte sie nach rechts und sprach mit einem jungen farbigen Mädchen. Dieses erhob sich und trat vor die Schüler.

Karissa kam widerwillig auf ihn zu, so als wollte sie es eigentlich nicht, hätte aber keine andere Wahl.

„Hallo, Karissa. Ich wollte nicht stören, aber ich habe dich mehrmals angerufen, und du hast dich nicht zurückgemeldet."

Sie antwortete nicht. Brocks Blick wanderte zu den Kindern. „Das war unglaublich. Wunderschön. Ich wusste gar nicht, dass taube Menschen singen können."

„Ja, sie können singen, Brock.“ Sie verschränkte ihre Arme vor der Brust.

„Ich muss mit dir reden.“

„Im Augenblick geht es nicht.“ Sie zögerte und trat dann noch einen Schritt näher. „Und selbst wenn ich könnte, es gibt nichts zu besprechen, das nicht auch per E-Mail geklärt werden könnte.“

Brocks Blick wanderte zu Karissas Schülern zurück. „Du hast hier ja ein wahres Wunder bewirkt. Vollkommen faszinierend.“

„Danke.“ Karissa lächelte grimmig. „Ich will, dass du jetzt gehst.“

Brock blickte sie eindringlich an, wollte ihr mit den Augen mitteilen, was er nicht in Worte fassen konnte. „Ich wusste gar nicht, dass du so etwas tun wolltest. Wie habe ich das nicht sehen können?“

Sie schien sich nun doch damit abzufinden, dass er nicht gehen würde, ohne dass sie mit ihm gesprochen hatte. Das zeigte ihr resignierter Gesichtsausdruck. „Keine Ahnung, Brock. Es wäre nur nett gewesen, wenn du es schon damals kapiert hättest.“

„Ich staune darüber, was du erreicht hast.“

„Ja, die Kinder sind toll.“

„Du bist toll. Unglaublich, was du mit ihnen erreicht hast. Du hast aus Kindern, die nicht hören können, einen Chor gemacht. Sie singen mit einer Schönheit, wie ich es mir nie hätte vorstellen können.“

„Danke, Brock. Freut mich, dass es dir gefällt.“ Sie steckte die Hände in ihre Taschen. „Und entschuldige bitte, dass ich deine Anrufe nicht erwidert habe. Es war viel los. Was gibt es denn?“

„Ich möchte dich nicht mit Einzelheiten langweilen, aber ich habe ... eine Art Amnesie, und es gibt da vieles, woran ich mich nicht mehr erinnere.“

„Amnesie? Seit wann?“ Sie runzelte die Stirn, blickte zurück zu ihren Schülern. Ihre Assistentin gab ihnen anscheinend noch einige Anweisungen, und sie verließen das Podium und gingen zu ihren Rucksäcken. „Hattest du einen Unfall? Dir den Kopf gestoßen?“

„Nein, nein, keine Sorge.“

„Aber du kannst dich an einige Dinge nicht erinnern.“

„Genau.“

„An was zum Beispiel?“

„Vieles weiß ich noch, aber da gibt es große Löcher. Ich habe Beth nach einigen davon gefragt, aber sie sagte, ich sollte das lieber von dir hören.“

„Oh, Beth. Ich mag sie. Wie geht es ihr?“

Karissa kannte Beth? „Es geht ihr gut.“

Karissa nahm einen hellblauen Mantel vom Haken an der Wand, deutete zur Tür und ging darauf zu. „Ich habe noch einen anderen Termin. Können wir unterwegs reden? Annalisa wird sich um die Schüler kümmern.“

„Natürlich.“

Brock wartete, bis sie sich nicht mehr in Hörweite von Karissas Assistentin befanden. „Wo ist Tyson?“

„Was?“ Verwirrt drehte sie sich zu ihm um.

„Wo ist unser Sohn?“

„Du weißt nicht mehr, wo Tyson ist?“

„Nein. Wo ist er?“

„Müssen wir wirklich jetzt darüber reden?“

„Wo ist er?“

„Ich verstehe das nicht. Wie kannst du das nicht mehr wissen?“

„Ich habe dir doch gesagt, es gibt große Löcher.“

Karissa schüttelte den Kopf und beschleunigte ihre Schritte. Sie öffnete die Tür nach draußen. Ein Schwall kalter Luft schlug ihnen entgegen, und Karissa zog den Reißverschluss ihres Mantels hoch.

„Wirst du es mir sagen?“

„Du erinnerst dich wirklich nicht mehr?“ Sie blieb stehen und drehte sich zu ihm um.

Brock breitete ergeben die Arme aus und schüttelte den Kopf. Seufzend setzte sich Karissa wieder in Bewegung. „Bevor ich es dir sage, möchte ich noch einmal betonen, dass das nicht deine Schuld war.“

„Was war nicht meine Schuld?“

„Was ist denn bloß los mit dir?“

„Sag es mir einfach.“

„Was denn?“ Sie runzelte die Stirn. „Dass Tyson bei einer Auseinandersetzung in einer Bar unbeabsichtigt einen Mann getötet hat? Dass er jene Bar nach einem Streit mit dir aufgesucht hatte?“

„Ich ... oh.“ Brock fühlte sich schwach vor Schreck.

„Also, ihr hattet einen Streit. Du hast zu ihm gesagt, er solle losziehen und seinen Kopf wieder klar bekommen, wie auch immer er das anstellen wolle, aber du hast ihm natürlich nicht gesagt, er solle dorthin gehen, um sich zu betrinken und zuzuschlagen, als der andere ihn provozierte.“

„Tyson hat ihn *ermordet*?“ Das konnte doch alles nicht wahr sein!

„Totschlag ist etwas anderes als Mord.“

„Wie lange?“, keuchte Brock. „Wie lange muss er sitzen? Wann kommt er wieder frei?“

„Als er ins Gefängnis kam, sagte sein Rechtsanwalt, wegen seines Alters und angesichts der Umstände könnte er bei guter Führung nach drei Jahren wieder freikommen. Vielleicht sogar weniger.“

„Und wie lange hat er noch?“

Karissas Gesicht verdüsterte sich. „Sein Benehmen kann nicht gerade als gut bezeichnet werden.“

Brock versuchte die Übelkeit in Schach zu halten, die in ihm hochsteigen wollte.

Karissa funkelte ihn an. „Mir fällt es immer noch schwer zu glauben, dass du das vergessen hast.“ Er setzte zu reden an, doch bevor er ein Wort über die Lippen brachte, fuhr sie fort. „Aber andererseits ... wenn ich du wäre und etwas lieber vergessen wollte, dann stünde das vermutlich ganz oben auf meiner Liste.“

„Was ist im Gefängnis passiert? Was hat er getan?“

Tränen traten in Karissas Augen, und sie schluckte. „Er hat einen anderen Insassen ermordet. Und jetzt wird er sehr, sehr lange Zeit nicht mehr freikommen.“

Brock sank in sich zusammen und wäre beinahe in die Knie gegangen. „Oh Gott. Meine Schuld. Das ist alles meine Schuld.“

„Nein, Brock. Nein.“ Zum ersten Mal, seit sie miteinander sprachen, entdeckte er einen Anflug von Mitgefühl in ihrem Gesicht. „Wie ich schon sagte, es war nicht deine Schuld, Brock. Er war kein Kind mehr, sondern einundzwanzig Jahre alt. Er hat selbst entschieden, in diese Bar zu gehen. Er hatte die Wahl.“

Natürlich, sie konnte ja nicht ahnen, wie weitgehend Brock die Schuld an der Situation trug. „Aber ... wenn ich nicht mit ihm gestritten hätte, wenn ich meinen Stolz überwunden hätte, dann wäre er vielleicht ... Ich muss ihn besuchen.“

Karissa seufzte.

„Was?“

„Tyson ist deiner Meinung.“

„Dass ich daran schuld bin?“

Karissa nickte.

„Was willst du damit sagen?“

„Du fährst andauernd hin.“ Wieder ein mitfühlender Blick. „Aber er ist nur selten bereit, dich zu sehen.“

„Ich muss es versuchen.“

Kapitel 32

26. Mai 2015

Der Wärter des King County Gefängnisses wog locker 150 Kilo. Er winkte Brock zum Fenster, und Brock reichte ihm einen Zettel mit Tysons Namen und seiner Zellennummer. Der Wärter nahm ihn entgegen, ohne aufzublicken, notierte das Datum und noch etwas anderes, das Brock nicht entziffern konnte, und reichte ihm den Zettel zurück.

„Wie lange dauert es noch, bis wir reinkönnen?"

Der Wärter blickte Brock an, und sein Blick wanderte weiter zu dem Buch in Brocks Hand. „Sie dürfen nichts mit hineinnehmen."

„Nichts?"

„Kann denn heutzutage überhaupt noch jemand lesen?", murmelte der Wärter. Er deutete auf ein Schild an der Wand neben Brock. „Was steht da?"

Brock las es laut vor. „Keine Handys, keine Kameras, kein Geld. Also im Grunde genommen nichts."

„Das ist im Grunde genommen richtig."

„Und dieses Buch?"

Der Wärter wirkte nun nicht mehr gelangweilt, sondern verärgert. „Ist das Buch etwas?"

„Ich denke schon."

„Dann ist es also nicht nichts?"

„Stimmt."

„Und was bedeutet das dann Ihrer Meinung nach?"

„Dass ich es nicht mitnehmen darf."

„Bingo."

„Er braucht es aber."

„Ja, klar."

Der Wärter streckte die Hand aus. Brock zögerte, reichte ihm dann aber doch das Buch und setzte sich zu mehreren anderen Besuchern auf die harte Bank an der rechten Wand.

Ein paar Minuten später forderte ein zweiter Wärter die Wartenden auf, zu ihm in den Aufzug zu kommen. Brocks Blick wanderte über die Gesichter der anderen. In keinem von ihnen war Hoffnung zu lesen. Vermutlich auch in seinem nicht. Sie drängten sich in den Aufzug, der nach einem starken Desinfektionsmittel roch. Brock fand sich hinter einer schlanken Frau wieder, die vor sich hinsang, aber nicht so laut, dass der Text zu verstehen war. Neben ihm stand ein Mann mit verkniffenem Gesicht. Seine Augen waren schwarz wie Jettsteine.

Auf Tysons Etage mussten sie nacheinander die Sicherheitsschleuse passieren. Während Brock darauf wartete, dass er an die Reihe kam, fühlte er sich wie ein Papierschiffchen auf einem Fluss, der ihn auf Tyson zutrieb. Doch nun, da der Augenblick gekommen war, wäre ein Teil von ihm lieber wieder ans Ufer zurückgekehrt.

Wenige Minuten später saß Brock an einem grauen Tisch, den Blick auf die Tür geheftet, durch die Tyson gleich hereinkommen würde, wie der Wärter ihm erklärt hatte. Kurz darauf drängte sich ein Strom von Häftlingen durch die Tür. Keiner von ihnen sah so aus, als ob er freiwillig hergekommen wäre.

Und dann stand auf einmal Tyson vor ihm und starrte auf ihn herab. „Lange nicht gesehen, Papa."

„Tyson." Brock erhob sich, trat um den Tisch herum und streckte die Arme aus, um Tyson zu umarmen, aber sein Sohn wich eilig zurück.

„Was soll das?" Tysons Blick war finster. Seine Stimme klang angespannt und drückte aus, was auch seine Augen sagten. Sein grauer Häftlingsanzug schien länger nicht gewaschen worden zu sein. Ein Dreitagebart sprießte um seinen Mund, und seine langen Haare waren verfilzt.

„Ich werde dich hier rausholen. Ich werde das in Ordnung bringen.“

„Ach ja?“ Tyson beugte sich spöttisch vor. „Du und welche Armee?“

„Ich verspreche dir-“

„Was machst du hier?“ Tyson funkelte ihn an. „Warum bist du gekommen?“

„Ich musste dich sehen.“

„Warum?“ Tyson blickte sich im Raum um und schien einen Fluchtweg zu suchen.

Brock musterte seinem Sohn und versuchte sich vorzustellen, was für ein Vater er in dieser Zeitschiene gewesen sein musste. Ein Teil von ihm wollte gegen den Gedanken aufbegehren, dass er seinem Sohn vielleicht nicht genug Beachtung geschenkt hatte. Aber die Wahrheit siegte, und Brock gestand sich ein, dass das Dunkle in ihm dazu und sogar zu noch Schlimmerem in der Lage war.

„Ich ... ich wollte sehen, wie es dir geht.“

„Wieso interessiert es dich?“

„Bitte?“

Tyson zuckte die Achseln und setzte sich. Er kratzte an einem Fleck auf der Tischplatte herum. „Ich komme klar. Ich treffe alle möglichen interessanten Leute. Eine gute Mischung von Häftlingen hier, du verstehst? Die sehr viel Erfahrung haben. Unterschiedliche Vergehen, verschiedene Altersgruppen, Rassen. Ein faszinierender Mikrokosmos der Gesellschaft.“

Sein Sohn blickte auf, und für einen kurzen Augenblick entdeckte Brock einen tiefen Schmerz in seinen Augen, doch dann fiel Tysons Maske wieder, und er konzentrierte sich erneut auf die Tischplatte.

„Dass ich einen umgebracht habe, hat mir anfangs Respekt verschafft. Doch leider wollen mich jetzt alle hier auf die Probe stellen. Ausprobieren, ob ich tatsächlich so tough bin, wie man sich erzählt.“ Er knöpfte seinen Ärmel auf und rollte ihn hoch. „Das ist mein bisher bestes Souvenir.“

Eine lange rote Narbe zog sich von Tysons Handgelenk bis zu seinem Oberarm hoch. Brock schnappte nach Luft.

„Eindrucksvoll, was?“ Sein Sohn spannte den Arm an, und die Narbe färbte sich weiß. „Gefällt es dir?“

Brock schluckte und setzte zu sprechen an.

„Nicht?“ Er rollte den Ärmel wieder über die Narbe. „Kann den Arm noch nicht wieder richtig bewegen, aber der Arzt sagt, in sechs Monaten müsste ich eigentlich wieder einen Großteil der Beweglichkeit zurückhaben.“

„Es tut mir so leid.“

„Was denn?“

„Der Streit. Was ich gesagt habe.“

„Vergiss es.“ Tysons Worte passten nicht zu der Wut, die in seinem Gesicht zu erkennen war.

„Wenn ich nicht-“

„Ich habe gesagt, vergiss es. Ich lerne hier viel, falls du verstehst, was ich meine. Nützliche Fertigkeiten.“ Tyson lächelte ihn freudlos an, ein Grinsen, das Brock mehr verriet, als er wissen wollte.

„Du darfst dich nicht unterkriegen lassen.“

„Sorry, ist bereits geschehen.“ Tyson machte ein Häkchen auf den Tisch. Dann sah er auf. Wenn die Augen das Fenster zur Seele waren, dann war das Licht in seinem Sohn erloschen.

„Du musst kämpfen.“

„Wofür?“

„Darfst du eine Bibel haben?“

„Ach komm! Werd erwachsen, Vater. Ich bin fertig mit dem Märchenland.“

„Ich kann es nicht so erklären, dass es vernünftig klingt, aber ich werde ... dem hier Abhilfe schaffen.“

„Rede nicht dauernd davon, dass du alles in Ordnung bringen willst. Du hast an jenem Abend schon genug getan. Du hast mein Leben zerstört.“ Tyson schlug mit der flachen Hand auf den Tisch und beugte sich so weit vor, dass Brock seinen schlechten Atem riechen konnte. „Die Ermordung eines Kumpels hier drin hat mir einen unbegrenzten Aufenthalt in meinem sechs mal sechs Meter großen Schloss beschert. Ich will nicht, dass du mich an die Welt da draußen erinnerst und mir beschissene Versprechungen machst, die du nicht halten kannst. Verstanden?“

Brock versuchte, die bodenlose Verzweiflung wegzudrücken, die in ihm aufwallte. Karissa hatte Recht. Er drang nicht mehr zu Tyson durch.

„Siehst du deine Mutter ab und zu?“

„Sie kommt gelegentlich vorbei, ja.“ Tyson starrte auf seine Hände. Seine Fingernägel waren dreckig.

„Wie geht es ihr?“

„Frag sie doch selbst.“

„Ich habe sie getroffen, aber sie ist nicht gerade mitteilsam in Bezug auf ihr Leben.“ Brock senkte den Blick. „Ich bin nicht unbedingt eine Person, mit der sie gern zusammen ist.“

Tyson schenkte ihm einen Blick, der überdeutlich fragte, warum er denn so dumm sei, und sagte mit großem Nachdruck: „Vielleicht will sie nicht mit dir reden, weil sie dich hasst. Kannst du ihr das verdenken, nach allem, was du ihr angetan hast?“

Verzweiflung legte sich auf Brock wie ein Felsbrocken. „Ich liebe dich, Tyson.“

Tysons Augen weiteten sich, bevor er in Gelächter ausbrach. Er lachte immer lauter und hörte nicht auf, bis der Wärter rief: „Die Zeit ist um! Abmarsch!“

Als Brock das Gefängnis verließ, hatte er sein nächstes Ziel festgelegt.

Ron.

Diese Begegnung konnte doch eigentlich nicht schlimmer werden als sein Besuch bei Tyson. Aber sein Bauchgefühl sagte ihm, dass es sehr wohl schlimmer werden würde.

Kapitel 33

Als Rons Frau Shelly an jenem Nachmittag die Tür öffnete, zeigte ihm der Ausdruck auf ihrem Gesicht, dass sie ganz und gar nicht erfreut darüber war, ihn zu sehen.

„Hallo, Brock."

„Ist er da, Shelly?"

Shelly trat vor und zog die Tür hinter sich zu. „Ich bin nicht sicher, ob es im Augenblick eine gute Idee ist, wenn du mit ihm redest."

„Warum?"

„Was hast du ihm zu sagen?"

Eine leichte Brise kam auf und setzte das Windspiel in Bewegung, wie um Brocks Bitte Nachdruck zu verleihen. „Ich muss herausfinden, was zwischen mir und Ron gewesen ist."

Sie musterte sein Gesicht, schien sein Anliegen verstehen zu wollen und kämpfte dabei sichtlich gegen den Zorn unter der Oberfläche an.

„Ist er da?"

„Du hast nicht vor zu gehen, nicht?" Sie verschränkte die Arme vor der Brust.

„Nicht, bevor ich mit ihm gesprochen habe."

„Ruf ihn an."

„Das habe ich schon probiert."

Sie öffnete die Tür und nickte, als würde sie akzeptieren, dass er sich nicht abwimmeln ließ, bis er mit seinem Bruder gesprochen hatte. „Er ist draußen auf dem Bootssteg und angelt."

Sie ging voran durch das Haus, und er folgte ihr.

„Er angelt? Ich hätte schwören können, dass du sagst, er spielt Golf."

Wieder blickte sie ihn verwirrt an, und dieses Mal mischte sich definitiv Verärgerung in die Irritation. Sie trat auf die Veranda vor der großen Wiese, die sich bis zum See hinunterzog. Shelly warf Brock einen so giftigen Blick zu, dass er ihn fast spüren konnte wie einen Stromschlag.

Vor ihm breitete sich die Fläche aus, die einst Rons Golfplatz gewesen war. Jetzt war es an Brock, verwirrt zu sein. Die Flaggen waren verschwunden, und das Gras stand so hoch, dass das Grün des Golfplatzes kaum noch zu erkennen war. Unkraut wucherte, abgelöst von braunen Stellen. Die früher so gepflegte Rasenfläche war gescheckt wie eine mutierte Kuh. „Was ist denn mit dem Golfplatz passiert?"

Und wieder funkelte Shelly ihn wütend an, drehte sich um und verschwand wieder im Haus. „Was immer du zu sagen hast, bring es schnell hinter dich", zischte sie im Davongehen.

Brock stieg die Stufen hinunter und ging zu seinem Bruder. Als er den langen Bootssteg erreichte, an dessen Ende Ron saß, blieb Brock unvermittelt stehen. Nicht dass dieser kurze Augenblick ihm großartig dabei helfen würde, den geeigneten Einstieg zu finden und auf den Unfall zu sprechen zu kommen, über den er mehr erfahren wollte. Aber vielleicht half es ihm, einen besseren Begrüßungssatz zu finden als: „Hallo, Bruder, habe ich etwas Schlimmes getan?"

Als er sich etwa in der Mitte des Bootsstegs befand, drehte sich sein Bruder um, blickte Brock flüchtig an und wandte sich wieder dem See zu. Wenigstens hatte er nicht sofort gesagt, er solle verschwinden.

Brock trat neben ihn und wartete eine Weile, bevor er das Wort ergriff. „Ich hatte nicht damit gerechnet, dich hier vorzufinden." Brock drehte sich um. „Warum hast du deinen Golfplatz so vernachlässigt?"

„Wenn das ein Versuch ist, witzig zu sein, dann ist er gründlich misslungen." Ron hob seine linke Hand. Seine rechte Hand steckte in der Tasche seiner Windjacke.

„Können wir reden?"

„Worüber?"

„Friedensverhandlungen in dem Krieg, der zwischen uns wütet ... aus welchem Grund auch immer."

Brock hielt ihm die Hand hin, doch die Verachtung, die ihm von Rons Seite entgegenschlug, sagte ihm, dass sein Bruder ihm nicht die Hand reichen würde. „Bist du betrunken? Rückfällig geworden?"

„Was?" Brock zuckte zurück. Ganze zweimal in seinem Leben hatte er sich betrunken. Einmal im College und einmal mit Anfang 30. Noch immer hielt er Ron die Hand hin. „Ich trinke nicht."

Ron starrte auf Brocks Hand, dann wanderte sein Blick hoch zu seinen Augen. Tiefe Verachtung lag im Blick seines Bruders. „Was soll das hier werden?"

Brock ließ die Hand sinken. „Ich wollte nur-"

„Du bist krank, weißt du das?" Ron schüttelte angewidert den Kopf. „Frieden? Du willst Frieden mit einer Granate herbeiführen?"

„Ich versuche doch nur-"

„Was? Mir noch mehr auf die Nerven zu gehen? Die Kluft zwischen uns noch breiter zu machen? Wir müssen zumindest so tun, als würden wir zusammenarbeiten."

Brock verlor langsam die Geduld. „Lass doch gut sein, Ron. Ich wollte dir nur die Hand reichen."

„Ach ja? Das ist alles? Nur ein kleines Händeschütteln zwischen Brüdern?" Ron sprang auf und stieß ein bitteres Lachen aus. „Tolle Idee, gefällt mir. Wir könnten gleich noch eine Fotoserie für *Black Fedora* machen. Ja!"

Ron blickte über Brocks Schulter und winkte, als würde er eine Gruppe Reporter zu sich winken. „Hierher, Jungs! Wir sind nicht nur Brüder, die gezwungen sind, gemeinsam eine Firma zu führen, sondern wir sind auch wirklich die besten Freunde! Und wir freuen uns riesig darauf, den Zwischenfall noch einmal lebendig werden zu lassen, der uns zu besten Freunden gemacht hat!“

Ron blickte auf seine rechte Hand, die immer noch in seiner Jacke steckte, und deutete mit der Linken darauf. „Seht nur, bestaunt den Zauber, Jungen und Mädchen.“

Der Stoff beulte sich aus. Und mit einem strahlenden Lächeln zog Ron seine Hand aus der Jacke und hielt sie Brock hin. Aber Rons Hand war nicht da. Nur ein purpurroter Stumpf, der an seinem Handgelenk endete.

„Schlag ein, Bruder!“

Brock schluckte und taumelte zurück.

„Komm schon, Brock, alter Freund, schüttele mir schön den Stumpf. Er ist hübsch, nicht?“ Ron schüttelte ihn. „Komm schon, komm schon, na los, tu es, das hast du noch nie gemacht. Du hast ihn nie angefasst. Das wolltest du doch immer schon, nicht? Ich weiß, dass du das wolltest.“

„Deine Hand ... was ist passiert?“

„Ich fasse es nicht.“ Ron steckte den Handstumpf wieder in seine Jackentasche, schnappte sich seine Angelrute und drängte an Brock vorbei. Nach ein paar Schritten über den Steg wirbelte er herum. „Ich dachte, die totale Arschlochphase hätten wir hinter uns gelassen und wären mittlerweile wieder so weit, dass wir zumindest zusammenarbeiten könnten.“

Brock war klar, dass er lieber den Mund gehalten und einen anderen Weg gesucht hätte, die Antwort auf die Frage zu finden, die ihn quälte. Aber bevor er sich zurückhalten konnte, waren die Worte bereits über seine Lippen gekommen: „Was ist passiert?“

„Bist du jetzt total durchgedreht?“ Ron spuckte ins Wasser. „Wir werden nie wieder darüber reden. Nie wieder. Hast du mich verstanden? Bei dir scheint sich eine Schraube gelockert zu haben, dass du diesen Albtraum wieder auferstehen lassen willst." Der Schmerz in Rons Gesicht schien sich zu vertiefen, und sein Blick huschte nach rechts. „Hast du mich verstanden?"

„Ich habe dich verstanden." Brocks Atem beschleunigte sich, während er seinen Bruder ansah. „Ich werde das in Ordnung bringen. Ich werde diese ganze Sache wieder in Ordnung bringen. Alles."

„Was?"

„In den vergangenen zwei Nächten habe ich nicht geträumt, aber das wird mir bald wieder gelingen. Ich weiß es. Und dann werde ich dafür sorgen, dass du deine Hand wieder zurückbekommst, genau so, wie sie war. Das verspreche ich dir. Und Karissa und ich werden wieder zusammen sein, und Tyson wird aus dem Gefängnis kommen."

Aber was, wenn er nicht mehr träumen könnte?

„Du bist ja komplett wahnsinnig." Ron drehte sich um und marschierte davon.

Brock starrte ihm nach. Er wankte über den Steg zurück, überquerte den Rasen und ging schließlich um das Haus herum. Ron hatte ganz offensichtlich nicht vor, ihm zu erklären, was vorgefallen war.

Als er gerade das vordere Rasenstück erreichte, sprach Shelly ihn von der Veranda aus an. „Sieht so aus, als hättet ihr ein nettes Gespräch gehabt."

Er blieb stehen und drehte sich zu ihr um. „Nicht wirklich."

Sie hob die Hände und blickte ihn finster an. „Was ist denn los mit deinem winzig kleinen Gehirn?"

„Sag mir, was passiert ist." Brock machte einen Schritt nach vorn. „Was ist mit seiner Hand geschehen?"

Sie funkelte Brock an, als hätte er gerade vorgeschlagen, sie solle sich einen Revolver beschaffen und versuchen, alle kleinen Katzen aus der Nachbarschaft zu erschießen.

„Hilf mir, Shelly.“ Er ballte die Fäuste. „Ich erlebe gerade etwas, über das ich nicht reden kann. Ich kann dir nicht mehr sagen, als dass ich Teile meiner Erinnerung verloren habe und sie nicht zurückholen kann. Und offensichtlich gehört die Erinnerung, wie Ron seine Hand verloren hat, dazu.“

„Selektive Amnestie.“

„Glaub mir, ich bin nicht derjenige, der die Auswahl getroffen hat.“

Shelly atmete tief durch. Kein Feuer kam aus ihrer Nase, aber definitiv aus ihren Augen. „Golf war sein Leben.“

„Das weiß ich. Und genau darum muss ich wissen, wie es zu dem Unfall kam.“

Fassungslos starrte Shelly ihn an. „Unfall? So nennst du das?“

„Ich weiß es doch nicht!“ Brock schlug die Faust in seine Handfläche. „Ich weiß nicht, wie ich es nennen soll, weil ich gar nichts darüber weiß. Bitte glaub mir.“

Shellys Starre löste sich, wenn auch nur kurz.

„War ich dabei? Habe ich es miterlebt? Bitte, Shelly, das könnte helfen.“ Er trat noch einen Schritt auf sie zu.

„Wenn du wirklich nicht weißt, was du getan hast, dann hilft es dir auch nicht, es herauszufinden.“

„Wie bitte?“

„Glaub mir, Brock, das willst du gar nicht wissen.“

„Bitte.“

„Okay.“ Shelly stürmte ins Haus und kehrte kurz darauf mit einer VHS-Kassette zurück. Sie sprang die Verandastufen hinunter und hielt sie ihm unter die Nase. „Ich weiß nicht, warum Ron sie nach all den Jahren immer noch aufbewahrt. Es ist nicht gerade ein Heimvideo, das zum Lachen anregt.“

„Was ist auf dem Band?“

„Ihr habt euch beide idiotisch verhalten, aber du setzt allem die Krone auf.“

„Was ist auf dem Band, Shelly?"

„Besitzt du noch einen Videorecorder?" Sie klatschte ihm das Band gegen die Brust, und er nahm es entgegen. Aber sie ließ es nicht los. „Letzte Möglichkeit, die Sache ruhen zu lassen."

Ein Teil von Brock schrie ihm zu, genau das zu tun. Doch der größere Teil wollte wissen, was seinem Bruder zugestoßen war, denn nur ein Narr konnte die Augen davor verschließen, dass er eine wichtige Rolle bei dem schrecklichen Geschehen gespielt hatte, bei dem Ron seine Hand eingebüßt hatte.

Auf dem Heimweg versuchte er sich vorzustellen, was ihn beim Anschauen des Videos erwarten würde. Auf seinem Hausboot angekommen hatte er alle möglichen Ideen, wie er es hinauszögern konnte. Doch gegen 22:00 Uhr war es so weit. Der Wunsch, endlich Gewissheit zu haben, war stärker als seine Furcht. Nach 20 Minuten des Suchens fand er den Videorecorder in einem Schrank in einem der oberen Zimmer.

Er schloss ihn an sein Fernsehgerät an, verriegelte alle Läden, schaltete die Lichter aus und ließ die Kassette laufen. Als die Bilder von Ron und ihm den Bildschirm ausfüllten, schrie sein Geist ihm zu, das Video anzuhalten. Doch seine Hand wollte nicht gehorchen.

Kapitel 34

Es war der 12. August 1997. Das zeigte das Datum des Videos.

„Wollen wir wirklich?" Brock tänzelte auf den Zehenspitzen in einem engen Kreis um Ron herum.

Die Sonne schien hell am fast wolkenlosen Himmel. Sie waren in Rons Garten, meinte Brock zu erkennen. Der Kamerawinkel veränderte sich, und Brock erhaschte einen Blick auf eine der Golfflaggen im Hintergrund. Definitiv Rons Garten.

„Willst du etwa aufgeben, bevor wir überhaupt angefangen haben?" Ron zeigte mit dem Finger auf Brock. „Nur zu, zieh den Schwanz ein, rück' das Geld, raus, gib zu, dass du keine Chance hast, und es ist vorbei."

„Auf keinen Fall."

„Wir machen weiter, bis einer von uns aufgibt, einverstanden?", grinste Ron.

„Du solltest besser schon mal üben, Onkel zu sagen, Bruderherz."

„Das wird nicht nötig sein. Nie im Leben."

Die beiden umkreisten sich noch schneller, und beide hoben ihre Arme und ließen ihre Hände vorschnellen, als wollten sie angreifen.

Eine Stimme in der Nähe der Kamera murmelte: „Idioten, alle beide. Ich fasse es nicht, dass sie das tun. Mitte dreißig, und verhalten sich immer noch wie Sechzehnjährige. Man sollte doch meinen, in ihrem Alter hätten sie es nicht mehr nötig, sich wie Jungbullen aufzuführen, die sich was beweisen müssen."

Karissas Stimme. Ihr Klang weckte eine stechende Sehnsucht in Brock, und er beugte sich vor, um deutlicher sehen zu können.

„Für mich ist das zu fassen. Durchaus." Das war Shelly. „Sie leiden an einer Krankheit, die fast unmöglich zu überwinden ist."

„Welche Krankheit?"

„Sie hatten das Pech, als Männer zur Welt gekommen zu sein."

„Hey! Filmst du etwa?" Ron drehte sich zur Kamera.

„Ja." Shelly hob die Stimme. „Damit die ganze Welt sehen kann, wie dumm ihr zwei seid!"

„Ein Psychologe könnte mit euch Karriere machen."

„Ohne Frage." Shelly lachte. „Das wird peinlich für die beiden, wenn sie sich das Video ansehen."

„Leider werden sie auch dann wohl die Wahrheit nicht erkennen", meinte Karissa. „Sag noch mal ... wann sollten Männer erwachsen werden?"

Die beiden Frauen unterhielten sich weiter, aber Brock konzentrierte sich auf die Handlung. Er und Ron stürzten sich nun aufeinander und begannen miteinander zu ringen, als würde es gelten, die Olympischen Spiele zu gewinnen. Und auch wenn die Frauen das auf ironische Weise lustig fanden, zeigte der Ausdruck auf seinem und Rons Gesicht, dass es ihnen mit dem Wettkampf durchaus sehr ernst war.

Warum machten sie bloß so etwas noch in dieser Phase ihres Lebens? Sicher, er und Ron hatten früher häufig Ringkämpfe miteinander veranstaltet, wie vermutlich alle Brüder. Dabei hatte Brock einige Zähne eingebüßt. Und auch Ron hatte immer noch Narben vorzuweisen. Aber mit Anfang 20 hatten sie die direkten Handgreiflichkeiten aufgegeben und sich banaleren Formen des Duellierens zugewandt. Offensichtlich war dies in dieser Zeitschiene nicht der Fall.

Mittlerweile hatte Brock zweimal versucht, Ron von den Beinen zu holen, jedoch ohne Erfolg. Im Gegensatz zu professionellen Ringkämpfen würde es in diesem Kampf keine Pause geben. Nach etwa 40 Sekunden, in denen jeder von ihnen nach einer Lücke in der Verteidigung gesucht hatte, gelang es Ron, Brock zu täuschen. Er stürzte sich auf Brocks Beine, warf ihn rückwärts zu Boden und bohrte sein Knie in seine Rippen. Brock grunzte und versuchte sich durch eine Drehung aus Rons Griff zu befreien. Doch er war nicht schnell genug. Jetzt lag er auf dem Bauch und Ron grub seinen Ellbogen in die Stelle, wo er vorher sein Knie gehabt hatte.

Brock warf den Kopf zurück und traf Ron im Gesicht. Sein Bruder rappelte sich hoch und hielt sich die blutende Nase. Nachdem er sie eine Weile zugehalten hatte, ließ er die Hand sinken und wischte sie an seiner Jeans ab.

„Okay, das reicht dann ja wohl. Das Spiel ist vorbei." Karissas Stimme war so laut, dass beide Brüder in ihre Richtung schauten, aber genauso schnell wandten sie die Köpfe wieder weg und starrten sich an.

„Sind wir fertig?", keuchte Brock.

Ron schnappte nach Luft und wischte sich noch einmal über die Nase. „Nicht ... annähernd."

„Ach, kommt schon, ihr Machos", rief Shelly. „Könnt ihr denn nicht einfach nur Schach spielen?"

Ron drehte sich zu ihr um. „Lass die Kamera weiterlaufen."

„Sie sind wirklich Vollidioten."

„Dem kann ich nicht widersprechen." Karissa hob die Stimme. „Hört auf, Brock. Das ist doch kein Spiel mehr."

Brock umkreiste seinen Bruder langsam, und sein Blick huschte von Karissa zu Ron. „Es war nie ein Spiel."

„Und was dann?"

„Das Leben."

„Um es noch einmal ganz deutlich zu sagen, ihr zwei seid *Brüder*." Shellys Stimme.

Ron blickte in die Kamera. „Genau."

Sie umkreisten sich weiter. Langsam. Drohend. Alle beide keuchten schwer. Ron hatte den Kampf dominiert, und als er ihn am Boden gehabt hatte, hatte Brock wenig Hoffnung gehabt, dass er es noch mal drehen könnte. Seit sein Bruder ihn mit 14 Jahren in Größe und Gewicht eingeholt hatte, war er ihm kräftemäßig überlegen, und so war es auch in ihrem beruflichen Umfeld gewesen. Dieser Kampf würde nicht viel anders ausgehen als alle ihre anderen, egal in welcher Zeitschiene. Doch während Brock das Geschehen auf dem Bildschirm verfolgte, wurde ihm klar, dass er sich vielleicht irrte. Etwas in seinen Augen auf dem Bildschirm sagte ihm, dass sich dieses Mal die Kräfteverhältnisse zu seinen Gunsten verschieben würden.

Ron stürzte sich zum zweiten Mal auf ihn. Irgendwie gelang es Brock, dem Angriff im letzten Augenblick auszuweichen und Ron mit Armen und Beinen zu umklammern. Sie stürzten gemeinsam zu Boden. Der Aufprall ihrer Körper war begleitet von einem pfeifenden Geräusch, als die Luft aus Rons Lungen entwich. Aber Brock ließ nicht los. Während Ron nach Luft rang, packte Brock die Hand seines Bruders und sicherte sie mit einem Griff, der unglaubliche Schmerzen verursachen würde, sollte er versuchen, sich zu bewegen.

Während Brocks Blick am Bildschirm hing, brauchte er nicht lange zu überlegen, was dem Brock auf dem Video durch den Sinn ging. Er wusste es genau. Sein triumphierendes Grinsen sagte alles. Ein Teil von ihm schrie auf, er solle seinen Bruder loslassen, mit diesem ganzen Quatsch aufhören, aber das wurde übertönt von der Stimme, die schrie, er solle keine Gnade walten lassen, bis sein Bruder sich ergeben hätte. Endlich würde er einmal den Sieg davontragen.

Zehn Sekunden später war Ron wieder zu Atem gekommen und versuchte, sich aus Brocks Griff zu befreien. Brock wandte noch mehr Druck auf Rons Hand an.

„Krrrr!“, ächzte Ron mit zusammengebissenen Zähnen.
„Gib auf.“ Brock grub die Füße tiefer in den Boden und drückte seinen Bruder mit seinem ganzen Gewicht nieder.
„Nie im Leben“, schleuderte Ron ihm entgegen.
„Sag es!“
Rons einzige Antwort war ein Grunzen.
„Sag es!“ Brock drückte noch fester. „Ich habe gewonnen.“
„Du wirst nie gewinnen.“
Brock flüsterte: „Sag es, kleiner Bruder.“
Und wieder kam ein Schmerzensschrei über Rons Lippen.
„Sag es doch einfach, Ron. Gib es zu, ich habe gewonnen.“
Rons Stimme wurde leiser. „Du hast vielleicht einen dummen Ringkampf gewonnen, aber ich habe bei unserem Vater gesiegt, und das ist die reale Welt. Du hast verloren, Bruder. Für immer.“
Brock starrte auf den Bildschirm und wusste, was passieren würde, bevor es tatsächlich geschah. Etwas ihn ihm würde aushaken, und er würde etwas tun, das er danach für immer bedauern würde.
Und so kam es auch. Brock warf sich mit seinem ganzen Gewicht auf seine Hand, die Rons Hand umklammert hielt.
Die Knochen in Rons Hand brachen, und es klang, als würden winzige Dominosteine in vierfacher Geschwindigkeit umstürzen. Es konnte eigentlich gar nicht so laut gewesen sein, aber das Geräusch schallte aus Brocks Lautsprechern, als hätte es sich auf hundert Dezibel hochgeschaukelt. Rons Schmerzensschrei gellte Brock in den Ohren.
Die Kamera begann zu wackeln, und im nächsten Moment war auf dem Bildschirm nur noch der Himmel und das Gras zu sehen. Dann wieder Ron und Brock. Wer immer da aufzeichnete, schien die Kamera auf einen Stuhl oder Tisch gelegt und vergessen zu haben, sie abzuschalten. Eine Sekunde später kamen Shelly und Karissa ins Bild und eilten auf Ron und ihn zu.

„Runter von ihm! Runter von ihm!“ Shelly stieß Brock mit beiden Händen in die Seite, und als das nicht funktionierte, trat sie ihn mit ihrem Cowboystiefel in die Rippen.

Brock rollte sich zur Seite und landete auf dem Boden. Er keuchte, und als er seine Augen schloss, boxte ihn Shelly in den Magen und schrie: „Du verdammter Idiot! Was hast du dir dabei gedacht!“ Sofort wandte sie sich Ron zu: „Ruhig, Baby. Kann ich irgendwas tun? Eis holen?“

Rons Augen waren geschlossen und sein Gesicht schmerzverzerrt. Er reagierte nicht auf Shellys Fragen.

„Wir fahren in die Notaufnahme.“

Karissa kniete zwischen Rons und Brocks Köpfen. Finster blickte sie Brock an. „Und, bist du jetzt zufrieden?“

„Ich komme mit.“ Karissa warf Brock einen Blick zu, der ihm sagte, dass er nicht eingeladen war.

Brock wollte seinen Blick vom Bildschirm lösen, aber das gelang ihm nicht. Der jüngere Brock wurde blass, vermutlich weil ihm klar wurde, was er angerichtet hatte. Shelly und Karissa halfen Ron aufzustehen, und auch Brock erhob sich. Er setzte dreimal zu sprechen an, aber kein Wort kam über seine Lippen. Als er es ein viertes Mal versuchte, durchbohrte Ron ihn mit einem hasserfüllten Blick, und Brock formte mit den Lippen die Worte: „Es tut mir leid.“

Ron wandte sich ab und ging zum Haus, die verletzte Hand mit der anderen stützend. Nach ein paar Sekunden waren er, Shelly und Karissa aus dem Blickfeld verschwunden, und Brock war allein. Tief seufzend rieb er sich über das Gesicht. Eine ganze Weile stand er einfach nur da, den Kopf in den Händen. Dann fuhr er zusammen, als ihm klar wurde, dass die Kamera immer noch lief. Er schüttelte den Kopf, ging zur Kamera und schaltete sie aus.

Das Video war zu Ende. Brock rührte sich nicht, machte sich nicht die Mühe, das Gerät auszuschalten. Was geschehen war, war nun offensichtlich. Anscheinend hatte er in seiner Idiotie Rons Hand so stark verletzt, dass man sie nicht hatte retten können. Oder vielleicht hatte es nach der Operation Komplikationen gegeben, die eine Amputation unumgänglich gemacht hatten. Eine Hand zu verlieren ... was für eine schreckliche Vorstellung. Kein Wunder, dass sein Bruder ihn so abgrundtief hasste!

26. Mai 2015

Zweieinhalb Stunden lag Brock an jenem Abend im Bett und versuchte, Schlaf zu finden, bevor er es schließlich aufgab. Nach dem Anschauen des Videos war er so aufgewühlt, dass er nicht aufhören konnte nachzudenken. Was sollte er jetzt tun? Er musste wohl irgendwie den nächsten Tag überstehen und darauf hoffen, dass er wieder träumte.

Und er würde versuchen, Shagull zu erreichen. Ob der Doktor in seiner Zeitschiene existierte, wusste er nicht, aber es dürfte nicht schwer sein, das herauszufinden.

Brock stand auf, ging ins Wohnzimmer und weiter in das kleine Arbeitszimmer auf der anderen Seite der Küche. Er suchte nach Fotos von sich und seinem Vater in Alaska, doch es war keins da. Nicht einmal eins. Brock wandte sich zum Schreibtisch um und blätterte die Notizen und Papiere durch. Nichts. Auch nicht in den Schubladen. Hatte er in diesem Leben Kontakt zu Dr. Shagull aufgenommen? Er wünschte sich so sehnlich, die Antwort möge ja lauten, aber es schien nicht so zu sein.

Er wollte sich gerade der anderen Seite des Schreibtischs zuwenden, als er eine Visitenkarte auf dem Boden entdeckte. Es war die von Shagull. Ja! Er hatte also auch in der aktuellen Realität Kontakt zu dem Doktor aufgenommen. Brock blickte auf die Uhr auf seinem Handy. Kurz vor Mitternacht. Mist. Zu spät. Der Doktor würde den Anruf vermutlich nicht mehr entgegennehmen. Aber er könnte ja eine Nachricht hinterlassen.

Der Doktor meldete sich gleich beim ersten Klingeln. „Hallo?"

„Sie sind noch wach?"

„Offensichtlich. Wer ist da?"

„Brock Matthews. Wir haben anscheinend schon einmal miteinander gesprochen." Natürlich hatten sie das. Die Visitenkarte wäre ja nicht hier gewesen, wenn das nicht der Fall gewesen wäre.

„Sie erinnern sich nicht daran?"

„Ich erinnere mich schon, aber ich wusste nicht, ob Sie sich erinnern."

„Warum denn das?"

„Ich bin an einem anderen Ort aufgewacht, als dem, an dem ich eingeschlafen bin, und alles hat sich verändert, und ich erinnere mich an nichts davon. Und ich weiß auch nicht, worüber Sie und ich gesprochen haben."

„Ich verstehe."

„Wirklich?" Brock befühlte seine feuchte Stirn. „Passiert das hier gerade wirklich?"

„Ich bin nicht sicher, ob ich Ihre Frage verstehe."

„Wie kann es sein, dass Sie die Frage nicht verstehen? Gehe ich tatsächlich zurück in die Vergangenheit und rede mit mir selbst? Veranlasse ich mein jüngeres Ich, die Gegenwart zu verändern? Erlebe ich gerade etwas wie in dem Film *Zurück in die Zukunft* im realen Leben?"

„Wir haben doch bereits darüber gesprochen. Aber ich will es gern noch einmal wiederholen: Ich habe keine Ahnung, ob diese Dinge tatsächlich geschehen. Ich kenne das große Bild nicht. Sie erzählen mir, dass bestimmte Dinge anders sind als vorher, aber als Beweis dafür habe ich nur Ihr Wort. Sie können mir und anderen Menschen nichts Greifbares zeigen, das darauf hinweist, dass die Dinge vorher anders waren."

„Wollen Sie damit sagen, ich hätte den Verstand verloren? Dass sich alles nur in meinem Kopf abspielt?“ Brock durchquerte das Wohnzimmer, öffnete die Tür und trat hinaus aufs Deck.

„Nein, das will ich nicht sagen. Ich versuche nur zu erklären, warum ich Ihnen keine Einschätzung geben oder auch nur versuchen kann, die Frage zu beantworten, die Sie mir gerade gestellt haben. Die Frage, die lautete: ‚Erlebe ich das wirklich?‘ Geschieht dies alles vielleicht nur in Ihrem Kopf? Diese Frage können wir mit Ja beantworten. Geschieht es in dem Konstrukt der physischen Realität? Dazu kann ich nichts sagen, und ich halte es nicht für klug, in dieser Hinsicht eine Meinung zu äußern.“

„Ich will doch nur eines wissen: Ist so etwas möglich? Oder bin ich verrückt?“

„Ich erinnere mich, dass Sie in unserem ersten Gespräch erwähnt haben, ein Mann des Glaubens zu sein. Ist das korrekt?“

„Ja, das bin ich.“

„Ich auch. Dann sind wir beide der Meinung, dass bei Gott alle Dinge möglich sind, nicht?“

„Ja.“ Brock starrte zum dunklen Himmel hoch. Es würde bald regnen.

„Dann, nehme ich an, müssen Sie sich fragen, ob Sie es glauben oder nicht.“

„Ich glaube grundsätzlich schon daran, dass Gott nichts unmöglich ist, aber das hier ... das ist doch einfach zu ... zu verrückt.“

„Ah, ich verstehe. Für Ihren Gott sind also alle Dinge möglich, außer denen, die Sie nicht für möglich halten. Haben Sie ihm eine Liste gegeben, um sicherzugehen, dass er nicht etwas tun will, das Sie nicht billigen?“

„Das ist aber doch keine theologische Frage, sondern es fällt eher in den Bereich Science Fiction. Oder Fantasy.“

„Manche würden dasselbe über die Jungfrauengeburt oder die Teilung des Roten Meeres sagen, oder darüber, dass tote und vertrocknete Knochen sich wieder zu lebendigen Wesen zusammensetzen und eine Armee bilden. Nicht wenige Menschen behaupten, das seien alles nur Metaphern und Geschichten, nicht etwa Berichte über reale Ereignisse. Was glauben Sie?"

„Ich habe keine Ahnung mehr, was ich glaube oder für möglich halte. Sagen Sie mir lieber, wie ich diesen Wahnsinn wieder unter Kontrolle bekomme." Brock stieg über die Außenleiter auf das Dach seines Hausboots und ließ sich dort in einen Liegestuhl sinken. „Ich muss das wieder in Ordnung bringen. Ich muss wieder zurückgehen und alles tun, was notwendig ist, um die Dinge richtigzustellen."

„Ist Ihnen schon mal der Gedanke gekommen, dass das vielleicht nicht in Ihrer Hand liegt? Und nie gelegen hat?"

„Wenn es nicht in meiner Hand liegt, in wessen Hand denn dann?"

„Wie ich bereits sagte: Ich glaube, Sie müssen Ihren Glauben einmal gründlich hinterfragen."

„Was soll das heißen?"

„Nach dem Glaubenssystem, dem wir beide anhängen, hat entweder Gott, der unsere Seelen liebt, alles in der Hand, oder der Feind. Aber niemals wir selbst, oder?"

„Aber darum geht es doch in Ihrem Buch! Dass wir unsere Träume kontrollieren und damit unser Leben verändern können. Behaupten Sie jetzt etwa, dass das nicht so ist?"

„Ich schlage vor, dass wir eine persönliche Begegnung vereinbaren. Wann haben Sie Zeit?"

„Sofort."

Shagull lachte. „Mein frühester freier Termin ist übermorgen Nachmittag. Geht das bei Ihnen?"

„Nicht früher?"

„Es tut mir leid, Brock. Ich habe vorher keine Zeit."

Kapitel 35

28. Mai 2015

„Bisher habe ich nicht mehr geträumt, aber woher weiß ich, dass ich beim nächsten Mal nicht alles noch schlimmer mache?“ Brock stapfte auf dem Holzfußboden in Dr. Shagulls Haus hin und her. „Woher soll ich wissen, was ich ändern muss, welche Entscheidung welche Folgen nach sich zieht?“

„Ich weiß es nicht.“ Der Doktor saß auf einem Küchenstuhl und musterte ihn, als würde er ein seltenes Gemälde einschätzen, das ihm zum Kauf angeboten worden war.

„Und wie um Himmels willen schaffe ich es dann, dass alles wieder so wird, wie es sein sollte?“

„Und wie sollte es sein?“

Eine ausgezeichnete Frage. Wollte er alles genau so wieder haben, wie es gewesen war, bevor dieser ganze Traum-Albtraum begann? Nein, nicht wirklich. Er hatte den Ruin von *Black Fedora* aufhalten wollen. Er hatte sich gewünscht, dass er Karissa mehr Liebe geschenkt und mehr Zeit mit Tyson verbracht hätte. Dass er sich Ron gegenüber wie ein Bruder und nicht wie ein Feind verhalten hätte. Und eine Million anderer Dinge.

„Ich ... ich weiß nicht genau, wie es sein sollte.“

„In diesem Fall ist es schwierig, Ihnen einen Rat zu geben.“

Der Doktor nahm eine Teetasse und stellte sie in die Mitte eines Blattes Papier. Mehrmals verschob er sie um einige Millimeter hin und her, bis sie seiner Meinung nach genau in der Mitte stand. Schließlich nahm er einen Bleistift und zog einen Kreis um die Tasse. Dann hob er sie hoch und malte noch zwei weitere Kreise, sodass es in der Mitte eine kleine Fläche gab, auf der sich die drei Kreise überschnitten.

„Sehen Sie?" Der Doktor schaute zu Brock. Er tippte mit dem Stift auf die Stelle, an der sich die drei Kreise überschnitten, und füllte diese Fläche mit schnellen Strichen aus. „Dies ist der Bereich, der mich fasziniert."

„Warum?"

„Genau hierhin hat mich meine Forschung geführt." Der Doktor kreiste die Fläche ein. „Es ist der Ort, wo sich die Vergangenheit, die Gegenwart und die Zukunft treffen. Der Ort der Träume, an dem es keine Zeitbarriere gibt."

„Sie sagen also, dass wir uns in unseren Träumen da befinden?" Brock deutete auf die graue Fläche.

Der Doktor nickte. „Das ist der Ort, an dem das Leben verändert werden kann."

„Die Art Veränderung, die ich herbeigeführt habe."

„Offensichtlich."

„Für immer verändert ... bedeutet das, dass ich nicht mehr zurückgehen und alles so wiederherstellen kann, wie es vorher war?"

„Auf dem Papier sieht es so aus." Der Doktor starrte auf die Zeichnung und verstummte. „Ich weiß nicht, ob sich all das tatsächlich ereignet."

„Was meinen Sie mit *auf dem Papier*?"

„Ich sage, dass das, was Sie gerade erleben, oder zu erleben meinen, theoretisch möglich, aber höchst unwahrscheinlich ist. Also sind Sie entweder vollkommen verrückt oder ..." Shagull lehnte sich zurück und musterte Brock. „Zeitreisen zum Beispiel sind theoretisch durchaus möglich. Aber kein seriöser Wissenschaftler glaubt, dass sie tatsächlich durchgeführt werden können. Genauso denke ich, dass Sie diese Ebene", – der Doktor tippte wieder auf das Papier –, „theoretisch erreichen können, aber nicht in der Realität. Doch vielleicht haben Sie ja auch bewiesen, dass ich unrecht habe."

„Ich verstehe Sie nicht. Nehmen wir einmal für einen Moment an, ich erlebe wirklich, was Sie nicht für möglich halten – und glauben Sie mir, ich bin sicher, dass es möglich ist, weil es sich nämlich verdammt real anfühlt. Wollen Sie sagen, dass ich nicht wirklich in meiner Vergangenheit bin?"

„Nein, Sie sind hier. Aber nicht auf eine Weise, die die meisten Menschen verstehen würden."

„Tja, die meisten Menschen. Menschen wie ich."

Dr. Shagull schob das Blatt mit den drei Kreisen zu Brock hinüber und tippte erneut auf die schraffierte Fläche. „Ich glaube, dass Sie sich vielleicht außerhalb dieser Existenzebene befinden."

„Ah, jetzt kapiere ich."

„Wie schön, dass Sie Ihren Humor noch nicht verloren haben." Der Doktor tippte erneut auf das Blatt. „Ich glaube, dies ist nicht nur die Stelle, wo sich Vergangenheit, Gegenwart und Zukunft treffen, sondern auch der Ort, wo sich Vater, Sohn und Heiliger Geist überschneiden. Sie sind Einzelpersonen und doch eins."

Brock schüttelte nur noch den Kopf.

„Bleiben Sie bei mir, Brock. Wenn Sie glauben können, dass das so ist, dass es einen Ort gibt, wo Vergangenheit, Gegenwart und Zukunft nebeneinander existieren, und wenn Sie glauben können, dass Vater, Sohn und Heiliger Geist in diesem Moment auch existieren, dann können Sie auch glauben, dass die Dreieinigkeit in der Lage ist, Sie an einen Ort außerhalb der Zeit zu führen, wo Sie mit Ihrem jüngeren Ich kommunizieren können."

„Mir ist es ehrlich gesagt mittlerweile beinahe egal, wo dieser Ort genau ist oder was er ist. Ich will nur wissen, was ich tun muss, wenn ich dort wieder ankomme."

„Aber mich interessiert es, wo sich dieser Ort befindet, und Ihr Fall könnte meine Forschung revolutionieren. Und darum macht uns das in gewisser Weise zu Partnern.“

Auf der Rückfahrt zum Hausboot war Brock noch verwirrter und frustrierter als vor seinem Gespräch mit Shagull. Die wissenschaftliche Erforschung seiner Träume interessierte ihn nicht die Bohne, und es gefiel ihm überhaupt nicht, dass der Doktor ihn manchmal ansah, als sei er eine Laborratte. Am liebsten hätte er ihm gesagt, er könne sich seine Forschung an den Hut stecken. Aber dennoch brauchte er Shagull, denn er hatte immer noch keine Ahnung, was er in seinem nächsten Traum tun sollte. Und auch wenn der Doktor behauptete, ihm nicht helfen zu können, war er doch der Einzige, der zumindest im Ansatz Bescheid wusste.

Als er über das Dock zu seinem Hausboot stapfte, entdeckte er Beth, die sich gerade von seiner Tür abwandte. „Hey, Beth.“

Ihr Lächeln erhellte die frühe Abendluft. „Hast du mich vergessen?“

„Äh ...“

„Seit zweieinhalb Jahren haben wir an keinem Donnerstagabend unser Spiel verpasst.“ Sie hielt ein Crabbage-Brett und die dazugehörigen Karten in die Höhe. „Ich dachte schon, heute würden wir unsere Gewohnheit zum ersten Mal unterbrechen.“

„Nein, äh, ich habe es nicht vergessen.“

Sie lachte. „Hast du doch! Aber ich verzeihe dir.“ Sie deutete auf die Dachveranda. „Wie üblich da oben?“

„Ja, prima“, erwiderte Brock. „Ich komme gleich.“

Drei Minuten später gesellte sich Brock mit einer Tüte Knabberbrezeln und einer Flasche Limonade zu Beth und ließ sich ihr gegenüber an dem kleinen Holztisch nieder. Er stellte die Getränke und die Brezeln ab und forderte Beth auf, die Karten auszuteilen.

Nachdem er das erste Spiel verloren und sie im zweiten um 19 Punkte geschlagen hatte, legte Beth die Karten beiseite und durchbohrte ihn mit ihren wissenden Blicken. „Also, jetzt erzähl schon. Was gibt es Neues?"

„Ich muss unbedingt noch einmal träumen." Er warf eine Brezel ins Wasser und sofort stürzten sich drei Enten auf den Leckerbissen.

„Wie bitte?"

„Ich habe mein eigenes und das Leben der Menschen ruiniert, die ich liebe. Vielleicht könnte ich alles wieder in die richtige Spur bringen ... Das Problem ist nur: Ich weiß nicht, was ich ändern soll."

„Nach dem, was du mir im Laufe der Jahre erzählt hast, klingt es nicht so, als wäre das Schlafen dein Problem. Du solltest dich vielleicht eher freuen, dass du endlich aufgewacht bist."

„Vermutlich hast du Recht. Ich fange allmählich an, das zu erkennen."

„Ja, den Eindruck habe ich auch." Beth zwinkerte ihm zu. „Deine Augen öffnen sich."

„Wofür?"

„Willst du meine ungeschminkte Antwort?"

„Ja."

„Ich glaube, dass Gott dich die Ketten erkennen lässt, die dich und Karissa gefangen halten. Und ich glaube, dass es in deiner Macht liegt, diese Ketten zu lösen, um das Leben zu führen, zu dem du bestimmt bist. Ein Leben in Freiheit. Gott kann dir eine neue Sichtweise schenken."

„Dann bist du also ein Psycho-Doc?"

„Nein. Gott ist der Arzt, aber manchmal assistiere ich ihm." Beths Stimme wurde weicher, und sie beugte sich über den Tisch. „Wenn du bereit bist, wird Gott seine unschlagbare Lasermethode bei deinen Augen anwenden und deine Kurzsichtigkeit beseitigen."

„Geistliches Lasern."

„Ja."

Brock lehnte sich zurück. „Nach deinem Gesichtsausdruck zu urteilen nehme ich an, dass jemand Gott geholfen hat, diesen operativen Eingriff bei dir vorzunehmen."

„Und ich werde ihm dafür ewig dankbar sein."

„Wie ist es ausgegangen? Siehst du jetzt so scharf, wie du es dir gewünscht hast?"

Beth legte beide Hände um ihre Limonade, zog sie zu sich heran und starrte sie so lange an, dass Brock sich bereits fragte, ob sie die Frage überhaupt gehört hatte. Waren das Tränen hinter Beths Brillengläsern? Brock konnte es nicht genau erkennen.

„Ja. Ich sehe jetzt klar. Zu klar, und manchmal ist mir das Licht zu grell. In vieler Hinsicht wünschte ich, ich wäre noch blind und könnte meine Augen vor der Wahrheit abschirmen, weil dieser Eingriff erst so spät in meinem Leben erfolgt ist. Aber wenn ich die Wahrheit aussperren könnte, wäre ich nicht in der Lage, den Brocks dieser Welt zu helfen und für sie zu beten und ihnen Mut zu machen, ihre Herzen und Augen weiter zu öffnen, als sie es je für möglich halten würden."

Brock war nicht sicher, ob er Beth danken oder sich für die Nacht entschuldigen sollte. Aber er brauchte Rat. Einen Hinweis, was er in seinem nächsten Traum tun sollte ... und was er tun sollte, bis er wieder einen solchen Traum hätte. Brock war wie ein Mann, der ohne Radmuttern an den Reifen über die Autobahn raste, und Gott allein besaß den Schlüssel zum Montieren der Reifen.

„Sagen wir, ich bin bereit, den OP zu betreten. Was kommt als Nächstes?"

„Ich habe leider eine schlechte Nachricht für dich." Beth schüttelte lächelnd den Kopf. „Du liegst bereits auf dem Operationstisch."

„Darf ich dir etwas Verrücktes erzählen?" Er erhob sich und ging zu Beth hinüber.

„Natürlich."

„Richtig verrückt."

„Nur raus damit."

„Also ... der Grund, warum ich dich neulich nicht erkannt habe und überhaupt so vieles nicht mehr weiß, ist ... ich habe Träume, in denen ich mit meinem jüngeren Ich reden kann. Aufgrund dieser Gespräche trifft er dann andere Entscheidungen, und wenn ich aufwache, ist meine Welt nicht mehr die, die ich kenne."

Beth starrte auf den Tisch. „Was hast du in diese Limonade getan?"

„Beth, ich-"

„Ich weiß, dass du es ernst meinst, Brock." Sie legte den Kopf zur Seite und lächelte. „Und wenn du meine Vergangenheit kennen würdest, würdest du wissen, dass ich dir voll und ganz glaube."

„Wirklich? Das ... Danke." Brock atmete erleichtert auf.

„Aber trotzdem bin ich nicht der Meinung, dass du dich ausschließlich auf deinen nächsten Traum konzentrieren solltest, um deinem Leben die entscheidende Wendung zu geben."

„Machst du Witze? Ich kann dieses Leben nicht leben. Es ist eine Katastrophe. Alles, was mir etwas bedeutet, ist zerbrochen. Ich brauche ganz dringend wieder so einen Traum, um es wieder in Ordnung zu bringen."

„Und was, wenn du deinem jüngeren Ich nie mehr im Traum begegnen kannst? Was, wenn diese Träume sich nur in deinem Kopf ereignet haben? Was, wenn dies dein richtiges Leben ist?"

„Nein. Das darf nicht sein. Ich kann das nicht akzeptieren."

„Vielleicht hast du keine Wahl."

„Und was soll ich tun?"

„Wenn es stimmt, was du mir erzählt hast, dann hast du selbst diese Zeitschiene erschaffen und kannst nur begrenzt beeinflussen, wann sich wieder ein Fenster öffnet. Also musst du für den Augenblick auch darin leben. Lebe im Jetzt. Nimm dir Zeit zu beten und auf die Antworten zu hören, die Gott dir gibt. Denk darüber nach, was dir wichtig ist."

„Die Antwort darauf kenne ich bereits: Karissa."

„Noch wichtiger als *Black Fedora*?"

„Nun ... beides ist wichtig. Aber auf unterschiedliche Art."

„Ich verstehe." Sie starrte ihn mit ernstem Blick an.

„Was verstehst du?"

„Nichts."

„Wenn Gott dir gerade dazu etwas sagt, dann würde ich gern wissen, was es ist."

„Ich weiß." Beth tätschelte Brocks Hand, als wäre er ein kleiner Junge. „In der kommenden Zeit wirst du noch vieles wollen. Keine Sorge, ich bete schon lange für dich und werde weiterbeten. Aber eins kann ich dir schon einmal zusagen: Gott ist für dich, und nichts wird ihn daran hindern, dich frei zu machen."

Beth trank ihre Limonade aus, erhob sich und ging zur Treppe. Dort drehte sie sich noch einmal um und schien zu überlegen, ob sie noch etwas sagen oder lieber schweigen sollte. Dann beschloss sie zu reden. „Ich muss dich warnen. Wann immer ich erlebt habe, dass Gott Menschen solche außergewöhnlichen Wege führt, dann wurde es an dem Punkt, an dem du jetzt gerade stehst, nicht leichter, sondern immer schwieriger."

Kapitel 36

31. Mai 2005

Um 16:30 Uhr erreichte Brock den Gipfel des Mount Pilchuck. Für einen Mann von Anfang 40 waren seine Lungen in keinem schlechten Zustand, aber er hatte für den Aufstieg länger gebraucht als angenommen. Der Weg war nicht weit, nur knapp vier Kilometer, und ging nicht besonders steil bergan, trotzdem war es kein Aufstieg für einen Anfänger. Er war dankbar, dass sonst niemand unterwegs war, abgesehen von zwei Wanderern, die ihm auf ihrem Weg nach unten begegnet waren.

„Ist jemand oben?“, hatte Brock die Entgegenkommenden gefragt.

„Nein. Der Gipfel gehört allein Ihnen.“ Der Mann grüßte ihn. „Genießen Sie die Einsamkeit.“

Genau das hatte er vor. Er wollte allein sein, wenn er seine eigene persönliche Zeitkapsel schuf – eine, die er vielleicht niemals finden würde. Er hatte immer noch große Zweifel daran, dass der Mann, der ihm damals begegnet war, wirklich er selbst gewesen war. Aber nur für den Fall, dass das Unmögliche geschehen war, wollte er diesem Mann eine Nachricht zukommen lassen. Und da seine letzte Begegnung mit Zukunfts-Brock nun schon mehr als 15 Jahre zurücklag, glaubte Brock nicht daran, dass er die Nachricht persönlich übergeben könnte.

Aber er wollte sie auf dem Pilchuck verstecken. Er hatte das Gefühl, als wäre das richtig, als hätte Gott ihn hergeführt. Und wenn Gott ihn tatsächlich hierher gebracht hatte, dann könnte er auch Zukunfts-Brock an diesen Ort führen. Irgendwie.

Er brauchte nur zehn Minuten, um das richtige Versteck für die Schachtel samt Inhalt zu finden. Als er gerade einen großen Stein über die Schachtel legte, nahm er schwere Stiefelschritte von rechts wahr.

Ein schlanker Mann mit einem kleinen Rucksack hielt ein paar Meter entfernt von ihm inne. Brock schätzte ihn auf Ende 40, Anfang 50. Er trug eine Brille mit dicken Gläsern, hatte ein blasses Gesicht und schüttere blonde Haare. In der Hand hielt er einen knorrigen Wanderstab.

„Entschuldigen Sie bitte, wenn ich Ihre Einsamkeit störe."

Brocks Blick wanderte zu der Stelle, an der er die Schachtel versteckt hatte, und dann wieder zu dem Mann zurück.

„Keine Sorge." Der Mann schwenkte seinen Wanderstab. „Ich werde nicht stehlen, was immer Sie dort versteckt haben. Aber ich lasse Sie auch gern allein, wenn Sie ein anderes Versteck suchen wollen."

Brock dachte über den Vorschlag nach. „Nein. Das, was da drin liegt, ist nur für mich von Wert."

Der Mann nickte, drehte sich um und legte die paar Meter zu der Leiter zurück, die auf den historischen Feuerwachturm führte. Kurz darauf gesellte sich Brock zu ihm.

Im Norden sah man den Mount Baker, die Olympics im Westen. Brock bewunderte die Schönheit der Berge und betete still darum, dass die Schachtel gefunden werden möge, wenn sie gefunden werden sollte; dass niemand sonst das mitnehmen würde, was er in dem Felsen versteckt hatte; dass die Botschaft ihre Aufgabe erfüllte, falls die Zeit dafür jemals gekommen war.

„Ein wunderschöner Tag."

Brock nickte. Der Mann wandte sich zu ihm um. „Sind Sie zum ersten Mal auf dem Gipfel des Pilchuck?"

„Ja. Und Sie?"

„Siebzehn Mal. Ich weiß auch nicht, warum ich immer wieder hier hochsteige. Es gibt ja auch noch andere Berge. Aber dieser hier lockt mich immer wieder an." Er deutete mit der Hand auf den Ausblick. „Vermutlich deswegen."

„Es ist wirklich atemberaubend."

„So spät am Tag hatte ich nicht damit gerechnet, dass noch jemand hier oben ist."

„Ich auch nicht."

Der Mann nickte verstehend. „Was tun Sie, wenn Sie nicht in den Bergen wandern?"

„Mir gehört eine Kaffeerösterei." Brock lehnte sich an das Geländer. „Und Sie?"

„Ich bin Professor für Psychologie an der Universität von Washington."

„Dort habe ich studiert. Ist schon lange her." Brock musterte den Mann. „Was ist Ihr Spezialgebiet?"

„Träume und die Frage, wie das Unterbewusstsein unsere reale Welt beeinflusst."

„Ist das Ihr Ernst?"

„Das Thema interessiert Sie?"

„Gegenfrage: Glauben Sie an Gott?"

„Ja."

„Ich kam hier herauf, weil ich das Gefühl hatte, dass Gott mir das in einem Traum aufgetragen hat." Brock umklammerte mit aller Kraft das Geländer. „Und jetzt treffe ich Sie."

„Ich bin also eine Art Antwort?"

Brock blickte zum Mount Rainier in der Ferne hinüber. „Darf ich Ihnen etwas Verrücktes erzählen?"

„Aber bitte." Der Professor lächelte, als wollte er sagen: *Ich höre sowieso den ganzen Tag nichts anderes.*

„Mit Anfang zwanzig traf ich ein paarmal einen Mann, der bei jeder Begegnung behauptete, das alles sei nicht real, sondern ein Traum, und er sei ich selbst, aber dreißig Jahre in der Zukunft."

„Ich verstehe."

Brock war verblüfft. „Das scheint Sie gar nicht zu schockieren."

„Nein, das tut es nicht." Der Mann deutete nach oben. „Die Welt der Träume ist ein größtenteils unerforschtes Gebiet. Und jeder, der behauptet, Gott und das, was er zu tun in der Lage ist, zu verstehen, hat nicht einmal ansatzweise angefangen, ihn zu begreifen. Gott kann unerklärliche Dinge tun. Und er tut sie gern in Träumen."

„Dann sollten wir beide uns vermutlich heute hier begegnen."

„Das halte ich für sehr wahrscheinlich." Der Professor hielt ihm die Hand hin. „Ich bin Thomas Shagull."

„Brock Matthews." Brock schüttelte fest die Hand des Mannes.

„Ist das der Grund, warum Sie hier oben sind, Brock? Sind Sie hier, um herauszufinden, was Sie von diesem Mann aus der Zukunft halten sollen?"

„Nein." Brock schüttelte den Kopf und lächelte resigniert. „Ich weiß nicht, ob ich das je herausfinden werde."

„Was ist denn dann der Grund?"

Brock blickte den Professor an und überlegte, wie viel er erzählen sollte. „Ich kam hierher, um eine Nachricht für mein Zukunfts-Ich zu hinterlegen. Ich habe keine Ahnung, ob er diese Nachricht je bekommen wird, aber ich werde sie trotzdem für ihn hinterlassen. Denn der Teil von mir, der glaubt, dass er tatsächlich der war, der zu sein er behauptete, möchte ihm etwas Wichtiges mitteilen, das ich aus unseren Gesprächen gelernt habe. Und ich will ihn an diese Lektion erinnern. Denn ob er nun ich war oder nicht – er hat mein Leben verändert."

Der Professor musterte Brock, bevor er antwortete. „Vielleicht werden wir uns wiedertreffen, Brock Matthews."

„Ja, vielleicht."

Kapitel 37

29. Mai 2015

Brock lehnte an einem Ahornbaum auf dem Campus der Universität von Seattle. Es war angenehm warm, aber nicht heiß, und er konnte seine Sehnsucht nach den Sommern, wie sie früher gewesen waren, nicht ignorieren – die Sommer mit Karissa und Tyson.

Was, wen Beth Recht hatte und er für den Rest seines Lebens in dieser Zeitschiene bleiben musste? Oder schlimmer noch: Was, wenn die Begegnungen mit seinem jüngeren Ich sich wirklich nur in seinem Kopf ereignet hatten? Das würde nicht nur bedeuten, dass er ein gewaltiges psychisches Problem hatte, sondern auch, dass er mit dem leben musste, was er Karissa, Tyson, Sheila und Ron angetan hatte. Nein, er weigerte sich zu glauben, dass es keinen Weg gab, seine Realität noch einmal zu verändern. Aber instinktiv wusste er, dass er diese Möglichkeit vielleicht nicht bekommen würde, wenn er nicht noch einmal mit Shagull sprach. Und bis dahin würde er versuchen, die Welt zum Besseren zu verändern, in der er jetzt gerade lebte und vielleicht bleiben musste. Und das bedeutete, dass er irgendwie Karissas Herz zurückgewinnen musste.

Er sah auf seine Uhr. Karissas Unterricht würde in fünf Minuten zu Ende sein. Er überlegte, was er sagen konnte, um das Eis zwischen ihnen zu brechen, aber ihm fiel nichts Passendes ein.

Kurz darauf öffnete sich die Tür des Gebäudes, und sein Magen krampfte sich erwartungsvoll zusammen. Aber sie war es nicht. Nur ein paar Schüler, die sich mit ausdrucksvollen Gebärden unterhielten, während sie die Stufen hinunterstiegen. Weitere Schüler folgten ihnen. Und dann endlich auch Karissa.

Sie trat durch die Tür, ins Gespräch mit einer anderen Frau vertieft, die er auf Mitte 20 schätzte. Sie redete jedoch nicht mit ihrer Stimme mit ihr, sondern in Gebärdensprache. Wie ungewöhnlich, dass eine Frau, die er fast sein ganzes Leben lang kannte, sich in einer so wunderschönen Sprache unterhielt, von der er gar nicht wusste, dass sie sie beherrschte.

Als sie die letzte Stufe erreichten, lachten die beiden Frauen, und sie blickten einander an wie alte Freundinnen. Kein Wunder. Karissa war ein Mensch, zu dem sich alle sofort hingezogen fühlten, und zweifellos liebten ihre Schüler sie abgöttisch.

Sie trug braune Stiefel, Jeans und einen hellen Mantel. Eine Leichtigkeit ging von ihr aus, die er bisher noch nie an ihr wahrgenommen hatte.

Bevor er auf sie zugehen konnte, drehte sie sich um und entdeckte ihn, als hätte ein inneres Radar sie vor seiner Anwesenheit gewarnt. Die Leichtigkeit ihrer Schritte verflog. Sie richtete den Blick fest auf ihn, schüttelte abwehrend den Kopf und entfernte sich mit ihrer Freundin eilig in die andere Richtung.

Brock stieß sich vom Baum ab und ging ihnen nach. Als er näher kam, beschleunigte Karissa ihre Schritte.

„Karissa!“

„Halte dich von mir fern, Brock.“

„Ich habe Tyson besucht.“

„Schön für dich, aber das hat nichts mit mir zu tun.“

„Bitte. Ich brauche nur eine Minute.“

Sie ging unbeirrt weiter zur Mitte des Campus.

„Nur eine Minute, Karissa.“

Karissa blieb stehen, drehte sich aber nicht um, sondern blickte beinahe flehend in die weißen Wolken am Himmel hinauf. Ihre Freundin machte einige schnelle Handzeichen. Brock brauchte die Gebärdensprache nicht zu beherrschen, um zu verstehen, dass die Frau Karissa gerade gefragt hatte, ob alles in Ordnung sei. Karissa nickte und erwiderte etwas. Die Frau blickte Brock flüchtig an, konzentrierte sich aber sofort wieder auf Karissa. Wieder einige Zeichen, wieder eine Antwort von Karissa. Noch einmal traf Brock ein besorgter Blick, dann entfernte sich die Frau. Karissa drehte sich um und ging davon, noch schneller als vorher, falls das überhaupt möglich war.

Kurz darauf war Brock wieder an ihrer Seite. „Hey ... kannst du vielleicht etwas langsamer gehen?"

„Was willst du hier?" Sie wich zur Seite, um mehr Abstand zwischen ihnen zu schaffen. „Ich hoffe sehr, dass es einen stichhaltigen Grund dafür gibt."

„Können wir eine Tasse Kaffee zusammen trinken? Nur ein paar Minuten."

„Was?" Sie blieb stehen und wirbelte zu ihm herum. „Eine Tasse Kaffee? Warum sollte ich eine Tasse Kaffee mit dir trinken? Zur Erinnerung an die guten alten Zeiten?"

„Ich möchte nur mit dir reden."

„Worüber denn, Brock?" Karissa verschränkte die Arme vor der Brust und ließ ihren Blick über den Campus schweifen, wohl um zu sehen, ob sie von Schülern oder Lehrerkollegen beobachtet wurden.

„Über nichts. Alles."

„Wenn es keinen richtigen Grund gibt, dann brauchst du nicht mit mir zu reden." Sie setzte sich wieder in Bewegung. „Ich weiß nicht, warum du so darauf drängst. Es gibt kein Zurück mehr. Niemals. Es ist vorbei zwischen uns. Schon seit fast acht Jahren. Warum willst du jetzt auf einmal reden?"

„Weil wir füreinander geschaffen sind. Ich möchte wissen, was zwischen uns schiefgelaufen ist."

Karissa lachte laut auf. „Denkst du wirklich, dass Menschen, die ‚füreinander geschaffen' sind, auch zusammenbleiben müssen, komme, was da wolle? Für ihre Ehe kämpfen müssen? Durch Dick und Dünn? In Krankheit und Gesundheit? Oder waren das nur Sätze, die du an unserem Hochzeitstag aufgesagt hast?"

„Ja, das meine ich, darum bin ich hi-"

„Ach tatsächlich? Ist das der Grund, warum du mit Sheila ans Meer gefahren bist, während ich immer noch dachte, wir wollten alles wieder in Ordnung bringen, an unserer Ehe arbeiten? Bevor wir die Scheidung eingereicht haben?"

Alle Luft entwich aus seinen Lungen, als hätte er einen Faustschlag in den Magen bekommen. Nein. Unmöglich. So etwas hätte er ihr niemals angetan. Oder? „Ich ... ich kann das nicht erklären, aber das habe ich nicht getan. Das war ich nicht."

„Na, das wird ja interessant." Sie verschränkte die Arme vor der Brust. „Lass mal hören."

„Das war ein anderer Brock. Glaub mir. Ich hätte so etwas nie getan."

„Oh, dann war es wohl dein Klon, der mit ihr geschlafen hat?"

„Das ist in einer anderen Zeitschiene geschehen."

„Einer anderen was?" Karissa blickte ihn stirnrunzelnd an. Ihre Augen funkelten gefährlich.

„In einer anderen Zeitschiene. Das ist nicht die richtige Realität."

„Was redest du da für einen Blödsinn?"

„Ich weiß, es klingt verrückt, aber das hier ist nicht mein wirkliches Leben. Ich habe es in diese Zeitschiene verschoben, aber ich erinnere mich an nichts davon, weil ich es nicht gelebt habe."

Er machte einen Schritt auf sie zu, doch sie hob die Hand, und er blieb stehen. „Also ehrlich, Brock – du hast ja in den letzten Jahren eine Menge Unsinn geredet, aber das toppt wirklich alles.“ Karissa schüttelte den Kopf. „Als Nächstes wirst du mir erzählen, dass wir gar nicht wirklich am Leben sind, sondern unsere ganze Existenz nur die Projektion von Elektronenstürmen im All ist oder so etwas.“

Sie drehte sich um und marschierte davon. In drei Schritten hatte Brock sie eingeholt. „Bitte, Karissa. Ich möchte doch nur mit dir reden. Zehn Minuten.“

„Nein.“

„Fünf.“

„Nein.“ Karissa blieb stehen. „Auch nicht vier, drei, zwei. Nicht mal eine.“

„Ich will versuchen, dir zu erklären, was geschehen ist, auch wenn es sich wirklich anhört wie Science Fiction.“

Karissa runzelte die Stirn und deutete auf Brock. „Wenn ich es mir recht überlege, klingt das gar nicht so übel. Ja, das sollten wir machen. Das wird bestimmt lustig. Vielleicht könnten wir das Gespräch aufzeichnen, damit Sheila und mein neuer Freund Ray sich in ihrer Zeitschiene daran erfreuen können? Nein, warte, ich habe eine noch bessere Idee. Vielleicht können wir ein Treffen zu viert arrangieren. Sheila und Ray können sich am anderen Ende des Cafés vergnügen, während wir beide unser kleines Rendezvous haben. Anschließend gehen wir zu viert zum Abendessen. Vielleicht bekomme ich ja noch Karten für eine Theatervorstellung. Das wird ein besonderes Erlebnis.“ Sie griff in ihre Tasche und holte ihr Handy heraus. „Rufen wir die beiden doch an.“

„Mein Herz gehört immer noch dir, Karissa. Und es wird immer dir gehören.“

Karissas Kopf ruckte herum, und sie blinzelte. „Halt den Mund, Brock.“

„Ich habe das nie so richtig gesehen. Ich hatte nur viele kurze Einblicke in das, was wir zusammen hatten, aber ich habe das große Geschenk nicht so begreifen können, wie ich es jetzt erkenne. Und ich habe dich nie so gesehen, wie ich dich hätte sehen sollen."

„Hast du mich nicht verstanden?" Sie funkelte ihn wütend an. „Ich sagte, halt den Mund."

„Und auch wenn du dagegen ankämpfst, ich sehe es in deinen Augen. Das Feuer ist vielleicht erloschen, aber es ist noch Glut da."

„Dann hast du wohl einen Sehfehler." Karissa hielt einen Finger drohend hoch. „Wag es nicht, mir nachzukommen."

Sie drehte sich um und ging davon. Brock sah ihr nach, bis sie einen halben Straßenzug weiter um die Ecke bog. Sie drehte sich nicht ein einziges Mal um.

Er glaubte ihr nicht. Da war noch ein Funke ... vielleicht war er sehr klein, aber er hatte ihn bemerkt. Er musste einen Weg finden, noch einmal zu träumen. Sich selbst wiederzufinden. Diesen Wahnsinn zu stoppen, bevor er alles zerstörte.

Ein bitteres Lachen kam über seine Lippen. Wie wollte er die Zerstörung aufhalten? Sie war doch bereits geschehen.

Kapitel 38

8. Juni 2015

Zehn Tage voller Verzweiflung vergingen, begleitet von zehn Nächten ohne Träume. Was war nur los mit ihm? Warum schloss ihn seine unterbewusste Welt aus?

Am Montagabend saß Brock im Hausboot und versuchte seinen knurrenden Magen zu ignorieren. Er hatte keine Lust, etwas zu kochen, und konnte sich nicht aufraffen, sich etwas zu essen zu besorgen. Doch schließlich siegte sein Magen, und er fuhr zu einem Thai-Restaurant, das er vor einiger Zeit in der Nähe entdeckt hatte. Seither war er fast täglich dort zu Gast.

„Hallo, Mr Brock. Das Übliche?"

Das Essen im Thai Won On war sehr gut. Außerdem klatschte Aroon, der Besitzer des Restaurants, bei jeder Bestellung in die Hände und rief: „Hopp, hopp!" Für Brock eine willkommene lustige Ablenkung von seiner gegenwärtigen Welt, wenn auch eine sehr kurze.

„Ja, das Übliche. Warum nicht?" Brock legte einen Zehndollarschein auf die Theke.

Aroon drehte sich auf dem Absatz um, klatschte dreimal in die Hände und rief: „Mr Brock nimmt einmal die Nummer sieben. Hopp, hopp!"

Aroon reichte Brock das Wechselgeld und beugte sich vor. „Sie lächeln, wenn wir die Bestellung aufnehmen, aber Sie lächeln nie, wenn Sie hereinkommen. Sie sind traurig, ja?"

„Ja." Brock rang sich ein Lächeln ab, doch es gelang ihm nicht so richtig. „Aber irgendwann wird alles wieder gut."

„Woher wissen Sie das?“

Brock zuckte die Achseln, ging zu einem Tisch und nahm Platz. Er wollte einmal einen Moment nicht über sein verpfuschtes Leben nachdenken und überlegen, wie alles wieder in Ordnung kommen sollte, doch dieser Gedanke beherrschte sein ganzes Denken. Er nahm sich eine Zeitschrift. Der Schauspieler Robin Williams lächelte ihn vom Cover an. Bei ihm war nicht alles gut geworden. Wie kam Brock eigentlich auf die Idee, dass sich bei ihm alles wieder finden würde? Weil Gott auf seiner Seite stand? Ach ja, richtig. Das war einmal. Mit jeder Begegnung mit seinem jüngeren Ich hatte er alles schlimmer gemacht. Und neuerdings bekam er nicht einmal mehr die Möglichkeit, eine Veränderung herbeizuführen. Hier in dieser Zeitschiene waren ihm die Hände gebunden. Er konnte nichts tun, um die Situation zu verbessern.

Zehn Minuten später trat er auf die Straße. Plötzlich war er unendlich müde, obwohl er eigentlich genug geschlafen hatte. Mit gesenktem Blick schleppte er sich die Straße entlang zu seinem Wagen. Doch ein paar Sekunden später wurde er von einer Stimme, von der er das Gefühl hatte, sie kennen zu müssen, aus seinen Gedanken gerissen.

„Brock?“

Das Gesicht war ihm unbekannt, doch das Verhalten des Mannes sagte ihm, dass sie sich kannten. Der Mann war sehr groß und hatte lange braune Locken. Seine Augen strahlten, und seine fließende Kleidung schien noch aus dem Sommer der Liebe zu stammen. Mit einem breiten Lächeln und ausgebreiteten Armen kam der Mann auf Brock zu.

„Ja ...“

Sollte er so tun, als würde er den Mann kennen? Vermutlich. Auf diese Weise entging er einem Haufen Fragen und kam schneller nach Hause.

„Hey. Wie geht es dir?“ Brock nahm die Tüte mit dem Essen in die andere Hand und reichte ihm seine Rechte.

„Sehr gut. Viel besser, als es mir gehen sollte.“ Stirnrunzelnd deutete er auf Brocks Tüte. „Was ist das?“

„Essen. Thai.“

„Waaaas? Ich fasse es nicht ... ich meine, Aroon kocht sehr gut.“

„Allerdings.“

„Aber sag mal, *du* holst dir Essen zum Mitnehmen?“

„Ja. Es war ein harter Tag.“

„Ich meine, es riecht sehr gut, aber dass du dir nichts selbst machst, bei deinem Talent-“

Der Mann wusste also, dass er eine Leidenschaft fürs Kochen hatte? „In letzter Zeit koche ich nicht mehr so oft.“

„Das ist schade. Gibt es einen bestimmten Grund?“

„Eine ganze Reihe von Gründen. Aber eigentlich ist es wohl einfach das Leben, du verstehst?“

„Nein, das verstehe ich nicht.“

Brock schnaubte verblüfft. „Wenn jemand so etwas sagt, nickt man doch eigentlich höflich und stimmt zu.“

Der Mann lachte. „Tja, aber nicht bei Leuten, die sich so gut kennen wie wir beide. Du weißt doch, die besten Beziehungen gehen durch den Magen.“

„Äh, ja. Klar.“ Hatte er bei dem Typen kochen gelernt?

„Du weißt ja, dass ich unheimlich schlecht im Small Talk und im Schönreden von Dingen bin ...“

Brock nickte unsicher.

„Kannst du ein ernstes Wort vertragen?“

„Klar.“ Brock blickte dem Mann in die Augen.

„Du hast wirklich richtig viel Talent fürs Kochen.“

„Danke.“ Brock senkte den Blick auf den Asphalt, doch die Augen des Mannes ließen ihn nicht los. Darum sah er wieder hoch und starrte zurück.

„Ich meine es ernst. Die Mehrheit der Leute, die meine Kurse besuchen, sind Hobbyköche, und einige sind auch ganz gut. Aber du? Du übertriffst sie alle. Ich würde dir sofort eine Empfehlung als Koch für jedes Restaurant schreiben. Gib das nicht auf.“ Der Mann blickte ihn erwartungsvoll an, als warte er auf eine Erwiderung.

„Mein Leben ist im Augenblick etwas ... kompliziert.“

„Das Leben ist eine einzige Aneinanderreihung von Komplikationen. Das ist bei dir nicht anders als bei anderen auch. Versager sind nur die Männer und Frauen, die aufgeben.“

„War schön, dich wiederzusehen“, sagte Brock etwas unvermittelt, nahm sein Essen wieder in die rechte Hand und nickte. „Danke für deine Worte.“

Der Mann nickte und ging ohne ein weiteres Wort davon.

Während des Essens starrte Brock auf die Wellen des Lake Union und wartete auf eine weitere traumlose Nacht. Sein nächstes Treffen mit Shagull würde erst in ein paar Tagen stattfinden, und er rang mit der Angst, dass dies hier für den Rest seines Lebens seine Existenz sein würde.

Jede Nacht ohne Traum war ein weiterer Nagel in seinem Sarg. Er konnte sich nun nicht mehr der Möglichkeit verschließen, dass er Karissa vielleicht nicht wieder zurückgewinnen konnte. Aber er weigerte sich, diesen Gedanken sein Herz erreichen zu lassen. Er *würde* sie zurückgewinnen. Es gab keine andere Möglichkeit.

Augenblicke später kam wie auf ein Stichwort die Erinnerung an ihre erste Begegnung hoch, und er erlebte den Tag im Jahr 1985 noch einmal, den Tag, an dem sie sein Herz gestohlen hatte.

Kapitel 39

13. August 1985

„Hast du am Samstag schon was vor?“

Die Sonne hatte gerade ihren Höhepunkt am Himmel erreicht. Morgan und Brock hievten Farbtöpfe auf die Leitern, die an den Apartmenthäusern im Norden von Kirkland lehnten. Das Anstreichen war eine gute Möglichkeit, Geld für das Studium zu verdienen, und dass er mit Morgan zusammenarbeiten konnte, war natürlich noch ein zusätzlicher Bonus. So vergingen die Tage schneller. Morgans Vater wollte, dass sein Sohn auch noch andere Erfahrungen im Arbeitsleben sammelte als nur in seinem Laden, damit er begriff, wie sehr andere Menschen sich abrackern mussten.

Am Samstag? Brock hatte nichts vor. Aber die Art der Fragestellung sagte Brock, dass Morgan mit seiner Frage etwas Bestimmtes bezweckte. „Soll ich dich irgendwohin begleiten?“

„Ich hoffe doch, dass du das tust. Ich brauche einen Freund an meiner Seite.“

„Wozu?“

„Ich habe eine Verabredung.“ Morgan blickte Brock mit hochgezogenen Augenbrauen an, bevor er sich wieder dem Wohnhaus zuwandte. Sein Pinsel mit der weißen Farbe wedelte durch die Luft. „Sozusagen.“

„Ich liebe Sozusagen-Verabredungen.“

„Ich bin noch nicht sicher, ob ich mehr daraus werden lassen möchte. Und ich weiß auch gar nicht, ob sie das will, aber es ist an der Zeit, es herauszufinden.“

„Wie heißt sie?“

„Kann ich dir nicht sagen. Ich möchte nichts beschreien.“

„Wieso beschreist du etwas, wenn du mir ihren Namen verrätst?“

Morgan konzentrierte sich auf die Wand und arbeitete mit ausholenden Pinselstrichen. „Ich habe sie vor ein paar Wochen kennengelernt. Im April hat sie mit diesem Mistkerl Schluss gemacht, der sie schlecht behandelt hat, und wir haben viel Zeit miteinander verbracht. Nur als Freunde, aber ich denke, da könnte mehr draus werden. Ich habe sie gefragt, ob sie Lust hätte, mit mir zu den Wasserrutschen zu kommen, und sie hat Ja gesagt.“

„Und das ist eine Erklärung dafür, dass du mir ihren Namen nicht verraten willst?“

„Ich habe es dir doch erklärt, ich will es nicht beschreien.“

„Wo soll diese nette Begegnung stattfinden?“

„Im Norden. Bei den Wasserrutschen in der Birch Bay, sechs Meilen südlich der kanadischen Grenze.“

„Und du denkst, du brauchst dafür einen Anstandwauwau?“

„Nee.“ Morgan seufzte. „Ich will nur nicht das einzige männliche Wesen sein, das wäre mir zu peinlich. Sie bringt ihre beiden Mitbewohnerinnen mit. Drei gegen einen. Du sollst sozusagen das Gleichgewicht wiederherstellen. Wenigstens annähernd.“

Brock tauchte seinen Pinsel in den Farbeimer und strich die Regenrinne an, die seitlich des Gebäudes nach oben führte. Die Leiter war ganz schön wacklig. *Collegestudent stirbt nach Sturz von einer Leiter.* Er sah die Schlagzeile schon vor sich.

Seufzend blickte er Morgan an. Ehrlich gesagt hatte er keine große Lust auf die lange Fahrt nach Bellingham und wieder zurück, und noch weniger Lust, so zu tun, als interessiere er sich für die anderen beiden Mädchen, damit Morgan sich mit seiner Studienkollegin vergnügen konnte. Brock hatte sich gerade erst von Sheila getrennt und wollte für mindestens die nächsten 20 Jahre nichts mit dem anderen Geschlecht zu tun haben. Auf der anderen Seite hatte Morgan ihn im Laufe der Jahre auch oft zu seinen zahlreichen Abenteuern mit Mädchen begleitet.

„Was wäre meine Aufgabe, falls ich mich entschließe, mitzukommen?" Brock stieg noch zwei Stufen höher auf der Leiter.

„Die anderen beiden Mädchen beschäftigen, während ich austeste, ob es Hoffnung für mich gibt. Dafür sorgen, dass ich Gelegenheit habe, meinen unwiderstehlichen Charme bei ihr spielen zu lassen."

„Und diese geheimnisvolle Frau findet auch, dass dein Charme unwiderstehlich ist?"

„Pah!" Ein weißer Farbeklecks tropfte von Morgans Pinsel auf die graue Veranda drei Meter unter ihnen. „Also, bist du dabei?"

Brock deutete auf den Beton. „Du solltest das schnell aufwischen, wenn du keinen Ärger mit Gordy willst."

„Ja, ja. Gleich."

„Hey!" In diesem Augenblick bog ihr Chef Gordy Daubenbeck um die Ecke. „Brock hat Recht, mach das sauber. Sofort."

Brock lachte.

„Worüber lachst du, Matthews?" Gordy deutete auf die Wand vor Brocks Pinsel. „Wie oft muss ich euch noch sagen, dass ihr genügend Farbe auf eure Pinsel nehmen sollt. Die Farbe soll doch decken, nicht? Das Braun sollte möglichst nicht mehr durchschimmern. Also nicht mit dem Pinsel da rumkratzen. Die Farbe muss fließen. Verstanden?"

„Jawohl, Sir. Klar, Sir." Brock salutierte übertrieben.

Gordy schlurfte brummelnd davon. „Anfänger. Denen kann man nichts beibringen."

Morgan sah Gordy nach und zwinkerte Brock zu. „Also? Bist du dabei?“

„Warum lädst du sie nicht einfach in ein Restaurant ein, nur ihr beiden?“

„Als sie Ja gesagt hat, dachte ich, es wäre solch eine nette Zweier-Verabredung.“ Morgan kletterte die Leiter hinunter, die protestierend ächzte. „Doch dann brachte sie ihre beiden Mitbewohnerinnen ins Spiel.“

„Vielleicht enthält das ja auch eine Botschaft.“

„Na ja. Ich habe mich nie so verhalten, dass sie denken könnte, wir seien mehr als Freunde.“ Morgan spuckte aus und wischte die Farbe dann mit einem alten Tuch auf. „Vielleicht hat sie deshalb ihre Freundinnen eingeladen.“

„Ungewöhnliche Reinigungstechnik. Es gibt da etwas, das sich Wasser nennt. Du könntest es mal damit versuchen.“

„Jedenfalls, jetzt bringt sie also ihre Freundinnen mit, aber ich will trotzdem das Beste draus machen. Also, bist du dabei?“

„Na gut.“

„Danke. Du wirst es nicht bereuen.“

„Bestimmt nicht.“

17. August 1985

Am Samstagmorgen um 8:00 Uhr waren sie auf der 405 in Richtung Norden unterwegs. Led Zeppelin dröhnte aus Morgans Lautsprechern. Eine Stunde und fünfzig Minuten später hatten sie ihr Ziel erreicht. Der Parkplatz war bereits zur Hälfte gefüllt, und immer mehr Autos trafen ein. Sie stellten Morgans Camaro ab, stiegen aus und lehnten sich an den Wagen. Morgan schaute sich suchend um. Zehn Minuten später bog ein hellblauer Subaru auf den Parkplatz, und Morgan stieß sich von seinem Wagen ab. Eine nervöse

Vorfreude breitete sich in Brock aus, als er die Fahrerin und ihre Beifahrerin erblickte. Was hatte das zu bedeuten?

Nur ein paar Meter von Morgan und Brock entfernt fand der Subaru einen freien Parkplatz. Zwei Mädchen stiegen aus und sahen sich suchend um. Kurz darauf entdeckten sie Morgan, winkten und riefen: „Hey! Du bist ja schon da!"

Brock warf Morgan einen bösen Blick zu. „Du hast doch erzählt, sie würde noch zwei Mädchen mitbringen. Soll das jetzt ein Doppeldate werden?"

„Ich wusste das nicht. Ich schwöre es. Sie wollte ihre beiden Freundinnen mitbringen. Aber ist doch auch egal, oder?" Morgan zeigte Brock versteckt den hochgereckten Daumen, dann drehte er sich um und ging auf die Mädchen zu.

Brock kam betont langsam hinter ihm her. Das würde ein langer Tag werden.

Als er sich den Mädchen näherte, spannte er sich an. Das rechte Mädchen hatte dunkelbraune Haare und große braune Augen, und eine Lebhaftigkeit in ihrem Blick und ihrer Mimik, die mehr als hinreißend war. *Berauschend* wäre die exaktere Beschreibung. Sie trug ein weißes Top und dunkelblaue Shorts, die ihre langen, braunen Beine betonten. Ihr Blick hing an Morgan, und sie deutete aufgeregt auf die Wasserrutschen.

„Wir werden einen Haufen Spaß haben!"

„Ganz bestimmt." Morgan umarmte das Mädchen kurz, dann nickte er ihrer Begleiterin zu und begrüßte sie.

Das rechte Mädchen war also das Mädchen ohne Namen. Durchaus nachvollziehbar, warum Morgan von ihr so bezaubert war.

„Okay." Morgan legte seinen Arm um Brock. „Das ist mein bester Freund Brock Matthews. Brock, das sind Karissa und ihre Freundin Bonnie."

Karissa! „Schön, euch beide kennenzulernen." Brock war froh, dass er seine Sonnenbrille aufgesetzt hatte. Auf keinen

Fall durfte Karissa merken, wie geschockt er war, als er ihren Namen hörte ... Sie war es. Sie musste es sein. Die, von der Zukunfts-Brock vor knapp einem Monat gesprochen hatte.

„Ebenfalls", erwiderten beide Mädchen im Chor.

„Wo ist denn die Dritte im Bunde?" Morgans Blick wanderte zwischen den beiden hin und her.

„Der ist in letzter Sekunde etwas dazwischengekommen. Sorry."

„Ist doch kein Problem." Morgan wandte sich an Brock. „Alles in Ordnung mit dir?"

„Alles bestens." Er ignorierte seinen beschleunigten Herzschlag und lächelte.

„Wir gehen da drauf, oder?" Karissa deutete erneut zu den Wasserrutschen, und ihr Lächeln strahlte heller als die Sonne.

In der Highschool und im College war Brock mit vielen Mädchen ausgegangen, und er hatte sich immer gut amüsiert und Spaß gehabt. Aber keine von ihnen kam auch nur annähernd an das Traummädchen heran, das er im Sinn hatte, seit er ein Teenager war. Bis jetzt. Aber diese Empfindung war dumm. Wie konnte Karissa seine Traumfrau sein? Er kannte sie doch gerade mal zwei Minuten. Doch das Gefühl ließ sich nicht ignorieren. Woher hatte der alte Kerl das gewusst?

Angeregt plaudernd stellten sie sich in der Schlange für die Eintrittskarten an. Die Begeisterungsschreie, die von den Wasserrutschen zu ihnen herüberdrangen, waren nicht zu überhören. Sie passierten das Tor und schlenderten in den Park. Der Geruch von Chlor und Hotdogs stieg ihnen in die Nase. Sie besorgten sich Schlüssel für zwei Spinde, und Morgan und Brock verschwanden in den Männerkabinen, um sich umzuziehen.

„Und? Was meinst du?" Morgan steckte den Schlüssel in die Tür ihres Spinds und wartete auf Brocks Antwort.

„Sieht echt cool aus hier. Die Wasserrutschen versprechen eine Menge Spaß.“ Brock nahm seine Badehose aus der Tasche, legte die Sonnenbrille ab, zog das T-Shirt aus und reckte sich genüsslich. „Ich glaube, das wird bestimmt ein schöner Tag.“

Er blickte Morgan an, der abfällig schnaubte. „Netter Versuch. Was hältst du von ihr?“

„Bonnie scheint sehr nett zu sein. Mir gefallen ihre Locken und ihr Lächeln.“

„Muss ich dir wehtun? Ich will es eigentlich nicht, aber ich werde es tun.“ Morgan ballte die Faust.

„Karissa ist echt süß. Sie hat so eine strahlende Persönlichkeit ... ich kann verstehen, warum du sie magst.“

„Sie ist wunderschön, oder?“

„Da stimme ich dir zu.“

„Dann bist du also mit dem Plan einverstanden? Du leistest Bonnie Gesellschaft?“

„Auf jeden Fall.“

Sie verließen den Umkleideraum, und Brock bewunderte die vier langen Rutschen, die das Spaßbad dominierten. Links daneben gab es noch zwei kleinere Rutschen, außerdem eine gigantische sogenannte „Speed-Rutsche“, vor der sich eine lange Schlange gebildet hatte. Natürlich durfte auch ein Kinderpool mit drei kleinen Rutschen nicht fehlen.

Nach zwei oder drei Minuten hob Morgan die Hände. „Wo bleiben sie denn?“

„Sie ziehen sich um.“

„Wie lange braucht man, um in einen Badeanzug zu steigen?“

„Mädchen brauchen für so etwas eben ein wenig länger.“ Brock boxte ihn gegen die Schulter. „Keine Sorge, Karissa will sich bestimmt besonders hübsch machen für dich.“

„Freust du dich schon darauf, heute untergetaucht zu werden?“

Brock lachte. Karissa und Bonnie kamen aus der Umkleidekabine. Karissa trug einen hellblauen Badeanzug, der nicht viel Haut zeigte, sodass Brock das Gefühl hatte, ruhig zu ihr hinüberschauen zu können. Ihr Haar hatte sie zu einem Pferdeschwanz gebunden. Diese Frisur ließ sie fünf Jahre jünger wirken und stand ihr hervorragend.

Sie trafen sich mit den Mädchen am Rand der Wiese und suchten sich einen Platz für ihre Handtücher. Mit Begeisterung probierten sie jede der vier Rutschen aus und hatten ihren Spaß dabei. Brock bemühte sich, die Antworten auf Karissas Fragen nach seinem Hauptfach im Studium, seinen Hobbys und seinen Lieblingsfilmen kurz zu halten. Er wünschte, Morgan würde ein bisschen aktiver werden, was sie anging, aber sein Freund war ungewöhnlich schweigsam.

Nach etwa eineinhalb Stunden kehrten sie zu ihren Handtüchern zurück und ließen sich ihre Sandwichs schmecken, die sie mit Softdrinks hinunterspülten. Es wurde immer heißer, und Brock wollte ins Wasser zurück, doch dies war nicht seine Show.

„Fertig?“ Karissa warf ihr Sandwichpapier in einen Mülleimer, sprang auf und legte ihre Hand an ihr Ohr. „Die Hydroklippe ruft nach uns. Eine Rutsche mit dreißig Meter senkrechtem Gefälle, und die haben wir als Einzige noch nicht ausprobiert. Wir müssen los. Das Abenteuer lockt.“

„Ohne mich.“ Morgan klopfte auf seinen Bauch. „Nach dem Essen braucht mein Magen erst mal ein paar Minuten Pause, bevor ich wieder auf die Rutsche steige. Oder auch nur aufstehe.“

„Bonnie? Bist du dabei?“

„Mir geht es wie Morgan.“ Bonnie blinzelte zu Karissa hoch. „Geh doch erst mal ohne mich rutschen, okay?“

Karissa stieß Brocks Bein mit der großen Zehe an und warf ihm ihr strahlendstes Lächeln zu. „Und wie steht es mir dir?“

Ein peinlicher Augenblick. Sollte er hierbleiben? Alles in ihm wollte mitgehen, aber dies war Morgans große Chance. Seine Gelegenheit, mit Karissa allein zu sein. Was dachte er sich? *Beweg dich, du Hornochse.*

Brock wandte sich an Morgan. „Karissa hat Recht. Das Adrenalin ruft, und du solltest seinem Ruf folgen. Bonnie und ich halten hier die Stellung und bewachen die Handtücher."

„Gib mir zehn ... nein, fünfzehn Minuten. Okay, eher zwanzig." Morgan legte sich auf seine Decke zurück, setzte die Sonnenbrille auf und breitete die Arme aus. „Vielleicht auch dreißig. Ich versuche zu versprechen, dass ich nicht einschlafe."

Karissa lachte. „Hey, in der Sonne liegen kann ich auch woanders, aber nur hier bekomme ich beim Rutschen Wasser in die Nase." Karissa stieß Brock erneut an. „Komm schon, ich merke doch, dass du mitkommen willst."

Und das war auch so. Letztlich warf er seine Bedenken über Bord und zog mit ihr los. In den folgenden zwei Stunden vergnügten sich Karissa und Brock auf den Rutschen mit den Doppelröhren und probierten auch alle anderen aus. Sie veranstalteten Wettrennen auf parallel verlaufenden Rutschen, starteten gleichzeitig und passten genau auf, wer zuerst unten ankam. Beim Ersteigen der Leitern und Treppen und beim Warten in der Schlange redeten sie über alles und jedes. Brock konnte nicht umhin zu bemerken, dass Karissa mit ihm flirtete, wann immer sie ihn anblickte.

Viel zu schnell ging der Tag zu Ende, und die vier verabschiedeten sich auf dem Parkplatz voneinander.

„Das hat so viel Spaß gemacht." Karissa lächelte Morgan an und umarmte ihn schnell. „Wir sehen uns dann spätestens bei Marcias und Scotts Hochzeit in zwei Monaten, richtig?"

„Jepp."

Sie wandte sich an Brock. „Morgan hat mir erzählt, dass du bei der Hochzeit Gitarre spielen wirst."

Brock nickte nur.

„Dann sehen wir uns wohl auch." Sie sah ihn etwas länger an als nötig, und Brocks Herzschlag beschleunigte sich.

Wenig später saßen er und Morgan im Camaro und sausten über die I-5 nach Seattle zurück. Brock drehte Van Halen lauter, doch Morgan stellte das Radio sofort wieder leiser. „Geht's dir gut, mein sonnenverbrannter Bruder?"

„Ja."

„Lügner."

„Ich bin ein echt mieser Bruder." Brock seufzte und schaute zum Fenster hinaus.

„Was meinst du?"

Brock drehte sich zu Morgan um, dann wandte er den Blick wieder ab. „Entschuldige bitte."

„Was denn?"

„Was heute passiert ist."

Morgan grinste. „Erzähl mir, was passiert ist."

„Ich war die ganze Zeit mit Karissa unterwegs, während du mit Bonnie auf der Decke gehockt hast." Brock presste die Hände gegen seine Schläfen. „Dass ich mit ihr geflirtet habe ... dass-"

„Dass du mit wehenden Fahnen auf Karissa geflogen bist?"

„Ja." Brock strich über einen Kratzer an seinem Knie, den er sich auf einer der Rutschen geholt hatte. „Ich wollte nicht, dass das passiert, aber sie hat gefragt, ob ich mitkommen wollte, und du wolltest nicht-"

„Lass gut sein." Morgan lachte. „Ich finde das toll."

„Wirklich?"

„Ich wusste, dass ihr beide so was von aufeinander abfahren würdet."

„Wenn du das wusstest, warum hast du mich gebeten mitzukommen? Ich dachte, du wolltest etwas von ihr."

„Das tue ich auch. Für dich." Morgan grinste. „Dein Gerede vom Plan Gottes macht dich manchmal ganz schön mühsam. Wenn ich dir verraten hätte, was ich vorhabe, wärst du doch nie mitgekommen. Du hättest gesagt, es sei nach Sheila noch zu früh. Du hättest gesagt, Gott würde dir schon die Frau deines Lebens zeigen, wenn er das wollte, er bräuchte meine Hilfe nicht. Aber ich wusste, dass du mitkommen würdest, wenn ich behauptete, deine Hilfe zu brauchen. Und so war es auch. Also sagen wir, ich habe Gott einfach ein wenig unter die Arme gegriffen. Bin ich gut oder bin ich gut?"

„Du glaubst doch gar nicht an Gott."

„Beantworte meine Frage."

„Du bist sehr gut."

Ein Lächeln stahl sich auf Brocks Gesicht und wollte nicht mehr verschwinden. Eddie Van Halen spielte ein unglaubliches Gitarrensolo, und Morgan boxte ihn gegen die Schulter.

„Und?", fragte Morgan, nachdem der Song zu Ende war.

„Was meinst du?"

„Was denkst du? Wie ist dein Bauchgefühl in Bezug auf Karissa?"

Brock brach in Gelächter aus. Ganz ehrlich? Es war erst einen Monat her, dass er sich von Sheila getrennt hatte, und er hatte sich vorgenommen, erst mal sehr, sehr lange Zeit allein zu bleiben. Aber er hatte sich Hals über Kopf in Karissa verliebt. Es war vielleicht noch zu früh, das zu sagen, aber er konnte sich schon jetzt ein Leben ohne sie kaum mehr vorstellen.

„Du hast Recht, ich bin total auf sie abgefahren. Sie ist meine Traumfrau. In absolut jeder Hinsicht."

Auf der Rückfahrt nach Seattle beherrschte Brock nur ein Gedanke: Wann konnte er Karissa wiedersehen? Er stellte sich ihr Lächeln vor, ihre schnelle Auffassungsgabe, ihre faszinierenden Augen.

„Ich werde dann Trauzeuge, ja?", lachte Morgan.

„Halt den Mund. Ich habe sie doch gerade erst kennengelernt."

„Ja, und jetzt mal im Ernst: Lass es langsam angehen. Sie hat schlechte Erfahrungen gemacht."

„Wie das?"

„Diese ungute Beziehung, von der ich dir erzählt habe. Ich schätze, das hat sie vorsichtig gemacht."

Morgan redete weiter, aber Brock hörte nicht mehr richtig zu. *Aufeinander fliegen* war ganz klar die falsche Beschreibung für das, was Karissa und er da eben erlebt hatten. Es war für ihn eher die Begegnung mit einer Frau, ohne die er nicht mehr leben wollte. Sie hatte ihm das Herz aus der Brust gerissen und gesagt: „Hallo Brock, ich bin dein Schicksal."

Die Erinnerung verblasste, und Brock schüttelte den Kopf. Die Erinnerung war so lebendig, die Gefühle so real. Aber der Duft von frischem Kaffee und die Geräusche der Kajakfahrer auf dem Wasser holten ihn in die Wirklichkeit zurück. Doch auch wenn die Szene verblasste, die Gefühle blieben. Er hatte nie an Liebe auf den ersten Blick geglaubt, aber nach dem 17. August 1985 hatte sich das geändert. Karissa hatte ihn mit Haut und Haaren erwischt und unauslöschliche Visionen für die Zukunft in ihm geweckt.

Knapp drei Jahre später waren sie verheiratet und begannen ihr gemeinsames Leben, das nicht rund um die Uhr ein Märchen war, aber 23,5 von 24 Stunden schon – auch wenn das übertrieben klang. Es war ein Klischee, aber so wahr: Man weiß erst zu schätzen, was man hatte, wenn man es verloren hat. Und jetzt war die Liebe, die in Karissa für ihn gebrannt hatte, erloschen. Und er war es, der das Feuer erstickt hatte. Doch jetzt würde er sich Zündhölzer besorgen und es wieder neu entfachen.

Kapitel 40

9. Juni 2015

Er fing Karissa am nächsten Nachmittag wieder an der Universität ab.

„Was willst du, Brock?“ Karissa sah ihn kurz an, senkte ihren Blick jedoch sofort wieder auf ihr Handy. Ohne stehen zu bleiben lief sie über den Campus.

Er musste jetzt alles auf eine Karte setzen. „Ich muss dir etwas ausführlicher erklären, was ich bei unserer letzten Begegnung bereits angedeutet habe.“

„Schreib mir eine E-Mail.“ Karissa tippte eine SMS. Immer wieder schaute sie dabei hoch, um sich zu orientieren.

„Es wird nicht lange dauern.“ Brock wartete, bis sie ihre SMS geschrieben hatte. „Aber ich brauche deine volle Aufmerksamkeit.“

„Wie lange?“

„Fünf Minuten.“

„Mach es in drei.“ Sie warf einen letzten Blick auf ihr Handy und steckte es in ihre Tasche.

Brock hob die Hände und flehte mit den Augen.

„Also gut, vier Minuten. Los.“

„Du erinnerst dich, dass ich dir erzählt habe, ich hätte bestimmte Dinge vergessen? Als ich mit dir über Tyson gesprochen habe?“

„Ja.“ Sie tappte ungeduldig mit dem Fuß auf den Boden.

„Das stimmt so nicht.“

„Was für eine Überraschung.“ Das Tappen wurde schneller. „Danke für das Geständnis. Sind wir jetzt fertig?“

„Es ist nicht so, dass ich mich nicht erinnern kann, es ist vielmehr so, dass sich das meiste in meinem Leben gar nicht so zugetragen hat. Erinnerst du dich, dass ich beim letzten Mal gesagt habe, dies sei nicht meine Zeitschiene? Das meinte ich damit. Ich habe dieses Leben gar nicht geführt."

„Wow, jetzt sind wir also in der Realität angekommen. Okay." Seufzend schob Karissa ihre Tasche hoch. „Ich habe dir zugehört. Ich muss jetzt los."

„Bitte, noch zwei Minuten." Brock hob zwei Finger „Nur zwei. Etwas geschieht mit mir, das eigentlich unmöglich ist. Ich kapiere es selbst nicht, Karissa, aber ich meine es sehr ernst, wenn ich dir sage, dass ich im Traum mit meinem jüngeren Ich gesprochen habe. Ich habe ihm einige Ratschläge gegeben, und er hat daraufhin andere Entscheidungen getroffen als ich damals, und das hat mein Leben in der Gegenwart verändert. Und zwar nicht zum Besseren."

Sie hörte auf, mit dem Fuß zu tappen. Ihre Schultern sanken nach unten, und sie schüttelte langsam den Kopf. Brock stellte sich darauf ein, dass sie ihn jetzt wegschicken würde.

„Was hast du gesagt?" Sie machte einen kleinen Schritt auf ihn zu, und ein ungläubiger Ausdruck breitete sich auf ihrem Gesicht aus, als sie die Frage wiederholte. „Was hast du da gerade gesagt?"

„Dass ich mit dem Brock aus der Mitte der Achtzigerjahre gesprochen habe. In meinen Träumen."

„Das kann nicht sein." Ihr Blick wanderte über seinen Kopf hinweg, und sie streckte die Hand aus, wie um sich abzustützen, trat zwei Schritte nach rechts und ließ sich auf eine Bank sinken.

„Karissa?" Brock ging auf sie zu.

„Wie um alles in der Welt ... das ist nicht möglich ..."

„Was denn?" Einen Meter vor der Bank blieb er stehen.

„Das ist so unglaublich."

„Was denn?"

Sie blickte ihn stirnrunzelnd an. „Du hast mir davon erzählt. Ganz bestimmt. Es ist mir gerade wieder eingefallen."

War das so? In einer der anderen Zeitschienen? Sonst hätte sie nicht so reagiert. „Aber ... ich glaube nicht. Dies ist das erste Mal, dass ich-"

„Halt den Mund, Brock. Ich meine, du hast mir davon erzählt, als wir jung waren. Bei einer unserer ersten Verabredungen. Du hast mir gesagt, dass du Gespräche mit einem älteren Typen geführt hättest, der behauptete, du zu sein. Wir waren joggen auf dem Burke-Gilman-Pfad." Beklommen sah sie zu ihm hoch. „Ich habe das damals nicht geglaubt, und du hast danach auch nicht mehr davon gesprochen, weil ich deinen Geisteszustand infrage gestellt habe. Ein paar Monate lang haben wir uns noch ab und zu darüber lustig gemacht. Aber ich merkte, dass ein Teil von dir der Meinung war, Gott würde da etwas Außergewöhnliches tun. Ein Teil von dir, der das nicht nur glaubte, sondern auch danach handelte."

„Dieser junge Brock hat tatsächlich gehandelt."

„Das kann nicht dein Ernst sein. Du willst sagen, du in jung hättest aufgrund der Begegnung andere Entscheidungen getroffen, als du eigentlich vorhattest?"

„Ja, das glaube ich tatsächlich."

„Erinnerst du dich denn an beide Zeitschienen? Ich nämlich nicht."

„Nein, ich erinnere mich nur an die eine, in der ich mich befunden habe, bevor das mit den Träumen begonnen hat. Und deshalb tappe ich total im Dunkeln, wann immer ich nach einem solchen Traum aufwache und sich Dinge verändert haben. Und jetzt gerade versuche ich herauszufinden, was sich geändert hat, und das Chaos einzuschätzen, das dieses jüngere Ich angerichtet hat."

Karissas Augen verengten sich. „Es waren also nicht die Entscheidungen, die du getroffen hättest."

Brock schwieg eine Weile. „Aber ich habe sie getroffen. Die Neigung, falsch abzubiegen, liegt ganz eindeutig in mir. Und schlimmer noch, ich bin derjenige, der mich selbst auf diesen Weg gebracht hat.“

„Ich bin ganz durcheinander.“

„Willkommen in meiner verrückten Welt.“ Brock hob seine Handflächen. „Sein Handeln – mein Handeln – hat alles verändert. Das ganze Chaos hier und jetzt ist meine Schuld, alles. Meine Schuld.“

„Was denn?“

„Hast du mich nicht verstanden? Ich habe mit meinen Entscheidungen einen Weg eingeschlagen, der meine Geschichte verändert hat. Dinge sind daraus entstanden, die ich nie wollte. Und jetzt möchte ich nichts anderes, als wieder zurückzugehen.“

„Wohin zurück?“

„Zurück zu dir und mir. Es hat in meinem eigentlichen Leben nie eine Scheidung gegeben. Ich habe Sheila nie geheiratet. Tyson hat nie einen Mann getötet und ist nicht ins Gefängnis gekommen.“

„Du glaubst das wirklich, oder?“

„Na ja, das ist für mich nicht schwer zu glauben, denn ich habe es erlebt. Das war dreiundfünfzig Jahre lang meine Realität. Die Geschehnisse der vergangenen zwei Wochen ... das ist nicht mein Leben. Nicht dein Leben. Nicht unser Leben. Es ist ein Albtraum.“

„Waren wir glücklich?“

Die Frage machte Brock zu schaffen, weil er nicht lügen konnte, aber er wollte ihr auch nicht die Wahrheit sagen. „Wir hätten es sein können. Und verglichen mit jetzt waren wir es.“

Sie starrte ihn an mit kaltem Blick, doch dann begann das Eis zu schmelzen, und sie hielt den Blickkontakt. Es dauerte nur Sekunden, bis das letzte Eis weggetaut war, und zum ersten Mal seit Jahren – und zwar in jeder der Realitäten, in der er gelebt hatte –, sah die wirkliche Karissa ihn an.

Er spürte, dass der letzte Rest ihrer Entschlossenheit, ihn auszuschließen, dahinschmolz. Brock machte einen vorsichtigen Schritt auf sie zu, dann noch einen, und ließ sich schließlich neben ihr auf der Bank nieder.

„Ich muss versuchen, das alles wieder umzukehren. Ich weiß, dass das möglich ist."

Karissa schauderte, als ob Jahre des Schmerzes von ihr abfielen. Sie wandte sich leicht von ihm ab und beugte sich vor, die Hände vor dem Gesicht. Leises Schluchzen schüttelte sie, und Brock überlegte, ob er sich zurückhalten oder sie in die Arme nehmen sollte. Zögernd legte er schließlich ganz leicht den Arm um ihre Schultern. Mit der anderen Hand zog er zwei Eintrittskarten aus seiner hinteren Hosentasche und hielt sie ihr vors Gesicht.

„Was ist das?"

„Ich bin vermutlich verrückt." Er zuckte die Achseln. „Das sind zwei Eintrittskarten für die Wasserrutschen in der Birch Bay."

„Das ist nicht dein Ernst."

„Kommst du mit?"

„Du bist verrückt, Brock." Karissa wandte den Kopf ab, doch Brock hatte den Anflug von Sehnsucht in ihrem Blick gesehen.

„Sag ich doch. Erinnerst du dich an diesen Tag?"

Die Fassade bröckelte noch weiter, und Brock sah wieder die 21-jährige Karissa, die sich an jenem Sommertag im Jahr 1985 in ihn verliebt hatte. Und dann sah er tiefer. Den Schmerz, den er ihr zugefügt hatte. Es zählte nicht, dass dies nur in einem seiner möglichen Leben passiert war, weil seine Entscheidungen diesen Schmerz verursacht hatten, egal, welche Ausgabe seines Ichs schuld daran war.

„Das war einer der schönsten Tage meines Lebens."

„Dann lass uns dorthin zurückgehen." Brock hielt die Eintrittskarten hoch. „Bitte. Lass es uns versuchen."

„Brock, ich ... ich kann nicht ..."

„Es gibt keine Erwartungen. Lass uns einfach nur hinfahren."

Karissa schauderte erneut, dann versteifte sie sich und drückte sich gegen die Lehne der Bank. Kurz darauf war die Maske wieder da, noch straffer als zuvor. „Nein, Brock. Ich bin kein Kind mehr. Und du auch nicht. Lass es los. Lass *uns* los."

„Das kann ich nicht. Ich liebe dich so sehr."

„Es tut mir leid. Das Ganze ist zu merkwürdig." Karissa rutschte von ihm fort. „Vielleicht ist ein kleiner Teil von mir bereit, dir zu glauben. Aber selbst wenn ... welchen Unterschied macht das? Wir stehen immer noch da, wo wir stehen. Jetzt. Heute."

Er sah sie an, und sein Magen krampfte sich zusammen. „Ich verstehe nicht."

„Begreifst du es wirklich nicht? Vielleicht erinnerst du dich nicht daran, dass du unsere Beziehung mit einer gezackten Klinge durchtrennt hast, aber ich erinnere mich noch sehr gut."

„Es tut mir leid, aber das war nicht-"

„Hör zu! In meiner Realität hast du diese Entscheidungen getroffen, und die Wunden, die du mir geschlagen hast, sind genauso tief, wie die Erinnerungen schmerzlich sind."

Dem hatte Brock nichts entgegenzusetzen. Sie hatte Recht. Er begriff es jetzt. Trotzdem war er überzeugt davon, dass Gott auch in diesem Augenblick da war und die Mauer einreißen wollte, die zwischen ihnen stand.

„Du hast recht. Aber bitte schließ mich nicht aus. Du hast es eben gefühlt. Ich weiß, dass du es gefühlt hast. Gott hat etwas in dir angerührt. Schließ ihn nicht aus. Verhindere nicht, was Gott vielleicht tun will."

„Ach ja?“ Karissa sah jetzt wütend aus. „Jetzt versuchst du also, die Gott-Karte ins Spiel zu bringen? Nach allem, was du mir angetan hast? Du machst wohl Witze!“

Der letzte Stein in ihrer Mauer hatte wieder seinen Platz gefunden, und er zweifelte nicht daran, dass die Karissa, die eben noch neben ihm auf der Bank gesessen hatte, unerreichbar geworden war.

„Geh nicht, Karissa. Bitte.“

„Halt dich aus meinem Leben heraus.“ Sie sprang auf, drehte sich um und rief über die Schulter zurück: „Du und ich, wir sind tot. Und eine Auferstehung wird es nicht geben.“

Kapitel 41

Brock machte sich auf den Weg zum Java Spot und betete, dass er und Morgan in diesem Leben noch Freunde waren. Er allein war ihm noch geblieben. Aber was, wenn sein Freund ihn in dieser Zeitschiene gar nicht kannte? Was, wenn sein jüngeres Ich auch diese Beziehung zerstört hatte? Doch ihm fehlten andere Möglichkeiten, und er musste mit jemandem reden.

Beim *Java Spot* angekommen ging Brock um das Gebäude herum und zog den Schlüssel heraus, den Morgan ihm vor Jahren gegeben hatte. Falls er passte, wäre das zumindest ein Zeichen dafür, dass sie noch Freunde waren. Er steckte ihn ins Schloss, zögerte kurz, dann drehte er ihn um. Die Tür ging auf, und Brock atmete erleichtert auf.

Er schlängelte sich durch die Regale, in denen alle möglichen Geräte, verschiedene Sirupsorten und Kisten mit Kaffee von *Black Fedora* gelagert waren. Doch bevor er den Lagerraum verlassen konnte, wurde die Tür aufgerissen. Morgan trat ein und blieb verblüfft stehen.

„Wow! Ich hätte beinahe einen Herzinfarkt bekommen. Bist du darauf aus, niedergeschlagen zu werden?“ Morgan grinste und umarmte Brock. „Wo hast du gesteckt, Brock-O?“

„Hey, Morgan. Wir sind doch Freunde, richtig?“

„Nein, eingeschworene Feinde, wie schon immer. Wie Lex und Superman. Du bist natürlich Lex.“ Morgan warf sich in Pose und ließ seine Muskeln spielen. „Ich weiß, ich weiß, ich sollte meinen Namen ändern. Adonis wäre passender.“

„Ohne Frage.“

Morgan schnappte sich einen Stapel Servietten und eine Flasche Sirup und reichte sie an Brock weiter. „Hier, nimm das mit nach draußen, ja?“

Brock folgte ihm in den Coffeeshop. Ein paar Gäste saßen noch da, doch die meisten waren bereits gegangen. Morgan nahm zwei Tüten *Jamaican Azure* und eine Tüte *Karoma Brûlé* von einem Regal rechts von Brock und legte sie auf die Theke. „Die Leute stehen voll auf deine neuesten Geschmacksrichtungen. Sie sind wieder mal Gold wert.“

„Ich muss dringend mit dir reden.“

„Okay, spuck's aus.“ Morgan stützte seine Ellbogen auf die Theke. „So, wie du aussiehst, scheint es eine große Sache zu sein.“

„Ich stecke hier fest.“

„Wo?“

„Ich kann diese Zeitschiene nicht mehr verlassen.“

„Alter, ich verstehe nur Bahnhof.“

„Das hier ist nicht mein Leben.“ Brock beschrieb einen weiten Kreis mit der Hand. „Nichts davon. Du wirst mir nicht glauben, das weiß ich, aber ich schwöre dir, dass ich mir das nicht nur ausgedacht habe.“

„Was denn?“

„Und es ist ja genau genommen auch alles deine Schuld.“

„Würdest du bitte mal von vorne anfangen?“

„Erinnerst du dich daran, dass du mir dieses Buch über luzides Träumen gegeben hast?“

„Was für ein Buch?“

Brock rieb sich über das Gesicht. Natürlich nicht. Nicht in dieser Zeitschiene. „Vergiss es.“

„Nein, du wirst mir jetzt alles erzählen.“

Während Brock ihm erklärte, was ihm zugestoßen war, zeigten sich die unterschiedlichsten Regungen auf Morgans Gesicht: zuerst Belustigung, dann Sorge und schließlich Resignation. „Du glaubst wirklich, was du mir hier erzählst.“

„Ich glaube es nicht, ich *weiß* es. Ich schwöre dir, in meinen Träumen habe ich mit meinem jüngeren Ich gesprochen und ihm gesagt, er solle andere Entscheidungen treffen. Das hat er getan – und damit mein Leben zerstört."

„Entschuldige, wenn ich so offen bin, Brock-O, aber das warst du ja wohl ganz allein."

„Ja, das stimmt. Aber nicht so, wie du denkst." Brock starrte auf die Kaffeetasse vor sich auf der Theke. Er hatte nicht die Energie, Morgan davon zu überzeugen, dass das, was er sagte, wahr war. Und selbst wenn es ihm gelänge, was würde es bewirken? Ändern würde sich dadurch gar nichts.

„Ich habe gestern meinen Bruder besucht."

„Und? Hat die Polarschmelze eingesetzt?"

„Im Gegenteil. Eine weitere drei Meter dicke Schicht Eis ist noch dazugekommen." Brock trat gegen den Tresen.

„Wie das?"

„Der Ringkampf von damals. Ich habe mir angesehen, was ich mit seiner Hand gemacht habe."

Morgan runzelte die Stirn. „Warum um alles in der Welt hast du dir das noch mal angeschaut?"

„Ich konnte nicht anders." Brock blickte Morgan stirnrunzelnd an. „In meiner anderen Zeitschiene ist das nämlich gar nicht passiert."

„Natürlich nicht." Morgan zwinkerte. „Also, was brauchst du?"

„Im Augenblick brauche ich einen guten Schuss Baileys in diesen Kaffee. Hast du welchen da?"

Morgan blickte ihn wie ein erzürnter Lehrer an. „Ich glaube nicht, dass du damit wieder anfangen solltest."

„Womit?"

„Ich hoffe nur, dass das ein Witz war, denn sonst müsste ich dir einen Kinnhaken verpassen, um zu sehen, ob dein Gehirn nur mal einen guten Schüttler braucht, um wieder richtig zu ticken."

„Was ist denn so verkehrt daran?“

Morgan starrte ihn an, jetzt mit großer Besorgnis in seinem Blick. „Ist bei dir alles in Ordnung?“

„Sag mir, warum du so vehement dagegen bist, dass ich Alkohol trinke.“

Noch bevor Brock die Antwort hörte, ahnte er, dass seine Welt schon wieder durch eine Offenbarung erschüttert werden würde, die einen weiteren dunklen Teil seiner Seele entblößen würde. Obwohl die drei verbliebenen Gäste außer Hörweite waren, beugte sich Morgan vor und senkte die Stimme.

„Ich kenne mich nicht so gut aus mit den Anonymen Alkoholikern und den Prinzipien, die in diesen Treffen vertreten werden. Aber ich weiß doch so viel, dass du nie wieder Alkohol anrühren darfst, wenn du nicht rückfällig werden willst.“

Hitze stieg in Brock hoch, als er sich an Rons Andeutungen erinnerte. „Wie lange?“

„Du willst mir sagen, dass du dich nicht mehr an diese Jahre erinnerst?“

Brock blinzelte.

„Was ist los, Brock?“

„Das habe ich dir doch eben zu erklären versucht.“

„Du willst mir weismachen, dass du keinerlei Erinnerung mehr daran hast, dass du über drei Jahre lang praktisch permanent betrunken warst?“

Brock schüttelte den Kopf.

„Wirklich nicht?“

„Wann war das?“

Morgan wich seinem Blick aus. „Du hast im Jahr 2000 mit dem Trinken angefangen und dich im Jahr 2001 noch gesteigert. Und an diese Zeit wirst du dich wohl wirklich nicht mehr erinnern, weil du ja ständig halb oder ganz weggetreten warst.“

„Und dann?“

„Im Sommer 2004 bist du zur Vernunft gekommen, hast dir Hilfe gesucht und seither keinen Tropfen mehr angerührt, soweit ich weiß.“ Morgan hustete. „Bis jetzt.“

„Der Alkohohl. *Das* hat meine Ehe mit Karissa zerstört?“

„Es war nicht nur der Alkohol, aber der war durchaus ein wichtiger Faktor, ja. War ja auch kein Wunder. Willst du mir jetzt sagen, was wirklich los ist?“

„Ich habe es dir bereits erzählt.“ Brock erhob sich und blickte seinen Freund an. „Danke fürs Zuhören. Und bitte tu mir einen Gefallen.“

„Was immer du willst.“

„In drei Tagen treffe ich mich mit einem Mann, der vielleicht in der Lage ist, mir zu helfen. Bete für dieses Gespräch. Und für mich.“

Morgan lachte. „Du lässt es niemals sein, nicht?“

„Was denn?“ Brock sank in sich zusammen. „Oh nein ... sag mir nicht, dass du nicht bei dieser Konferenz im Jahr 1998 Christ geworden bist. Ich war doch dabei ...“

Morgan lächelte. „Pass mal auf, Brock-O. Falls ich jemals religiös werde, erfährst du es bestimmt, und dann werde ich als Erstes für dich beten.“

Kapitel 42

10. Juni 2015

Endlich. Es war Zeit für ein weiteres Treffen mit Shagull. Sie hatten sich bei den Ballard Locks verabredet, dem Kanal zwischen Puget Sound und Ship Canal. Gleich nachdem er angekommen war, entdeckte Brock ihn. Er lehnte am Geländer und beobachtete die Boote, die sich in der Warteschlange vor der Schleuse eingereiht hatten. Gerade steckte er sich abwesend ein paar Walnusskerne in den Mund. Als er Brock erblickte, winkte er ihm und kaute schneller. Den Rest seiner Mahlzeit warf er den Tauben zu, die immer auf der Suche nach einem Imbiss waren.

„Ein wunderschöner Tag heute", sagte Shagull, als Brock ihn erreicht hatte. Gemeinsam schlenderten sie zu einer dunkelgrünen Bank.

Brock beobachtete das Spiel der Sonnenstrahlen in den Blättern der Ahornbäume. Der Wind trug den salzigen Geruch des Puget Sound zu ihm herüber. Was Shagull sagte, stimmte, doch bisher hatte er das noch gar nicht wahrgenommen. „Neuerdings fällt es mir schwer, mich an solchen Dingen zu freuen."

„Ach, tatsächlich?" Der Doktor lehnte seinen Spazierstock an die Bank. „Das kann ich mir gar nicht vorstellen", sagte er und runzelte die Stirn.

„Sie meinen, Sie können es sich vorstellen."

„Nein." Der Doktor beugte sich vor. „Ich kann mir nicht vorstellen, welchen Schmerz Sie gerade empfinden müssen. Ich habe großes Mitgefühl für Sie."

Brock beugte sich vor und stützte die Ellbogen auf seine Knie. „Karissa ist aus meinem Leben verschwunden, Tyson mehr oder weniger auch. Morgan ist zwar noch mein Freund, aber teilt nicht meinen Glauben. Bitte sagen Sie mir, dass zumindest eine kleine Hoffnung besteht, dass ich noch einmal luzide träume. Ich muss zurück in die Vergangenheit."

Der Doktor setzte zu einem Monolog an: „Auf seine ihm eigene Weise ist die Geschichte eines jeden Menschen eine Suche. Eine Reise, ähnlich wie die von Bilbo in *Der kleine Hobbit* oder die von Dorothy in *Der Zauberer von Oz* oder die der Pevensie-Geschwister in *Die Chroniken von Narnia*. Bilbo ließ sich von den Zwergen mitnehmen. Dorothy wagte sich auf die gelbe Kopfsteinpflasterstraße. Lucy, Edmund, Susan und Peter gingen durch den Kleiderschrank nach Narnia. Alice stürzte durch das Hasenloch. Neo wählte die rote Pille. Sie alle waren auf der Suche, genau wie Sie."

Brock lehnte sich seufzend zurück. Er hatte keine Lust auf einen Vortrag über alte Geschichten und das Schicksal. Er wollte einfach nur erfahren, wie er wieder träumen konnte. Aber soweit er Shagull einschätzen konnte, ließ der Mann sich nicht hetzen. „Das alles hat einen Sinn, richtig?"

„Die meisten Menschen weigern sich, der Wahrheit ins Auge zu sehen. Sie wollen dableiben, wo sie sich in Sicherheit wähnen." Shagull lehnte sich zurück. „Sie dagegen sind aktiv geworden, Brock."

„Das stimmt, und Sie sehen ja, wohin es mich geführt hat."

„Ja, wohin denn genau?"

„Das wissen Sie doch. In Chaos und Zerstörung. Erklären Sie mir um Himmels willen bitte, wie ich im Traum wieder zurückgehen kann in die Zeit, in der der junge Brock die Entscheidungen getroffen hat, zu denen ich ihn gedrängt habe. Ich muss das wieder rückgängig machen."

„Und wenn Sie nie mehr träumen?"

„Das ... oh Gott. So kann ich nicht weiterleben."

„Warum nicht? Sie sind doch derjenige, der dieses Leben in Bewegung gesetzt hat." Der Doktor faltete die Hände und legte den Kopf schräg.

„Genau. Und darum ist es auch meine Aufgabe, die Flugbahn wieder zu ändern."

„Ich möchte Ihnen gern etwas geben." Der Doktor öffnete mit einer Hand seinen Mantel und zog einen langen braunen Umschlag aus der Tasche, den er Brock auf den Schoß legte.

„Was ist das?"

„Dazu kommen wir gleich." Der Doktor tippte mit einem Finger an seine Lippen. „Denken Sie, dass Gott spricht? Dass er heute noch zu uns spricht?"

„Manchmal schon, manchmal bin ich mir nicht so sicher."

„Ich auch nicht." Der Doktor lachte leise. „Aber so langsam kippt meine Überzeugung."

„Zu welcher Seite?"

„Zu der, dass er wirklich zu uns spricht. Wenn wir bereit sind, auf ihn zu hören. Und wenn wir bereit sind, das zu beherzigen, was er uns sagt."

„Möchten Sie mir erklären, was er Ihnen klargemacht hat?"

„Vielleicht sollten Sie etwas tun, das schon vor Jahren in Gang gesetzt wurde. Ich denke, es ist an der Zeit." Der Doktor hob den Umschlag. „Das mag Ihnen jetzt vielleicht seltsam vorkommen, aber ich glaube, Gott hat mir aufgetragen, Ihnen einen Vorschlag zu machen."

„Mir kommt so leicht nichts mehr seltsam vor", lachte Brock. „Und was wäre dieser Vorschlag?"

„Es ist nur ein Eindruck, dass jetzt der richtige Zeitpunkt da ist. Es kann sein, dass dieser Auftrag von Gott kommt, vielleicht ist es aber auch nur so eine Idee, die ungebeten aus meinem Unterbewusstsein heraufgesprudelt ist."

„Also, was denn nun?"

Shagull reichte Brock den Umschlag. „Öffnen Sie ihn."

Brock riss den Umschlag auf und zog ein Foto von einem Berg heraus. Darunter stand: *Trotz des mittleren Schwierigkeitsgrads nehmen viele Wanderer diesen Berg wegen des historischen Feuerwachturms und des atemberaubenden Ausblicks in Angriff. Der wirklich empfehlenswerte Wanderweg ist mit etwa 4,3 Kilometer nicht sehr lang mit 700 Meter Höhendifferenz, doch erwartet Sie von dem Wachturm, der auf dem Gipfel rund zwei Meter in die Höhe ragt, ein 360-Grad-Ausblick auf den Mount Baker, den Mount Rainier und das Olympics-Gebirge. Die Wanderung beginnt an einem Ausgangspunkt in etwa 1.000 Meter Höhe, wodurch sich der sonst recht schwierige Aufstieg noch einmal deutlich verkürzt.*

„Sie wollen, dass ich eine Bergwanderung mache?"

„Ja."

„Um was zu tun?"

„Nordöstlich des Feuerwachturms ist ein kleiner Kasten versteckt, unter einem Stein, der etwas dunkler ist als die anderen Steine in der Nähe. Sie sollten sich auf die Suche danach machen."

„Haben Sie den dort versteckt?"

„Nein, ein Freund von mir."

„Aber ich soll ihn öffnen."

„Ja. Vertrauen Sie mir, mein Freund wird nichts dagegen haben."

„Wer ist Ihr Freund?"

Die Augen des Doktors strahlten, und seine Haltung verriet, dass er genau wusste, was dieser Aufstieg und der Kasten für Brock bedeuten würde.

„Was wissen Sie, Dr. Shagull?"

Der Doktor erhob sich und klopfte sich die Hose ab. „Nichts."

„Sagen Sie es mir."

Der Doktor verschränkte die Hände hinter dem Rücken. „Sie werden es nicht schaffen, mehr aus mir herauszubekommen. Wir reden weiter, wenn Sie wieder zurück sind." Shagull tippte sich an seinen Hut, schnappte sich seinen Spazierstock und ging schnellen Schrittes davon.

Brock blieb noch etwa zehn Minuten auf der Bank sitzen und wünschte, er wäre in besserer körperlicher Verfassung, um den Gipfel des Berges schneller erklimmen zu können, auf dem er hoffentlich den Schlüssel zu seiner Erlösung finden würde.

Kapitel 43

11. Juni 2015

Zehn Minuten, nachdem er den Gipfel des Mount Pilchuck erreicht hatte, entdeckte Brock den Stein, den Shagull ihm beschrieben hatte, und schob ihn zur Seite. Darunter kam ein Holzkasten zum Vorschein, der in eine Plastiktüte eingeschlagen und noch durch eine zweite Plastiktüte geschützt war, beide vom Alter vergilbt. Er nahm den Kasten aus den Tüten. Auf dem Deckel war sein Name eingeritzt. Was? Wie war das möglich? Stammte das von Shagulls Freund?

Brock nahm den Kasten an sich und stieg auf der Rückseite des Berges wieder hinab. In einer kleinen Nische, wo er vor den Blicken von neugierigen anderen Wanderern verborgen war, machte er Rast.

Der Kasten war einfach verarbeitet, strahlte jedoch eine verblüffende Eleganz aus. Sechs oder sieben Zentimeter lang, vier Zentimeter breit. Das Material schien Ahornholz zu sein, und es war mehrfach lasiert worden. Brock strich mit den Fingern über die Oberfläche. Ein ungeahntes Staunen und eine ungewöhnliche Leichtigkeit erfüllten ihn, als er seine Hand auf den Kasten legte.

Langsam, als wollte er nicht, dass sich die darin liegenden Schätze verflüchtigten, hob er den Deckel an. Ein Zettel lag auf seinem Inhalt. Er faltete ihn auf.

31. Mai 2005
Lieber Zukunfts-Brock,

Brock hielt inne, und sein Blick wanderte zum Ende der Seite, um sich zu vergewissern, dass das, was er gelesen hatte, auch stimmte.

Dein Freund in Deinen Träumen,
Brock

Hitze stieg in ihm auf. Unbegreiflich. *Er selbst* war Shagulls mysteriöser „Freund“. Er hatte den Kasten gebaut (oder gekauft) und auf dem Gipfel dieses Berges versteckt. Brock schloss kurz die Augen, öffnete sie wieder und las den ganzen Brief durch.

31. Mai 2005
Lieber Zukunfts-Brock,
wenn Du dies liest, dann bist Du tatsächlich der, der du vor so vielen Jahren zu sein behauptet hast. Durch das, was Du mir gesagt und nicht gesagt hast, hast Du mein Leben verändert.

Jetzt ist es vielleicht an der Zeit, dass ich Dein Leben verändere, oder Dich zumindest an das erinnere, was Du hoffentlich weißt und jeden Tag lebst.

Ich habe einige alte Kisten durchgesehen, die meine Mutter wegwerfen wollte, und fand etwas, das ich Dir zeigen möchte. Den Grund verrate ich Dir nicht. Ich habe das Gefühl, dass Gott Dir klarmachen wird, worum es geht. Und wenn Du annimmst, was er Dir sagt, wirst du frei werden. Ich denke, das, was Du in dem Kasten finden wirst, den ich selbst gebaut habe, ist der Ort, wo sich die Kreise überschneiden.

Dein Freund in Deinen Träumen,
Brock

Während Brock den Brief noch einmal las, versuchte er sich zu vergegenwärtigen, dass sein jüngeres Ich ihn in dieser Zeitschiene an ihn geschrieben hatte. Er hatte es aufgegeben, herausfinden zu wollen, wie seine Gegenwart und Vergangenheit sich miteinander verknüpft hatten, um eine neue Realität zu bilden, aber dies war eine neue Wendung. Und woher hatte Shagull gewusst, dass er diesen Kasten auf dem Berg finden würde?

Brock drehte den Kasten um, und sein Atem stockte. Auf der Unterseite entdeckte er die sich überschneidenden drei Kreise. Genau das Bild, das Shagull ihm aufgezeichnet hatte. Die Stelle, wo sich Vergangenheit, Gegenwart und Zukunft überschnitten.

Der Deckel und das Innere des Kastens waren mit einem Material bezogen, das aussah wie weiße Seide. Eine dünne, schwarze Borte zog sich an den Rändern entlang. In seinem Inneren lag nur ein Gegenstand, rechteckig und in hellbraunes Papier eingepackt. Namenloses Staunen erfüllte Brock. Es war das Päckchen aus den Träumen mit seinem Vater! Beinahe ehrfürchtig berührte er die angerissene Ecke, zögerte und riss schließlich das Papier ganz ab.

Verblüfft sah sich Brock mit einem Relikt aus seiner Kindheit konfrontiert, an das er seit 40 Jahren nicht mehr gedacht hatte. Eine Figur von Captain Action, dem Comic-Helden, der sich in Batman, Spiderman, Captain America, Aquaman und so viele andere Charaktere verwandeln konnte. Captain Action, der ultimative Held. Es hatte einen für Ron und einen für Brock gegeben … an Weihnachten 1971. Sein Vater war an jenem Morgen beinahe übermütig gewesen.

„Also gut, Jungs, letztes Geschenk!“ Er hatte ihnen die Päckchen überreicht und sich die Hände gerieben, während er ungeduldig darauf wartete, dass sie sie auspackten.

„Gefällt er euch?“ Ihr Vater grinste, als sie begeistert nickten. Ron und Brock liebten Captain Action.

Wie hatte er nur vergessen können, welche Welten er und Ron zusammen erschaffen hatten? Wie oft hatten sie bis spät in die Nacht miteinander gespielt, gemeinsam die Streitkräfte des Bösen bekämpft und die Welt gerettet. Ihre Mutter musste sie abends immer mit Nachdruck ins Haus holen, wenn sie unter den Bäumen im Garten ein Abenteuer nach dem anderen bestritten.

„Ronnie! Pass auf!“ Brock war aus dem Apfelbaum in ihr Planschbecken gesprungen, die Captain-Action-Figur in der Hand, und mit einem Bauchklatscher im Wasser gelandet. Anschließend war Ron auf den Baum gestiegen, hatte sich wie sein älterer Bruder ins Wasser gestürzt und war noch härter aufgeschlagen. Ihre Bäuche waren danach knallrot gewesen und hatten zwei Stunden lang gebrannt wie Feuer, doch das hatte ihnen nichts ausgemacht.

Ihr Vater hatte ihnen aus Holz ein Hauptquartier für die Captains gebaut und ihnen nach und nach alles geschenkt, was sie für die Ausstattung brauchten. Doch im Herbst des folgenden Jahres hatte er seinen Nervenzusammenbruch gehabt, und alles hatte sich verändert. Captain Action verschwand aus Brocks Leben. Die Figur war für ihn eine zu schmerzliche Erinnerung an seinen Vater gewesen. Bei Ron war das anders.

„Brockie! Komm, lass uns spielen.“ An einem regnerischen und schrecklich langweiligen Samstagnachmittag hatte Ron seinen Captain Action und das Kostüm von Green Hornet in die Höhe gehalten. „Du bist das Phantom und ich Green Hornet. Und wir retten die-“

„Ronnie, ich ... mir ist im Augenblick nicht danach ... ich habe noch anderes zu tun.“

„Was denn?“

„Basketball spielen und für die Schule lernen.“

„Was ist mit dem Kodex?“ Rons Augen flehten ihn an. „Wir müssen doch unserem Kodex folgen! Bitte!“

„Äh ... ja, vielleicht heute Abend nach dem Abendessen, okay?“

„Versprochen?“

„Ja, sicher.“

Aber Brock hielt das Versprechen nicht, und sie spielten nie wieder Captain Action.

Brocks Blick hing an dem Päckchen. Schließlich riss er den letzten Fetzen Papier ab und nahm zögernd die Figur heraus. Captain Action starrte ihn an, als wollte er wissen, wo Brock all diese Jahre gesteckt hätte. *Dummer Gedanke*, sagte er sich. Aber das stimmte nicht.

An der Figur klebte ein Zettel. Brock wusste ganz genau, was das war.

„Ich habe eine Idee, Jungs.“ Ihr Vater hatte ein Blatt Papier und einen schwarzen Filzstift bereitgelegt. „Jeder Held folgt einem Kodex, der sein Handeln bestimmt. Eine Art Spielregeln. Was haltet ihr davon, wenn ihr euch einen Kodex für euch und Captain Action ausdenkt? Denn ihr zwei seid ja jetzt Helden.“

Brock faltete den Zettel so vorsichtig auf, als handele es sich um ein 2.000 Jahre altes Pergament. Da stand in ihrer kindlichen Handschrift ihre Proklamation an die Welt:

Unser Captain-Action-Kodex

Rettet die Welt!
Vernichtet die Bösen!
Rettet alle Guten!
Befreit das Mädchen!
Brüder bis zum Ende der Zeit!
Nur das zählt und wird jemals zählen!

Brock ließ sich auf einen Felsbrocken sinken, überwältigt von der Erkenntnis, die in seinem Herzen explodierte. Der

Wind frischte auf, wie um seine Gefühle zu bestätigen. Der Kodex! So einfach. So wahr. Da stand nichts davon, dass er *Black Fedora* zu einem Götzen erheben sollte, dem er auf Gedeih und Verderb dienen musste. Nichts davon, sich so auf den Wettstreit mit Ron zu konzentrieren, dass das Gewinnen zu seinem Gott wurde. Nichts davon, sich seinen Sohn gegenüber gleichgültig zu verhalten.

Rette die Welt. Befreie das Mädchen. Brüder bis zum Ende der Zeit. Nur das zählt.

Brock las den Kodex ein zweites und noch ein drittes Mal durch, bevor er den Zettel und Captain Action in den Kasten zurücklegte. Lange schaute er zum Horizont, während die Sonne am Himmel immer höher stieg. Schließlich nahm er sein Handy zur Hand und wählte Shagulls Nummer.

„Hallo?"

„Wir sind uns schon früher begegnet, nicht?"

„Ja, Brock. Vor zehn Jahren. Genau an der Stelle, an der Sie jetzt stehen. Und danach auch noch ein paarmal."

„Sie haben mit ihm – mit mir – über die drei Kreise gesprochen."

„Ja."

„Das ist erst zehn Jahre her." Brock rieb sich mit dem Handrücken über das Gesicht. „Mein Anruf muss ein Schock für Sie gewesen sein."

„Allerdings. Vor allem, als ich merkte, dass Sie keine Erinnerung an jene frühere Begegnung mehr hatten. Aber irgendwie hatte ich das nach dem, was der andere Brock mir erzählte, beinahe erwartet."

„Darum treffen Sie sich nie mit anderen Lesern Ihres Buches, waren aber bereit, mit mir zu sprechen. Darum haben Sie mir Ihre Zeit nie in Rechnung gestellt. Sie wollten sehen, wie sich die Geschichte weiterentwickelt."

„Und ich wollte Ihnen helfen."

„Warum haben Sie es mir nicht erzählt?"

„Sie müssen verstehen, dass dieses ganze Abenteuer für mich beinahe genauso ungewöhnlich ist wie für Sie, darum war ich nicht sicher, wie viel ich verraten sollte und wie viel lieber ungesagt blieb. Aber in einem war ich sicher: Gott zieht die Fäden, und da alles in seiner Hand liegt, ist es das Beste, ihm auch die einzelnen Schritte zu überlassen."

„Das erklärt wohl auch, warum Sie als Einziger konstant in jeder Zeitschiene vorkamen."

„Es erklärt vielleicht den Grund, aber nicht die Tatsache, dass das möglich ist."

„Was wissen Sie sonst noch?"

„Nichts."

„Was mache ich jetzt?"

„Was lag in der Schachtel? Hat es Sie weitergebracht?"

„Ja."

„Mehr wollen Sie nicht sagen?"

„Nein."

Als Brock gegen 17:00 Uhr sein Hausboot betrat, stellte er die Schachtel auf die Küchentheke und machte sich einen Kaffee. Mit dem Kaffeebecher in der Hand stieg er auf das Dach und beobachtete zwei Kajakfahrer auf dem Lake Union.

Sein jüngeres Ich war davon überzeugt gewesen, dass Gott ihm klarmachen würde, was es mit der Schachtel auf sich hatte. Und so war es auch. Eine Werbetafel am Himmel hätte nicht deutlicher sein können. Er hatte in allen Punkten gegen den Kodex verstoßen. Karissa? Er hatte sie nicht frei gemacht, sondern in Ketten gelegt. Brüder bis zum Ende der Zeit? Von wegen!

Jetzt war der Zeitpunkt gekommen, zum Heldentum zurückzukehren. Nach dem Kodex zu leben und notfalls für seine Ziele zu sterben. Es war höchste Zeit, das in Ordnung zu bringen, was er angerichtet hatte. Es war höchste Zeit, wieder zu träumen.

An jenem Abend bat er Gott vor dem Einschlafen so eindringlich und aufrichtig wie noch nie darum, ihn wieder träumen zu lassen, damit er die Menschen, die er liebte, retten konnte. Aber wieder einmal fiel er in einen traumlosen Schlaf, und nach nur vier Stunden wachte er auf, aller Hoffnung beraubt.

Er sah auf den Wecker. 2:00 Uhr. Resigniert sank er in die Kissen zurück und bat erneut um die Gelegenheit zu träumen. Doch er fand nicht mehr zur Ruhe. Nach einer halben Stunde stieß Brock einen langen Seufzer aus und stand auf. Ein scharfer Schmerz schoss ihm durch den Nacken, wo die Anspannung seines Lebens sich anscheinend auf Dauer eingenistet hatte. Er massierte die Stelle, während er in die Küche stolperte, um sich einen Imbiss zu holen und einen Plan zu fassen.

Kapitel 44

12. Juni 2015

Mit einem Stück Brot und etwas Käse ging Brock aufs Deck, ließ sich in dem Sessel nieder und wickelte sich in die Decke, die Karissa ihm schon ganz zu Beginn ihrer Ehe geschenkt hatte. Erst in zweieinhalb Stunden würde die Dämmerung über den Bergen im Osten aufziehen, und im Augenblick konnte man beinahe den Eindruck haben, als würde es nie wieder hell werden. Sein Blick wanderte zu Beths Boot hinüber. Natürlich brannte bei ihr kein Licht. Nichts rührte sich zu dieser Stunde, nur ein paar wenige Autos überquerten die Aurora-Brücke und noch weniger waren auf den Straßen unterwegs.

Die Zeit schien ihre Bedeutung zu verlieren, und beinahe ohne dass er es merkte, zeigte sich ein schmaler Streifen Grau am Horizont, der sich kurze Zeit später rot färbte. Er betete nicht und ließ auch sonst keinen Gedanken zu, sondern genoss einfach nur den Frieden dieses Augenblicks, eine Erholungspause von dem Sturm, der in seinem Leben tobte.

Doch früher oder später musste er sich der Wahrheit stellen, auf die ihn der jüngere Brock aufmerksam gemacht hatte: Er hatte gegen den Kodex verstoßen, unter dem Vorwand, seine Familie zu versorgen, während er eigentlich die ganze Zeit seinem eigenen Gott gedient hatte. Einem Gott, der eine Bestätigung versprach, die sich immer nur wenige Zentimeter außerhalb seiner Reichweite befand. Und jetzt war der Betrug aufgedeckt und das Licht der Wahrheit strahlte hell.

Ja, es hatte auch gute Gründe für seinen Wunsch gegeben, *Black Fedora* zum Erfolg zu führen. Für Karissa und Tyson. Für Ron und seine Familie. Geld zu haben war nichts Schlechtes. Auch ein erfolgreiches Unternehmen zu führen war an sich eine gute Sache. Ihre Produkte waren schmackhaft und erfreuten die Menschen. Sie beuteten keine Menschen in Drittweltländern aus, sondern gaben ihnen im Gegenteil ungeahnte Entwicklungschancen. Lauter gute Dinge.

Aber viel größer als all das war immer sein Bedürfnis nach Anerkennung gewesen.

Das Quietschen einer Tür riss Brock aus seinen Gedanken. Er drehte sich um und erblickte Beth, die auf dem Deck stand.

„Hallo, Brock."

„Perfektes Timing."

„Ach ja?"

„Ich bin auf einen Berg gestiegen."

„So? Warum denn das?" Ihr Blick war wach und neugierig. Und Brock erzählte.

Ein Lächeln trat auf Beths Gesicht, als er zum Ende kam. „Und jetzt?"

„Ich überlege gerade, was ich jetzt tun soll."

„Nein, das stimmt nicht. Du weißt doch schon ganz genau, was jetzt ansteht." Beth wandte sich zu ihm um, und ihr Lächeln erhellte ihr Gesicht. „Folge dem Kodex. Du versuchst doch bereits, das Mädchen zu befreien."

„Das läuft nicht so gut."

„Und was ist deine nächste Mission?"

„Brüder für immer."

Kapitel 45

Später am Morgen betrat Brock Rons Büro – und blickte sich verblüfft um. Dieses Büro war kleiner als das in den anderen Zeitschienen. Aber es war nachvollziehbar: In dieser Welt war Brock ja der Mehrheitshalter.

„Was willst du hier?“ Ron blickte kurz von seinem Laptop auf, konzentrierte sich jedoch sofort wieder auf den Monitor.

Brock ging zu Ron hinüber und schob einen Stapel Papiere über seinen Schreibtisch.

„Was ist das?“ Ron deutete mit seiner gesunden Hand auf den Stapel.

„Das sind meine Firmenanteile. Alle. Sie gehören jetzt dir. Unterschreib einfach, dann bist du alleiniger Eigentümer von *Black Fedora*. Nicht ich, nicht wir, nur du.“

„Was ist los mit dir?“ Ron lehnte sich zurück und legte den Arm ohne Hand hinter seinen Kopf. „Warum tust du das?“

„Ich möchte mit dir ins Reine kommen.“

„Ach ja? Wie aufregend.“

„Ja, das ist es wirklich.“

„Und es gibt da natürlich nicht etwa einen anderen Grund?“

Brock stützte sich mit den Händen auf Rons Schreibtisch ab. „Ich habe den Erfolg von *Black Fedora* zu meinem Gott erhoben. Ein zweiter Gott war mein krankhaftes Bestreben, besser zu sein als du. Und der Dritte in meiner unheiligen Dreieinigkeit war Anerkennung. Doch dieses Leben, in dem ich anderen Göttern diene, ist jetzt vorbei.“

Ron deutete erneut auf die Papiere. Er wirkte verunsichert. „Bist ... bist du sicher?“

Brock nickte. Ron beugte sich vor. Sein Gesichtsausdruck war sanfter, als Brock ihn bisher je gesehen hatte. „Interessantes Timing."

„Warum?"

„Weil ich gerade entdeckt habe, dass wir ausgebootet werden. Jemand kauft unsere Aktien auf. Alle Vorstandsmitglieder leugnen, etwas damit zu tun zu haben. Aber einer von ihnen muss es sein. Und wenn wir nicht schnell herausfinden, wer dahintersteckt, werden die Anteile, die du mir da übertragen willst, wertlos sein. Und am Ende werden wir die Firma verschleudern oder Konkurs anmelden müssen."

„Was?" Brocks Beine gaben unter ihm nach, und er taumelte. Es passierte schon wieder! Selbst das hatte er also nicht abwenden können. Dieses Mal waren anscheinend keine Hacker am Werk, doch das Ergebnis war genauso schlimm. „Das kann doch nicht sein. Ich verstehe es nicht!"

„Ich auch nicht, aber im Augenblick sollten wir uns keine Gedanken um die Anteile machen." Ron erhob sich und trat um seinen Schreibtisch herum. „Ich weiß diese Geste zu schätzen. Wirklich. Weil ich dir glaube, dass du es ernst meinst. Aber im Augenblick müssen wir unsere ganze Energie darauf verwenden, herauszufinden, wer dahintersteckt."

Die kommenden 24 Stunden arbeitete Brock durch, um in Erfahrung zu bringen, von wem dieser Angriff auf *Black Fedora* ausging. Aber er wurde nicht fündig. *Denk nach! Komm schon!* Es musste eine Antwort geben, einen Weg, dieses Komplott aufzudecken. *Herr, könntest du …?*

Brock schlief ein paar Stunden, kehrte dann ins Büro zurück und vergrub sich wieder in die Unterlagen. Gemeinsam mit dem IT-Team von *Black Fedora* ging er jeder Spur nach, versuchte den Hintermann dieser Intrige zu entlarven, aber sie kamen nicht weiter. Alle Spuren endeten in Sackgassen.

Um kurz vor 23:00 Uhr an diesem Abend schloss Brock seine Bürotür und durchquerte den Flur des achten Stockwerks. Die meisten Lichter waren bereits ausgeschaltet, und es war ziemlich dunkel im Gebäude. Ein unheimliches Gefühl beschlich Brock, als wäre er der einzige Mensch auf der Welt. Bisher hatte es ihm nie viel ausgemacht, noch bis spät in die Nacht allein in seinem Büro zu arbeiten, aber als er auf die Aufzüge zuging, drohte das Gefühl der Einsamkeit ihn zu erdrücken.

Vielleicht weil ihm bewusst wurde, dass er zum ersten Mal in seinem Leben wirklich ganz allein war. Karissa war fort, Tyson saß vermutlich für den Rest seines Lebens im Gefängnis, und sein Bruder war wenig mehr als ein Feind. Wenn sie den Drahtzieher des feindlichen Übernahmeversuchs gefunden hatten, würde Brock sich vielleicht ein Haus in den Bergen oberhalb von Chelan bauen und als Einsiedler leben.

Die Aufzugtür öffnete sich sofort, als hätte sie nur auf ihn gewartet. Er trat in die Kabine und drückte den Knopf zur Tiefgarage. Entschlossen schüttelte er den Kopf, als könne er so das Gefühl der Hoffnungslosigkeit abschütteln. Aber es klebte an ihm wie Pech und saugte weiter alles Leben aus ihm heraus. Auch egal. Er fühlte sich sowieso bereits tot.

Wenn er den Drahtzieher entlarvt hätte, dann könnten er und Ron dieser Person oder Personengruppe, die sie vernichten wollte, wenigstens ins Gesicht sehen. Brock würde nicht aufgeben, bis er diese Leute ausfindig gemacht hatte. Das war alles, was ihm noch blieb.

Die Aufzugtüren öffneten sich in der Tiefgarage, und er schleppte sich zu seinem Wagen. Außer einem silbernen Van mit einem Dachgepäckträger, der frappierend einem riesigen Toaster ähnelte, war die Garage leer.

Ja, er würde am nächsten Tag weitermachen, als gäbe es kein Morgen, wie es so schön hieß. Aber im Augenblick sehnte er sich nach Einsamkeit und einem Film. Einen Augenblick, um die Welt zu vergessen, alles und alle, die er verloren hatte. Nur seine Schritte waren zu hören und das Knistern der Neonröhren, die sich an ihre letzten Lebensstunden klammerten.

Er stieg in seinen Lexus und warf die Aktentasche auf den Beifahrersitz. Nachdem er den Schlüssel gefunden hatte, steckte er ihn in die Zündung. Doch bevor er den Motor anlassen konnte, ließ eine Stimme vom Rücksitz ihn erstarren.

„Tun Sie das nicht. Wir werden ein paar Minuten zusammen hier in Ihrem Wagen sitzen, und ich möchte nicht, dass Sie Benzin verschwenden. Wir müssen ein kleines Gespräch führen, bevor Sie nach Hause fahren."

Brocks Pulsschlag beschleunigte sich, und er wollte sich zum Rücksitz umdrehen, doch die kalte Mündung einer Pistole bohrte sich in seine Schläfe.

„Auch das sollten Sie besser lassen."

Sein Blick wanderte zum Rückspiegel, und die Stimme ertönte zum dritten Mal, während eine Hand seinen Kopf nach vorn und unten drückte. „Nein. Das wird in den nächsten Minuten keine Option sein. Ich sage Ihnen was." Der Lauf der Pistole drückte seinen Kopf nach links und gegen die Fensterscheibe. „Sie halten Ihren Blick auf die linke Wand gerichtet. Und Sie denken nicht einmal daran, mich anzusehen, sonst muss ich leider abdrücken. Einverstanden?"

Brock nickte. Der Schweiß stand ihm auf der Stirn und sein Herz raste. „Was wollen Sie?"

„Kooperation. Nichts weiter. Keine Ahnung, warum Sie sich wie ein Idiot aufführen, aber wir möchten Ihnen ein wenig helfen. Dafür sorgen, dass unsere Zusammenarbeit gut läuft."

Im Rückspiegel hatte Brock einen kurzen Blick auf eine schwarz gekleidete Gestalt mit einer schwarzen Skimaske erhascht. Die Stimme war tief und keine, die Brock zuordnen konnte. Der Versuch, noch einmal in den Rückspiegel zu sehen, könnte ihn teuer zu stehen kommen. Darum folgte er lieber den Anweisungen, hielt den Blick auf die Windschutzscheibe gerichtet und versuchte, ruhig zu atmen.

„Was für eine Art der Koop-"

„Ich stelle die Fragen, Sie antworten, klar?"

Brock nickte erneut.

„Was glauben Sie eigentlich, was Sie da oben im Büro tun? Wie ein Amateurdetektiv graben Sie alle möglichen Akten aus."

„Woher wissen Sie-"

Ein harter Schlag mit der Pistole gegen den Kopf. Der Schmerz schoss ihm durch den Hals bis in den Arm. Eine Sekunde später spürte er, dass ein kleines Rinnsal Blut seitlich an seiner Wange herunterlief.

„*Ich* stelle die Fragen. Ich dachte, das hätte ich deutlich gemacht. Habe ich das oder habe ich das nicht?"

Der Mann drückte die Pistole in die Wunde. Der Schmerz ließ Brock aufstöhnen, und er drückte den Kopf gegen die Kopfstütze.

„Haben wir das jetzt geklärt?"

Der Atem des Mannes blies heiß in Brocks Nacken. Zum Mittagessen schien er einen Eimer voll Knoblauch gegessen zu haben. Brock drehte den Kopf etwas nach rechts und nickte.

„Eine einfache Frage. Beantworten Sie die einfach, dann verschwinde ich sofort wieder und Sie können nach Hause fahren. Okay?"

Brock nickte.

„Warum mischen Sie sich in die Übernahme ein?"

„Das geht Sie nichts an."

Der Mann schnaubte. „Ich sitze hier auf dem Rücksitz Ihres Wagens, weil mich das sehr wohl etwas angeht. Also, nennen Sie mir den Grund."

„Ich stehe vielleicht auf der *Titanic*, aber bevor das Schiff untergeht, will ich mir den Eisberg ansehen, der uns ins Verderben gezogen hat, und von ihm den Grund dafür erfahren."

„Haben Sie Crack geraucht? Oder sind Sie einfach nur blöd? Welchen Zweck soll das haben?"

„Ich werde herausfinden, wer dahintersteckt, und ihn zur Rechenschaft ziehen."

„Sie sind tatsächlich ein Idiot. Hören Sie auf mit dem Scheiß. Das wird niemandem etwas bringen." Der Mann drückte den Lauf seiner Pistole wieder an Brocks Schläfe. „Ich werde jetzt aus dem Wagen aussteigen und weggehen. Sie werden sich drei Minuten lang nicht rühren, sondern nach vorn sehen. Zählen Sie es ab, wie früher, wenn Sie als Kind Verstecken gespielt haben. Eintausendeins, eintausendzwei, eintausenddrei. Wenn Sie sich vorher bewegen, werde ich auf Sie schießen."

„Ich werde Sie finden."

„Natürlich werden Sie das." Die hintere Tür öffnete sich, und Brock hörte, wie der Mann ausstieg. „Unser kleines Gespräch hat mir sehr gefallen. Ich hoffe, Ihnen auch. Ich denke, wir beide wissen jetzt, wie wir von hier aus weitermachen." Brock hörte, wie die Pistole gespannt wurde. „Eins noch: Ich nehme an, Ihnen ist klar, dass ich Sie noch einmal aufsuchen muss, wenn Sie meinen Rat nicht beherzigen. Aber dann nicht, um zu reden. Vielleicht statte ich auch Ihrer Ex einen Besuch ab. Soweit ich weiß, hegen Sie noch Gefühle für sie."

Die hintere Tür fiel ins Schloss, und Brock riskierte es, einen Blick zurückzuwerfen. Keine gute Idee. Der Mann legte an und feuerte. Brock duckte sich gerade noch rechtzeitig, bevor das Beifahrerfenster zerbarst und Glassplitter auf ihn herabregneten. Er steckte hektisch seinen Schlüssel ins Schloss und startete den Motor. Der Wagen sprang an, Brock legte den Gang ein und brauste los. Das Quietschen der Reifen war allerdings nicht so laut, dass es das Bersten seiner Rückscheibe überdeckte.

Es dauerte eine ganze Weile, bis Brock sich so weit beruhigt hatte, dass er nicht mehr bei jedem Atemzug keuchte. Was sollte er tun? Er könnte die Polizei verständigen, sicher, aber was würde das bringen? Sie wussten über Karissa Bescheid, und zweifellos auch über Tyson.

Zu Hause setzte sich Brock an seinen Computer, zutiefst erschöpft, aber Schlaf würde er nicht finden. Dazu war er zu aufgewühlt. Zur Ablenkung rief er seine E-Mails auf, und in diesem Augenblick kam ihm die Erleuchtung. Da war eine E-Mail von dem Klassentreffen mit einer Liste der Teilnehmer und ihren Kontaktdaten. Ganz oben stand Mitchell Green, und seine Worte fielen Brock wieder ein: *Hey, ich würde sagen, dass du lieber bald etwas unternehmen solltest. Sonst wird euch noch jemand schlucken! Er stößt herab, schnappt sich das Kapital und übernimmt eure Firma, und ihr könnt nichts dagegen tun ...*

Es war an der Zeit, seinem alten Freund einen Besuch abzustatten.

Kapitel 46

15. Juni 2015

„Hallo, Mitchell.“

„Hallo, Brock.“ Mitchell zog seine dünne Jacke enger um sich und blickte sich argwöhnisch um. Sie standen am Ufer auf der Westseite des Discovery Parks. „Warum hast du mich um dieses Treffen gebeten? Und warum ausgerechnet hier?“

„Ich brauche Antworten. Und ich möchte sie nicht in einem deiner Büros entgegennehmen, wo wir belauscht werden könnten.“

„Ich bin nicht sicher, ob das eine gute Idee ist, dass wir beide uns an einem öffentlichen Ort zusammen zeigen.“

„Warum?“

Ein einsamer Jogger rannte etwa 50 Meter von ihnen entfernt vorbei. Niemand sonst war zu sehen.

„Das brauche ich dir doch wohl nicht zu erklären.“ Mitchell lächelte halbherzig.

„Doch, ich denke schon, dass du mir das erklären solltest. Hast du Angst, dass die Wahrheit ans Licht kommt? Dass du offenlegen musst, was bei *Black Fedora* vorgeht?“ Brock schüttelte langsam den Kopf. „Ich denke, du hast gestern diesen Kerl zu mir geschickt.“

„Natürlich habe ich das.“ Mitchell schnaubte. „Du benimmst dich idiotisch. Auch jetzt gerade wieder.“

„Du wolltest mich umbringen lassen?!“

„Komm schon, Brock. Ich wollte doch nur, dass du die Füße stillhältst. Ich wollte dich davon abhalten, weiterzugraben. Dir ein wenig Angst machen. Ich könnte dich doch nicht umbringen, obwohl ich das in den vergangenen Tagen manchmal nur zu gern getan hätte."

„Was?"

„Mir ist aufgefallen, dass du aus irgendeinem Grund vor Ron eine Mordsshow abziehst, aber ich musste befürchten, dass du zu weit gehen und ihm von mir erzählen könntest. Darum wollte ich dich ein wenig ausbremsen. Denn ein Anruf oder ein Treffen hielt ich für viel zu riskant. Und dass wir jetzt hier stehen, ist in höchstem Maße unklug."

„Ich habe keine Ahnung, wovon du redest. Du hast Angst, dass ich ihm von dir erzähle? Ja, natürlich werde ich Ron von dir erzählen." Brock blickte über das Wasser hinweg und versuchte, seinen Zorn zu zügeln, bevor er sich wieder Mitchell zuwandte. „Du bist fertig. Ich werde das nicht weiter zulassen."

Ganz kurz erstarb das dämliche Grinsen auf Mitchells Gesicht, und echte Verwirrung zeigte sich. „Was denn?"

„Die Übernahme. Dass du zerschlägst, was Ron und ich in den vergangenen Jahren aufgebaut haben. Und unser Vater vor uns. Du wirst natürlich leugnen, dass dieses Gespräch überhaupt stattgefunden hat. Das habe ich begriffen. Trotzdem werde ich dich bekämpfen, bis ich den Sieg davontrage oder tot bin."

„Das ist irgendwie lustig." Mitchell schnaubte.

„Ja. Sehr lustig. Dumm von mir, dagegen anzukämpfen, weil es bereits beschlossene Sache ist, richtig? Die Papiere sind so gut wie unterschrieben."

Mitchell blickte sich um, als suche er nach versteckten Kameras. „Du versuchst hier irgendeinen blöden Scherz abzuziehen, richtig?"

„Ich lache aber nicht." Brock deutete mit dem Finger auf Mitchell. „Was auch dazu nötig ist, du wirst untergehen. Ich werde dich entlarven. Alle in deiner Firma, alle in deinem Vorstand werden die Wahrheit erkennen. Ich weiß, dass du einen Partner hast, und er oder sie ist sehr gut darin, alle Spuren zu verwischen. Aber ich werde auch ihn finden."

Mitchell antwortete nicht, sondern blickte Brock nur total verwundert an und schüttelte leicht den Kopf.

„Was ist denn bloß dein Problem, Mitchell? Wir waren nie die besten Freunde, aber wir waren auch nie Feinde. Und was ist mit Ron? Du hast keine Scheu, einem Mann, der dir nie etwas Böses getan hat, alles wegzunehmen."

Mitchell ging zu einem verwitterten umgestürzten Baumstamm hinüber und setzte sich. Zweimal hob er zu sprechen an, und beide Male brach er wieder ab. Schließlich seufzte er und sprach die Worte aus, die Brock einen Schauder über den Rücken laufen ließen: „Entweder du bist aus einem mir unbekannten Grund ins Schauspielfach übergewechselt und lieferst mir hier eine oskarverdächtige Vorstellung, oder du bist komplett durchgedreht und brauchst dringend Hilfe."

Nein. Das konnte nicht sein. „Was willst du damit sagen?"

„Warum tust du das, Brock? Ganz ehrlich, ich verstehe es nicht."

„Was tue ich?" Brocks Herzschlag beschleunigte sich.

„Hast du einen Schlag auf den Kopf bekommen? Leidest du an Amnesie? Weißt du wirklich nicht, wer mein Partner ist?"

Und da ging Brock ein Licht auf. Es gab keinen Hauch von einem Zweifel mehr. „Nein, das ... das stimmt nicht. Das kann nicht sein."

„Äh, doch, es kann sein. Du bist zu mir gekommen. Du hast den Plan ausgebrütet. Du hast mich davon überzeugt, dass du genau das Ron antun wolltest. Fällt es dir jetzt wieder ein?"

Brock erschauderte. „So etwas würde ich nicht tun."

„Versuchst du jetzt im Ernst, dich rauszureden?"

„So etwas kann ich nicht getan haben."

„Wenn es nicht so traurig wäre, würde ich mich jetzt totlachen.“ Mitchell schnaubte erneut. „Du willst leugnen, dass du der Drahtzieher hinter der ganzen Aktion bist?“

„Genau das tue ich.“

„Weißt du was, Brock, alter Kumpel? Während meiner beruflichen Tätigkeit habe ich viele Fehler gemacht, aber noch nie habe ich mich von einem Partner reinlegen lassen, weil der kalte Füße bekommt. Ich habe mich abgesichert.“ Mitchell holte ein Tablet aus seiner Aktentasche. Nach wenigen Sekunden drehte er es um und hielt es Brock unter die Nase. „Du kannst es dir selbst ansehen.“

Das Video war körnig wegen der schlechten Beleuchtung, und die Stimmen waren leise, aber es gab keinen Zweifel daran, dass es sich um ein Gespräch zwischen Mitchell und Brock handelte.

„Ich will ihn zu Fall bringen“, hörte Brock sich sagen.

„Warum?“

„Meine Sache.“ Brock rieb sich den Nacken. „Sag mir nur, ob du mir hilfst und was du dafür verlangst.“

„Keine Sorge. Wenn wir das durchziehen, werde ich meinen angemessenen Lohn schon bekommen.“

„Da bin ich sicher.“

„Ich werde einen Zeitplan erstellen.“ Mitchell streckte die Hand aus. Brock zögerte, schließlich schlug er ein. „Aber was wird aus deinem Bruder?“

„Er arbeitet für mich. Ich gewinne.“

Mitchell hielt das Video an. „Reicht das? Natürlich hätte dies vor Gericht keine Beweiskraft, weil ich unser kleines Gespräch ohne deine Einwilligung aufgezeichnet habe, aber ich denke, es würde schon reichen, wenn ich es Ron zeige.“

„Das kann nicht sein.“ Doch noch während Brock die Worte aussprach, gestand er sich ein, dass es Zeiten gegeben hatte, wo er Ron so etwas sehr wohl angetan hätte. Vielleicht nicht real, aber gedanklich durchaus. „Ich kann es immer noch rückgängig machen."

„Nein, daraus wird nichts. Ich habe schon viel zu viel in dieses Spiel investiert, um jetzt einen Rückzieher zu machen."

„Es muss rückgängig gemacht werden."

„Du redest schon wieder Blödsinn. Ich habe den Plan mit dir zusammen entwickelt, und an diesem Punkt ist die Sache nicht mehr aufzuhalten. Die Papiere sind so gut wie unterzeichnet. Die Firma gehört mir, und du wirst deinen Anteil bekommen. Du wolltest Ron draußen haben, und dein Wunsch ist in Erfüllung gegangen. Ich werde nicht zulassen, dass du jetzt untergehst und mich mitziehen willst."

Am Abend saß Brock zu Hause in seinem Mini-Büro und suchte verzweifelt einen Ausweg aus diesem Schlamassel, doch die Aussichtslosigkeit seiner Bemühungen wurde von Minute zu Minute deutlicher. Falls er einen Weg fand, den Plan scheitern zu lassen, würde Mitchell Ron verraten, was Brock getan hatte, und trotz aller seiner Erklärungsversuche würde Ron ihm nie glauben. Seine Erklärungen würden lächerlich klingen. Sie waren ja auch lächerlich.

Um 3:00 Uhr morgens endlich resignierte er. Es hatte wirklich keinen Zweck. Brock klappte seinen Laptop zu und lehnte sich zurück. Als die Papiere mit seinen Notizen ihm ins Auge stachen, stöhnte er.

Brock ging nach draußen, setzte sich auf den Rand des Stegs und ließ die Beine baumeln. Er begann zu beten.

Herr, ich gebe auf. Alles. Volle Kapitulation. Black Fedora, Karissa, Tyson, mein elender Wettstreit mit Ron. Alle meine Götzen. Nur du. Nur du. Ich brauche nur dich, um mich wertvoll zu fühlen. Du allein gibst mir meinen Wert. Ich brauche nur dich für meine Hoffnungen, Träume, Zukunft und Vergangenheit.

Du allein. Und wenn dies das Leben ist, das ich führen soll, dann akzeptiere ich das. Nur du ... nur du.

Er lehnte sich zurück, und ein Friede, den er seit Jahren nicht mehr so tief erlebt hatte, überwältigte ihn. Die Gegenwart Gottes war spürbar. Als die Dämmerung aufzog, ging er wieder hinein, um sich Frühstück zu machen. Warum sollte er schlafen; er würde ja doch nicht träumen, und er musste möglichst früh in der Firma sein. So Gott wollte, würde er doch noch einen Weg finden, um die Welt zu retten. Nun, zumindest seinen Bruder. Und *Black Fedora*.

Brock massierte seinen Nacken, während er die Eier aus dem Kühlschrank holte, und wieder einmal überlegte er, warum es ihm nicht mehr gelang zu träumen. Vielleicht war es mittlerweile sowieso sinnlos geworden. Aber er hätte es trotzdem gern gewusst. Er konnte es nicht nachvollziehen: Wann immer er wollte, hatte er luzide Träume haben können. Vielleicht nicht jedes Mal, wenn er es probierte, aber fast jedes Mal. Doch ohne dass er etwas anders gemacht hätte, war diese Fähigkeit verschwunden. Er hatte nichts anders gemacht ... außer ...

Er wirbelte herum und starrte auf seinen Kaffeebecher. Auf keinen Fall. Es konnte nicht so simpel sein. Aber er hatte keinen Zweifel, dass es so war. Alles, einfach alles hing mit *Black Fedora* zusammen. Brock setzte Kaffee auf. Starken Kaffee. Das Koffein würde sich nicht in Wachheit bemerkbar machen – zumindest nicht, solange er nicht schlief. Aber auf eine unerklärliche Weise würde es ihn in die Welt der Träume eintauchen lassen.

Als der Kaffee durchgelaufen war, erhob sich Brock und goss sich langsam eine Tasse ein. Lächelnd betrachtete er die dunkle Flüssigkeit, hob sie an seine Lippen und nahm den ersten Schluck.

Minuten nach seiner zweiten Tasse und Sekunden nachdem er eingeschlafen war, begann Brock zu träumen. Und er wusste es: Es war ein luzider Traum. Hoffnung sprudelte in ihm hoch wie eine Quelle, die sich nach Jahren des Wartens endlich Bahn brach, weil er ahnte, was kommen würde: Das war seine letzte Chance, die Situation wieder ins Lot zu bringen.

Kapitel 47

22. Oktober 1989

Brock rechnete damit, sich vor Morgans Laden wiederzufinden, oder vielleicht auch drinnen an seinem üblichen Tisch, in ein Gespräch mit seinem jüngeren Ich vertieft. Stattdessen stand er in einem Stadion, und der ohrenbetäubende Lärm um ihn herum sagte ihm, dass es ein großes Stadion sein musste. Den Jacken, Kappen und Shirts nach war es vermutlich das Stadion von Seattle.

Brock wollte sich bewegen, aber seine Füße rührten sich nicht. Sie waren wie festgeklebt. Verblüfft und voller Angst starrte er auf sie hinab. Er hatte keine Kontrolle über seinen Körper. Aber auch wenn nicht er es war, der diesen Traum lenkte, so war ihm doch bewusst, dass es ein Traum war. Nur, wer führte dieses Mal die Regie? Sein Unterbewusstsein? Oder etwas ganz anderes?

„Kann ich Ihnen helfen?"

Brock blickte hoch. Ein Mann, den er auf Ende 60 schätzte, lächelte ihn an. Auf dem Namensschild des Platzanweisers stand „Jack".

„Ich weiß nicht wohin."

„Das kann ich gut verstehen." Jack lachte leise. „Damals, als wir jung waren, waren die Stadien noch etwas kleiner. Man fand sich besser darin zurecht."

„Wir?"

„Nun, ich bin etwas älter als Sie, aber nicht mehr als zehn, fünfzehn Jahre, schätze ich."

„Ich bin dreiundfünfzig."

„Ja, dann sind es vierzehn." Jack lächelte. „Sie wissen also nicht, wo Sie hinmüssen."

„Ich meine, ich habe dieses Mal nicht-", Brock brach ab. Der Mann würde nicht begreifen, was er meinte.

Jack machte zwei Schritte auf ihn zu. „Darf ich mal einen Blick auf Ihre Eintrittskarte werfen?"

„Welche Eintrittskarte?"

„Die in Ihrer Hand."

Brock starrte auf seine Hand, als gehöre sie einem anderen. Zwischen Daumen und Zeigefinger hielt er eine Eintrittskarte für die Seahawks. Langsam hob er sie, doch bevor er einen Blick darauf werfen konnte, nahm Jack sie ihm ab.

„Also gut, mal sehen." Der Platzanweiser schaute sich die Karte kurz an. „Rechts O, das ist nicht mehr weit. Gehen Sie nur nach rechts, drei Durchgänge weiter, durch den Tunnel hindurch, dann finden Sie Ihren Platz auf der linken Seite, siebte Reihe."

Brock blickte Jack hilflos an, der ihn schief anlächelte. „Soll ich Sie hinbringen?"

„Nein. Es geht schon." Er nickte Jack noch einmal zu, und der alte Mann tippte sich grüßend an seine Kappe.

Brock hob seinen Fuß – dieses Mal war das kein Problem – und machte ein paar Schritte. Auf dem Weg zu seinem Platz versuchte er aufzuwachen, aber es gelang ihm nicht. *Und was jetzt?* Dann setzte er sich eben auf seinen Platz und versuchte, das Spiel zu genießen, bis sein Körper oder sein Geist oder beide beschlossen, ihn wieder in die reale Welt zu entlassen.

Als er aus dem Tunnel auftauchte, brüllte die Menge so laut, dass das Stadion unter seinen Füßen erbebte. Brocks Blick wanderte zu dem großen Bildschirm: ein Touchdown der Seahawks. Moment mal. Das Stadion war nicht Century Link Field. Und über ihm war kein Himmel zu sehen. Es musste das Kingdome sein, das im März 2000 abgerissen worden war. Dann hatte sein Traum Brock also in eine Zeit geführt, die mindestens 15 Jahre zurücklag.

Brock stieg die Stufen zur 78. Reihe hoch. Noch ein Blick auf seine Karte; da war noch ein leerer Stuhl, der fünfte in der Reihe. Das musste sein Platz sein. Sein Sitznachbar hatte den Kopf abgewendet und verfolgte das Spiel. Brock konnte nur seinen Hinterkopf sehen. Trotzdem, er kam ihm bekannt vor. Das Spiel wurde für einen Moment unterbrochen, und der Mann drehte sich um. Sein Gesicht war nun im Profil zu erkennen und Brock schnappte nach Luft.

Es war sein Vater.

Er drehte sich um und streifte Brock mit seinem Blick. Er schien ihn nicht zu erkennen, aber wie sollte er auch? Brock schluckte und blieb reglos stehen. Wow. Bedauern, Schmerz und Sehnsucht stiegen tief aus seiner Seele nach oben. Er hatte die Gelegenheit, noch einmal mit seinem Vater zu sprechen. Das war ein unschätzbar kostbares Geschenk von Gott. So musste es sein.

Brock schlängelte sich an den vier anderen Personen vorbei zu seinem Platz und ließ sich neben dem Mann nieder, mit dem er so gern noch ein einziges Mal zusammen sein wollte. Brocks Vater nickte ihm zu, wendete seine Aufmerksamkeit aber sofort wieder dem Spiel zu. Doch eine Sekunde später drehte er sich mit einem Ausdruck der Verwirrung im Gesicht noch einmal zu ihm. „Kennen wir uns?“

„Nein.“ Das stimmte zum Teil, vielleicht sogar ganz. Der Brock, den sein Vater kannte, war nicht der Mann, der jetzt neben ihm saß. Dieser Brock hatte sich verändert.

„Hey, ich bin Donald.“ Brocks Vater reichte ihm die Hand. „Wie heißen Sie?“

„Mein Name ist ...“ Was sollte er sagen? Seinen richtigen Namen? Einen Namen erfinden? Mit seinem 53 Jahre alten Gesicht würde sein Vater ihn nicht erkennen, warum also nicht bei der Wahrheit bleiben?

„Ja?“

„Ich heiße Brock.“

„Wirklich?“ Brocks Vater legte den Kopf zur Seite. „So heißt einer meiner Söhne.“

„Ach, was für ein ... Zufall. Schön, Sie kennenzulernen.“ Die Worte kamen Brock nur schwer über die Lippen.

Donald lehnte sich auf seinem Stuhl zurück und verschränkte die Arme vor der Brust. „Ich wünschte, ich könnte das auch sagen.“

„Was?“

„Nichts Persönliches, verstehen Sie? Ich bin sicher, Sie sind ein netter Mensch. Aber sehen Sie, dieser Sohn, von dem ich gerade sprach ... Er sollte auf Ihrem Platz sitzen. Ich habe die Karten gekauft und ihn gefragt, ob er mitkommen wollte. Er sagte Ja, und ich habe mich auf unseren gemeinsamen Tag gefreut. Doch offensichtlich hat er die Karte verkauft, und da sind Sie nun. Geld ist für ihn wichtiger als eine gemeinsame Unternehmung mit seinem Vater.“ Brocks Vater lächelte halbherzig. „Tja, Kinder werden geboren, um einem das Herz zu brechen, heißt es doch.“

Brock nickte nur. Er hatte Angst, dass seine Stimme brechen würde, wenn er antwortete.

„Der Fairness halber muss ich sagen, dass ich nicht ganz unschuldig an der Situation bin. Ich war nicht fair zu ihm. Nicht gut. Er hat sich nie wirklich davon erholt. Darum nehme ich es ihm nicht übel, dass er mich versetzt hat. Eigentlich dachte ich, unser Verhältnis würde sich in letzter Zeit bessern, und das ist auch so, doch offensichtlich reicht es nicht für heute. Aber es gibt immer ein Morgen, nicht wahr? Ein Schritt nach dem anderen. Das Leben ist noch nicht vorbei. Ich werde meine Chance noch bekommen, und er wird seine bekommen. Der Herr wird es schon für uns richten.“

Brock schaute auf das Datum auf seiner Eintrittskarte, und jetzt verschlug es ihm vollends die Sprache: Es war der

22. Oktober 1989. Sein Vater hatte nur noch drei Wochen zu leben. Das Leben des Mannes, der da neben ihm saß, war fast vorbei, und er hatte keine Ahnung.

Brock schloss die Augen und schluckte. „Ich hoffe, es kommt so, wie Sie es sich wünschen."

„Ich sage Ihnen, das wird passieren. Ich muss nur fest daran glauben. Muss vertrauen. Was wirklich wichtig ist im Leben, habe ich leider erst sehr spät erkannt, aber jetzt weiß ich es."

„Was ist wichtig?"

„Das ist einfach." Sein Vater drehte sich um, richtete seinen Blick fest auf Brock und beugte sich vor. „Mein Gott. Meine Frau. Meine beiden Söhne. Danach kommt lange Zeit nichts mehr. Sie verstehen?"

Brock verstand nur zu gut. Aber seine Erkenntnis kam zu spät.

Der Jubel der Zuschauer lenkte ihre Aufmerksamkeit auf das Spielfeld, und eine Weile verfolgten sie die Spieler in ihren blau-weißen Trikots. Als das Spiel für eine Werbepause im Fernsehen unterbrochen wurde, wandte sich Brock an seinen Vater.

„Ich habe auch einen Sohn, ich verstehe es also – sie sehen das Leben ganz anders als wir. Bestimmt tut es Ihrem Sohn leid, dass er nicht gekommen ist. Ich wette, er bereut es zutiefst. Vermutlich hat er Sie bereits auf dem Handy angerufen, um sich zu entschuldigen."

„Auf dem Handy?" Brocks Vater lächelte ihn verwirrt an. „Sie meinen das Ding, das funktioniert wie ein Autotelefon? Ich habe davon gelesen. Vermutlich demnächst der große Renner. Aber ich glaube nicht, dass es sich durchsetzen wird. Viel zu teuer. Wer bezahlt denn schon fünfundsiebzig Cents pro Minute, um von unterwegs zu telefonieren? Aber bei Ihnen klang es so, als ob Sie eins hätten. Sind Sie im Technologiebereich tätig?"

Dummm von ihm. 1989 besaß noch kaum jemand ein Handy. „Äh ... Ich denke, der Tag wird kommen, an dem die Handys so normal sind wie Autos."

Brocks Vater grinste. „Na gut, wenn Sie in die Zukunft sehen können, dann können Sie mir vielleicht auch erklären, wie ich die Beziehung zu meinem Sohn verbessern kann?"

Und wieder befürchtete Brock, seine Stimme könnte ihn verraten, aber sprach es trotzdem aus. „Ich weiß nicht, was in der Zukunft sein wird, aber ich weiß, was ich zu meinem Vater sagen würde, wenn ich die Zeit noch einmal zurückdrehen könnte."

„Wäre das nicht unglaublich? Dass man in der Zeit zurückgeht und seinem Vater das sagt, was man in seiner Jugend nicht in Worte fassen konnte?" Brocks Vater schüttelte den Kopf. „Das wäre ein Geschenk. Also, was würden Sie sagen?"

Brock schluckte und wendete seine Aufmerksamkeit dem Spielfeld zu, während er sprach. „Ich würde ihm sagen, dass ich blind war und mich viel zu sehr auf unsere Unstimmigkeiten konzentriert hätte. Ich würde ihm sagen, wie sehr ich zu ihm aufgeblickt und ihn gleichzeitig doch gehasst habe und dass ich endlich erkannt habe, dass er sich redlich Mühe gegeben hat, mir ein guter Vater zu sein, obwohl er selbst mit seiner unguten Vergangenheit zu kämpfen hatte. Ich würde ihm sagen, wie sehr ich ihn vermisse, wie sehr ich ihn liebe und dass ich es bereue, die Jahre vergeudet zu haben, die uns geschenkt waren."

Brock hielt inne. Eines wollte er seinem Vater noch sagen – aber wie sollte er es formulieren, ohne dass es merkwürdig klang? Er konnte nur die Namen ändern und den Sport ... und hoffen, dass die Botschaft trotzdem ankam.

„Und ich würde ihm erzählen, wie es damals gewesen ist, als ich im Baseball-Trainingslager war. Ich war noch sehr jung. Der Leiter des Trainingslagers hat mich vor allen anderen Kindern bloßgestellt und mir gesagt, ich hätte kein Talent für diesen Sport. Und darum gab ich ihn auf. Aber ich wünschte, ich hätte es nicht getan, weil das eine Gemeinsamkeit zwischen meinem Vater und mir war. Ich würde deshalb meinem Vater den Grund erklären, warum ich es aufgegeben habe. Dass es keine Zurückweisung seiner Person war."

Als Brock fertig gesprochen hatte, riskierte er einen Blick zu seinem Vater. Tränen hatten sich in dessen Augen gesammelt, und Brock schaute schnell weg, weil auch seine Augen feucht wurden. Stille breitete sich zwischen ihnen aus, aber sie war angenehm und heilsam.

Schließlich ergriff Brocks Vater das Wort. „Ihr Vater würde bestimmt alles dafür geben, um diese Worte zu hören."

Wieder Stille, und wieder war Brocks Vater derjenige, der sie brach. „Darf ich Sie etwas fragen?"

„Natürlich."

„Ist es nicht ungewöhnlich, dass ich einem Menschen, der mir vollkommen fremd ist, Dinge über mich und meinen Sohn erzähle?"

„Ganz und gar nicht."

„Na dann." Brocks Vater faltete seine Hände in seinem Schoß und starrte auf das Programmheft, das zu seinen Füßen auf dem Beton lag. „Viele Menschen glauben nicht an Zeichen. Ich schon."

„Das klingt so, als hätten Sie das Zeichen, auf das Sie gewartet haben, nicht bekommen."

„Nein. Nicht dieses Mal." Er warf Brock ein trauriges Lächeln zu. „Bei diesem Spiel wollte ich meinem Sohn ein Geschenk machen, das, wie ich denke, sein Leben verändert hätte. Das war der Plan. Vielleicht auch Gottes Plan. Aber offensichtlich nicht Brocks Plan. Aber wenn ein Plan gelingen soll, müssen alle Parteien bereit sein mitzuspielen. Man will die Menschen, die man liebt, ja nicht manipulieren."

Brock schnappte nach Luft. Ein Geschenk? Er musste die Frage einfach stellen, auch wenn sie unangemessen war: „Was war das für ein Geschenk?“

Sein Vater warf Brock einen neugierigen Blick zu. „Das werde ich lieber für mich behalten. Sonst ist es so, als würde man eine Kerze auf seinem Geburtstagskuchen ausblasen und dann allen erzählen, was man sich dabei gewünscht hat. Und wer weiß, vielleicht wird der Wunsch ja eines Tages in Erfüllung gehen.“

„Aber Sie werden keine andere Gelegenheit mehr finden, mit ihm zu reden, richtig?“ Brocks Puls raste. Aus irgendeinem Grund schien sein Leben von der Antwort abzuhängen.

„Nein, vermutlich nicht.“ Brocks Vater zuckte die Achseln. „Vermutlich nicht. Dies hier war der Moment, Sie verstehen? Und wenn er es war, dann ist die Chance vertan.“

„Sie müssen ihn noch einmal einladen.“ Brock hatte seine Stimme kaum unter Kontrolle. Zu gern hätte er sich seinem Vater zu erkennen gegeben, aber es bestand die Gefahr, dass damit ihr Gespräch abrupt zu Ende war. Sein Vater würde ihm niemals glauben, dass Brock in die Vergangenheit gereist war, um dieses Gespräch zu führen. Es war ja auch wirklich unglaublich. Nicht einmal sein jüngeres Ich glaubte ihm.

„Warum?“

„Vielleicht nimmt er es dieses Mal an.“

„Ja, vielleicht.“ Brocks Vater zuckte die Achseln. „Vielleicht nächstes Jahr um diese Zeit.“

„Nein, es muss früher geschehen.“

Brocks Vater sah ihn kritisch an. „Wer, sagten Sie, sind Sie, Mister?“

Die unterschiedlichsten Antworten gingen Brock durch den Sinn, aber keine war die Richtige, weil das Eis unter seinen Füßen durch die zu vielen vertrauten Fragen bereits eingerissen war. Bald würde er im eiskalten Wasser versinken.

„Niemand."

„Dann, denke ich, sollten wir uns jetzt lieber anderen Themen zuwenden, meinen Sie nicht?"

„Ja, das ist vermutlich eine gute Idee."

Das Gespräch war vorbei. Brock hatte es vermasselt, und er wusste, ein neuer Versuch würde alles nur noch schliechter machen.

Nach dem Spiel erhob sich sein Vater, lächelte ihm zu und reichte ihm die Hand. „Viel Glück mit Ihrem Sohn, Brock."

„Viel Glück mit Ihrem."

In dem Augenblick, als Brocks Vater aus seinem Blickfeld verschwand, wirbelten die Farben des Stadions und der Sitze und der Spieler durcheinander, und der Traum verblasste und war zu Ende. Doch Brock schlief weiter. Er fand sich in einem anderen Traum wieder. Auf einmal stand er in der Tür von Morgans Laden.

Kapitel 48

Nur mit Mühe beherrschte sich Brock und rannte nicht quer durch den Raum. Mit langsamen Schritten durchquerte er das Lokal und blieb an dem Tisch stehen, bis sein jüngeres Ich aufblickte.

„Hey, Zukunfts-Brock! Lange nicht gesehen." Brock deutete auf den Stuhl an seinem Tisch. „Setz dich und erzähl mir, was in der Zwischenzeit passiert ist."

„Welches Datum haben wir?"

„Den 27. September."

„Welches Jahr?"

„Wow, Junge." Der junge Brock schüttelte den Kopf und grinste. „1989."

„Am 22. Oktober findet ein Spiel der Seahawks gegen die Broncos statt. Du musst dir dieses Spiel ansehen."

„Ich muss?"

„Ja."

„Mit wem?"

„Mit deinem Vater."

Der junge Brock lächelte erneut und wandte sich zu Morgan um, der wie üblich an der Theke stand, ins Gespräch mit einer jungen Dame vertieft, die wiederholt aus Morgans Tasse trank.

„Hey, Morgan. Rate mal, was mein Kumpel hier mir sagt?" Sein jüngeres Ich deutete auf Brock. „Nächsten Monat muss ich zu einem Spiel der Seahawks gehen! Mit meinem Vater. Das wird ja sicher ein Riesenspaß!"

Morgan lächelte verwirrt, dann wandte er seine Aufmerksamkeit wieder der jungen Dame zu. Brock wartete, bis sich der junge Brock wieder zu ihm umdrehte und aufhörte zu grinsen.

„Bitte geh einfach zu dem Spiel."

„Auf keinen Fall." Der junge Brock schüttelte den Kopf.

„Warum nicht?"

„Du checkst es nicht, was?" Sein jüngeres Ich erhob sich und schob seinen Stuhl an den Tisch. „Entschuldige, ich muss los, Zukunfts-Brock."

„Nein. Ich mache keine Witze. Ich bitte dich, geh zu diesem Spiel."

„Jetzt hör mal zu." Der junge Brock stützte sich mit beiden Händen auf dem Tisch ab und schob sein Gesicht ganz nah an Brocks heran. „Glaubst du immer noch, dass du eine ältere Version von mir bist?"

„Ja."

„Dann möchte ich noch einmal betonen, wie ich es schon oft gesagt habe, dass mein Vater und ich nicht unbedingt die besten Kumpels sind. Wir haben uns in der Vergangenheit nicht besonders gut verstanden, und es ist sehr wahrscheinlich, dass wir auch in einem Jahr, in zehn oder zwanzig Jahren nicht das innigste Verhältnis zueinander haben werden. Der Besuch eines Spiels wird daran nichts ändern. Ich möchte lieber noch eine Weile abwarten, um zu sehen, wie die Dinge sich entwickeln."

„Nein, das geht nicht. Er wird wenige Wochen nach dem Spiel an einem Herzinfarkt sterben."

Das Gesicht seines jüngeren Ichs verdüsterte sich. „Sag so was nicht. Das ist nicht lustig."

„So wird es kommen."

„Ich denke, das reicht jetzt." Brocks jüngeres Ich richtete sich auf und schlüpfte in seine Jacke.

„Ich will dich nicht ärgern, Brock. Ich bin hier, weil ich dieses Spiel gerade eben im Traum mit deinem Vater besucht habe. Ich habe mit ihm gesprochen und-"

„Selbst wenn du der bist, der du zu sein behauptest, und selbst wenn er sterben wird, wie sollte ich mir dieses Spiel ansehen können? Er liebt die Hawks. Ron auch. Diese Saisonkarten gehören den beiden. Die Hawks sind ihr Ding. Ich wurde nie zu einem Spiel eingeladen. Und ich werde auch ganz bestimmt nicht darum bitten."

„Weil du nicht Gefahr laufen willst, wieder enttäuscht zu werden."

„Halt den Mund."

„Er wird dich dazu einladen. Glaub mir."

„Dir glauben?"

„Ja."

Er zog die Augenbrauen in die Höhe. „Selbst wenn er mich dazu einladen sollte, würde ich nicht hingehen. Mir drei Stunden lang ein Footballspiel anzusehen, das mich nicht wirklich interessiert, wäre weder für meinen Vater noch für mich eine besonders gute Art, den Sonntagnachmittag zu verbringen."

„Aber ein Teil von dir wünscht sich doch nichts sehnlicher als das. Und er wünscht es sich weitaus mehr, als du dir vorstellen kannst. Er liebt dich und bedauert vieles, was zwischen euch schlecht gelaufen ist. Doch er weiß nicht, wie er es dir sagen soll. Bei diesem Spiel wird er es versuchen."

Sein jüngeres Ich stopfte die Hände in die Taschen und kniff die Lippen zusammen.

„Ich sehe es in deinen Augen. Du glaubst mir schon fast, dass ich du bin und dass wir irgendwie in der Lage sind, miteinander zu kommunizieren, über die Zeit hinweg. Ich sage nicht, dass ich es verstehe, aber ich weiß, dass es real ist."

„Ja, du hattest mich schon fast überzeugt ... aber jetzt nicht mehr."

Hitze stieg Brock ins Gesicht. Es funktionierte nicht. „Ich habe es dir doch bewiesen. Die Basketballgeschichte, von der niemand wusste-"

„Es waren mehr als dreißig Leute dabei damals. Ich weiß nicht, warum, und auch nicht wie, aber irgendwie hast du wohl jemanden von ihnen ausfindig gemacht und die Geschichte bekommen."

„Das stimmt nicht. Niemand wusste von dem Gespräch vor der Sporthalle. Nur du und der Trainer waren dabei. Da war niemand, der es belauscht hat."

„Vielleicht doch. Ich war elf. Ich habe nicht nachgesehen, ob noch jemand in der Nähe war." Der junge Brock deutete auf den älteren. „Ich weiß nicht, was du hier abziehst, aber wir sind fertig miteinander. Ich will dich nicht mehr sehen. Teile deine seltsamen Überzeugungen mit einem anderen." Damit drehte er sich um und marschierte zur Tür.

„Brock!"

Er drehte sich nicht um. Brock erhob sich, um sich selbst nachzugehen, doch bevor er zwei Schritte machen konnte, verschwand der Coffeeshop.

Kapitel 49

16. Juni 2015

Als Brock am nächsten Morgen erwachte, öffnete er nicht gleich die Augen. Er brauchte einen Augenblick, um zu akzeptieren, dass sich in seiner Welt nichts geändert hatte. Keine Veränderung zum Besseren. Keine radikale Umkehrung seiner Umstände. Weil sein jüngeres Ich das Spiel nicht besuchen wollte – Korrektur, vor Jahren nicht ins Stadion gegangen war.

Aber das war in Ordnung. Er hatte kapituliert, und der Friede, den er dabei empfunden hatte, war noch spürbar. Er würde in dieser Zeitschiene überleben, weil er gar nicht anders konnte. Er würde sein Leben nehmen, wie es war, und auch weiterhin versuchen, eine neue Beziehung zu Tyson aufzubauen. Und solange Karissa keinen anderen Mann heiratete, würde er sich bemühen, ihr Herz zurückzugewinnen. Ein aussichtsloses Unterfangen? Zeitverschwendung? Nein, weil Gott der Gott der Hoffnung war, und weil diese außergewöhnliche Reise ihm die Gelegenheit verschafft hatte, seine Götzen aufzugeben. Und er hatte gut gewählt.

Nun gut, es half ja nichts. Er atmete tief durch, schlug die Decke zurück und öffnete die Augen. Sein Pulsschlag beschleunigte sich: Das war nicht sein Schlafzimmer auf dem Hausboot. Er drehte sich im Bett um, zuerst nach rechts, dann nach links. Definitiv nicht das Hausboot.

Es dauerte ein paar Sekunden, bis es ihm auffiel. Auf der anderen Seite des Bettes stand ein Nachttisch. Auf dem eine Handcreme und Lippenbalsam lagen. Nicht die eines

Mannes, sondern einer Frau. Er sah sich genauer in dem Raum um. Das war das Schlafzimmer eines Ehepaares, nicht das eines allein lebenden Mannes.

Nein. Er wollte die Hoffnung nicht zulassen. Sein Blick wanderte zum Wecker auf seinem Nachttisch. 7:00 Uhr. Er lauschte zum Bad hinüber. Kein Rauschen der Dusche. Das bedeutete: keine Karissa. Nicht gut. Also, wo war er? Träumte er immer noch? Auf keinen Fall. Mittlerweile kannte er den Unterschied.

Ganz eindeutig war er wieder in seinem früheren Zuhause aufgewacht, aber mit wem? Mit Sheila? Oder am Ende gar mit einer ganz anderen Frau? Brock wälzte sich aus dem Bett, streifte eine Trainingshose über und taumelte durch den Flur ins Arbeitszimmer. In dem Moment, als er durch die Tür trat, blieb er wie erstarrt stehen. An der Stelle, wo das Alaskafoto hätte hängen sollen, prangte ein anderes Bild, das er noch nie gesehen hatte.

Brock ging zur Wand neben dem Schreibtisch, nahm das Foto von der Wand und ließ sich auf den Stuhl sinken.

„Unmöglich."

Er hielt das gerahmte Foto in beiden Händen, strich mit dem Daumen über das Glas und betrachtete das Foto ganz genau. Sein Vater und ein 27-jähriger Brock standen nebeneinander im Kingdome, die Arme umeinandergelegt, im Hintergrund war das Spielfeld der Seahawks zu sehen.

„Er ist doch hingegangen." Brock sank in sich zusammen. „Er ist ins Stadion gegangen. Ich kann es kaum glauben."

Aber er glaubte es. Der Beweis starrte ihn mit einer Intensität an, die er kaum aushalten konnte. Er brauchte den Schriftzug unten auf dem Foto nicht zu lesen, um sich an das Datum zu erinnern. Der 22. Oktober 1989. Unter dem Datum war eine kurze Notiz von seinem Vater, die eine alte Wunde in Brocks Herz wieder aufriss: *Toller Tag, toller Sohn. Alles Liebe, Papa*

Heiße Tränen stiegen Brock in die Augen, und er versuchte gar nicht erst, sie zu unterdrücken. Sein jüngeres Ich war der Einladung seines Vaters gefolgt, aus welchem Grund auch immer. Und sein Vater schien ihm auch das Geschenk überreicht zu haben. Aber nicht deswegen war Brock im Augenblick so glücklich. Das eigentliche Geschenk war, dass die Kluft zwischen ihm und seinem Vater überbrückt worden war, und dieser Prozess war an jenem Tag in Gang gesetzt worden.

Brock schloss die Augen und ließ diese Erkenntnis in sein Bewusstsein einsinken. Sein Vater und er hatten Frieden geschlossen. Der Kalte Krieg war vorbei. Nicht in diesem Moment; die Schlacht war schon vor langer Zeit zu Ende gegangen. Aber die Nachricht vom Ende des Krieges hatte ihn gerade erst erreicht. Etwas Schöneres konnte er sich nicht vorstellen.

Tief in Gedanken versunken studierte er jede Falte im Gesicht seines Vaters und freute sich an der Wärme in seinem Lächeln. Vater und Sohn strahlten Hoffnung aus, und in ihrer beider Gesichter war die Sehnsucht zu erkennen, dass das lebendige Wasser das ausgedörrte Land in ihnen durchtränken möge. Brock lächelte und akzeptierte die Erkenntnis, dass es geschehen war.

Er spürte eine Bewegung im Türrahmen, hob aber nicht den Blick. Stumm betete er, es möge Karissa sein, oder wenigstens Tyson, glaubte aber nicht wirklich daran.

„Guten Morgen."

Der Klang ihrer Stimme ließ seinen Kopf herumfahren. Sie war es. Nicht in einem Traum, sondern in Fleisch und Blut. Karissa in ihrem Morgenmantel, die Augen immer noch so strahlend wie an dem Tag, an dem sie sich kennengelernt hatten. Die Feindseligkeit in ihrem Blick ihm gegenüber war verschwunden. Sie war wieder da. Seine Traumfrau war wieder da!

„Der Kaffee ist fertig.“ Sie drehte sich um und ging in die Küche zurück.

„Warte!“

Karissa steckte den Kopf wieder zur Tür herein. *„Oui?“*

Er sprang auf und setzte zu sprechen an, fand jedoch nicht die richtigen Worte. „Ich ... ich habe ...“

„Hey, alles klar bei dir?“

„Ich habe dich vermisst.“ Er kämpfte gegen die Tränen an, die schon wieder in seinen Augen standen. „So sehr. Und ich liebe dich zum Verrücktwerden.“

Sie blickte ihn stirnrunzelnd an und wartete ab.

„Ich musste dir das einfach mal sagen.“

„Okay.“ Karissa lächelte ihn unsicher an.

Er ging zu ihr und drückte sie so fest an sich, dass sie anfing zu lachen. „Wow, ich weiß, es ist echt viel Zeit vergangen von gestern Abend, als wir eingeschlafen sind, bis heute Morgen ...“

„Du hast ja keine Ahnung.“ Brock ließ sie los und gab ihr einen Kuss auf die Wange, so zärtlich er es vermochte. „Wie geht es dir und mir?“

„Ich bin nicht sicher, ob ich die Frage verstehe.“

„Für dich würde ich alles aufgeben. Für deine Hoffnungen, deine Träume, für alles, was dich lebendig macht.“

„Warum sagst du das?“ Sie runzelte die Stirn. „Das hast du doch unser ganzes Leben lang getan.“

Erstaunlich. Er hatte sich also verändert.

„Und in unserer Beziehung? Ist Wind in unseren Segeln?“

„Wind in unseren Segeln?“ Sie legte den Kopf zur Seite. „Das Bild gefällt mir. Und ich würde sagen: Ja, die meiste Zeit schon.“ Sie umarmte ihn noch einmal schnell, dann wandte sie sich zur Küche. „Kommst du?“

„In einer Minute.“

Sie nickte und entfernte sich. Das leise Geräusch ihrer Schritte auf dem Holzboden verklang. Einerseits wäre Brock am liebsten in die Küche gerannt und hätte ihr tausend Fragen auf einmal gestellt: War mit Tyson alles in Ordnung? Stand *Black Fedora* immer noch am Abgrund? Arbeitete er überhaupt dort? Trotzdem zögerte er, weil er befürchtete, die Antworten könnten ihn aus der Bahn werfen.

Ja, Karissa war wieder da, und zwischen schien ihnen alles in Ordnung zu sein – aber war das auch wirklich so? Über Jahre hinweg hatten sie sich in ihrer Beziehung gegenseitig etwas vorgemacht. Vielleicht war dies auch so wieder nur eine gekonnte Szene in ihrer Darbietung. Nach allem, was er erlebt hatte, fiel es ihm unglaublich schwer, sich dieser Möglichkeit zu stellen.

Er zwang sich, durch die Tür seines Arbeitszimmers und in den Flur zu gehen. Jetzt gab es keinen Zweifel mehr: Er war wieder in dem Haus, in dem dieser wilde Ritt seinen Anfang genommen hatte. Aber die Fotos an den Wänden waren andere. Wo war nur die Aufnahme vom Redwood-Nationalpark? An seinem Platz hing ein Foto von Karissa und ihm beim Kajakfahren auf dem Ross Lake. Er erinnerte sich, wie unentschieden sie vor dieser Reise gewesen waren. Eigentlich wollten sie den Redwood-Nationalpark besuchen. In dieser Version seines Lebens waren sie stattdessen offensichtlich zum Ross Lake gefahren.

Brock ging langsam die Treppe hinunter, blieb bei jedem Foto stehen und nahm die kleinen Veränderungen in sich auf. Als er in die Küche kam, blieb sein Blick an Tysons Platz an der Küchentheke hängen. Er war nicht da. Trauer drückte ihm die Kehle zu. Brock ging in die Küche und schaute zu der Stelle hinüber, wo er immer seine Schlüssel ablegte. Sie lagen da. Wenigstens das war gleich geblieben. Neben seinen Schlüsseln lag seine Brieftasche. Schon zwei Dinge.

Bevor er sich noch weiter umsehen konnte, klingelte sein Handy. Auf dem Display erkannte er, dass es Ron war. „Ron! Hier ist Brock."

„Das hoffe ich doch, denn schließlich habe ich ja deine Nummer gewählt."

„Richtig, entschuldige. Irgendwie ein merkwürdiger Morgen." Er ging zum Küchentisch und setzte sich.

„Du kannst mir davon erzählen, wenn du hier bist." Die Stimme seines Bruders war neutral. Kein Hinweis darauf, wie ihre Beziehung zueinander war. „Bist du schon unterwegs?"

„Wohin?"

„Sehr lustig. Ich hoffe, du kannst ein paar Minuten früher kommen. Ich möchte mit dir noch einmal die Details der Übernahme durchgehen. Das muss sauber abgewickelt werden."

„Ich habe es also nicht richten können." Brock erstarrte. „Alles schien ..."

„Was? Was hast du nicht richten können? Was redest du da?"

„In mir hatte sich eine gewisse Hoffnung geregt."

Karissa trat an den Tisch, um ihm Kaffee nachzuschenken, doch er hatte noch keinen Schluck getrunken.

„Was hast du denn gehofft? Es gibt doch gar nichts in Ordnung zu bringen."

„Ich hatte dir versprochen, es in Ordnung zu bringen, aber es hat nicht funktioniert."

„Ja, das sagtest du bereits. Ich frage also noch einmal: Was wolltest du in Ordnung bringen?"

„Die ganze Sache."

„Schläfst du noch? Ist das mein Bruder oder vielleicht ein Alien, der sein Handy gestohlen hat?"

„Entschuldige, Ron."

„Hast du schon einen Kaffee getrunken?" Ron wartete eine Antwort gar nicht erst ab. „Trink deinen Kaffee, wach richtig auf und dann sieh zu, dass du herkommst."

„Okay."

„Geht es dir gut?“
„Nein.“
„Wir reden, wenn du hier bist.“
„Warte!“
Ron seufzte ungeduldig. „Ich muss Schluss machen.“
„Beantworte mir nur eine Frage.“
„Na klar.“
„Wird *Black Fedora* überleben?“
„Was?“ Erneutes Seufzen. „Komm einfach her, Brock.“
„Halt! Bin ich Miteigentümer der Firma?“
Die Verbindung brach ab, und Brock steckte sein Handy in die Hosentasche. *Es ist egal. Es ist vollkommen egal.* Immer wieder sagte er sich diese Worte, aber es half ihm nicht wirklich weiter. Er hatte es Ron versprochen. Und er hatte sein Versprechen nicht halten können.

Er bemerkte Karissas verwirrten Gesichtsausdruck und wollte gerade zu einer Erklärung ansetzen, als er aus den Augenwinkeln heraus eine Bewegung wahrnahm.

„Morgen, Papa.“ Tyson betrat in Jeans und einem dunkelblauen Hemd die Küche. Seine Haare waren kurz geschnitten und seine Augen klar. Auf dem Weg zur Hintertür winkte er Brock zu. „Bin weg.“

„Warte.“ Brock wurde es heiß. „Deine Haare sind ... und ... du bist hier. Du bist ... du bist nicht ...“
„Wo bin ich nicht?“
„Dort. Du bist hier.“
„Hast du heute Morgen irgendwas geschluckt, Papa?“ Tyson tat so, als würde er einen Schluck aus einer Flasche nehmen. „Oder vielleicht zu tief ins Glas geschaut?“
„Nein, es ist nur, dass ... ich hatte nicht damit gerechnet, dich hier anzutreffen.“
„Doch, ich bin exakt hier.“ Tyson deutete auf den Boden. „Noch zehn Sekunden. Dann werde ich losgehen. Und später dort sein.“ Er deutete nach Osten. „In der Schule.“

„Komm her."
„Ich muss los, Papa." Er warf einen Blick auf sein Handy. „Die haben die unangenehme Angewohnheit, pünktlich mit dem Unterricht zu beginnen."
„Es ist wichtig." Brock ging zu Tyson und nahm ihn in die Arme. „Ich liebe dich, mein Junge."
„Äh ... okay. Klingt gut."
Tyson wich zurück, doch Brock ließ seine Schultern nicht los. „Ich weiß, dass ich dir das nicht oft genug gesagt habe. Und ich habe dir auch nie gesagt, wie stolz ich auf dich bin. Aber das wird sich jetzt ändern."
„Gut, dann ... äh, danke." Tyson nickte kurz und lächelte halbherzig und blickte Karissa an, als hätte Brock den Verstand verloren. „Kann ich jetzt gehen?"
„Und im Sommer gehen wir wandern."
„*Das* klingt nicht so gut. Ich bin nicht in Form."
Brock lachte, während Tyson sich umdrehte und in der Garage verschwand. „Hab dich lieb, Mom."
„Ich dich auch." Karissa lächelte Tyson hinterher und drehte sich dann augenzwinkernd zu Brock um. Sobald die Garagentür hinter Tyson ins Schloss gefallen war, fragte sie: „Was war denn der Auslöser für diese herzergreifende Szene?"
„Ein Traum."
„Einer von diesen luziden Träumen, über die du gelesen hast?"
„So ungefähr."
Sie legte die Arme um ihn und drückte ihn an sich. „Mach dir keine Gedanken wegen Tysons Reaktion."
„Das tue ich nicht. Sie war besser als erwartet."
Karissa ließ ihn los und ging zur Küchentheke. „Wann musst du ins Büro?"
Brock stutzte. „Oh, eigentlich sofort, Rons Anruf nach zu urteilen."

„Noch Zeit für ein kleines Frühstück? Mein Unterricht beginnt erst um zehn, ich hätte also noch etwas Zeit."

„Unterricht? Du bist Lehrerin?"

Sie runzelte die Stirn. „Logopädin und Gehörlosensprachlehrerin, falls es dir entfallen ist."

„Unglaublich."

„Vielen Dank für die aufmunternden Worte."

„Nein, ich meine ... ach, ich kann es nicht erklären."

„Wie wäre es, wenn du es beim Frühstück probierst?"

„Keine Zeit, leider. Ich werde mir im Büro etwas holen." Brock drehte sich um und durchquerte die Küche.

„Ein Kaffee für unterwegs?"

„Ohne Frage. Mit dreifachem Schuss. Vielleicht lieber vierfach."

„Ich bereite ihn zu, während du dich fertig machst."

„Danke!", rief er über die Schulter zurück, während er die Treppe hochstürmte.

Brock nahm eine schnelle Dusche und war in sieben Minuten rasiert und angezogen. Eine euphorische Stimmung hatte ihn überkommen, die nur von einem Gedanken ein wenig getrübt wurde: Wenn mit ihm, Karissa und Tyson alles in Ordnung war, warum stand es dann immer noch so schlecht um *Black Fedora*? Er eilte in die Küche und sah sich suchend nach dem Kaffee um.

„In der Mikrowelle." Karissa blickte lächelnd von ihrem Laptop auf. „Du solltest ihn noch mal zwanzig Sekunden aufwärmen, damit du dir auf dem Weg ins Büro auch ganz bestimmt den Mund verbrennst."

„Perfekt." Er erwiderte ihr Lächeln.

Während er wartete, wanderte sein Blick zur Arbeitsfläche. Alles hier sah so aus wie früher, und Brock begann sich zu entspannen. Aber ... Moment mal. Was um alles in der Welt war das? Ein Kochbuch lag neben dem Herd. An einigen Stellen war es mit Eselsohren versehen, und mehrere

Seiten hatten Flecken abbekommen. Das war keins aus seiner Sammlung, und weder Karissa noch Tyson kochten, wer also hatte das benutzt?

„Seit wann interessierst du dich fürs Kochen?"

„Tue ich nicht. Was redest du da?"

„Ich meine das hier." Brock deutete auf das Kochbuch. „Sieht häufig benutzt aus."

„Erinnerst du dich noch an die Person, die vor etwa fünfzehn Minuten zur Schule aufgebrochen ist. Die du zum ersten Mal seit Jahren umarmt hast?"

„Tyson *kocht*?" Brock strich stirnrunzelnd über die Seiten des aufgeschlagenen Buches.

„Ist wirklich alles in Ordnung mit dir?"

Brock riss sich zusammen. „Ja, ich meine, natürlich weiß ich, dass er kocht. Mir war nur nicht klar, dass er so oft kocht."

„So oft? Er kocht doch fast jeden Abend und auch an den Wochenenden." Karissa stellte ihre Teetasse ab und ging zu ihm hinüber. „Und du bist dann meistens bei ihm in der Küche. Also, sag mir jetzt, was mit dir los ist. Ich erwarte eine Antwort. Und zwar nicht wieder ‚Nichts'."

„Ich ..."

„Was?"

„Ich werde irgendwann versuchen, es dir zu erklären, wenn wir viel Zeit haben, und wenn du in der Lage bist, es zu verkraften."

„Oh, jetzt bin ich neugierig geworden." Sie grinste.

„Ich erzähle dir alles. Ich verspreche es. Heute Abend."

„Dass er in deine Fußstapfen treten will, ist ein ziemlich großes Kompliment." Karissa richtete seine Krawatte.

„Ja?" Noch ehe Brock sich überlegen konnte, was sie damit meinte, vibrierte sein Handy. Eine Nachricht von Ron. *Wann bist du da? Wir fangen um Punkt neun an.*

Hoppla.

„Muss los." Er warf noch einen letzten Blick in das Kochbuch, um zu sehen, welches Gericht Tyson aufgeschlagen hatte. Eier Benedikt! Brock beugte sich vor und überflog das Rezept. Es war exakt wie seins. Er klappte das Buch zu, um zu sehen, wer es verfasst hatte. Als er den Namen las, erstarrte er.

„Wa-wa-was ist das?" Er hielt das Buch in die Höhe.

„Ein Kochbuch."

„Und mein Name steht darauf."

Karissa stemmte die Hände in die Hüften. „Ja. Es ist so üblich, dass der Autor eines Buches vorn auf dem Cover genannt wird."

Alles Blut wich aus Brocks Gesicht, und seine Beine gaben unter ihm nach. „Ich ... ich verstehe nicht."

„Ich muss sagen, du verhältst dich heute Morgen wirklich sehr merkwürdig, Schatz. Ich hoffe, heute Abend hast du ein paar überzeugende Antworten parat."

Brocks Handy brummte erneut. *Hallo?* Er schrieb eine SMS an Ron. *Bin unterwegs.*

„Ich muss los." Er warf das Kochbuch auf die Theke und eilte zur Tür.

Kapitel 50

Auf dem Weg zum Büro rief Brock Morgan an.

„Ja. Sprich."

„Bist du Christ?"

„Was?"

„Bist du Christ?"

„Hallo, McFly. Jemand zu Hause? Du warst doch dabei, Brock-O."

Große Erleichterung durchströmte Brock. „Hast du mir ein Buch über luzides Träumen ausgeliehen?"

„Das hat was, nicht?"

„Hast du?"

„Nein, aber ich habe eins, das ich dir gern mal ausleihen kann."

„Wir haben eine Menge zu bereden." Brock fuhr von der Schnellstraße ab. „Wann hast du Zeit?"

Sieben Minuten später erreichte Brock das Firmengebäude von *Black Fedora,* das sich zum Glück noch da befand, wo es hingehörte. In der Eile hatte er sich darum gar keine Gedanken gemacht. Er stieg in der Tiefgarage in den Aufzug, und drei Minuten später war er im siebten Stock angekommen. Im Sturmschritt eilte er zum Konferenzraum. 8:58 Uhr. Keine Zeit mehr, noch schnell in sein Büro zu gehen, um Informationen über die Situation in der Firma zu sammeln. Auch mit Ron konnte er sich nicht mehr besprechen, obwohl das dringend nötig gewesen wäre.

Ja, Ron hatte gesagt, dass es eine Übernahme geben würde, aber nach wie vor hatte er nicht die geringste Ahnung von den Einzelheiten. Unmöglich, die Firma zu retten, wenn er nicht wusste, welche Positionen die Spieler auf dem Schachbrett einnahmen. Und die Unterzeichnung der Verträge konnte er jetzt auch nicht mehr abwenden.

„Wirklich nett, dass du früher gekommen bist." Ron lief durch den Flur und schlug Brock auf die Schulter. „Aber keine Sorge, wir werden das Kind schon schaukeln. Sag mir nur, ob du zu Ja oder Nein neigst."

Brock hörte ihm nur halb zu. „Deine Hand!" Er deutete auf Rons rechte Hand und konnte vor Erleichterung nur noch krächzen.

„Ja, ich habe auch noch eine auf der linken Seite." Ron grinste ihn fragend an.

„Und du spielst Golf."

„Und du wirst nicht drum herumkommen, bei dem Turnier nächste Woche mitzuspielen, also versuch es gar nicht erst."

„Nein, äh ... okay."

„Also, Ja oder Nein zu der Übernahme?"

„Was meinst du mit Ja oder Nein? Wir haben doch keine Wahl."

Ron warf ihm erneut einen verwirrten Blick zu und stieß die Tür zum Konferenzraum auf. „Sie sind schon in der Lobby, aber ich habe Michelle angewiesen, sie erst hochzubegleiten, wenn ich ihr Bescheid gebe. Also, Ja oder Nein? Wenn ich an das denke, was du in der vergangenen Woche gesagt hast, ist Nein keine Option für dich, richtig?"

Sie betraten den Konferenzraum. Brock suchte nach wie vor nach einer Antwort, nach irgendetwas, das ihm einen Hinweis auf Rons eigentliche Frage geben würde. Doch alle Gedanken waren wie weggeblasen, als Brocks Blick auf die Poster an der Wand fiel. Acht waren es insgesamt. Auf vieren davon war Ron zu sehen und auf den anderen vier Brock selbst. Auf dem ersten stand in großen Buchstaben: „Kochkunst, für die es sich zu leben lohnt." Darunter in kleinerer Schrift: „Brock L. Matthews eröffnet sein neuestes Restaurant am 23. April."

Auf dem zweiten Poster war Ron zu sehen. Oben rechts das Logo von Black *Fedora*. Ron hatte vierzehn Geschmacksrichtungen von Black Fedora Kaffee vor sich aufgebaut und strahlte den Betrachter mit ausgebreiteten Armen an. Auf einer Staffelei in der Zimmerecke war ein kleineres Poster von Brock zu sehen, der mit einer Schöpfkelle in der Hand am Herd stand. Auf dem Poster stand: „Das Neueste vom Chefkoch Brock L. Matthews."

„Du siehst aus wie ein Zombie. Was ist denn los mit dir?" Doch ehe Brock auf seine Frage antworten konnte, schüttelte Ron den Kopf. „Ja, ich verstehe. Und ich bin ganz deiner Meinung. Ich hatte Carla gebeten, die Poster nicht aufzuhängen – ich weiß, du magst es nicht, so auf dem Präsentierteller zu stehen –, aber sie meinte, das würde auf die Leute einen besonders guten Eindruck machen. Und da sie die Marketingchefin ist, respektiere ich ihre Meinung. Und du musst zugeben, auf diesem Gebiet ist sie viel besser als ich und vielleicht sogar als du."

Brock drehte sich zu Ron um und suchte nach einer halbwegs intelligenten Erwiderung, doch alles, was über seine Lippen kam, war: „Ich bin nicht mehr Eigentümer von *Black Fedora*."

„Was?"

Brock wiederholte die Worte, dieses Mal flüsternd. „*Black Fedora* ist gar nicht meine Firma."

„Theoretisch gesehen nicht. Aber dir gehört die Firma, der *Black Fedora* gehört, also praktisch dann wieder schon. Ich nehme an, es gibt einen Grund dafür, dass du Unwissenheit vortäuschst?"

Brocks Gedanken wirbelten durcheinander. Er hatte dann wohl nicht Betriebswirtschaft studiert, sondern einen anderen Weg eingeschlagen. Einen, den sein Vater für ihn gesehen hatte ... hatte es mit dem Geschenk zu tun, an das er sich nicht erinnerte?

Brock starrte Ron an und schüttelte unentwegt den Kopf. „Das war Dads Geschenk an mich. So muss es sein."

„Welches Geschenk? Was redst du denn bloß?" Ron zog seine Augenbrauen zusammen. „Dir ist schon klar, dass du gerade einen ganz schön verquirlten Eindruck machst, ja?"

„Ich habe die Kochschule besucht. Das war Papas Geschenk für mich an jenem Tag beim Spiel, richtig? Er hat mir die Ausbildung bezahlt, nicht?"

„Brockie, wir haben eigentlich keine Zeit für den Austausch von nostalgischen Familiengeschichten. Wir müssen-"

„Wie hast du mich eben genannt?"

„Was?" Ron lachte.

„Nenn mich nicht so."

„Dir geht es definitiv nicht gut." Ron packte Brock an den Schultern und schüttelte ihn sanft. „Ich nenne dich Brockie, seit wir kleine Kinder waren. Und ganz plötzlich magst du es nicht mehr?"

„Wir sind ... wir sind Freunde. Wir haben eine gute Beziehung zueinander."

„Ja, das will ich meinen."

„Und wir sind solvent." Brock blickte sich im Raum um. „Mehr als solvent, nicht? Und wir treffen uns nicht mit diesen Leuten, weil wir am Rande des Bankrotts stehen ..."

„Bruder, was hast du heute Morgen nur gegessen?"

Brock ging durch den Raum zu einem Poster, auf dem er selbst neben einem guten Dutzend Kindern kniete. Die Landschaft sah nach Costa Rica aus. „Wir leisten Entwicklungsarbeit?"

Ron lachte nervös. „Im Ernst, Brock, du musst endlich anfangen, dich auf diese Besprechung vorzubereiten."

Wie auf ein Stichwort klopfte es an die Tür. Michelle erschien im Türrahmen. „Entschuldigen Sie, meine Herren, Ihre Gäste sind da."

Hinter Michelle standen drei Männer und zwei Frauen. Aber Brocks Blick hing an dem einen Mann ganz rechts, und ein eisiges Gefühl machte sich in seinem Magen breit. Es war Mitchell. Und nach dem, was Brock in einem früheren Leben über sich selbst erfahren hatte, stand seine kuschelige Beziehung zu Ron jetzt auf ganz wackligen Füßen.

Mitchell blickte Brock an, aber in seinen Augen war kein Hinweis auf ihr gemeinsames Komplott zu erkennen. Und in diesem Augenblick traf Brock die Erkenntnis: Die Übernahme hatte er mit Mitchell in einer anderen Zeitschiene geplant, nicht in dieser. Maßlose Erleichterung machte sich in ihm breit, und er ging gemeinsam mit Ron auf die Gruppe zu.

„Willkommen", sagte Ron und begrüßte jeden der Gäste mit Handschlag. „Wie schön, dass Sie gekommen sind."

Während Ron seine Runde drehte, hing Brocks Blick an Mitchell, und er versuchte, seine Aufmerksamkeit auf sich zu lenken. Brock hatte immer noch keine Ahnung von dem Zweck dieser Besprechung, aber auf jeden Fall war er fest entschlossen, die Firma Mitchell und seinen Leuten nicht kampflos zu überlassen. Doch zuerst würde er zuhören und versuchen, sich ein Bild vom Stand der Verhandlungen zu machen. Er musste darauf vertrauen, dass auch diese Begegnung kein Zufall war, sondern von einem inszeniert worden war, der viel größer war als er selbst.

Brock ging langsam um den Tisch herum. Mitchell unterhielt sich angeregt mit Ron, darum begrüßte Brock zuerst die anderen Mitglieder von Mitchells Konsortium. Nachdem sich alle mit Kaffee versorgt hatten, nahmen sie am Konferenztisch Platz.

„Brock Matthews. Wow." Mitchells Stimme riss Brock aus seinen Gedanken. „Seit der Highschool ist viel Zeit vergangen, nicht?"

„Allerdings."

Er blickte seinem alten Rivalen in die Augen. In ihnen entdeckte er eine Mischung aus Trotz und Arroganz, und Brock schauderte ein wenig. Keine Frage, es schien so, dass sie in dieser Realität doch immer noch Partner waren. Warum? Das ergab keinen Sinn. Hatte sich denn nicht alles verändert?

Mitchell drehte sich leicht um, sodass er Ron und den anderen aus der Gruppe den Rücken zuwandte, und flüsterte ihm zu: „Gut gespielt, Amigo. Wir werden einen großen Sieg einheimsen, nicht?" Er streckte ihm die Hand hin.

Brock ergriff sie und drückte sie fest. „Es ist schön, dich nach all diesen Jahren wiederzusehen." Er lächelte grimmig.

„Wow, du hast wohl trainiert." Mitchell entzog Brock seine Hand. „Das hat wehgetan."

„Gut." Brock zwinkerte ihm zu und freute sich an seinem verärgerten Blick.

Und dann überkam Brock ganz unerklärlich ein tiefer Frieden. Er kannte die Einzelheiten nicht, aber der Plan war klar wie ein Bergsee, und er konnte bis zum Grund sehen, wo eine dünne Schlammschicht über der Wahrheit lag. Eine Schicht, die Mitchell geschaffen hatte, doch Brock hatte genauso seinen Anteil daran. Aber die Schuldfrage war jetzt ohne Bedeutung. Ihm ging es allein um die Wahrheit.

Während der folgenden 25 Minuten erläuterten Mitchell und sein Team den Plan für die Übernahme von *Cuisine to Live For* und *Black Fedora*. Es gab keine Schwachstellen. Alles passte. Der Plan war wasserdicht. Die Anteile, die sie anboten, überstiegen den Wert der beiden Firmen. Kein Wunder, dass Ron ihn dazu drängte, seine Zustimmung zu geben.

Nachdem Mitchell und seine Begleiter ihre abschließenden Statements abgegeben hatten, warum eine Übernahme sinnvoll sei, begannen sie die Einzelheiten zu besprechen. Fragen und Klarstellungen nahmen nochmals einige Minuten in Anspruch.

Schließlich deutete Mitchell mit seinem Stift auf Ron. „Also, sind wir uns einig?" Mitchell ließ seinen Blick von einem zum anderen wandern. „Die Details müssen natürlich noch ausgearbeitet werden, aber im Prinzip? Kommen wir zueinander?"

Ron blickte Brock an, bevor er Mitchell kaum merklich zunickte. „Sie brauchen drei Ja-Stimmen. Meine haben Sie, auch die von unserem Finanzchef. Und du, Brock?"

„Ich brauche noch etwas Zeit."

„Keinen Beitrag, keine Bemerkungen, nichts hinzuzufügen? Was fehlt dir für deine Zustimmung?"

Ein Gedanke schoss Brock durch den Sinn. War es möglich? Würde er die Akten in seiner Zeitschiene finden? Vielleicht.

„Wenn ich es recht bedenke, doch, ich habe etwas hinzuzufügen. Aber bevor ich sicher bin, muss ich etwas in einer Akte in meinem Büro nachschlagen."

„Was?" Ron verzog das Gesicht. „Lass uns das doch jetzt über die Bühne bringen. Du hast Wochen Zeit gehabt, dieses Geschäft aus jedem Blickwinkel zu analysieren. Diese Besprechung sollte eigentlich eher eine Formalität sein, keine Verhandlung. Was willst du denn in deinem Büro nachsehen?"

Brock erhob sich und sah auf seine Uhr. „Ich bin in fünf Minuten wieder da."

Er verließ den Raum und staunte selbst darüber, dass er bereit war, seinen Kopf auf den Richtblock zu legen in dem Wissen, dass die Axt ihn hart treffen würde.

Kapitel 51

Brock stürmte in sein Büro, fuhr seinen Computer hoch und suchte nach *Projekt Gilgamesch*. Ein Teil von ihm wünschte sich, dass es da sein möge, der andere nicht. Denn wenn er es fand, gab es kein Zurück mehr. Er musste beichten, und das würde seine Beziehung zu Ron zerstören.

Zehn Minuten hatte er für die Suche nach den Aufzeichnungen kalkuliert. Tatsächlich brauchte er nur drei. Und weitere 30 Sekunden, um die Information zu finden, die wie eine Bombe im Konferenzraum einschlagen würde. Er kopierte die Dokumente auf einen USB-Stick und steckte ihn in seine Tasche. Dann eilte er durch den Flur zum Konferenzraum zurück. Er war fest entschlossen, eine Lunte anzuzünden, was unweigerlich eine Explosion zur Folge haben würde. Doch vor der Tür blieb er stehen und umklammerte fest den Türknauf. War das, was er tat, richtig? Falls nicht, dann war es jetzt zu spät.

Er stieß die Tür auf und trat ein. Die leisen Gespräche verstummten, und aller Augen richteten sich auf Brock. Ron warf ihm einen Blick zu, der besagte: *Du bringst hoffentlich gute Neuigkeiten.* Brock antwortete mit den Augen: *Ich hoffe es.*

Schnell zog er den USB-Stick aus der Tasche und hielt ihn hoch, bevor er ihn in seinen Laptop steckte. „Diese Aufnahme hätte vor Gericht keine Beweiskraft. Die andere Partei wusste nicht, dass ich mitgeschnitten habe. Es ist also ein rein persönliches Bekenntnis."

Ron erhob sich und legte seine Hand auf Brocks Arm, um ihn davon abzuhalten, die Aufnahme vorzuspielen. „Was machst du, Bruderherz?"

„Ich befreie mich selbst. Ich wollte dieses Gespräch eigentlich später mit dir führen, aber es muss wohl jetzt sein." Brock schob sanft die Hand seines Bruders von seinem Arm. „Als Kind kannte ich nur eins: Ich wollte besser sein als du. Ich dachte, dass du und Papa gegen mich seid, dass Papa mich nicht liebt. Und deshalb wollte ich unter allen Umständen besser sein als du, koste es, was es wolle. Aber ich habe mich geirrt. Du bist mir ein guter Bruder gewesen. Und ich empfinde nicht mehr den Drang, besser sein zu wollen. Diesen Götzen habe ich ins Feuer geworfen."

Teresa, eine der beiden Damen, legte ihre Hände auf den Tisch. „Ich denke, wir alle haben unsere Freude an dieser netten kleinen Familienversöhnung, aber was soll das?"

„Blinde Augen können endlich sehen." Brock wandte sich zu Ron. „Ich habe dich betrogen. Egal, ob in dieser Zeitschiene oder in einer anderen. Es ist in mir. In meiner Seele gibt es dunkle Orte, und diese Dunkelheit kann nur die Gnade Gottes vertreiben, sein Erbarmen. Ich selbst bin dazu nicht in der Lage. Nach dreiundfünfzig Jahren eigenen Bemühens ist mir das endlich klar geworden. Ich liefere mich also seiner Gnade aus. Das ist alles, was ich habe, und zum ersten Mal in meinem Leben strebe ich auch nicht nach mehr."

Brock drückte die Abspieltaste auf seinem Laptop und ging zu dem Poster hinüber, auf dem er mit seinen Eiern Benedikt zu sehen war. Humpy Dumpty und seine Mitstreiter würden tief fallen.

„Du sagst, du weißt jetzt, wie wir es machen." Brocks Stimme klang blechern und weit entfernt.

„Das ist kein Problem", erwiderte eine andere Stimme. Mitchell. „Das Timing ist perfekt für unser Angebot. *Black Fedora* und *Cuisine to Live For* florieren, aber das bedeutet auch begrenzten Cash Flow, richtig? Also werden wir in den kommenden Monaten Scheinfirmen gründen. Scheinanteile aufkaufen, und bei der Übernahme ..."

„Ich bekomme die Kontrolle über beide Firmen."

„Du sagst, du willst den Wettstreit für dich entscheiden? Du willst deinen kleinen Bruder endlich auf die Position verweisen, die ihm zusteht? Das hier ist wie eine Guillotine, die seinen Kopf abtrennt."

„Und was hast du davon?"

„Wenn die beiden Firmen sechs Monate später an die Börse gehen, werde ich ein außerordentlich reicher Mann sein."

Als zwei Hände auf den Konferenztisch schlugen, wirbelte Brock herum. Er wusste genau, wer das Geräusch verursacht hatte. Mitchell sprang so schnell auf, dass sein Stuhl umkippte. Mit zwei Schritten war er bei Brocks Laptop und klappte ihn zu. Der ganze Tisch erbebte. Brocks und Mitchells Stimmen verstummten.

Mitchell wirbelte herum und stieß mit dem Zeigefinger nach Brock. „Ich werde dich so tief in die Scheiße reiten, dass du zum Hades hochschauen musst."

„Das klingt doch gut. Ruf mich am besten an."

„Mitchell." Teresa erhob sich und trat auf ihn zu. Ihre Stimme war kaum lauter als ein Flüstern. „Sehen Sie mich an."

Ihr Tonfall sagte Brock alles, was er über sie wissen musste. Mitchell war nicht der Chef. Diese Frau war seine Vorgesetzte. Sie durchbohrte Mitchell mit ihrem Blick. „Gibt es eine Rechtfertigung für das, was ich gerade gehört habe?" Ihre Stimme blieb leise, sodass sie kaum zu verstehen war. Brock konnte nicht sagen, ob sie wütend oder erfreut war.

„Ja, es stimmt." Voller Verachtung erwiderte Mitchell ihren Blick. „Dieses Geschäft hätte Ihnen viel Geld eingebracht."

„Gut gemacht." Sie nickte, umrundete lächelnd den Tisch und hielt Mitchell die Hand hin. Er ergriff sie. Sie schüttelte sie einmal, ließ sie los und lächelte erneut. „Ja, sehr gut gemacht."

„Dann …“ Mitchell legte den Kopf zur Seite. „Dann ist es in Ordnung, dass Sie nicht darüber Bescheid wussten? Kein Problem?“

Sie wandte sich an Brock und Ron. „Eigentlich bin ich stolz auf meine ausgezeichnete Menschenkenntnis. Ich irre mich nur selten. Doch dieses Mal ist es offensichtlich geschehen.“ Sie wandte sich wieder an Mitchell. „Sie haben mich hintergangen.“ Am Tisch suchte sie ihre Papiere zusammen und ging dann auf Ron zu.

„Meine aufrichtig gemeinte Entschuldigung. Ich hätte das eigentlich voraussehen müssen.“ Sie reichte Ron die Hand, blickte zu Brock zurück und richtete ihren Blick wieder auf Ron. „Ich melde mich.“

Mit diesen Worten verließ sie den Raum, gefolgt von ihren Begleitern.

Mitchell trottete hinterher. An der Tür blieb er stehen und richtete seinen Blick auf Brock. „Warum hast du einen Rückzieher gemacht? Das ist es doch, was du dir dein ganzes Leben lang gewünscht hast.“

Brock gab keine Antwort.

„Sag mir wenigstens, ob es das wert war. Du hast gerade deinen Ruf zerstört, vermutlich den von beiden Firmen und deine Beziehung zu deinem Bruder. Also, war es das wert?“

„Ja. Das war es wert.“

In dem Augenblick, in dem die Tür zum Konferenzraum hinter Mitchell ins Schloss fiel, wandte sich Brock zu seinem Bruder um. „Vergib mir.“

Ron schloss die Augen und biss sich fest auf die Unterlippe. Er setzte zu sprechen an, doch dann drehte er sich um und verließ den Konferenzraum.

„Das war die beste und gleichzeitig die schlimmste Besprechung, die ich je erlebt habe."

Anders konnte er Karissa nicht beschreiben, was im Konferenzraum von *Black Fedora* geschehen war. Es war wie ein Befreiungsschlag für ihn gewesen, und er hatte die Firma gerettet, aber der Preis dafür war seine Beziehung zu Ron. Er wollte nicht glauben, dass Gott ihn so weit gebracht hatte, um dann zuzulassen, dass seine Beziehung zu seinem Bruder zerbrach. Also würde er ihm vertrauen und einen Schritt nach dem anderen tun.

Karissa und er saßen auf der Veranda. Die Lichter von Bellevue und Seattle wurden vor dem sich herabsenkenden Nachthimmel lebendig. Er erzählte ihr von den vergangenen Wochen und schloss seinen Bericht mit der Konfrontation im Konferenzraum.

Nachdem er ihre zahlreichen Fragen beantwortet hatte, schwiegen sie eine Weile, bis Karissa schließlich seine Hand ergriff und sie drückte. „Findest du es verrückt, dass ich dir glaube?"

„Ich bin nur froh, dass es so ist."

„Die Sache mit Ron wird wieder in Ordnung kommen."

„Meinst du?"

„Ich weiß es." Sie drückte erneut seine Hand. „Bedauerst du es?"

Brock warf die Arme in die Höhe und ließ sie wieder fallen. „Wenn ich anfange aufzuzählen, was ich alles bedaure, kann ich nicht mehr aufhören."

„Wie kannst du das sagen?" Karissa legte ihre andere Hand auf die von Brock.

„Du meinst, weil sich vermutlich alles besser gefügt hat, als ich es mir hätte erträumen können?"

„Wieso *vermutlich*?"

„Es ist bittersüß, das ist alles."

„Warum?"

Brock seufzte. „Es scheint so undankbar, wenn ich das sage, nach den Veränderungen, die Gott in mir und dem Leben, das ich jetzt vor uns sehe, bewirkt hat, aber es gibt so vieles – in dieser Zeitschiene –, woran ich mich nicht erinnere." Er richtete sich auf und drehte sich zu ihr um. „Ich erinnere mich nicht an die Versöhnung mit meinem Vater. Ich weiß nur, was ein Foto mir erzählt. Ron und ich sind irgendwo unterwegs offensichtlich Freunde geworden, aber ich weiß nicht, wie das kam. Dass ich mit Tyson koche? Weiß ich nur von dir. Mein Leben mit dir? Ich habe nicht mitbekommen, dass du deine Träume verwirklicht hast und Lehrerin geworden bist. Und so vieles mehr." Brock sank in sich zusammen.

„Sonst noch etwas?"

„Es fällt mir schwer, mich der Erkenntnis zu stellen, dass ich Ron so etwas antun wollte."

„Ja, das glaube ich." Karissa strich mit den Fingern über seinen Handrücken. „Aber trotz allem ... würdest du dieses Leben eintauschen wollen?"

„Nein, natürlich nicht. Ich lasse nur gerade mal ein bisschen meinen Frust raus. Wie ich schon sagte, das ist undankbar, ich weiß. Mir wird nur bewusst, dass ich dieses Leben gar nicht wirklich geführt habe."

„Das stimmt nicht." Karissa drehte sich zu ihm um und nahm sein Gesicht in ihre Hände. „Du hast es gelebt. So wie du die dunkle Seite in dir ausgelebt hast, hast du auch die guten Seiten gelebt. Und nach und nach wirst du mehr davon erkennen, dass du ein wunderbarer Vater und ein außergewöhnlicher Ehemann gewesen bist –

Nämlich wenn du die Früchte erntest. Und du warst immer sehr eifrig mit der Kamera dabei. Ich denke, du wirst viele Dokumente finden, die die Lücken in deiner Erinnerung ausfüllen."

Brock zog sie an sich und küsste sie. „Du bist mein Wind."

„Und du meiner.“ Sie erhob sich und ging zu der Tür zu ihrem Schlafzimmer.
„Wo willst du hin?“
„Ich werde dich jetzt allein lassen.“
„Woher wusstest du, dass ich das jetzt brauche?“
„Vielleicht, weil ich dich ein kleines bisschen kenne.“

Eine Stunde später kehrte Karissa zurück.
„Genug?“
„Perfekt.“
Nach einer Zeit des angenehmen gemeinsamen Schweigens stellte Karissa die Frage, die Brock vor sich herschob, seit er von *Black Fedora* weggefahren war: „Was willst du wegen Ron unternehmen?“
„Ich werde mit ihm reden. Ihm von meinen bizarren Erlebnissen während der vergangenen Wochen erzählen. Und hoffen, dass auch er mir glaubt. Aber ich werde ihm lieber ein paar Tage Zeit lassen, sich zu beruhigen.“
Karissa warf ihm ein hinterlistiges Lächeln zu und wandte sich ab.
„Was ist?“
„Nichts.“
„Sag es mir. Bitte!“
„Nein.“
Bevor Brock noch einmal nachfragen konnte, klingelte sein Telefon. Es war Ron. Übergangslos sagte er: „Morgen Früh fahren wir in meine Hütte.“
„Tun wir das?“ Brock warf Karissa einen verwunderten Blick zu.
„Ja. Ich habe bereits mit Karissa darüber gesprochen. Sie ist einverstanden, also hast du auch einverstanden zu sein. Ich hole dich um neun Uhr ab.“

Ron unterbrach die Verbindung, ohne auf eine Antwort zu warten.

Karissa blickte ihn von unten her an. „Wer war das?"

„Als ob du das nicht wüsstest."

Ihr Lächeln wurde breiter.

„Willst du mir sagen, was da los ist?"

„Nein, will ich nicht."

„Wann hat er mit dir gesprochen? Ist das der eigentliche Grund, warum du mich eine Stunde lang hier draußen allein gelassen hast?"

Karissa drückte ihm einen Kuss auf die Stirn. „Ich wünsch dir eine gute Zeit mit deinem Bruder, okay?"

17. Juni 2015

Um 10:00 Uhr am nächsten Morgen erreichten Ron und Brock Anacortes; um 10:20 Uhr fuhren sie auf die Fähre, die sie nach Orcas Island bringen würde, wo Rons Hütte stand. Als die Fähre an den San Juan Islands vorbeifuhr, hatte die Sonne den Morgennebel vertrieben. Das Wasser glitzerte wie tausend Edelsteine. Lopez Island glitt links von Brock vorbei, und er schaute hinüber zum Spencer Spit Park, zu der Stelle, wo er vor langer Zeit mit seinem Vater auf Spurensuche gegangen war, damals, bevor die dunklen Jahre kamen. 20 Minuten später legte die Fähre auf Orcas an, und sie machten sich auf den Weg zur Hütte.

„Werden wir auch weiterhin so tun, als hätte es das, was im Konferenzraum geschehen ist, nie gegeben?"

„Nein." Ron blickte Brock an. „Sobald wir da sind und uns eingerichtet haben, werden wir reden."

Nach fünf Minuten und einigen weiteren Serpentinen brach Brock das unbehagliche Schweigen. „Deine Hütte liegt aber weit oben."

„Allerdings.“ Ron warf Brock einen verwirrten Blick zu. „Du kennst sie doch. Du bist bestimmt ein Dutzend Mal hier gewesen. Vermutlich vergisst man das schnell.“

„Ich werde eben alt.“ Brock tippte sich an seinen Kopf.

Vor den Träumen hatte er die Hütte seines Bruders noch nie betreten, aber bald würde er Ron die ganze Geschichte erzählen und beten, dass er sie glaubte.

Nach einer guten halben Stunde kam Rons Hütte in Sicht. Nicht übermäßig groß, aber ansehnlich. Grün gestrichen, mit großen Panoramafenstern zu beiden Seiten der Eingangstür.

„Willkommen an meinem Rückzugsort.“

Ron schloss auf und stieß die Haustür auf. Er ließ Brock den Vortritt. Hohe Decken, drei Meter, schätzte er, verliehen dem Haus eine gewisse Würde. Mit den dunkelbraun gestrichenen Wänden konnte man es für eine Jagdhütte der Luxusklasse halten.

Ron sprach ihn von hinten an. „Du kannst dein übliches Zimmer oben an der Treppe haben. Pack doch schon mal aus, ich muss mich erst um ein paar Dinge kümmern. Und dann komm zu mir ins Arbeitszimmer.“

„Gut. Ich würde gern duschen, bevor wir zur Sache kommen.“

„An diesem Wochenende geht es nicht ums Geschäft, Bruder. Ich denke, es wird das reine Vergnügen werden.“

Brock nickte und stapfte die Treppe hoch. Das reine Vergnügen? Ron davon zu überzeugen, dass er nicht wirklich versucht hatte, ihn mit der Übernahme zu auszubooten, würde bestimmt kein Vergnügen werden. Er brauchte nicht wirklich eine Dusche, aber das war die beste Ausrede, die ihm eingefallen war, um vor ihrem Gespräch noch eine Weile für sich zu sein und zu beten.

Im Zimmer stellte er seine Tasche neben dem Bett ab. Der Raum war schlicht, aber elegant eingerichtet. Ein Schreibtisch, ein Foto vom Cannon Beach an der Wand über dem

Bett und eine Tür, die zu einem Badezimmer führte. Zwei Nachttische zu beiden Seiten des Bettes und ein kleiner Kleiderschrank waren die einzigen Einrichtungsgegenstände im Zimmer.

Brock trat ans Fenster und bewunderte den spektakulären Ausblick über die Bucht. Er nahm sich Zeit für ein Gebet, um sich auf das Gespräch mit Ron vorzubereiten. Gott würde dabei sein, das war für ihn keine Frage, trotzdem waren die Schmetterlinge in seinem Bauch in höchster Erregung.

Schließlich ging er die Treppe hinunter und fand Rons Arbeitszimmer hinter der letzten Tür auf der rechten Seite. Die Wände waren mit Mahagoni getäfelt, und die ganze Wand links von ihm nahmen Bücherregale ein. Rechts befand sich ein großer Schreibtisch. Hinten im Raum war eine gemütliche Sitzecke mit einem Tisch und zwei Ohrensesseln. Der Blick durch das große Panoramafenster auf die Bucht war einfach atemberaubend.

Ron hatte bereits in einem der Sessel Platz genommen, einen Drink in der Hand. Als Brock sich niederließ, reichte Ron ihm ebenfalls ein Glas und prostete ihm zu.

Doch Brock hielt sich zurück. „Ich verstehe es nicht. Wo bleibt in diesem Theaterstück die Szene, in der du auf mich losgehst wegen dem, was ich dir beinahe angetan hätte? Wo du mir sagst, dass ich nicht mehr dein Bruder bin?"

„Lass gut sein." Ron ließ sein Glas sinken und blickte Brock an. „Es ist alles vergeben."

„Wie das? Warum solltest du-"

„Karissa hat mich gestern angerufen und mir alles erzählt."

„Und du glaubst ihr?"

„Ja. Weil endlich etwas Sinn machte, das vor langer Zeit geschehen ist und das ich nie begriffen habe."

„Ich kann dir nicht folgen."

„Das wirst du noch." Ron grinste. „Und zwar jetzt sofort."

Er erhob sich und ging zu einem Foto, das rechts neben seinem Schreibtisch an der Wand hing. Eine Aufnahme von einem Segelboot vor einem kobaltblauen Himmel. Geblähte Segel. Eine gelungene Illustration von Brocks und Karissas Beziehung. Ron nahm das Foto von der Wand; dahinter kam ein kleiner Safe zum Vorschein.

„*Deswegen* glaube ich ihr."

„Wegen des Inhalts des Safes."

„Ja. Und wegen des Fotos."

„Hat Karissa dir von den Gesprächen über Segelboote erzählt, die wir in letzter Zeit geführt haben?"

„Nein, aber deine Reaktion sagt mir, dass Gott dies alles inszeniert hat."

Ron machte sich am Zahlenschloss zu schaffen. Das Schloss klickte, und die Tür sprang mit einem leisen Quietschen auf. Offensichtlich war der Safe schon lange nicht mehr geöffnet worden. Ron trat zur Seite, und Brock konnte den Inhalt erkennen. Nicht das, was er erwartet hatte. In dem Safe lag ein dicker Umschlag. Sein Bruder nahm ihn heraus und hielt ihn eine Weile fest, bevor er die Safetür schloss und das Foto wieder an seinen Platz hängte. Dann ließ er sich in seinem Sessel nieder und legte den Umschlag auf seine Beine.

„Bevor ich dir dies gebe, willst du sicher wissen, woher ich das Foto habe." Ron deutete über seine Schulter zurück.

Ein Lächeln breitete sich auf Brocks Gesicht aus. „Allerdings!"

„Gut, denn ich kann dir den Umschlag nicht aushändigen, ohne dir zu erklären, woher das Foto kommt."

„Ich verstehe." Brock überlegte, was der rätselhafte Ausdruck auf Rons Gesicht wohl zu bedeuten hatte.

„Nein, ich glaube nicht, dass du das verstehst. Und was ich dir jetzt sage, wird vermutlich auch kein Licht in deine Dunkelheit bringen. Außerdem ist es vielleicht schwer zu glauben. Denn auch mir fällt das immer noch schwer."

„Dann versuch es doch mal."

„Also gut." Ron stützte seine Ellbogen auf die Armlehnen auf und lehnte sich zurück. „Den Umschlag und das Foto bekam ich im Frühling 2006. Gleichzeitig. Und dazu den Safe. Die Person, die mir diese Dinge anvertraute, ließ mich auf das Grab meines Vaters schwören, dass ich drei Dinge tun würde: Erstens, auf den Umschlag aufzupassen, solange ich lebe. Zweitens, niemandem von dem Umschlag zu erzählen. Keinem Menschen. Ich sollte ihn niemals erwähnen, nicht einmal der Person gegenüber, die ihn mir anvertraut hatte. Und drittens, wenn die Zeit gekommen sei, sollte ich den Umschlag samt Inhalt dir übergeben."

Ron hielt inne, als wollte er Brock Zeit geben, die Information zu verarbeiten.

„Die dritte Bedingung war natürlich besonders schwer zu befolgen, weil ich selbst entscheiden musste, wann der richtige Moment gekommen war. Und da dieser Augenblick nun da ist, hoffe ich, dass dies tatsächlich der richtige Zeitpunkt ist, um meine Seite der Geschichte zu erzählen."

„Was befindet sich in dem Umschlag?"

„Ich habe keine Ahnung." Ron legte den Kopf zur Seite. „Ich kann nicht sagen, dass ich im Laufe der Jahre nicht hier und da versucht gewesen wäre, einmal nachzuschauen. Aber ich habe der Versuchung immer widerstanden."

„Du hast mir immer noch nicht gesagt, wer dir das Foto und den Umschlag anvertraut hat."

„Nein, das habe ich nicht."

Ron lehnte den Hinterkopf an den Sessel und schloss die Augen so lange, dass Brock sich schon frage, ob er vielleicht eingeschlafen war.

„Wer hat ihn dir gegeben?"

Ron schlug die Augen auf, beugte sich vor, nahm den Umschlag zur Hand und legte ihn auf den Couchtisch. Sein Gesicht verzog sich zu einem Lächeln. „Du warst das."

Kapitel 52

„Was?“ Alles Blut wich aus Brocks Gesicht. Erst der Mount Pilchuck, jetzt das hier. „Ich habe dir den Umschlag gegeben? *Ich*? Und auch das Foto? Machst du Witze?“

Ron schüttelte langsam den Kopf. Sein Blick wanderte zu dem Foto. „Ich muss gestehen, beinahe hätte ich die dritte Regel gebrochen, als du damals im Jahr 2009 das erste Mal in diesen Raum gekommen bist, nur drei Jahre, nachdem du mir das Päckchen gegeben hattest. Du hast das Foto angeschaut und mich gefragt, woher ich es hätte. Ich hätte beinahe gelacht, doch dann wurde mir klar, dass du mich vielleicht auf die Probe stellst, um zu sehen, ob ich mein Versprechen auch wirklich halte. Doch im Laufe der Jahre wurde mir klar, dass du dich aus irgendeinem seltsamen Grund tatsächlich nicht daran erinnerst, dass du selbst das Foto geschossen, es gerahmt und mir gegeben hast.“

Ron schaute ihn eindringlich an, während Brock mühsam versuchte, seine Gedanken in Schach zu halten und ihm zuzuhören.

„Darum habe ich auf diesen Tag gewartet, weil ich, wie du sicher verstehen kannst, überaus neugierig bin, warum du das alles vergessen hast. Und ob das, was sich in dem Umschlag befindet, diese Frage vielleicht beantworten kann. Und jetzt weißt du, warum ich Karissas Erklärung zu dem, was du in den vergangenen vier Wochen erlebt hast, geglaubt habe.“

Ron beugte sich langsam vor, und mit einem Finger schob er den Umschlag auf dem Couchtisch näher zu seinem Bruder hinüber. Brock atmete zweimal tief durch, bevor er danach griff. Er nahm ihn vom Tisch und öffnete ihn vorsichtig, als wäre er aus hauchdünnem Glas. Sein Blut rauschte so laut in seinen Ohren, dass es alles andere übertönte.

Voller Spannung holte Brock den Inhalt heraus. Auf einem dünnen, in Leder gebundenen Tagebuch lag ein Brief. Darunter ein Abzug von dem Foto, das vor dem Safe hing. Unter Rons fragendem Blick begann er zu lesen: *„22. Juli 2006. Lieber Brock! Wie soll ich dich nennen? ‚Alter ego'? ‚Zukunfts-Brock', wie ich es bei unseren Begegnungen häufig getan habe? Es ist irgendwie merkwürdig, an mich selbst zu schreiben, aber ich schätze, ich schreibe gar nicht an ‚mich-mich' – sondern an die Person, die ich geworden bin. Hast du mal darüber nachgedacht, dass unsere zurückliegenden Erlebnisse heute einfach nur noch Erinnerungen sind, die zeigen, wer wir damals waren – nicht, wer wir jetzt sind? Ich schätze, wir beide haben gelernt, dass wir nicht mehr die Person sind, die wir in der Vergangenheit waren ... oder in der Zukunft sein werden.*

Als du im Sommer 1985 das erste Mal in Morgans Coffeeshop aufgetaucht bist, habe ich dir natürlich nicht geglaubt. Wer könnte mir das verdenken? Aber im Laufe der Zeit habe ich mich für die Ahnung geöffnet, dass Gott das Unmögliche möglich machen kann. Und wenn du diesen Brief liest, dann warst du tatsächlich der, der du zu sein behauptet hast, und Gott hat auch tatsächlich das Unmögliche möglich gemacht.

Wie du vermutlich mittlerweile festgestellt hast, bin ich deinem Rat gefolgt und habe mir mit meinem Vater das Spiel der Seahawks angesehen. Papa sagte mir, er hätte mich im New England Culinary Institute angemeldet und alle Gebühren und die Kosten für die Unterbringung bereits bezahlt. Er packte mich an den Schultern und sagte: ‚Folge deinem Traum, Brock.'

Meine bescheidenen Kochversuche in meiner Jugend hatte er beobachtet und sich vorgestellt, was aus mir werden könnte ... und danach gehandelt. Das bedeutete so viel für mich, viel mehr, als Worte je beschreiben könnten. Und es hat die Versöhnung zwischen uns eingeleitet.

Ich habe die Kochschule mit Auszeichnung abgeschlossen, arbeitete danach 10 Jahre lang in Restaurants in San Francisco, Austin und New York, bevor ich mein eigenes Restaurant eröffnete. Danach ging alles sehr schnell.

Doch meine größte Leistung ist, dass ich ein guter Ehemann für Karissa war, ein guter Vater für Tyson, und dass ich Gott von ganzem Herzen liebe.

Ich werde diesen Brief und ein ganz besonderes Foto an meinem 44. Geburtstag Ron geben und ihn bitten, dass er es dir aushändigt, wenn Gott ihm sagt, dass der richtige Zeitpunkt gekommen ist. In Ewigkeit dein Brock Lee Matthews.“

Brock faltete den Brief zusammen, schob ihn zurück in den Umschlag, nahm das Tagebuch zur Hand und blätterte es durch. Die ersten 20 Seiten waren Notizen über seine Begegnungen mit seinem jüngeren Ich. Ein äußerst seltsames Gefühl: Die Daten lagen mehr als 30 Jahre zurück, doch in seiner Wahrnehmung hatten sie sich erst vor wenigen Tagen ereignet.

Schließlich hob Brock den Blick, doch Ron war nicht mehr da. Brock steckte alles wieder in den Umschlag und stand auf, um ihn zu suchen. Er fand seinen Bruder auf der Veranda auf einem der sechs Gartenstühle vor der Feuerstelle. Eine Platte mit Käse, Oliven und Obst stand auf dem dicken Marmorrand.

„Da uns der Nordwestwind nicht oft so schöne Tage wie diesen erleben lässt, dachte ich, wir sollten unser Gespräch hier draußen fortsetzen. Die Sonne genießen, bevor die Nacht uns das Licht wieder stiehlt.“

„Wann hast du das denn zusammengestellt?“

„Während du dir den Inhalt des Umschlags angesehen hast.“

Das abfallende Hanggrundstück bot einen ungehinderten Blick auf das Wasser. Brock konnte Shaw Island und Blakely Island sehen. „Der Blick ist wirklich spektakulär.“ Er ließ sich neben seinem Bruder nieder und beobachtete ein Segelboot auf dem Wasser. „Wirst du dieser Aussicht je überdrüssig?"

„Nie. Ich schieße immer wieder neue Fotos, und dabei habe ich schon Hunderte davon." Ron deutete auf ein Glas mit Eiskaffee auf der Armlehne des Holzsessels. „Das Eis ist schon halb geschmolzen, aber ich garantiere dir, es schmeckt ziemlich gut."

„Ganz bestimmt." Brock nahm das Glas und trank einen Schluck.

„Und? Schmeckt es dir?"

„Sehr." Brock stellte sein Glas ab und wandte sich zu Ron um. „Hättest du etwas dagegen, wenn ich etwas so Sentimentales sage, dass es dein Gehirn zum Schmelzen bringt?"

„Ganz und gar nicht."

„Ich liebe dich als meinen Bruder, aber mehr noch als meinen Freund."

Ron erhob sich wortlos, zog Brock auf die Beine und umarmte ihn lange und fest.

In jener Nacht schlief er problemlos ein, und genauso problemlos kam ein Traum, der Brock unendlich viel bedeutete.

Wieder saß er mit seinem Vater im Garten, doch es war nicht dieser immer wiederkehrende Albtraum, der ihn so gequält und das alles überhaupt erst in Gang gesetzt hatte. Sein Vater war so, wie er ihn bei dem Spiel der Seahawks erlebt hatte, nur wenige Wochen vor seinem Tod. Sein Blick war liebevoll auf Brock gerichtet, die Hände hatte er in seinen Schoß gelegt. Brock und er sahen sich an, und hinter ihm war die Sonne gerade aufgegangen.

„Hast du die Kontrolle über diesen Traum, Papa? Denn ich weiß, dass ich sie nicht habe."

„Ich auch nicht. Ich denke, das ist ein anderer."

Der Rasen, auf dem sie saßen, drehte sich nicht, und die Abendbrise war so leicht wie der Luftzug von Schmetterlingsflügeln. Nach einer Weile klopfte sein Vater auf die Armlehne seines Stuhls und blickte Brock tief in die Augen.

„Es gibt so vieles, was ich dir schon lange sagen wollte. Ich weiß nicht, warum ich gezögert habe." Sein Vater seufzte, schien aber nicht traurig zu sein. „Doch, ich weiß es. Ich war zu schwach, um auf dich zuzugehen. Zu stolz. Zu beschämt wegen dem, was ich dir angetan habe in der Zeit, als ich nicht richtig bei Verstand war. Besonders quält mich das Wissen, dass du alt genug warst und dich deshalb nur zu gut an den Mann erinnerst, der ich zu Beginn jener dunklen Jahre war. Dein Bruder nicht, darum hat es diese Mauer zwischen Ron und mir nie gegeben."

Brocks Vater schüttelte leicht den Kopf. Diese Geste erinnerte Brock an sich selbst – er hatte sich ja in letzter Zeit oft genug beobachtet.

„Ich hätte mich stärker bemühen müssen, diese Mauer einzureißen. Die Wolken, die ich selbst geschaffen habe, verdecken für dich noch immer die Sonne. Und ich würde gern erleben, dass sie von einem Licht vertrieben werden, das so hell ist, dass keine Dunkelheit es je wieder verdecken kann."

„Alles ist gut, Papa."

Sein Vater drehte sich um, und Brock betrachtete sein Profil. Sie hatten dieselbe Nase, dasselbe Kinn, denselben nachdenklichen Blick.

„Ja. Ich denke, das ist es, Brock. Wirklich." Sein Vater blickte tiefer in Brocks Augen, als es je jemand getan hatte.

„Ich liebe dich, Papa."

„Ich dich auch, Brock. Ich bin so stolz auf dich."

Sein Vater legte die Hand wie segnend auf Brocks Kopf und ließ sie dort liegen, bis der Traum verblasste und Brock in einen so tiefen Schlaf sank wie selten in seinem Leben.

Kapitel 53

23. Mai 2015

Als Brock erwachte, hielt er seine Augen noch ein wenig geschlossen und schwelgte in der Erinnerung an diesen Traum. Doch in dem Augenblick, als er sie öffnete, beschleunigte sich sein Herzschlag. Er war nicht in Rons Hütte. Er war zu Hause!

Brock rollte sich zur Bettkante und schwang die Beine aus dem Bett, blickte durch das Fenster zum grauen Himmel hoch und versuchte sich zu erinnern, was geschehen war. Warum sollte Ron ihn mitten in der Nacht wieder hierher zurückgebracht haben? Brocks Blick wanderte zur anderen Seite des Betts. Karissa war nicht da. Er wankte um das Bett herum und rief ihren Namen, während er die Tür zum Badezimmer öffnete. Leer.

„Karissa?“, rief er von der obersten Treppenstufe, und noch einmal, als er die letzte Stufe erreichte. Keine Antwort. Und keine Spur von ihr in der Küche, dem Wohnzimmer oder sonst wo im Haus. Erst als er die Garagentür öffnete und merkte, dass ihr Wagen fort war, kam ihm die Erkenntnis.

Brock wirbelte herum und rannte, immer zwei Stufen auf einmal nehmend, die Treppe hoch und zurück ins Schlafzimmer. Dort schnappte er sich sein Handy vom Nachttisch.

Karissa meldete sich beim zweiten Klingeln. „Was willst du, Brock?“

„Wo bist du? Und warum bin ich hier und nicht in Rons Hütte?“

„Du warst doch noch nie in Rons Hütte.“

„Nein!“ Es lief ihm eiskalt über den Rücken. „Aber ... das kann nicht ... wo steckst du?“

„Müssen wir das schon wieder durchkauen?“

Alles Blut wich aus seinem Gesicht, während die Worte über seine Lippen kamen: „Du bist bei deiner Schwester.“

„Ja. Und?“

Weitere Schauder überliefen ihn. „Aber es war real. Alles! Ich schwöre, das war kein Traum. Das kann gar nicht sein.“

„Was war real?“

Brock wirbelte herum und rannte zur Treppe. Auf dem Weg nach unten hielt er sich mit der freien Hand am Geländer fest, sonst wäre er gestürzt. Seine Beine schienen nicht zu seinem Körper zu gehören, und seine Füße polterten über die Treppe, als wären es nicht seine. Er taumelte in sein Arbeitszimmer, und Verzweiflung überfiel ihn. Da an der Wand hing nur ein Bild von seinem Vater und ihm in Alaska. Eins. Und kein Foto von dem Spiel der Seahawks.

„Brock, bist du noch dran?“

„Aber wir sind doch dreimal hingefahren, Karissa. Dreimal!“

„Wohin?“

„Und wir haben uns das Spiel angeschaut. Ich bin ins Stadion gegangen! Und du und ich ... es ist doch so gut jetzt zwischen uns. So gut.“

„Was redest du denn bloß?“

Er presste die Hand an seine Stirn und antwortete nicht.

„Was ist los mit dir, Brock?“

„Es kann nicht sein.“

„Was kann nicht sein?“

„Es kann nicht *nicht* passiert sein.“

„Ich lege jetzt auf, Brock.“

„Warte, Ka-“

Aber die Verbindung war unterbrochen.

Brock ließ sich keuchend auf den Schreibtischstuhl sinken. Er musste nachdenken. Aber im Grunde wusste er doch bereits, was zu tun war. Er musste mit jemand Intelligentem reden. Nur eine Person fiel ihm ein. Ein Freund, der ihn vermutlich für verrückt halten würde.

Kapitel 54

Zehn Minuten später war Brock auf dem Weg zum Lake Union in Seattle. Nach einer weiteren halben Stunde bog er auf die Straße ab, die ihn zu Beths Hausboot bringen würde – falls sie tatsächlich dort lebte und nicht nur eine Gestalt aus seinen Träumen war. Er hatte wenig Hoffnung, dass sie tatsächlich existierte, doch er musste sich davon überzeugen. Sicher, er hätte sie googeln können, um sicherzugehen, aber er musste es persönlich überprüfen, ehe er diesen Hoffnungsfunken erlöschen ließ.

Wenige Minuten später bog er auf den kleinen Parkplatz vor dem Hausboot ab, das seines Wissens Beth gehörte. Er holte die Tüte mit *Black Fedora*-Kaffee vom Rücksitz.

Als er sich dem dunkelroten Hausboot näherte, setzte eine Böe das Windspiel in Bewegung, das vom Dach herunterhing, wie um seine Ankunft anzukündigen. Brock klopfte an Beths Tür und murmelte zu sich selbst: „Falls sie tatsächlich hier wohnt, wird das gleich ziemlich ungewöhnlich werden."

Kurz darauf wurde Beths Tür geöffnet. Sie war es! Ihre aschblonden Haare standen wild in alle Richtungen, doch ihr Lächeln zog ihn an wie ein Magnet.

„Hey! Kann ich Ihnen helfen?"

„Hallo." Alle Überlegungen, wie er dieses Gespräch anfangen könnte, waren Brock entfallen und er stand einfach nur mit offenem Mund da.

„Also, Sie sind ...?" Beth betrachtete ihn.

Brock unterdrückte den Impuls, sie zu umarmen, und lachte stattdessen auf. Auch wenn er dadurch wie ein Irrer wirkte. „Entschuldigung. Ich bin Brock Matthews."

„Aha." Beths Lächeln verblasste eine Spur. „Und?"
„Entschuldigen Sie bitte, dass ich so unangekündigt vorbeischaue." Er trat von einem Fuß auf den anderen. Sie runzelte die Stirn. „Ich sollte wohl versuchen zu erklären-"
„Das ist es nicht." Beth winkte ab. „Ich habe irgendwie das Gefühl ... sagen Sie, kennen wir uns? Wir sind uns schon einmal begegnet, nicht?"
Brocks Blick wanderte zum Nachbarhausboot, das er in seinen Träumen besessen hatte, und er überlegte, was er sagen sollte. Nein. Es war noch zu früh für die verrückten Sachen. „Ich ... ich glaube nicht."
„Nein, vermutlich nicht. Ich hatte nur so ein seltsames Gefühl." Sie schüttelte den Kopf und winkte ihn heran. „Kommen Sie doch rein. Kommen Sie herein und erzählen Sie mir, warum Sie hier sind. Und Sie müssen mir verraten, was sich in dieser großen Papiertüte versteckt, denn ich bin unfassbar neugierig, und Sie hätten diese Tüte ja wohl nicht mitgebracht, wenn Sie mir nicht zeigen wollten, was sie enthält."
Brock lächelte. Das konnte vielleicht gut werden.
Beth führte ihn in ihr Wohnzimmer. Brock stellte die Tüte ab und nahm zehn verschiedene Geschmacksrichtungen *Black Fedora*-Kaffee heraus. Während er ihr jede einzelne reichte, wurden ihre Augen immer größer.
„Ist das Ihr Ernst?" Beth rieb begeistert ihre Hände aneinander. „Ich liebe das Zeug."
„Das dachte ich mir schon." Brock faltete die Hände und beugte sich vor. Vielleicht sollte er einfach direkt zur Sache kommen. „Glauben Sie an Schicksal?"
„Das kommt drauf an."
„Ich denke, dass wir dazu bestimmt sind, Freunde zu sein, Elisabeth."
Sie starrte ihn an mit einem Funken ... was? Brock konnte nicht benennen, was da in Beths Augen aufflackerte. Ein

Erinnerungsfetzen? Erkennen? Es war viel zu schnell wieder verschwunden und wurde durch ihr strahlendes Lächeln abgelöst.

„Nein“, protestierte Beth. „Sie dürfen mich nicht Elisabeth nennen. Oder Lizzie. Oder Liza. *Sie* dürfen mich nur Beth nennen.“ Wieder das Lächeln. „In Ordnung?“

„In Ordnung.“ Brock grinste. „Dann also Beth.“

„Also, jetzt erklären Sie mir mal, wer Sie sind und warum Sie heute hier aufgekreuzt sind. Und bei der Gelegenheit verraten Sie mir am besten auch gleich, woher Sie meinen Namen kennen, bevor ich ihn genannt habe, obwohl wir uns noch nie begegnet sind.“ Sie zwinkerte.

„Das ist wirklich eine lange und ziemlich seltsame Geschichte.“

„Ich liebe Geschichten. Je länger und seltsamer, desto besser.“

„Erdachte oder tatsächlich geschehene?“

„Oh Mann, das wird ja immer besser!“, lachte Beth. „Immer heraus damit!“

Brock betrachtete zwei Kajakfahrer auf dem See, die vorbeipaddelten, dann beugte er sich vor, die Ellbogen auf den Knien abgestützt und sah zu ihr auf. „Lassen Sie mich anfangen, indem ich noch einmal betone, dass ich nicht verrückt bin und-“

„Moment mal, Moment mal.“ Beth nahm eine Tüte von dem Kaffee in die Hand, die Brock ihr gerade gegeben hatte. „Jetzt weiß ich, woher ich Sie kenne! Sie sind einer der Eigentümer von *Black Fedora*, richtig? Sie sind der Typ, der von Zeit zu Zeit in der Fernsehwerbung auftaucht.“ Erfreut klatschte sie über ihrem Kopf in die Hände. „Eine berühmte Persönlichkeit besucht mich in meinem Haus.“ Ihr volltönendes Lachen erfüllte den ganzen Raum. Beth zwinkerte ihm zu. „Wie schön, dass ein anständiger Mann hinter den leckeren Bohnen steht.“

Stille legte sich über den Raum, als wollte Beth Brock die Gelegenheit geben, sich zu sammeln. Er atmete langsam ein, ließ den Atem noch langsamer entweichen, und begann zu erzählen.

„Das Ganze wird Ihnen vielleicht etwas verrückt vorkommen, Beth." Brock rieb seine Hände. „Ziemlich verrückt."

„Oh, ja. Wundervoll. Verrückt ist gut! Ich liebe abgefahrene Geschichten."

„Das ist mehr als abgefahren."

„Ach du meine Güte, jetzt haben Sie mich wirklich neugierig gemacht." Sie beugte sich vor und zwinkerte ihm erneut zu. „Was? Kannten wir uns in einem anderen Leben?" Sie lachte.

Und wieder zögerte Brock einen Augenblick, bevor er sagte: „Ja. Genau so ist es."

Und dann erzählte er seine ganze lange, verworrene, unglaubwürdige Geschichte und schilderte auch Beths Rolle darin und wie wichtig sie für ihn gewesen war. Zuerst schien Beth erwartungsgemäß verwirrt. Ihr Gesichtsausdruck schwankte zwischen „Ich stürze jetzt ans Telefon und rufe die Polizei" und „Ich beschließe, dem Kerl jedes Wort zu glauben."

Schließlich schaute sie ihn direkt und herausfordernd an. „Nur um eins klarzustellen. Es läuft keine Kamera. Dies ist kein Streich und wird nicht irgendwo im Internet auftauchen oder so, richtig?"

„Nein."

„Also dann." Beth klatschte in die Hände und suchte sich eine bequemere Sitzposition auf der Couch.

„Immer noch an einer Freundschaft interessiert?"

„Ich habe viele Freunde, die verrückt sind. Da passt du perfekt dazu." Sie legte ihre Handfläche an ihren Kopf. „Aber ich muss sagen, du toppst alle. Du bist sozusagen der Mount Everest der Irren. Vielleicht sollte ich dich Sir Edmund nennen."

„Hillary?"

„Genau. Du behauptest also, ich sei in einem anderen Leben deine große Ratgeberin gewesen, dein persönlicher Yoda?"

„Aber natürlich viel hübscher." Brock nickte lächelnd. „Du hast mein Leben verändert."

Stille senkte sich erneut über den Raum und hing über ihnen wie Nebel über einem Tal.

„Und wie gehst du jetzt mit der Erkenntnis um, dass sich in deinem Leben nach all der Aufregung nichts geändert hat?" Sie beugte sich vor und blickte ihn ernst an. „Dass du immer noch vor denselben Problemen stehst wie vor diesen interaktiven Träumen? Dass sich alles nur in deinem Kopf abgespielt hat?"

„Ich hatte gehofft, du hättest eine Idee. Einen Rat, was ich jetzt tun soll."

„Wie wäre es, wenn du mit diesem Traumdoktor sprechen würdest?"

„Ein guter Mann, aber er ist sehr kopflastig, und ich brauche jemanden mit mehr Herz. Und ganz besonders in Bezug auf Karissa. Ich brauche einen Rat, wie ich sie zurückgewinnen kann. Das Leben ohne sie ..." Brock schnappte nach Luft und hielt den Atem eine Weile an, bevor er ihn wieder entweichen ließ.

„Ich kann dir nicht raten, Brock." Beth lehnte sich auf ihrer Couch zurück. „Ich kann dir nur helfen zu erkennen, was du bereits weißt. Und beten, dass sich deine Augen weit genug öffnen, damit du siehst, was du bereits als wahr erkannt hast."

„Und was weiß ich bereits?"

„Du bist viel klüger, als du denkst." Sie schüttelte den Kopf und lächelte ihn an.

Er wiederholte seine Frage, dieses Mal noch drängender. „Was weiß ich bereits?"

Brock wartete auf ihre Antwort, doch sie blickte ihn nur mit diesem angedeuteten Lächeln an, und er dachte schon, dass sie gar nicht antworten würde, egal, wie lange er wartete.

Doch schließlich ergriff sie das Wort. „Ich werde meine Frage noch einmal wiederholen, Brock, mein lieber neuer Freund." Beth legte die Zeigefinger aneinander. „Wie gehst du mit der Tatsache um, dass das, was geschehen ist, nicht real war?"

„Es *war* real. Auf eine Art." Brock blinzelte, als ihm die Erkenntnis kam.

„Ja. Ich glaube, das war es."

„Und dass es sich in der physischen Welt nicht ereignet hat, ist ohne Bedeutung."

„Genau."

„Es ist nicht wichtig, ob es real war oder nicht, weil ich so oder so nicht mehr derselbe Mann bin."

„Plumps, da ist der Groschen gefallen."

Brock erhob sich, und ein Lächeln breitete sich auf seinem Gesicht aus, das in ein Lachen überging. „Ich sollte wohl eigentlich nicht so empfinden."

„Warum nicht?"

„Weil sich nichts verändert hat."

„Und doch hat sich alles verändert. Und jetzt los, hol dir dein Mädchen zurück!"

Brock versuchte dreimal, Karissa zu erreichen, und dreimal meldete sich nur die Mailbox. Egal. In einer Viertelstunde würde er das Haus seiner Schwägerin erreichen. Genügend Zeit, um noch zwei Telefonate zu führen, die ganz oben auf seiner Liste standen. Brock betete, während er die erste Nummer wählte.

„Hallo?"

„Ron, hier spricht Brock."

„Ja, das habe ich gesehen."

„Wie geht's dir?"

„So la la. Und dir?"

„In meinem ganzen Leben ist es mir nie besser gegangen." Sein Blick wanderte zu den Segelbooten auf dem Lake Washington.

„So, so." Rons Stimme klang flach, aber er schob die erwartete Frage nach. „Warum?"

„Ich möchte dir alles erzählen, aber unter einer Bedingung."

„Und die wäre?"

„Wir reden übermorgen auf dem Golfplatz."

Ron verstummte. Seine Stimme klang ein paar Grad wärmer, als er wieder das Wort ergriff. „Du machst Witze."

„Nein."

„Was hast du vor, Brock?" Rons Seufzen drang an sein Ohr. „Hat dein Plan, in der Zeit zurückzugehen, mit deinem jüngeren Ich zu sprechen und alles in Ordnung zu bringen, nicht funktioniert? Und jetzt versuchst du, mich weichzuklopfen, damit ich dir noch mehr Zeit gebe, ehe ich unterschreibe?"

„Nein. Ich habe keine Agenda. Nur zwei Brüder, die zusammen Golf spielen. Keine geschäftlichen Themen. Ich verspreche es."

„Ach ja?"

„Ja." Brock erreichte das Ende der Brücke und fuhr nach Bellevue hinein.

Ron schwieg so lange, dass Brock beinahe die Stille beendet hätte. Doch dann sprach Ron weiter. „Du hast etwas herausgefunden, richtig?"

„Das ist ohne Bedeutung. Wirklich."

„Hast du?"

„Ja“, erwiderte Brock.

„Du weißt, wer sich in unsere Konten eingehackt hat.“

„Es gibt jemanden, den wir vielleicht überprüfen sollten.“

Wieder Stille von seinem Bruder. „Also gut“, sagte Ron schließlich. Und so leise, dass Brock ihn kaum verstehen konnte: „Achtzehn Löcher zusammen. Das sollte machbar sein.“

„Und noch was, Bruder?“

„Was?“

Brock nickte sich selbst zu, bevor er weitersprach. Er musste das einfach sagen. „Erinnerst du dich noch an unser Lieblingsspielzeug, als wir Kinder waren?“

Ron antwortete lange Zeit nicht. Als er es tat, war seine Stimme nur halb so laut wie sonst. „Captain Action, richtig?“

„Ja.“

Wieder eine lange Pause. „Was ist mit ihm?“

„Wir müssen über den Kodex sprechen. Ich möchte dich um Verzeihung bitten. Und ich muss dir eine Geschichte erzählen, die du kaum glauben wirst.“

Als er auflegte, blickte Brock auf seine Uhr. Gleich würde er vor Karissa stehen und seine Beichte ablegen. Aber vorher musste er noch einen sehr wichtigen Anruf tätigen.

Kapitel 55

Brock wählte Sheilas Nummer und hoffte, dass sie zu Hause war. Was er zu sagen hatte, konnte er unmöglich als Nachricht auf ihrem Anrufbeantworter hinterlassen.

Es klingelte dreimal, ohne dass sie sich meldete. *Komm schon*! Beim vierten Klingeln nahm sie ab. Erleichterung. Und Nervosität. Aber es war richtig so.

„Hallo?"

„Sheila? Hier spricht Brock." Er zögerte kurz, bevor er hinzufügte: „Matthews."

Sie lachte. „Du brauchst deinen Nachnamen nicht zu nennen, damit ich dich erkenne. Genau genommen nicht mal den Vornamen."

„Wie geht es dir?"

Sie schwieg ein paar Sekunden. „Bevor du etwas sagst: Ich muss mich entschuldigen. Ich hätte diese Mail nie abschicken dürfen. Es tut mir leid, es ist nur so, dass-"

„Ich habe deine Notiz gefunden."

„Was?"

„Die Notiz", erklärte Brock. „Die, von der du dich gefragt hast, ob ich sie je finden würde. Neulich war ich auf dem Dachboden und habe die Zeichnung von dem Löwen und dem Einhorn gefunden. Aus irgendeinem Grund habe ich sie umgedreht und gesehen, was du auf die Rückseite geschrieben hast."

„Oh ... wow."

„Ja."

Er lauschte auf das Summen des Telefons, während er sich seine nächsten Worte überlegte. „Sheila, du wirst immer ein

Stück meines Herzens besitzen." Er hielt inne, dann fuhr er fort: „Und das ist auch gut und richtig so. Wir waren ein gutes Paar und haben uns gegenseitig viel gegeben. Das wird sich nie ändern. Und das ist nicht nur gut, sondern sehr gut."

Ein nervöses Lachen ertönte am anderen Ende der Leitung.

„Alles in Ordnung bei dir?", fragte Brock.

„Mehr als in Ordnung." Durch das Telefon hörte er, wie sie tief Luft holte. „Es tut so gut, das zu hören. Wirklich, Brock. Danke."

„Adieu, Sheila."

„Ich werde dich vermissen."

„Ich dich auch."

Zwei Minuten später bog Brock in die Einfahrt seiner Schwägerin ein, parkte den Wagen und beobachtete eine Weile, wie ihr Nachbar seine Bäume beschnitt. Das musste er auch dringend mal wieder bei sich zu Hause tun. Vielleicht in ein paar Tagen. Denn morgen hatte er schon etwas vor. Falls das erhoffte Wunder geschah und Karissa bereit war, ihn zu begleiten.

Karissas Schwester öffnete die Tür. „Hallo, Brock."

„Ist sie da?"

„Sie sitzt draußen im Garten. Komm doch rein."

„Danke." Brock zögerte.

Karissas Schwester legte den Kopf zur Seite. „Alles okay mit dir?"

„Nein. Aber genau das ist der Grund, warum ich hier bin."

Brock schickte ein stummes Gebet nach oben, während er durch das Wohnzimmer zur Terrassentür ging. Er zögerte kurz, dann schob er sie auf und betrat die Veranda. Karissa saß in einem Gartenstuhl und starrte vor sich hin. Falls sie ihn gehört hatte, ließ sie sich nichts anmerken.

„Karissa?"

Keine Antwort.

Er trat zu ihr und ließ sich auf dem Stuhl neben ihr nieder. „Hey.“

Wieder keine Reaktion.

Er betrachtete ihr Profil und gestand sich ein, dass er sie mehr liebte als je zuvor. „Ich habe dich nicht richtig wahrgenommen. Nicht so, wie es richtig gewesen wäre. Aber jetzt ... jetzt sehe ich dich.“

„Okay.“ Sie starrte weiter stur vor sich hin.

Brock schwieg eine Weile. Dann sagte er: „Es stimmt. Und es geht tiefer, als du dir vorstellen kannst.“

„Hör auf, Brock.“

„Und ich sage dir nicht oft genug, wie atemberaubend du bist.“

„Ich sagte: Hör auf.“ Karissa verschränkte die Arme vor der Brust. „Ich brauche Zeit. Mindestens zwei Wochen, besser einen Monat, um mir über einige Dinge klar zu werden.“

„Du verschlägst mir wirklich den Atem. So schön. Innerlich und äußerlich. Deine ganze Person. Du bist ein solcher Schatz.“

„Ich sagte doch-“

„Ich möchte dich um einen Gefallen bitten, einen wahnwitzigen Gefallen, aber ich schwöre dir, es wird meine letzte Bitte an dich sein, bis du mir sagst, dass ich das wieder darf. Danach werde ich nicht mehr anrufen, nicht mehr herkommen, deine Gedanken nicht stören. Nichts, bis du bereit bist.“

„Was für einen Gefallen?“ Sie rückte noch weiter von ihm ab.

„Ich möchte morgen mit dir wegfahren. Und ich möchte dir die unglaublichste Geschichte erzählen, die du je gehört hast.“

„Wohin?“

„An einen Ort, an dem wir noch einmal ganz von vorn anfangen können.“

„Was redest du da? Mit was denn von vorn anfangen?“

„Uns.“ Brock beugte sich zu ihr hinüber. „Morgen früh möchte ich mit dir zu den Wasserrutschen in der Birch Bay fahren.“

„Du bist ja völlig verrückt.“ Karissa warf ihm einen erschöpften Blick zu. „Du willst zu den Wasserrutschen? Vermutlich sind die noch nicht mal geöffnet.“

Brock hob die Hände. „Das heißt ja nicht, dass wir ins Wasser gehen müssen. Ich möchte nur auf jenem Parkplatz an der Stelle stehen, wo ich dich zum ersten Mal gesehen habe und sofort wusste, dass du meine Rikscha bist.“

Die Andeutung eines Lächelns umspielte Karissas Mundwinkel bei diesem alten Wortverdreher aus *Zurück in die Zukunft*. „Diese Rikscha, die mich zu dir geführt hat.“ Doch das Lächeln verschwand gleich wieder.

Brock legte seine Hände auf ihre. „Ich bin nicht mehr derselbe Mann wie noch vor wenigen Wochen.“

„Das sagst du.“ Sie zog ihre Hände fort.

„Nein, ich werde dir alles erzählen, was mit mir passiert ist. Ich werde es dir beweisen, jeden Tag, für den Rest unseres Lebens. Und bei den Wasserrutschen möchte ich anfangen.“

„Ich weiß nicht“, seufzte Karissa. „Darüber muss ich erst mal nachdenken.“

„Lass dir Zeit.“

„Also gut, pass auf.“ Zum ersten Mal, seit er sich neben ihr niedergelassen hatte, blickte sie ihn länger als ein paar Sekunden an. „Ich gebe dir morgen früh wegen der Wasserrutschen Bescheid. Aber mach dir nicht zu viele Hoffnungen. Am besten nicht mal wenige.“

In jener Nacht schliefen sie weit voneinander entfernt, was gut war, denn sobald Brock eingeschlafen war, tauchte er ein in einen Traum, aus dem er nicht herausgerissen werden wollte.

Kapitel 56

21. Juni 2001

„Hallo, Zukunfts-Brock. Wie schön, dich zu sehen."

Brock stand im Farrel-McWhirter-Park in Redmond vor seinem jüngeren Ich. Die Sonne schien. Eine leichte Brise wehte zu ihm herüber und ein Hauch von Herbst lag in der Luft. Ein perfekter Tag. Aber etwas war ... anders. War es ... ja, das war es!

„Du bist älter." Er grinste den nicht mehr ganz so viel jüngeren Brock an und trat ein paar Schritte näher.

„Ja, es sind ein paar Jahre vergangen, seit wir uns das letzte Mal gesehen haben." Der junge Brock lächelte und klopfte sich auf die Brust. „Für einen Mann von neununddreißig bin ich aber noch ganz gut in Form. Meinst du nicht?"

„Du siehst super aus."

„Du auch. Zum ersten Mal sehe ich so etwas wie Frieden in deinen Augen."

Sein jüngeres Ich deutete auf den leeren Stuhl neben sich. Brock ging hinüber und setzte sich.

„Was ist mit meiner Zukunft geschehen?"

„Kapitulation. Vollständige Kapitulation. Große Freiheit. Große Freude. Und sehr viel mehr."

„Ich würde gern alles darüber hören."

Brock erzählte ihm, was sich seit ihrer letzten Begegnung ereignet hatte – zumindest so weit er es noch zusammenbekam bei all diesen verschiedenen Zeitsträngen und Entwicklungen. Der jüngere Brock lauschte der Geschichte mit strahlenden Augen.

Als Brock zum Ende gekommen war, legte sein Gegenüber den Kopf zur Seite und blickte ihn nachdenklich an. „War denn irgendetwas davon real?“

„Alles war realer, als irgendetwas anderes in meinem Leben je gewesen ist.“

„Und doch hat sich nichts geändert. Du bist wieder genau da, wo du angefangen hast.“

„Nein.“ Brock schüttelte lächelnd den Kopf. *„Alles* hat sich geändert. Alles. Weil *ich* mich verändert habe. Ich bin nicht mehr der Mann, der ich vorher war. Ich bin der Mann, der, wie ich sehe, auch bereits in dir lebendig geworden ist. Ich entdecke mein wahres Ich und lebe nicht mehr die Lügen des Mannes, für den ich mich gehalten habe. Der Mann, der seinen Wert aus dem bezogen hat, was er tut und erreicht, ist tot. Der Mann, der seinen Wert aus dem bezieht, *wer er ist* und wie Gott ihn sieht – das ist der Mann, der jetzt lebendig ist.“

„Und Karissa? Wird sie wieder zu dir zurückfinden?“

„Ich weiß es nicht. Aber das ist auch ohne Bedeutung.“

„Wie kann das ohne Bedeutung sein?“

„Es ist wirklich eine unglaubliche Erfahrung, sich dem lebendigen Gott voll und ganz auszuliefern. Sich vollständig für seine Anwesenheit in dir zu öffnen. Vielleicht ist das dieses ‚sich selbst sterben‘, von dem in der Bibel die Rede ist. Es geht nicht um mich und ob ich genug Liebe und Anerkennung bekomme. Es geht darum, wie gut ich andere liebe.“

„Und jetzt willst du dich also ganz darauf konzentrieren, Karissa zu lieben?“

„Jedenfalls bin ich heute, an diesem Tag, bereit, sie zu lieben. Und ich werde mir erst Gedanken um den nächsten Tag machen, wenn er anbricht. Jesus sagte, dass jeder Tag seine eigene Last hat. Dem stimme ich zu. Ich werde von nun an im Hier und Jetzt leben.“

„Erklär mir das.“

„Wie ich ja gerade sehr nachdrücklich erlebt habe, hat das, was wir in unserer Gegenwart tun, großen Einfluss darauf, was in der Zukunft passiert. Aber wir haben doch im Grunde keine Ahnung, welche Entscheidung letztlich wohin führt. Für uns gibt es nur das Jetzt, nur diesen Augenblick, in dem wir leben. Die Zukunft existiert noch nicht, deshalb will ich im Jetzt leben. Die Vergangenheit ist vorbei und kann nicht zurückgeholt werden, deshalb will ich im Jetzt leben. Es gibt nur die Gegenwart, und in der Gegenwart kommt es nicht so sehr darauf an, was ich tue, sondern vor allem darauf, wer ich bin. Deshalb werde ich in diesem Augenblick leben."

Sein jüngeres Ich nickte, schloss die Augen und schien die Sonne mit seinem ganzen Sein zu genießen. „Ich habe Hoffnung für dich, tief in meinem Innern, wo die Hoffnung nicht zunichte gemacht werden kann. Die Hoffnung, dass deine Zukunft strahlend hell sein wird, und dass sich deine Segel im Wind voll entfalten werden."

Brock erhob sich, und sein jüngeres Ich öffnete die Augen und folgte ihm. Sie lächelten sich an.

„Das ist jetzt etwas merkwürdig und doch macht es allen Sinn der Welt: Ich liebe dich, Brock. Du hast mich frei gemacht."

Er schloss sich selbst in die Arme und hielt sich fest, bis der Traum verblasste und Karissas Stimme ihn aus dem Schlaf riss.

Kapitel 57

24. Mai 2015

„Also gut. Ich komme mit."

Als Brock die Augen aufschlug, stand Karissa in Jeans und weißer Bluse in der Tür zum Schlafzimmer.

Er blinzelte und versuchte zu sich zu kommen. „Was?"

„Ich komme mit zu den Wasserrutschen."

„Wirklich?"

„Ich möchte diese unglaubliche Geschichte hören."

Ohne zu lächeln wandte sie sich ab, aber das war egal. Ihre Antwort hatte Brocks Herzschlag beschleunigt.

Gegen 9:30 Uhr waren sie bei strahlendem Sonnenschein auf der I-5 unterwegs.

„Willst du mir deine Geschichte jetzt erzählen?"

„Ja." Brock schaute sie an, wandte den Blick jedoch sofort wieder auf die Straße. „Aber ich warne dich, sie ist wirklich verrückt."

„Ich kann ein wenig Wahnwitz vertragen. Irgendwie bin ich ja auch verrückt, dass ich nicht bei meiner Schwester geblieben bin."

Die Worte schmerzten, aber nicht zu sehr, weil er merkte, dass sie es nicht wirklich ernst meinte. „Versprichst du mir, dass du mich nicht sofort für verrückt erklärst?"

„Ja."

Als er zu Ende erzählt hatte, schwieg Karissa eine ganze Weile. Brock überließ sie ihren Gedanken. Auf der Höhe der Ausfahrt Arlington reichte sie ihm ihre Hand. Brock ergriff sie und hielt sie fest.

Als sie die den Stadtrand von Mount Vernon erreichten, ergriff sie schließlich das Wort. „Darf ich einen Vorschlag machen?“

„Was immer du willst.“

„Vielleicht solltest du Tyson mal zu einer gemeinsamen Wanderung einladen. Und vielleicht solltet ihr wirklich mal versuchen, gemeinsam zu kochen.“

Brock nickte. „Ich werde eine ganze Liste schreiben von Dingen, die wir gemeinsam tun können. Zum Beispiel einen Kochkurs machen. Eine Rucksackwanderung mit Übernachtung unter den Sternen. Ein Spiel der Seahawks sehen. Und nette kleine Appetizer wie einen Kinoabend, Videospiele oder den Besuch einer Driving Range.“

„Du spielst doch gar kein Golf.“

„Gib mir ein bisschen Zeit ... das ist doch nur eine Ideensammlung.“ Er lächelte.

„Mir gefällt sie.“ Sie drückte seine Hand. „Und Tyson wird sie auch gefallen.“

„Das hoffe ich.“

„Ich weiß es“, sagte Karissa. „Ist es dir recht, wenn ich Musik anmache?“

„Gute Idee.“

Sie holte die CD-Mappe vom Rücksitz und ging die CDs durch, holte schließlich eine heraus und hielt sie in die Höhe. „Wie wäre es mit Steve Miller?“

Brock warf einen Blick auf das Cover, und ein Adrenalinstoß durchfuhr ihn. Unmöglich. Absolut und komplett unmöglich. Er schnappte nach Luft. „Wo hast du die her? Wem gehört die?“

„Hm? Die war hier drin.“

Er blickte erneut auf die CD in der Annahme, seine Augen hätten ihm vielleicht beim ersten Mal einen Streich gespielt. „Sieh dir das Cover an!“ Brock bemühte sich, ruhig zu bleiben. „Woher hast du diese CD?“

„Was meinst du?“

„Erinnerst du dich nicht? Ich besaß die frühe Version. Die andere habe ich nie gekauft ... doch in meinem Traum habe ich dem jungen Brock gesagt, er soll ...“

„... die *Young Hearts*-CD kaufen, die im Jahr 2003 erschienen ist.“ Als Karissa seinen Satz beendet hatte, rutschte ihr die CD aus den Händen und fiel klappernd zu Boden. Sie drehte sich zu ihm. „Du meine Güte. Was hat das denn zu bedeuten?“

„Ich träume jetzt gerade nicht. Ich weiß, dass ich nicht träume. Wie also kann ...? Unmöglich.“

Karissa lachte nur und lächelte dann so strahlend, wie Brock es lange nicht mehr gesehen hatte.

„Aber ... aber“, stammelte Brock, der gar nichts mehr begriff.

„Nach allem, was du erlebt hast, denkst du immer noch, Gott könnte nicht auch das Unmögliche möglich machen?“

„Dann war es also real?“ Hitze durchströmte Brocks Köper. „Ein Teil davon? Alles?“

„Weißt du was?“ Karissa hob die CD auf und betrachtete sie. „Ich denke, dies ist nicht der letzte Hinweis auf Gottes organisiertes Chaos, den wir finden werden.“

„Aber ... diese Geschichte ... die Geschichte meiner Traumwelt ... ich dachte, die wäre jetzt vorbei. Was macht Gott denn da?“

Karissa nahm seine rechte Hand vom Lenkrad in ihre Hände und küsste seine Finger. „Ich denke, er hat uns eben mit einem Augenzwinkern daran erinnert, dass seine Geschichte mit uns, die Geschichte der Wiederherstellung aller Dinge, die hier auf Erden kaputt und verbogen sind, noch lange nicht zu Ende ist. Sie hat gerade erst begonnen.“

Eine Bemerkung von James L. Rubart

Juni 2015

Lieber Freund,
normalerweise dauert es eine Weile, bis ich meine Bücher mag. Ich sehe vor allem all die kleinen Fehler, die noch darin stecken. Doch dieses Mal ist es anders. Als ich dieses Buch zum letzten Mal durchlas (und mich bemühte, die letzten Tippfehler auszumerzen und Formulierungen zu ersetzen, die nicht ganz rund waren), war ich gefesselt von der Geschichte, und ich stellte fest, dass ich sie nicht las wie ein kritischer Lektor, sondern wie ein normaler Leser.

Der Grund dafür ist vermutlich, dass Brocks Geschichte auch teilweise meine eigene Geschichte ist. In meinem Leben gibt es viele Dinge, bei denen ich wünschte, ich könnte in der Zeit zurückgehen und sie in Ordnung bringen. Ich würde dem 23-jährigen James L. Rubart gern einiges sagen, was er anders machen soll.

Doch das kann ich natürlich nicht, und im Grunde steckt dahinter immer nur die Sehnsucht nach Erlösung. Nach einer zweiten Chance. Alles, was wir in diesem Leben haben, ist das Jetzt – dieser eine Augenblick, in dem wir uns gerade befinden. Meine einzige Chance ist, dass Gott mir zeigt, wie ich mich jetzt in diesem gegenwärtigen Augenblick verändern kann. Und das hat er für mich getan und tut es weiter, und ich weiß, er wird es auch für Sie tun. Ich glaube nicht, dass irgendetwas in unserem Leben so kaputt und verfahren sein kann, dass Gott es nicht in irgendeiner Form wiederherstellen kann.

Alles, was wir tun müssen (und können) ist, uns seiner unendlichen Gnade und Liebe auszuliefern und tiefer in die Geschichte einzusteigen, die er in jedem Augenblick mit uns und für uns schreibt.

Auf Ihre Freiheit,
James L. Rubart

james@jameslrubart.com
www.jameslrubart.com

Dank

Ich danke meiner Frau Darci, die mich zu dieser Geschichte inspiriert hat und in dem mühsamen Prozess der Entstehung eines Romans mein Fels gewesen ist.

Ich danke meiner Lektorin Amanda Bostic, die mutig genug war, mir zu sagen, dass die erste Fassung meiner Geschichte nicht schlüssig sei (sie hatte ja so recht!). Sie hat mir geholfen, alles noch mal neu zu machen, und dabei hat sie sich als tolle und geduldige Freundin erwiesen.

Ich danke Erin Healy, von deren legendären Fähigkeiten als „Geschichtenformerin" ich gehört hatte. Sie ist, wie ich feststellen durfte, noch viel besser als ihr Ruf.

Ich danke Ruth, die wieder einmal meinen ersten Entwurf gelesen hat (die einzige Person, die jeden ersten Entwurf meiner Romane gelesen hat). Es war für mich sehr Mut machend, dass dir die Geschichte gefallen hat.

Ich danke Ron für seine wundervollen Ideen. Du hast den Namen *Black Fedora* für mich erfunden und bist ein sehr verständnisvoller erster Leser gewesen und ein sehr guter Freund in dieser turbulenten Zeit meines Lebens, als ich diese Geschichte schrieb.

Ich danke Susan May und David Warren für ihre Brillanz beim Entwurf des Plots. Ihr zwei seid unglaublich!

Ich danke Allen Arnold. Du hast mir bei jedem Schritt auf dieser Reise zur Seite gestanden wie ein wahrer Bruder.

Ich danke Jesus, der den Schatten der ersten Version dieser Geschichte genommen und sie zu einer umgewandelt hat, die hoffentlich dazu beiträgt, Menschen frei zu machen.